HEYNE
BÜCHER

Von Ellis Peters erschienen
als Heyne-Taschenbücher

Im Namen der Heiligen · Band 01/6475
Ein Leichnam zuviel · Band 01/6523
Die Jungfrau im Eis · Band 01/6629
Das Mönchskraut · Band 01/6702

ELLIS PETERS

DER AUFSTAND AUF DEM JAHRMARKT

Roman

Deutsche Erstausgabe

WILHELM HEYNE VERLAG
MÜNCHEN

HEYNE ALLGEMEINE REIHE
Nr. 01/6820

Titel der englischen Originalausgabe
SAINT PETER'S FAIR
Deutsche Übersetzung von Walter Brumm

2. Auflage

Printed in Germany 1987
Umschlagillustration: Bernhard Förth, München
Umschlaggestaltung: Atelier Ingrid Schütz, München
Gesamtherstellung: Ebner Ulm

ISBN 3-453-02431-1

INHALT

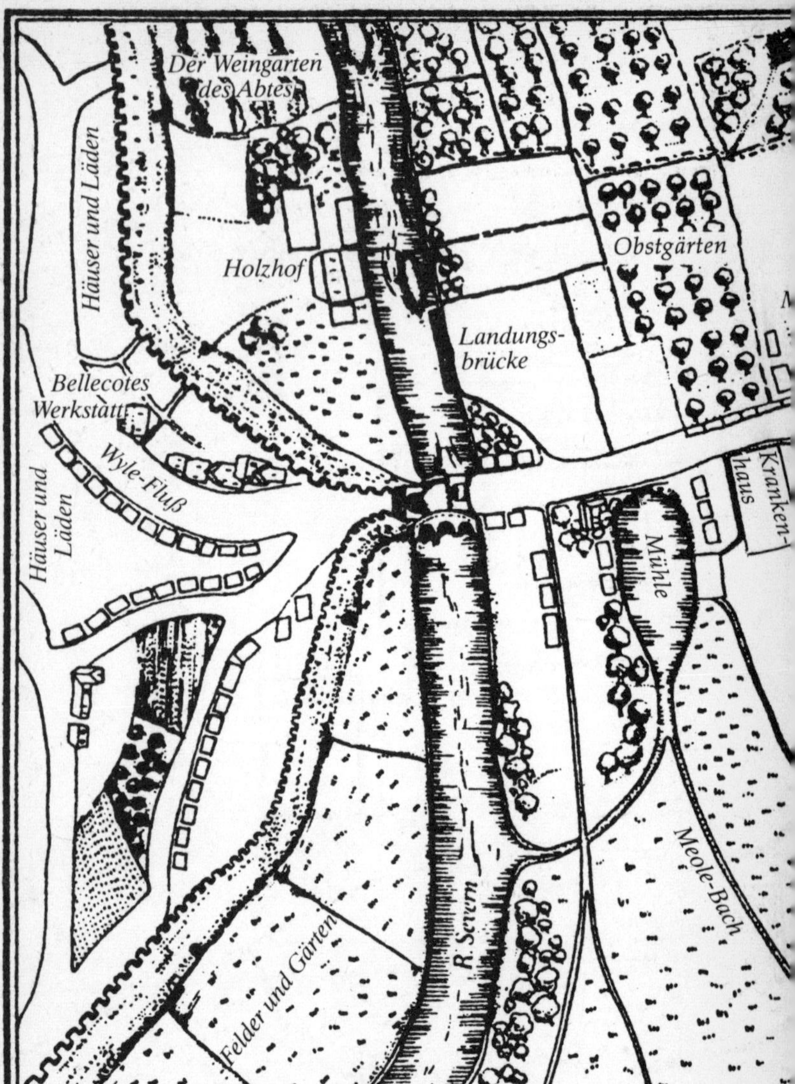

Der Weingarten
des Abtes
Häuser und Läden
Holzhof
Obstgärten
Landungs-
brücke
Bellecotes
Werkstatt
Wyle-Fluß
Häuser und
Läden
Kranken-
haus
Mühle
Meole-Bach
R. Severn
Felder und Gärten

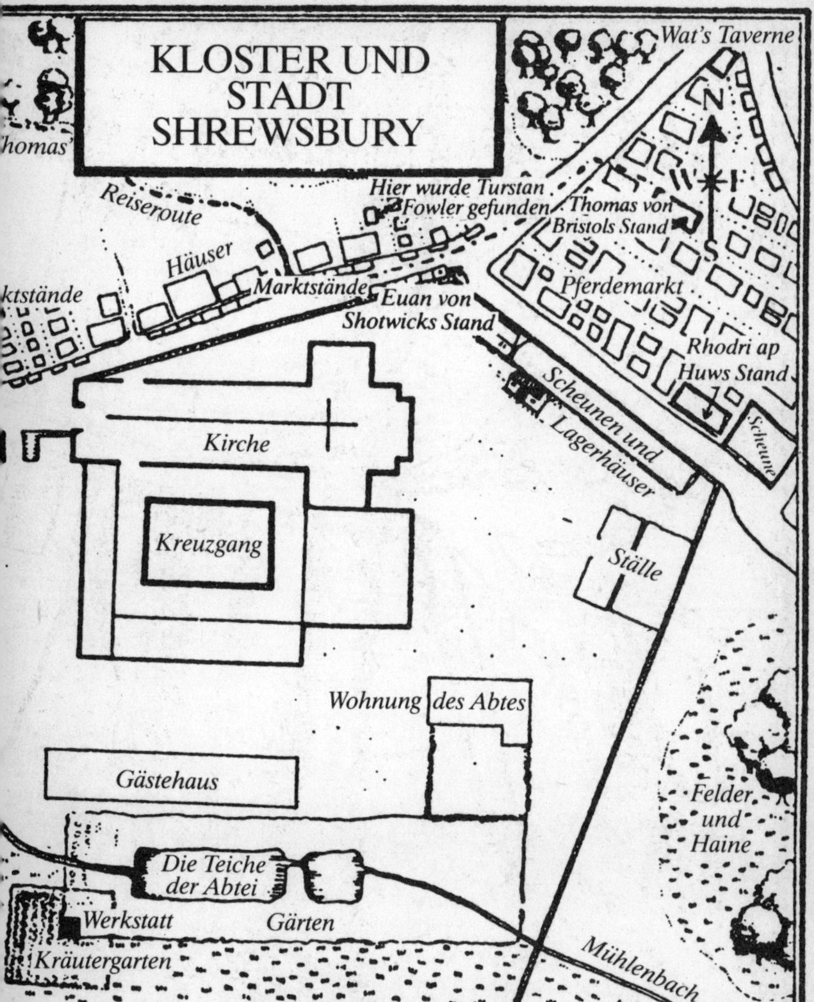
KLOSTER UND
STADT
SHREWSBURY
Wat's Taverne
N
S
homas'
Reiseroute
Hier wurde Turstan
Fowler gefunden
Thomas von
Bristols Stand
Häuser
Marktstände
ktstände
Pferdemarkt
Euan von
Shotwicks Stand
Rhodri ap
Huws Stand
Scheunen und
Lagerhäuser
Scheune
Kirche
Kreuzgang
Ställe
Wohnung des Abtes
Gästehaus
Felder
und
Haine
Die Teiche
der Abtei
Werkstatt
Gärten
Kräutergarten
Mühlenbach
Erbsenfelder

Der Vorabend des Jahrmarkts

1.

Es begann beim täglichen Kapitel im Benediktinerkloster St. Peter und Paul zu Shrewsbury, am dreißigsten Tag des Monats Juli im Jahr unseres Herrn 1139. Das Fest St. Peter ad Vincula stand vor der Tür, ein Fest von weihevoller und einträglicher Bedeutung für das Haus, das seinen Namen trug. So hatte man die allmorgendliche Zusammenkunft zum Zwecke der Arbeitseinteilung ganz für die bevorstehenden Feierlichkeiten notwendigen Vorkehrungen gewidmet, und weniger wichtige Dinge mußten warten.

Das Kloster war zwei Heiligen geweiht, doch wurde der heilige Paulus vernachlässigt und blieb sogar in Dokumenten unerwähnt. Oder sein Name wurde dergestalt abgekürzt, daß er beinahe verschwand. Vielleicht hatte es an der Trägheit der Klosterschreiber gelegen, denen es zu mühsam geworden war, den vollständigen Titel bis zu zwanzigmal in eine Urkunde zu schreiben. Seit Abt Radulfus das Ruder dieses klösterlichen Schiffleins übernommen hatte, sahen sie sich jedoch zur Besserung solchen Betragens angehalten, denn er war ein Mann, der keine Nachlässigkeiten duldete und von seinen Mönchen die gleiche peinliche Genauigkeit erwartete, die er sich selbst abverlangte.

Vor der ersten Gebetsstunde war Bruder Cadfael in seinem eingefriedeten Kräutergarten gewesen, hatte sich der blühenden orientalischen Mohnblumen erfreut und die Zeit abgeschätzt, wann die Samenkapseln reif sein würden. Der Sommer war auf seinem Höhepunkt und versprach reiche Ernte, denn auf reichliche und frühe Schneefälle war ein milder und feuchter Frühling gefolgt, Juni und Juli waren heiß und sonnig gewesen, mit ausgleichenden Regentagen und Schauern, als hätte der Himmel selbst über die Natur gewacht und wäre bestrebt gewesen, Laub und Gräser frisch zu halten und das Wachstum der Früchte allenthalben zu fördern. Die zweite Heuernte, reichlich wie die erste, war eingefahren, das Getreide wartete bereits auf die Sichel. Gleich nach dem Jahrmarkt sollte die Ernte beginnen.

Cadfaels duftendes Reich, noch frisch und taubenetzt, doch von der aufsteigenden Sonne schon zu trunkener Süßigkeit erwärmt, erfüllte seine Sinne mit einem Vergnügen, wie es von einer asketischen Kirche, welche diesseitige Freuden mit Unbehagen als sündhaft beargwöhnte, bisweilen nicht gern gesehen wurde. Es gab Gelegenheiten, da der junge Bruder Mark, der mit ihm in diesem ergötzlichen Kräutergarten arbeitete, diese Freude mit seinen Sünden glaubte beichten und in Demut eine angemessene Strafe annehmen zu müssen. Er war noch sehr jung, es ließen sich Entschuldigungen für ihn finden. Bruder Cadfael hatte mehr gesunden Menschenverstand und keine derartigen Skrupel. Die vielfältigen Gaben Gottes waren dazu da, daß man sie genoß; die Verweigerung freudiger Empfindungen wäre undankbar.

Nachdem er vor der Prime bereits zwei Stunden im Kräutergarten tätig gewesen war und im Zusammenhang mit dem Klosterjahrmarkt, der alle Aufmerksamkeit fesselte, kein Amt innehatte, hielt Cadfael gewohnheitsmäßig ein Nickerchen hinter seiner schützenden Säule im dunkelsten Winkel des Kapitelsaales — jederzeit bereit, wachsam aufzufahren, sollte eine unerwartete Frage an ihn gerichtet werden, und durchaus imstande, verständlich zu beantworten, was er nur teilweise gehört hatte. Er war seit sechzehn Jahren Mönch, durch eigene, wohlüberlegte Wahl, die er nie bereut hatte, nach einem sehr abenteuerlichen Leben, das er ebensowenig bereut hatte, und es gab kaum etwas, das ihn überraschen konnte. Er war neunundfünfzig Jahre alt, reich an Erfahrungen und noch immer zäh und kräftig wie ein Dachs – und nach Bruder Marks Behauptung beinahe genauso krummbeinig, aber Bruder Mark war ein bevorrechtigtes Geschöpf Gottes. Cadfael döste so still wie eine geschlossene Blüte bei Nacht vor sich hin und schnarchte kaum einmal. Innerhalb der Benediktinischen Ordensregel und in anregendem Umgang mit ihr hatte er eine eigene tägliche Disziplin vervollkommnet, die seinen Bedürfnissen bewundernswert gut angepaßt war.

Es ist wahrscheinlich, daß er fest schlief, als der Verwalter des Meierhofes mit den angemessenen Entschuldigungen in den Kapitelsaal trat und auf die Sprecherlaubnis des Abtes wartete. Doch Cadfael war hellwach, als der Verwalter meldete: »Ehrwürdiger Vater, im großen Hof sind der Bürgermeister der Stadt und eine Abordnung von Zunftvorstehern, die darum bitten, Euch sprechen zu dürfen. Sie sagen, ihr Anliegen sei wichtig.«

Abt Radulfus zog die stahlgrauen, geraden Brauen ein wenig in die Höhe und deutete mit einer gnädigen Handbewegung an, daß die Stadtväter sogleich vorgelassen werden sollten. Die Beziehungen zwischen der Stadt Shrewsbury auf der einen Seite des Flusses und dem Kloster auf der anderen waren, wenn schon nicht herzlich — das wäre zuviel verlangt gewesen, da sie so oft gegensätzliche Interessen vertraten —, so doch stets korrekt, und ihre Auseinandersetzungen wurden mit wachsamer Höflichkeit geführt. Falls der Abt einen Kampf witterte, ließ er sich nichts davon anmerken. Cadfael aber, der das schlaue, scharf geschnittene Gesicht beobachtete, sagte sich, daß der Abt eine recht klare Vorstellung vom Zweck dieses Besuches haben müßte.

Die verdienstvollen Zunftmeister betraten den Kapitelsaal in geschlossener Phalanx, nicht weniger als zehn Mann, die etwa die Hälfte der in der Stadt vertretenen Gewerbe repräsentierten, angeführt vom Bürgermeister. Meister Geoffrey Corviser war ein großer, fülliger und energischer Mann, der das fünfzigste Jahr noch nicht erreicht hatte, glatt rasiert, lebhaft und trotzdem würdevoll. Die Schuhe und Reitstiefel, die er fertigte, zählten zu den feinsten, die in England zu haben waren, und er war sich ihrer Vorzüglichkeit und seines eigenen Wertes durchaus bewußt. Zu diesem Anlaß hatte er seine besten Kleider angelegt und bot auch ohne den langen Überrock, der bei diesem warmen Sommerwetter eine Qual gewesen wäre, einen eindrucksvollen Anblick, was er natürlich beabsichtigte. Mehrere von den anderen, die sich hinter ihm zusammengeschlossen hatten, waren Cadfael wohlbekannt: Edric Flesher, Zunftmeister der Metzger von Shrewsbury; Martin Bellecote, Zunftmeister der Zimmerleute; Reginald von Aston, der Silberschmied — allesamt vermögende Männer. Abt Radulfus kannte sie noch nicht. Er war erst seit einem halben Jahr im Amt, von London gesandt, den bequem gewordenen Konvent eines Provinzklosters zu neuem Glaubenseifer zu führen. Er hatte über die Bewohner des Grenzlandes noch viel zu lernen, wie er, der sich von niemandem zum Narren halten ließ, recht gut wußte.

»Seid willkommen, Ihr Herren«, sagte er in freundlichem Ton. »Sprecht freimütig, Ihr sollt aufmerksam Gehör finden.«

Die wackeren Zunftmeister erwiesen dem Abt ihre Achtung durch stumme Verbeugung, spreizten dann die stämmigen Beine und standen hingepflanzt wie eine Schlachtreihe, alle Blicke wachsam, alle Urteile vorbehalten. Der Abt konzentrierte seine höfliche Aufmerksamkeit mit ganz ähnlicher Wirkung auf sie. Während seiner Zwischenspiele als Hirt der klösterlichen Schafherde hatte Cadfael einmal zwei Widder solche Blicke wechseln sehen, bevor sie die Schädel gegeneinandergerammt hatten.

»Hochwürdigster Herr Abt«, sagte der Bürgermeister, »wir sind gekommen, um mit Euch über den St. Peters-Jahrmarkt zu sprechen, der hier während der nächsten drei

Tage abgehalten werden soll. Ihr kennt die Bedingungen. Während dieser Zeit müssen alle Läden in der Stadt geschlossen bleiben, und außer Bier und Wein darf nichts verkauft werden. Und Bier und Wein werden auch hier vor dem Tor und auf dem Jahrmarktsplatz verkauft, so daß niemand in der Stadt mit diesen Waren etwas verdienen kann. Drei Tage lang, die drei geschäftigsten des Jahres, könnten wir gute Einnahmen aus Wegezöllen von Karren, Tragtieren und Lastträgern erzielen, die auf dem Weg zum Jahrmarkt durch die Stadt ziehen. Doch wir dürfen keine Abgaben erheben, weder für die Ausbesserung der Mauern noch für das Straßenpflaster. Alle Zölle fallen allein der Abtei zu. Händler, die ihre Waren in Booten den Severn heraufbringen, machen an Eurem Landeplatz fest und entrichten ihre Abgaben an Euch. Wir erhalten nichts. Und für dieses Vorrecht zahlt Ihr nicht mehr als achtunddreißig Schillinge, und selbst diese müssen wir mühevoll aus den Mieten Eurer Hintersassen in der Stadt eintreiben.«

»Nicht mehr als achtunddreißig Schillinge!« wiederholte Abt Radulfus in noch immer freundlichem Ton und hob die eisengrauen Brauen ein wenig höher. »Die Summe wurde als gerecht festgesetzt. Und nicht von uns. Die Bedingungen des Vertrags sind Euch seit vielen Jahren bekannt, denke ich.«

»So ist es, und in der Vergangenheit haben wir sie schon oft als lästig empfunden, aber Verträge müssen eingehalten werden, und wir haben uns niemals beklagt. Doch ist die Summe nie erhöht worden, weder in guten noch in schlechten Jahren. Und es ist sehr hart für eine so bedrängte Stadt wie die unsrige, auf den Handel von drei Tagen und die besten Wegezölle des Jahres zu verzichten. Im vergangenen Sommer wurde Shrewsbury, wie Ihr wissen müßt, obgleich Ihr damals nicht unter uns weiltet, länger als einen Monat belagert und schließlich erstürmt, was große Schäden an den Stadtmauern und eine bedauerliche Vernachlässigung der Straßen zur Folge hatte. Trotz all unserer Bemühungen ist noch viel Arbeit daran zu tun, und die Kosten treffen uns nach den schweren Verlusten des letzten Sommers doppelt schwer. Noch ist kaum die Hälfte der Zerstörungen behoben, und wer vermag in diesen unruhigen Zeiten schon zu sagen, wann wir abermals angegriffen werden? Der Verkehr zu Eurem Jahrmarkt wird durch unsere Straßen gehen und die Abnutzung vermehren, während wir keinen Schadenersatz erhalten.«

»Kommt zur Sache, Bürgermeister«, entgegnete der Abt im gleichen ruhigen Ton. »Ihr seid erschienen, um irgendeine Forderung zu stellen. Bringt sie offen vor.«

»Hochwürdiger Herr Abt, das will ich gern tun! Wir meinen — und ich spreche für alle Handwerkerzünfte und Kaufleute von Shrewsbury —, daß wir in einem Jahr wie diesem alle Ursache haben, Euch vorzuschlagen, daß die Abtei entweder eine höhere Gebühr für den Jahrmarkt zahlen oder, was bei weitem besser wäre, einen Teil der Zölle auf Waren, ob durch Tragtiere, mit Karren oder Flußbooten befördert, der Stadt aushändigen sollte. Dann könnten wir die Mauern wiederherstellen. Das Kloster zieht Vorteile aus dem Schutz, den die Stadt ihm gewährt. Es sollte, so meinen wir, mit uns gemeinsam die Last tragen, die uns aus der Erhaltung ihrer Mauern erwächst. Ein Anteil von einem Zehntel der Gewinne wäre uns willkommen, und wir würden Euch von Herzen dafür danken. Es ist keine Forderung, mit allem Respekt, es ist ein Ersuchen. Aber wir glauben, die Zubilligung eines Zehntels wäre gerechtfertigt.«

Abt Radulfus saß sehr aufrecht und hager und erhaben da und betrachtete ernst die Phalanx der standhaften Bürger. »Ist das Euer aller Meinung?«

»So ist es«, bestätigte Edric Flesher. »Und die Meinung aller anderen Stadtbewohner. Es gibt viele darunter, die das Anliegen heftiger und eindringlicher vorbringen würden, als Meister Corviser es getan hat. Aber wir vertrauen auf Euer mitmenschliches Fühlen und erwarten Eure Antwort.«

Die leise Regung, die durch den Kapitelsaal ging, war

wie ein langes, vorsichtiges Seufzen. Die meisten Mönche sahen mit großen Augen und besorgten Mienen zu, die jüngeren rückten auf ihren Plätzen umher und flüsterten miteinander, aber sehr vorsichtig. Prior Robert Pennant, der sich Hoffnungen auf Radulfus' Amt gemacht hatte und bitter enttäuscht worden war, als über seinen Kopf hinweg ein Fremder zum Abt ernannt worden war, wahrte asketische Gelassenheit. Er schien die Lippen im Gebet zu bewegen und warf seinem Vorgesetzten zwischen schmalen, elfenbeinfarbenen Lidern Seitenblicke zu. Während er so ein Bild mitfühlender Frömmigkeit gab, hoffte er auf einen nicht wiedergutzumachenden Fehler des Klostervorstands. Der alte Pater Heribert, bis vor kurzem Abt dieses Hauses und nun zum einfachen Mönch degradiert, dämmerte sanft lächelnd in einem ruhigen Winkel vor sich hin, dankbar für seine Ruhe.

»Wir haben zu bedenken«, sagte Radulfus schließlich, freundlich und ohne Hast, »daß Ihr einen Widerstreit zwischen den Rechten der Stadt und den Rechten dieses Hauses seht. Sollte bei solch einer Abwägung das Urteil bei Euch oder bei mir liegen? Sicherlich nicht! Ein unbefangener Richter wird benötigt. Aber ich darf Euch erinnern, daß innerhalb des letzten halben Jahres eine derartige Entscheidung getroffen worden ist, erst nach der Belagerung, über die Ihr Euch beklagt. Zu Beginn dieses Jahres bestätigte Seine Majestät, König Stephen, uns in unseren alten Rechten, gemäß den bestehenden Urkunden, mit allen Ländereien und Privilegien, wie wir sie vordem innehatten. Er garantierte uns auch das Recht auf diesen dreitägigen Jahrmarkt am Festtag unseres Patrons St. Peter, zur selben Gebühr, die wir bisher bezahlt haben, und zu denselben Bedingungen. Glaubt Ihr, er hätte die alten Rechte bekräftigt, wenn er sie nicht für richtig hielte?«

»Um offen zu sagen, was ich glaube«, erwiderte der Bürgermeister, »so dachte ich niemals, daß es sich um eine Rechtsfrage handelt. Ich murre nicht gegen das, was Seine Majestät zu tun geruht, aber es ist klar, daß er Shrewsbury als feindliche Stadt betrachtete und wahrscheinlich auch heute noch so denkt, weil FitzAlan, der nun nach Frankreich geflohen ist, die Burg mit einer Garnison belegte und länger als einen Monat gegen ihn verteidigte. Aber wir von der Stadt hatten in solchen Fragen niemals viel zu sagen, und wenig hätten wir daran ändern können! Der Burgherr stellte sich auf die Seite der Regentin Maud, und wir müssen nun die Folgen tragen, während FitzAlan fort und in Sicherheit ist. Hochwürdigster Herr Abt, ist das Gerechtigkeit?«

»Wollt Ihr behaupten, daß Seine Majestät, indem er die Abtei in ihren Rechten bestätigte, an der Stadt Vergeltung übt?« fragte der Abt mit gefährlicher Sanftheit.

»Ich sage, daß er die Stadt weder eines Gedankens würdigte noch ihre Zerstörungen eines Blickes, sonst hätte er vielleicht ein Zugeständnis gemacht.«

»Aha! Solltet Ihr Eure Bitte dann nicht besser dem edlen Gilbert Prestcote vortragen, der erster Grafschaftsbeamter des Königs ist und zweifellos sein geneigtes Ohr hat, statt damit zu uns zu kommen?«

»Eine solche Bitte ist ergangen, jedoch nicht mit Rücksicht auf den Jahrmarkt. Es ist nicht Sache des Grafschaftsbeamten, einen Teil dessen wegzugeben, was dem Kloster zugestanden worden ist. Nur Ihr, Hochwürdigster Herr Abt, könnt dies tun«, sagte Geoffrey Corviser. Und bewies, daß er sich zwischen den Fallgruben der Worte so gut auskannte wie der Abt.

»Und welche Antwort habt Ihr vom Grafschaftsbeamten erhalten?«

»Er wird nichts für uns tun, solange die Mauern seiner Burg nicht wiederhergestellt sind. Er verspricht uns die leihweise Überlassung von Arbeitskräften, sobald das Werk dort vollbracht sein wird, doch können wir Arbeitskräfte selbst stellen. Dafür fehlt es an Geld und Baumaterial, und es könnte noch ein Jahr oder länger dauern, ehe er bereit sein wird, auch nur eine Handvoll seiner Leute für unsere Bedürfnisse bereitzustellen. Ist es in solch einem Fall nicht verständlich, daß wir den Jahrmarkt als eine Last empfinden?«

»Auch wir haben unsere Bedürfnisse, die uns ebenso dringlich erscheinen wie Euch die Eurigen«, sagte der Abt nach einer gedankenvollen Pause. »Und ich möchte Euch erinnern, daß unsere Ländereien und Besitztümer hier außerhalb der Stadtmauern liegen, sogar außerhalb der Flußschleife, so daß wir an deren Schutz keinen Anteil haben. Kann es da gerecht sein, daß wir für Dinge, die uns nicht betreffen, Gebühren bezahlen sollen?«

»Nicht all Eure Besitztümer liegen außerhalb der Mauern«, entgegnete der Bürgermeister prompt. »Innerhalb der Stadtmauern gibt es wohl dreißig oder mehr Anwesen in Eurem Besitz, und Eure Hintersassen leben darin. Ihre Kinder müssen wie unsere im Schlamm der zerfahrenen Straßen waten, und ihre Pferde brechen sich wie die unsrigen die Beine in den Löchern.«

»Unsere Hintersassen erfreuen sich einer gerechten Behandlung durch uns, ihre Abgaben sind mäßig, und für solche Dinge sind wir verantwortlich. Aber wir können nicht für die Zerstörung in der Stadt verantwortlich gemacht werden, als ob es sich um solche auf unseren eigenen Ländereien oder an unseren eigenen Gebäuden handelte. Nein«, sagte der Abt und hob gebieterisch die Stimme, als der Bürgermeister seine Argumente fortführen wollte, »sagt nicht mehr! Wir haben Euer Ersuchen gehört und verstanden, und wir sind nicht ohne Mitgefühl. Aber der St. Peters-Jahrmarkt ist ein diesem Kloster in alter Zeit zugebilligtes Recht, zu Bedingungen, die wir nicht festgelegt haben — ein Recht, das nicht ich als Abt geerbt habe, sondern das diesem Kloster zusteht. Ich in meiner vergänglichen Amtszeit habe nicht die Autorität, diese Bedingungen auch nur im mindesten zu verändern oder zu mildern. Es wäre eine Beleidigung der königlichen Gnade, die das Kloster in allen seinen Rechten bestätigt hat, und eine Mißachtung meiner Nachfolger, denn man würde es als einen Präzedenzfall für künftige Jahre ansehen und zitieren.

Nein, ich werde von den Einnahmen des Jahrmarkts nichts zu Eurem Gebrauch beiseite tun, ich werde die Gebühr, die wir Euch dafür zahlen, nicht erhöhen, ich werde die Zölle und Gebühren für Waren und Verkaufsstände in keiner Weise mit der Stadt teilen. All diese Einnahmen gehören hierher, und hier müssen sie gemäß dem Vertrag gesammelt werden.« Er sah, wie sich ein halbes Dutzend Münder öffnete, um gegen eine derart summarische Zurückweisung zu protestieren, und erhob sich von seinem Platz, sehr groß und kerzengerade, mit kalten Augen. »Dieses Kapitel ist abgeschlossen.«

Einige Zunftmeister hätten trotzdem versucht, auf ihrem Anliegen zu beharren, aber Geoffrey Corviser hatte eine bessere Einschätzung von seiner und der Stadt Würde und eine realistischere dessen, was diesen selbstsicheren und gestrengen Mann beeindrucken oder nicht beeindrukken konnte. Er machte eine abrupte, doch tiefe Verbeugung vor dem Abt, drehte sich auf dem Absatz um und schritt aus dem Kapitelsaal, und seine geschlagenen Gefährten kamen zur Besinnung und marschierten ebenso hochmütig hinterdrein.

Auf dem großen Dreieck des Pferdemarkts wurden bereits Einfriedungen und Verkaufsstände errichtet, und auch vor dem Tor herrschte von der Brücke bis zu der Biegung, wo die Straße rechts nach St. Giles und zur Landstraße nach London führte, reges Leben. Stromabwärts von der Brükke, wo die Gärten und Obstpflanzungen des Klosters sich am Fluß in einer fruchtbaren Niederung, die Au genannt, weit hinzogen, befand sich ein neuerrichteter hölzerner Landungssteg. Auf dem Fluß, auf der Landstraße, zu Fuß durch die Wälder und über die Grenze von Wales strömten Händler aller Art nach Shrewsbury. Und im großen Hof der Abtei versammelte sich der gesamte Landadel der Grafschaft mit seinen Frauen, Söhnen und Töchtern, um für die drei Tage des Jahrmarkts Aufenthalt in den Gästequartieren zu nehmen. Was sie zum unmittelbaren Lebensunterhalt benötigten, pflanzten, züchteten, spannen, webten und brauten sie das Jahr hindurch selbst. Doch einmal im Jahr kamen sie, die feinen Stoffe zu kaufen, die Weine, die seltenen Früchte, die Gold- und Silberarbeiten, alle die Schätze, die zum Fest St. Peter ad Vincula auftauchten und drei Tage später verschwanden. Zu diesen großen Jahrmärkten kamen sogar aus Flandern und Deutschland Händler, Schiffsleute mit französischen Weinen, Schafscherer mit der feinsten Wolle aus Wales und Tuchhändler mit Zuschnitten für Gewänder, Wämser, Beinkleider nach städtischer Art. Noch waren nicht viele Verkäufer eingetroffen, die meisten wurden am nächsten Tag erwartet. Doch allenthalben wurden schon Verkaufsstände aufgeschlagen, damit der Markt früh am Morgen des Festtags beginnen konnte. Und die Kauf- und Schaulustigen strömten bereits in ansehnlicher Zahl herein, bestrebt, sich für die Dauer ihres Aufenthalts gute Betten zu sichern.

Als Bruder Cadfael am Ende eines anstrengenden, doch glücklichen Nachmittags von den Erbsen- und Bohnenfeldern am Neole-Bach zur Vesper heraufkam, wimmelte der weitläufige Hof von Besuchern, Dienern und Pferdeknechten, und bei den Stallungen ging es zu wie in einem Taubenschlag. Er blieb eine Weile stehen, um das Treiben zu beobachten, und neben ihm schaute Bruder Mark mit vor Aufregung gerötetem Gesicht und großen Augen umher, geblendet vom Spiel der Farben und der vielfältigen Bewegungen im Sonnenschein.

»Ja, ja«, sagte Cadfael, der mit philosophischer Distanz betrachtete, was Bruder Mark mit aufgeregtem Staunen anstarrte, »die ganze Welt wird sich hier ein Stelldichein geben, entweder um zu kaufen oder um zu verkaufen.« Und er musterte seinen jungen Schützling prüfend. Dieser hatte wenig genug von der Welt gesehen, bevor er von einem geizigen Onkel, der ihm den Unterhalt selbst gegen harte Arbeit mißgönnte, mit sechzehn wohl oder übel zum Tor hereingestoßen worden war, und er hatte erst vor kurzem seine endgültigen Gelübde abgelegt. »Findest du dort irgend etwas, was dich zur Rückkehr in das weltliche Leben verlocken könnte?«

»Nein«, sagte Bruder Mark heiter und ohne zu zögern. »Aber ich habe meine Freude daran, zuzuschauen, genauso wie im Garten, wenn der Mohn blüht. Es ist keine Schande für die Menschen, wenn sie versuchen, alle die Farben und Formen, mit denen Gott seine Werke schmückte, in die ihrigen zu legen.«

Unter den vielen Besuchern, die auf dem großen Hof und auf dem Platz vor den Stallungen umherwanderten, gab es ohne Zweifel einige von Gottes bezauberndsten Werken — junge Frauen, strahlend und blühend wie der Mohn und um so hübscher, weil sie sich voller Erwartung auf ihren einzigen großen Ausflug des Jahres freuten. Einige kamen auf ihren eigenen Pferden dahergeritten, andere saßen hinter Ehemännern oder Stallmeistern auf dem Sattelkissen, und es gab sogar eine Pferdesänfte, die eine Witwe von Stand aus dem Süden der Grafschaft brachte.

»Ich habe noch nie solch ein Treiben gesehen«, sagte Bruder Mark bewundernd.

»Du hast auch noch keinen Jahrmarkt mitgemacht. Letztes Jahr wurde die Stadt den ganzen Juli und bis in den August hinein belagert, und da war es schwierig, Käufer oder Verkäufer nach Shrewsbury zu locken. Ich hatte auch dieses Jahr meine Zweifel, doch scheint der Handel wieder zu florieren, und unsere Edelleute sind begieriger denn je nach alledem, was sie im vorigen Jahr nicht haben konnten. Ich glaube, es wird ein gewinnbringender Jahrmarkt.«

»Hätten wir dann nicht ein Zehntel erübrigen können, um zur Wiederherstellung der Stadt beizutragen?« wollte Mark wissen.

»Du hast eine Art, Junge, die mißlichsten Fragen zu stellen. Ich kann mir denken, wie dem Bürgermeister zumute ist, da er es offen ausgesprochen hat. Aber dessen, was im Kopf unseres Ehrwürdigen Vaters vorging, bin ich keineswegs sicher, ebenso wenig, daß er die Hälfte davon ausgesprochen hat. Ein Mann, der schwer zu durchschauen ist!«

Aber Mark hörte nicht mehr zu. Seine Aufmerksamkeit galt einem Reiter, der soeben zum Torhaus hereingekommen war und sein Pferd im Schritt geschickt durch das Gedränge zu den Stallungen lenkte. Drei Gefolgsleute ritten auf rauhfelligen kleinen Bauernpferden hinter ihm her, und einer hatte eine Armbrust am Sattel befestigt. In diesen gefahrvollen Zeiten und selbst in Gegenden wie dieser, die erst vor kurzem befriedet worden war, würde kein Mann von Stand eine längere Reise unternehmen, ohne für seine persönliche Sicherheit zu sorgen, und eine Armbrust reichte weiter als ein Schwert. Dieser junge Mann trug nicht nur ein Schwert, sondern sah so aus, als könnte er auch damit umgehen. Trotzdem hatte er nicht auf bewaffnete Begleiter verzichtet.

Der fremde Herr war vielleicht ein Jahr oder zwei unter dreißig, über die Ungewißheiten der Jugend hinaus — wenn er überhaupt je darunter gelitten hatte — und in der Blüte seines Mannesalters. Gut gekleidet, auf einem dunklen Fuchs mit schimmerndem Fell, ritt er mit der nachlässigen Leichtigkeit eines Menschen, der von Kindesbeinen an mit Pferden vertraut war. In der Sommerhitze hatte er seinen kurzen Reiterumhang abgelegt und über den Schoß gebreitet, und so ritt er mit offenem Hemd, ein Kreuz an einer goldenen Halskette auf der muskulösen Brust. Die Gestalt, die sich in einfachem Leinenhemd und dunklen Beinkleidern zur Schau stellte, war groß, geschmeidig und stolz auf ihre Anmut, der Kopf, der sie bekrönte, barhäuptig. Gebieterische dunkle Augen strahlten in einem lächelnden, lebhaften Gesicht. Das kurzgeschnittene, anliegende dunkelblonde Haar hätte Locken gebildet, wäre ihm erlaubt gewesen, ein wenig länger zu wachsen. Er ritt vorüber, und Marks Blick folgte ihm, ein zugleich ruhiger und nachdenklicher Blick, ohne eine Spur von Neid.

»Es muß ein erfreulich Ding sein«, sagte er gedankenvoll, »so gemacht zu sein, daß man allen, die einen sehen, Vergnügen bereitet. Ob er begreift, wie gesegnet er ist?«

Mark selbst war ziemlich klein, durch Unterernährung in der Kindheit, mit einfachen Zügen und borstigem, strohfarbenem Haar um seine Tonsur. Nicht, daß er jemals dazu käme, sich in einem anderen Spiegel als dem Wasser zu betrachten. Er wußte auch nicht, daß er ein Paar großer grauer Augen von makelloser Klarheit besaß, vor der gewöhnliche Schönheit versagte. Doch dachte Cadfael nicht daran, ihn auf derlei Vorzüge aufmerksam zu machen.

»Wie es in der Welt zugeht«, entgegnete er munter, »hat er wahrscheinlich einen Verstand, der nicht weiter voraus- oder zurückblickt als die Länge seiner feinen Augenwimpern. Aber ich gebe zu, daß er angenehm anzuschauen ist. Gleichviel, der Verstand währt länger. Sei froh, daß du einen hast, der keine Kritik zu scheuen braucht. Und nun komm, dies alles wird bis nach dem Abendessen andauern.«

Diese Worte lenkten Bruder Marks Gedanken sehr erfreulich ab. Er hatte sein Leben lang Hunger gelitten, bis er in dieses Haus eingetreten war. Und noch immer bewahrte er die Gewohnheit des Hungers, so daß Nahrung ebenso wie Schönheit reine Freude war. Bereitwillig ging er an Cadfaels Seite zur Vesper und der anschließenden Abendmahlzeit. Sie hatten das Kirchenportal noch nicht erreicht, als Cadfael plötzlich innehielt, beim Namen gerufen von einer hohen, erfreuten Stimme.

Es war eine schlanke, junge, anmutige Dame mit einem dicken blonden Haarschopf, einem hellen, ovalen Gesicht und dunkelblauen, klaren Augen, die an Schwertlilien in der Abenddämmerung gemahnten. Ihr Leib war, wie Bruder Mark auf den ersten erschrockenen Blick bemerkte, hochgegürtet und unter dem Gürtel gerundet. Dort wuchs ein neues Leben heran. So unwissend, daß er die Anzeichen nicht kannte, war er nicht. Er hätte den Blick niederschlagen sollen und wollte es auch, sah sich aber nicht dazu imstande. Sie schien von innen her zu leuchten, wie alle Bilder der Heiligen Jungfrau Maria, die er je gesehen hatte, zusammen. Und diese Vision streckte beide Hände nach Bruder Cadfael aus und rief ihn beim Namen. Bruder Mark beugte, wenn auch unwillig, den Kopf und ging allein seines Weges weiter.

»Mädchen«, sagte Bruder Cadfael herzlich und ergriff die ausgestreckten Hände mit aufrichtiger Freude, »du blühst wie eine Rose! Und er hat es mir nie gesagt!«

»Er hat dich seit der Winterszeit nicht gesehen«, sagte sie lächelnd und errötend, »und damals wußten wir es nicht. Zu der Zeit war es nicht mehr als ein Traum. Und ich habe dich seit unserer Hochzeit nicht gesehen.«

»Und bist du glücklich? Und er?«

»Ach, Cadfael, wie kannst du fragen!« Die Frage war in der Tat überflüssig, denn der Glanz in ihrem Antlitz, der Bruder Mark aufgefallen war, blendete Cadfael nicht weniger. »Hugh ist hier, aber er muß zuerst zum Grafschaftsbeamten gehen. Sicherlich wird er noch vor der Komplet nach dir fragen. Ich bin gekommen, eine Wiege zu kaufen, eine schöne geschnitzte Wiege für unser Kind. Und eine walisische Bettdecke aus schöner warmer Wolle oder vielleicht ein Schaffell. Und fein gesponnene Wolle, um die Kindersachen zu weben.«

»Und es geht dir gut? Das Kind verursacht dir keine Beschwerden?«

»Beschwerden?« Lächelnd schüttelte sie den Kopf. »Ich habe niemals Übelkeit empfunden, nur Freude. Ach, Bruder Cadfael!« Sie lachte laut auf. »Wie kommt es, daß ein Klosterbruder solch weise Fragen stellen kann? Hast du nicht irgendwo selbst einen Sohn? Ich könnte es glauben. Du weißt viel zuviel über uns Frauen.«

»Wie ich annehme«, erwiderte Cadfael vorsichtig, »wurde ich von einer geboren, wie wir alle. Selbst Äbte und Erzbischöfe erblicken auf die gleiche Art und Weise das Licht der Welt.«

»Ach, ich halte dich auf«, sagte sie reumütig. »Es ist Zeit für die Vesper, und ich komme auch. Ich habe soviel Dank abzustatten, daß ich gar nicht genug Zeit dafür finden werde, und ich will ein Gebet für unser Kind sprechen!« Sie drückte ihm beide Hände und verschwand in der Menge — Aline Beringar, geborene Siward, Ehefrau des stellvertretenden Grafschaftsbeamten von Shropshire, Hugh Beringar von Maesbury bei Oswestry. Vor einem Jahr hatte sie geheiratet, und Cadfael war als enger Freund Trauzeuge gewesen und fühlte sich durch das Glück dieser Ehe selbst reich beschenkt. Sehr zufrieden mit dem Abend, seiner eigenen Stimmung und auch den Aussichten auf die bevorstehenden Tage, ging er zur Kirche.

Als er nach dem Abendessen aus dem Refektorium in einen Abend hinaustrat, der noch von rosafarbenem und bernsteingelbem Licht erfüllt war, herrschte auf dem Hof noch immer soviel Leben wie um die Mittagszeit. Und noch immer strömten Neuankömmlinge zum Torhaus herein. Im Kreuzgang saß Hugh Beringar und erwartete ihn — ein schmächtiger, geschmeidiger, dunkelhaariger Mann mit schmalem Gesicht und forschendem Blick. Es war ein Gesicht, dessen scharf geschnittene Züge nur dem etwas verrieten, der ihre Sprache verstand. Glücklicherweise tat Cadfael dies, und er las darin mit Zuversicht.

»Wenn du deinen Scharfsinn nicht eingebüßt oder in diesem neuen Abt einen gefunden hast, der dir über ist, wirst du sicher einen überzeugenden Vorwand finden, der Schlußandacht fernzubleiben und mit einem alten Freund einen Tropfen guten Weines zu teilen.«

»Da bedarf es keines Vorwandes«, antwortete Cadfael bereitwillig. »Ich habe einen anerkannten Grund. Die Brüder im Meierhof sind in Not, weil die Kälber starken Durchfall haben, und brauchen dringend mein Gebräu aus Heilkräutern. Und ich kann sagen, daß ich dir Besseres als einen Trunk Dünnbier anbieten kann. Wir werden uns vor die Werkstatt setzen, der Abend ist so warm und windstill. Aber bist du nicht ein unachtsamer Ehemann?« tadelte er den anderen, als sie einträchtig in den Garten gingen.

»Willst du deine gute Gemahlin einem alten Trinkkumpan zuliebe verlassen?«

»Meine gute Gemahlin«, entgegnete Hugh Beringar kläglich, »hat mich bereits verlassen! Eine schwangere junge Frau braucht nur die Nase in die Gästehalle zu stecken, und sofort wird sie von einem Schwarm älterer Damen umringt und fortgezogen, und alle gurren wie die Tauben und überhäufen sie mit Ratschlägen, die alles betreffen, angefangen von der Ernährung bis zu dem schädlichen Zauber gewisser Hebammen. Aline läßt sich von allen beraten, hört sich die Geschichten aus ihren Wochenbetten an und merkt sich alle Empfehlungen. Und da ich weder spinnen noch weben oder nähen kann, bin ich aus ihrem Umkreis verbannt.« Er sprach in einem merklich selbstzufriedenen Ton, und da er sich dessen bewußt war, lachte er laut. »Aber sie sagte mir, sie hätte dich getroffen und du bedürftest keiner Erläuterungen. Wie findest du ihr Aussehen?«

»In voller Blüte, und hübscher denn je«, erwiderte Cadfael.

Im Kräutergarten, der nach Westen zu durch seine hohe Hecke gegen die vorherrschenden Winde geschützt war, hing der schwere Duft des Tages wie ein Zauber in der stillen Luft. Mit einem Krug Wein ließen sie sich unter dem überstehenden Dach der Werkstatt auf einer Bank nieder.

»Aber ich muß meine Arznei ansetzen«, sagte Cadfael. »Du magst zu mir sprechen, während ich es tue, und sobald ich fertig bin, werde ich mich wieder zu dir setzen. Welche Nachrichten gibt es aus der großen Welt? Meinst du, daß König Stephens Herrschaft jetzt gesichert ist?«

Beringar dachte schweigend darüber nach, während er den leisen Geräuschen von Cadfaels Bewegungen im Inneren der Hütte zufrieden lauschte. »Solange der gesamte Westen noch immer auf der Seite der Regentin steht, wenngleich mit Vorbehalten, bezweifle ich es. Gegenwärtig ist nichts in Bewegung, aber die Stille erscheint mir unheilvoll. Du weißt, daß Graf Robert von Gloucester mit der Regentin in der Normandie weilt?«

»Das haben wir gehört. Es wundert mich nicht, schließlich ist er ihr Halbbruder und schätzt sie sehr, wie es heißt. Auch sagt man, daß er nicht neidisch sei.«

»Ein guter Mann«, meinte Hugh Beringar, der sich nicht weigerte, einem Gegner Gerechtigkeit widerfahren zu lassen. »Einer der wenigen auf beiden Seiten, die nicht auf persönliche Vorteile bedacht sind. Der Westen, wie ruhig er sich jetzt auch zeigen mag, wird tun, was Robert sagt. Ich kann nicht glauben, daß er noch sehr lange untätig bleiben wird. Und selbst außerhalb des Westens hat er Verwandte und Einfluß. Gerüchte verlauten, daß Robert und Maud von ihrem Zufluchtsort in Frankreich Boten aussenden und sich in aller Stille bemühen, mächtige Verbündete zu gewinnen, wo immer sie eine Hoffnung sehen. Wenn das zutrifft, ist dieser Bürgerkrieg noch lange nicht zu Ende. Finden die beiden genug Unterstützung, so werden sie die Ansprüche der Regentin auf den Thron früher oder später durchzusetzen suchen.«

»Robert hat in verschiedenen Teilen des Landes Töchter verheiratet«, sagte Cadfael gedankenvoll, »und alle haben mächtige Männer gefunden. Einer von ihnen ist der Graf von Chester, wie ich mich erinnere. Sollten sich nur einige von diesem Rang für die Regentin einsetzen, so magst du bald einen Krieg am Hals haben.«

Beringar machte eine bedenkliche Miene, dann verwarf er diesen Gedanken. Graf Ranulf von Chester war sicherlich einer der mächtigsten Männer im Königreich, praktisch unumschränkter Herrscher über eine riesige Pfalzgrafschaft, wo sein Wort galt und kein anderes. Aber aus eben diesem Grund war nicht zu erwarten, daß er den Wunsch verspüren würde, sich in den Thronstreitigkeiten für eine der beiden Seiten zu erklären. Solange er unangefochtener Herr seiner Besitzungen blieb und nicht befürchten mußte, von König Stephen oder der Regentin Maud jemals in seinen Besitzrechten bedroht zu werden, konnte er sich unbesorgt zurücklehnen und seine eigenen Grenzen bewachen — nicht nur mit dem Bestreben, sie zu erhalten, sondern mit guten Aussichten, sie zu erweitern. Ein zerrissenes Land bietet große Möglichkeiten — ebenso, wie es Gefahren bringt.

»Es wird einige Mühe bereiten, Ranulf zu überreden, mag er ein Anverwandter sein oder nicht. Er hat keine Ursache zu klagen, und wenn er sich gegen König Stephen erhebt, so wird er es tun, weil er Gewinn und Macht für sich selbst erhofft, und die Regentin dürfte erst an zweiter Stelle kommen. Er ist nicht der Mann, der irgend etwas für eine andere Sache als seine eigene riskiert.«

Cadfael kam aus der Hütte und setzte sich zu Hugh Beringar. Dankbar atmete er die kühle Abendluft ein, denn in der Hütte hatte er das Gebräu über seiner kleinen Kohlenpfanne zum Sieden gebracht. »Das ist besser! Nun füll mir einen Becher, Hugh, ich bin mehr als reif für einen guten Trunk.« Nach einem großen, genüßlichen Schluck sagte er nachdenklich: »Es gab einige Befürchtungen, daß diese unruhigen Verhältnisse auch diesmal den Jahrmarkt ruinieren könnten, doch scheint der Handel weiterzugehen, während die Adligen in ihren Burgen sitzen und finstere Ränke schmieden. Schließlich sind die Aussichten günstig.«

»Für die Abtei vielleicht«, meinte Hugh Beringar. »Die Stadt ist weniger zuversichtlich, nach allem, was wir auf dem Durchzug hörten. Dieser neue Abt hat den Zunftmeistern die Köpfe zurechtgesetzt.«

»Ah, du hast davon erfahren?« Cadfael erzählte ihm den Hergang des Streites, für den Fall, daß sein Freund nur die eine Seite gehört hatte. »Die Bürger haben recht, wenn sie auf Entlastung dringen, das ist keine Frage. Doch der Abt hat ebenfalls recht, wenn er das Ansinnen zurückweist, und er kann nicht anders handeln, als auf seinen Rechten zu bestehen. Die sind vertraglich festgelegt. Er nimmt sich nur das, was ihm zugebilligt wurde. Und nicht weniger!« fügte er hinzu und seufzte.

»In der Stadt schlägt die Erregung hohe Wellen«, warnte Beringar. »Es sollte mich nicht wundern, wenn es noch Verdruß für euch geben würde. Der Bürgermeister hat die Bedürftigkeit der Stadt nicht übertrieben. Die Bürger vertreten die Ansicht, daß dies gesetzlich sein mag, aber nicht gerecht ist. Aber wie spricht man hier? Wie geht es euch unter der neuen Ordnung?«

»Selbst innerhalb unserer Klostermauern hört man Gemurmel, wenn man die Ohren offenhält«, räumte Cadfael ein. »Aber ich für meinen Teil habe keine Ursache, mich zu beschweren. Er ist ein strenger Vater, aber gerecht, und mindestens so hart gegen sich selbst wie gegen andere. Unter Heribert sind wir verweichlicht und dem bequemen Leben anheimgefallen, und das neue Regiment erschien uns anfangs ziemlich hart, aber so muß es sein. Ich habe viel Vertrauen zu dem Mann. Er straft, wo er Fehler und Versäumnisse sieht, aber er wird gegen jede Macht der Welt bestehen, wenn die Interessen und der Bestand des Klosters es erfordern. Er ist ein Mann, wie man ihn in jeder Schlacht gern an seiner Seite weiß.«

»Aber seine Treue beschränkt sich auf die Kirche, den Orden und die ihm anvertrauten Mönche?« fragte Beringar und hob die dunklen Brauen.

»Wir leben in einer streitsüchtigen Welt«, erwiderte Bruder Cadfael, der mehr als die Hälfte seines Lebens immer wieder im dichtesten Kampfgewühl gestanden hatte. »Wer sagt, daß der Frieden vorteilhaft für uns sein würde? Ich kenne den Mann noch nicht gut genug, um zu wissen, was in seinem Kopf vorgeht. Seine Gelübde gelten jedenfalls dem Orden und diesem Haus. Laß ihm Zeit, Hugh, und wir werden sehen, was herauskommt. Es gab Zeiten, wo ich nicht wußte, was ich von dir halten sollte!« Er lächelte bei dem Gedanken. »Jedoch nicht sehr lange. Bald werde ich auch unseren Ehrwürdigen Vater beurteilen können. Nun gib mir den Krug, Freund, und dann muß ich gehen und die Arznei für die Kälber rühren. Wie lange dauert es noch bis zur Komplet?«

2.

Am 31. Juli strömten die Händler auf der Straße und auf dem Wasserweg herbei. Vom Mittag an wurden die Boxen und Einfriedungen für den Pferdemarkt gegen Entrichtung der Standgelder vergeben. Die Klosterverwalter standen bereit, um Züchter und Händler zu ihren Plätzen zu führen und die Gebühren zu erheben, deren Höhe sich nach der Menge der mitgebrachten Waren richtete. Für eine bescheidene Rückentraglast betrug die Marktgebühr einen halben Penny, für die Traglast eines Pferdes einen Penny, für Karrenladungen zwei bis vier Pence, je nach Größe und Ladefähigkeit. Noch höhere Gebühren erbrachten die Waren, die bei der neuen, zeitweiligen Landungsstelle an der Au von den dort festgemachten Flußbarken entladen wurden. Das gesamte Gebiet vor dem Tor war ein buntes, lärmendes Gewoge, die vom Kloster für den Viehauftrieb freigemachten Stallungen und Scheunen außerhalb der Mauern waren voll belegt, und zwischen den Marktständen und den Rädern der Karren rannten aufgeregt Kinder und Hunde herum.

Innerhalb der Klostermauern wich man nicht vom strengen Plan der täglichen Gottesdienste und Gebetsstunden ab, doch dazwischen hatte sich mit den Gästen eine fröhlich Festtagsstimmung eingeschlichen, und Novizen und Klosterschüler durften ungestraft umhergehen und sich das Treiben anschauen. Wie es seiner Würde geziemte, blieb Abt Radulfus allem weltlichen Treiben fern und überließ die Oberaufsicht über den Jahrmarkt und das Einsammeln der Marktgelder seinem Prior und dessen Laienverwaltern. Gleichwohl war er über alles, was vorging, stets unterrichtet und hatte Maßnahmen geplant, um mit jedem Notfall fertigzuwerden. Sobald ihm die Ankunft des ersten flämischen Händlers gemeldet wurde, zusammen mit der Nachricht, daß der Mann nur wenig Französisch sprach, entsandte er Bruder Matthew, der in früheren Tagen längere Zeit in Flandern gelebt hatte und fließend Flämisch sprach. Er sollte dem Ankömmling bei allen etwa sich ergebenden Problemen zur Seite stehen. Wenn die für ihre feine Ware bekannten flandrischen Tuchhändler kamen, tat man gut daran, ihnen alle Schwierigkeiten aus dem Weg zu räumen, denn ihr Besuch verhalf dem Kloster zu hohem Gewinn. Es kennzeichnete die Bedeutung des St. Peters-Jahrmarkts, daß diese Händler so weite Reisen von den ostenglischen Häfen ins Landesinnere unternahmen und sich nicht scheuten, für den Transport ihrer Waren Karren oder Tragtiere zu mieten.

Die Waliser waren natürlich immer zahlreich vertreten, doch wohnten sie größtenteils in der Nähe — Einheimische, die mit je einem Fuß auf beiden Seiten der Grenze standen und genug Englisch konnten, so daß sie keine Dolmetscher brauchten. Deshalb fand Bruder Cadfael es einigermaßen überraschend, als er beim Verlassen des Refektoriums nach der Abendmahlzeit wieder aufgehalten wurde, diesmal vom Verwalter des Meierhofes, der von seinen vielfältigen Pflichten ganz in Anspruch genommen war. Atemlos bat er Cadfael, zur Landestelle zu gehen und sich eines Händlers anzunehmen, der nichts als Walisisch spräche, dabei aber ein Mann von Bedeutung, ja sogar Selbstüberhebung zu sein schiene, der sich nicht mit der verdächtigen Hilfe eines einheimischen Walisers und etwaigen Geschäftskonkurrenten würde abspeisen lassen.

»Prior Robert beurlaubt dich, solange du benötigt wirst. Es ist ein Bursche aus Mold, Rhodri ap Huw mit Namen. Er hat eine große Bootsladung den Dee heraufgebracht und mit Tragtieren nach Vrnwy am Severn befördert, was ihn eine Menge Geld gekostet haben muß.«

»Welche Art von Waren bietet er feil?« fragte Cadfael, als sie zusammen zum Torhaus gingen. Sein Interesse an dem neuen Auftrag war augenblicklich erwacht. Nichts hätte ihm besser zupaß kommen können als ein hieb- und stichfester Vorwand, um sich ins Jahrmarktstreiben vor dem Tor zu mischen.

»Hauptsächlich Schurwolle, die sehr gut aussieht. Außerdem Honig und Met. Und ich glaube, daß ich einige Bündel Häute sah, vielleicht aus Irland. Und da ist der Mann selbst.«

Rhodri ap Huw stand massiv wie ein Felsen auf den Holzplanken des Landesteges neben seiner vertäuten Flußbarke und ließ sich von den Gezeiten menschlicher Geschäftigkeit umspülen. Der Fluß zog grün und still dahin, wasserreich für den Hochsommer. Selbst Boote mit größerem Tiefgang hatten die Flußfahrt ohne Mißgeschick bewältigt und wurden nun entladen. Der Waliser stand da und musterte die Ballen anderer Händler mit schlauen Blicken aus schmalen dunklen Augen. Wahrscheinlich taxierte er den Wert von allem, was er sah. Der etwa fünfzigjährige Mann wirkte so erfahren und selbstsicher, daß Cadfael sich fragte, warum solch ein Mann niemals Englisch gelernt hatte. Er war nicht groß, aber stämmig, ein grobknochiger, hitziger Waliser, dessen breites Gesicht vom schwarzen Gestrüpp seines üppig wuchernden Haupt- und Barthaares umrahmt wurde. Seine Kleidung, obschon einfach, war aus gutem Material und ordentlich verarbeitet. Er sah den Verwalter herbeieilen, der seine Wünsche offenbar gewissenhaft erfüllt hatte, und große weiße Zähne glänzten befriedigt aus dem Dickicht des schwarzen Bartes.

»Da bin ich, Meister Rhodri«, sagte Cadfael munter, »um Euch in Eurer eigenen Sprache Gesellschaft zu leisten. Mein Name ist Cadfael. Ich stehe Euch zu Diensten, für all Eure gegenwärtigen Bedürfnisse.«

»Seid mir willkommen, Bruder Cadfael«, antwortete Rhodri ap Huw herzlich. »Ich hoffe, Ihr werdet mir vergeben, daß ich Euch von Euren Andachten abhalte ...«

»Die werden darunter nicht zu leiden haben. Und ich danke Euch! Es ist jammerschade, die Geschäftigkeit und das Jahrmarktstreiben versäumen zu müssen, und so bin ich froh, dann und wann einen Blick auf die Welt zu tun.«

Scharfe, zwinkernde Augen maßen ihn von Kopf bis

Fuß. »Ihr werdet auch aus dem Norden sein, denke ich. Meine Heimat ist Mold.«

»Ich wurde bei Trefriw geboren.«

»Ein Gwynedd-Mann. Aber einer, der sehr viel mehr von der Welt gesehen hat als Trefriw, wenn mich nicht alles täuscht, Bruder. Nun, auch ich bin ein wenig herumgekommen. Hier sind meine zwei Knechte — bereit, meine Waren zu entladen und zum Markt zu tragen, bevor ich einen Teil meiner Ladung flußabwärts nach Bridgenorth sende, wo ich einen Metverkauf abgeschlossen habe. Also, bringen wir zuerst die Waren an Land?«

Der Verwalter bat sie, einen Marktstand an einer Stelle zu wählen, die Meister Rhodri günstig erscheinen würde, nachdem er den Marktplatz in Augenschein genommen hätte, und verließ die beiden, um die Entladung zu überwachen. Rhodris Bootsleute, zwei gewandte kleine Waliser, machten sich eifrig ans Werk, handhabten die schweren Ballen getrockneter Häute und die Wollsäcke mit sachkundiger Geschicklichkeit und stapelten sie auf dem Landesteg. Rhodri und Cadfael wandten sich unterdessen dem lebhaften Kommen und Gehen ringsum zu, eine Beschäftigung, der sich auch zahlreiche Stadtbewohner und Gäste der Abtei hingaben. An einem schönen Sommerabend war es die beste Unterhaltung, sich über die Mauerbrüstung der Brücke zu beugen oder den grün verwachsenen Pfad am Ufer der Au entlangzuschlendern und die gelandeten Boote und Waren zu betrachten, wenn man es nicht vorzog, das bunte, lärmende Durcheinander auf den Jahrmarktsplätzen zu bewundern, das fraglos einen der Höhepunkte des Jahres bildete. Wenn einige Stadtbewohner mit verdrießlichen Mienen zusahen und ärgerlich miteinander flüsterten, so war auch das kein Wunder. Die Nachricht von der Konfrontation des Vortages hatte sich in der ganzen Stadt verbreitet, und jeder wußte, daß die Zunftmeister abgewiesen worden waren.

Rhodri stand mit gespreizten Beinen auf den federnden Planken. »Es verdient Beachtung, wie beide Hälften von

England im Handel zusammenkommen, während sie auf jedem anderen Gebiet verfeindet sind. Man braucht den Leuten nur zu zeigen, wo Geld zu verdienen ist, und schon sind sie da. Wenn Grafen und Könige den gleichen gesunden Menschenverstand hätten, könnte ein Land in Frieden leben und hübsch dabei verdienen.«

»Ich glaube«, erwiderte Cadfael trocken, »daß es hier sogar zwischen den Kaufleuten einen hitzigen Wettbewerb geben wird, ehe die drei Tage um sind. Da mag manch einen das Verlangen anwandeln, dem Konkurrenten die Kehle durchzuschneiden.«

»Nun, jeder kluge Mann trägt eine Waffe bei sich, auf deren Gebrauch er sich versteht, das ist nur vernünftig. Aber wir leben zusammen — besser, als es den Fürsten gelingt. Wenn ich auch zugebe«, fuhr Rhodri gewichtig fort, »daß die Fürsten von Gelegenheiten wie dieser guten Gebrauch zu machen wissen. Nichts kommt einem der größeren Jahrmärkte gleich, wenn es darum geht, Neuigkeiten und Ansichten auszutauschen, ohne bemerkt zu werden, oder Pläne und Intrigen einzufädeln oder jemanden zu treffen, mit dem man sonst nicht gesehen werden möchte. Nirgendwo ist man so einsam wie in der Mitte eines Marktplatzes!«

»In einem geteilten Land«, meinte Cadfael gedankenvoll, »ist es leider so, da mögt Ihr recht haben.«

»Zum Beispiel — schaut nach links, aber wendet Euch nicht um. Ihr seht den mageren Mann in den feinen Kleidern, den Glattrasierten mit dem gezierten Gang? Er ist gekommen, um festzustellen, wer auf dem Wasserweg eingetroffen ist — Ihr könnt versichert sein, daß er schon frühzeitig gekommen ist und seinen Verkaufsstand bereits aufgeschlagen und mit Waren versehen hat, um uns andere unbehindert von drängenderen Aufgaben zu beobachten. Das ist Euan von Shotwick, der Handschuhmacher, und ein wichtiger Mann an Graf Ranulfs Hof in Chester, das kann ich Euch sagen.«

»Wegen seiner Geschicklichkeit in seinem Gewerbe?«

fragte Cadfael, während er mit unauffälligem Interesse die hagere, elegant gekleidete, hochmütige Gestalt beobachtete.

»Wegen seiner Geschicklichkeit auf diesem und anderen Gebieten, Bruder Cadfael. Euan von Shotwick ist einer der wachsamsten und scharfsinnigsten Kundschafter, die Graf Ranulf in Sold hat, und bei Hofe hält man große Stücke auf ihn. Wenn er hier in Shrewsbury einen Marktstand errichtet, dann mag das sehr wohl anderen Zwecken als dem Handel dienen. Und dann auf der anderen Seite — seht Ihr diese große Barke, die gerade längsseits gebracht wird — stromabwärts? Fällt Euch die Form auf? In Bristol gebaut, für tausend Mark! Direkt aus dem westlichen Land und der Stadt, die der König letztes Jahr nicht einnehmen konnte und seitdem in Ruhe lassen mußte.«

Auf der glatten Oberfläche des leise dahinziehenden Severn, deren glasiges Grün nun vom Schein der Abendsonne versilbert wurde, näherte sich die Barke der grasigen Uferböschung am Ende des Landungssteges. Sie lag eindrucksvoll breit und doch anmutig im Wasser, geschickt konstruiert, so daß sie kaum mehr Tiefgang hatte als Boote von der Hälfte ihrer Ladefähigkeit, und sich doch gut steuern und auf dem Kurs halten ließ. Sie hatte einen einzigen Mast und achtern eine geschlossene Kabine. Von drei Bootsleuten wurde sie mit leichtem Druck der langen Stangen zum Ufer gestakt, um dort zu warten, bis ein Liegeplatz am Landungssteg frei würde. Zwanzig Pence, eher mehr als weniger, dachte Cadfael, bevor sie ihre Ladung an Land bringen und verkaufen kann.

»Diese Barke wurde gebaut, um Wein zu transportieren, ohne zu schwanken«, erklärte Rhodri ap Huw, der sie mit seinem schmalen, scharf berechnenden Blick beobachtete. »Einige der besten Weine Frankreichs kommen nach Bristol, und so weit nördlich sollten sie sich gut verkaufen. Auf diesen Handel möchte ich mich verstehen.«

Mehrere Zuschauer, ob sie nun den Heimathafen und die Ladung der Neuankömmlinge errieten oder nicht, waren neugierig genug, um die Brücke und die Straße zu verlassen und die Barke aus Bristol landen zu sehen. Sie war in der Tat so bemerkenswert unter den kleinen Wasserfahrzeugen, daß sie alle Blicke auf sich lenkte. Cadfael konnte in der Menge einige bekannte Gesichter ausmachen — Edric Fleshers Frau Petronilla, Aline Beringars Magd Constance, die sich über die Brüstung beugten, einen der Klosterverwalter, der seine Pflichten vernachlässigte, um diesen Anblick zu genießen. Und plötzlich sah er Sonnenstrahlen auf dunkelblonden, kurzgeschnittenen Haaren schimmern, und ein junger Mann kam leichtfüßig von der Landstraße herunter, um auf der grasbewachsenen Böschung über dem Landungssteg stehenzubleiben und bewundernd zuzuschauen, wie das Boot aus Bristol längsseits glitt, um festgemacht zu werden. Der Edelmann, dessen selbstsichere Schönheit Marks sehnsüchtige Bewunderung erregt hatte, war offensichtlich genauso neugierig wie der zerlumpteste barfüßige Straßenjunge aus der Vorstadt.

Die walisischen Bootsleute hatten die Waren mittlerweile entladen und warteten auf Befehle, und Rhodri ap Huw war nicht der Mann, der sich von seinem Interesse an den Geschäften anderer Leute von seinen eigenen abhalten ließ.

»Die werden eine gute Weile mit dem Entladen zu tun haben«, bemerkte er. »Sollten wir nicht gehen und einen guten Platz für meinen Marktstand auswählen, bevor der große Ansturm beginnt?«

Cadfael führte ihn die Straße zum Kloster entlang, wo gegenüber der Mauer bereits mehrere Marktstände errichtet waren. »Ich denke mir, daß Ihr einen Platz am Pferdemarkt vorziehen werdet, wo alle Wege zusammentreffen.«

»Ach, meine Kunden werden mich finden, wo ich auch bin«, sagte Rhodri selbstgefällig. Gleichwohl musterte er alle Möglichkeiten mit schlauem Blick und ließ sich Zeit mit der Auswahl seines Platzes, selbst als sie die Länge der Klosterfront abgeschritten hatten und schon vor dem weiten offenen Dreieck des Pferdemarktes standen. Die Lohnarbeiter der Abtei hatten dort eine Anzahl besser ausgestatteter Marktstände aufgeschlagen, die verschlossen und zugesperrt werden konnten und ihren Inhabern nicht nur ein Dach über dem Kopf, sondern auch eine einfache Schlafgelegenheit boten. Diese Marktstände wurden vermietet. Andere Händler brachten ihre eigenen Schragen und Schutzdächer mit, während die Kleinhändler jeden Morgen herkamen und ihre Waren auf dem Boden auslegten oder auf einer geflochtenen Matte und so alle Räume zwischen den größeren Ständen ausfüllten. Für Rhodri war das Beste gerade gut genug. Er entschied sich für einen festen, verschließbaren Marktstand unweit der Klosterstallungen, wo alle, die ihre Reit- oder Tragtiere aus dem Stall holten oder hineinführten, vorbeigehen mußten und bei der Gelegenheit nicht umhin konnten, die Waren in den benachbarten Ständen zu bemerken.

»Dieser Stand gefällt mir. Einer meiner Knechte wird hier schlafen.« Der ältere der beiden war ihnen gefolgt, die erste Last in einer Schlinge auf den Schultern, während der andere am Landungssteg geblieben war, um die dort gestapelten Waren zu bewachen. Nun begann der Mann im Marktstand zu verstauen, was er mitgebracht hatte, während Rhodri und Cadfael zum Fluß zurückkehrten, um dem zweiten Knecht Anweisungen zu geben. Sie trafen einen der Klosterverwalter, teilten ihm mit, welchen Platz Rhodri gewählt hatte, und einigten sich auf einen Mietpreis. Bruder Cadfaels unmittelbare Pflicht war damit erfüllt, doch wie jeder andere, der so etwas nur einmal im Jahr zu sehen bekam, interessierte auch er sich für das noch immer zunehmende Treiben entlang der Straße und am Severn. Außerdem war noch etwas Zeit, bevor er zur Komplet gehen mußte. Und es freute ihn, wieder einmal Walisisch zu sprechen, da sich innerhalb der Klostermauern nur selten eine Gelegenheit dazu bot.

Sie erreichten die Abzweigung des Weges von der Straße am Flußufer und blickten hinab auf eine Szene lebhafter Geschäftigkeit. Die Barke aus Bristol hatte festgemacht, und ihre drei Bootsleute begannen Weinfässer auf den Landungssteg zu heben, während ein großer, beleibter älterer Herr mit rotem Gesicht und in einem langen Gewand von modischem Schnitt die Arbeit überwachte und Befehle erteilte. Die Kapuze des Gewandes war zu einer Art Hut aufgedreht, und die weiten Ärmel flatterten und wehten mit seinen gestikulierenden Armbewegungen. Sein fleischiges, aber energisches Gesicht war rund und cholerisch, mit struppigen Brauen wie Stechginster und bläulichen Hängebacken. Er bewegte sich mit erstaunlicher Gewandtheit und Schnelligkeit. Offensichtlich hielt er sich für einen bedeutenden Mann und erwartete, daß andere ihn auf Anhieb als solchen erkannten.

»Dachte ich's mir doch!« sagte Rhodri ap Huw, erfreut über seinen Scharfsinn und seine Kenntnis weitverzweigter Angelegenheiten. »Thomas von Bristol nennen sie ihn, er ist einer der größten Weinimporteure dort und handelt in geringerem Umfang auch mit Luxuswaren aus dem Osten — Süßigkeiten, Gewürzen und Zuckerwaren. Die Venezianer bringen sie aus Zypern und Syrien. Teuer und einträglich! Die Damen werden hohe Preise für etwas bezahlen, was ihre Nachbarinnen nicht haben. Was sagte ich? Geld bringt die Menschen zusammen. Ob sie für König Stephen oder die Regentin eintreten, sie kommen und verkehren auf Eurem Jahrmarkt miteinander, Bruder.«

»Nach seinem Aussehen zu urteilen«, sagte Cadfael, »muß er in der Stadt Bristol ein angesehener Mann sein.«

»Das ist er, Gott mit ihm, und gut angeschrieben am Hofe Roberts von Gloucester. Aber Geschäft ist Geschäft, und es würde mehr erfordern als die Furcht, sich in feindliches Territorium zu wagen, um ihn daheim festzuhalten, wenn es gutes Geld zu verdienen gibt.«

Sie hatten den Abstieg zum Flußufer begonnen, als sie auf ein anschwellendes, aufgeregtes Gemurmel unter den Zuschauern auf der Brücke aufmerksam wurden, deren Köpfe sich zum Stadttor auf der anderen Seite des Flusses wandten. Der schräg vom Westen einfallende Schein der Abendsonne warf tiefe Schatten von der Mauerbrüstung halb über die Brücke. Darüber schwebte eine durchscheinende, langsam wallende Wolke aus feinem Staub, deren Teilchen in den Sonnenstrahlen glitzerten und die sich dem Klosterufer näherte. Gleich darauf kam eine geschlossene Gruppe junger Männer in Sicht, die wie eine entschlossene kleine Armee dahermarschierten und die Müßiggänger und Schaulustigen beiseite drängten. Während alle anderen den schönen Abend mit angenehmem Nichtstun verbrachten, hatte diese ein Ziel, dem sie schnell und tatendurstig zustrebten, um so eiliger vielleicht, als sie befürchteten, daß Aggressivität und Willenskraft unterwegs verlorengehen könnten. Es mochten etwa fünfundzwanzig sein, allesamt junge Männer. Einige Gesichter waren Cadfael bekannt. Martin Bellecotes Junge Edwy, Edric Fleshers Geselle und die Sprößlinge eines halben Dutzends geachteter Gewerbe in der Stadt hatten sich eingefunden. An ihrer Spitze schritt der junge Philip Corviser einher, der Sohn des Bürgermeisters, das Kinn kriegerisch vorgestreckt und die geballten Hände im Rhythmus der langen Schritte schwingend. Sie sahen sehr finster und starrköpfig aus, und die Leute blickten erstaunt und nachdenklich zu ihnen hin. Dann folgten sie ihnen etwas langsamer und vorsichtiger, um zu sehen, was geschehen würde.

»Wenn dies nicht das Gesicht des Aufruhrs ist«, sagte Rhodri ap Huw, als die grimmigen jungen Gesichter noch ein gutes Stück entfernt waren, »dann habe ich es nie gesehen. Ich hörte, daß Euer Kloster eine Meinungsverschiedenheit mit der Stadt hat. Nun, ich muß sehen, daß meine Waren sicher unter Verschluß sind, bevor die Trompeten blasen.« Er schob seine Ärmel hoch und eilte leichtfüßig wie ein Eichhörnchen den Pfad zum Anlegesteg hinab, wo er sich gleich darauf über seine kostbaren Honigkrüge beugte und sie ins Boot hob, wo ihnen nichts zustoßen konnte, während Cadfael mit gedankenvoller Miene am

Straßenrand zurückblieb. Die Kaufmannsinstinkte, dachte er, waren vernünftig und gesund. Die Stadtältesten hatten ihr Ersuchen vorgebracht und waren mit leeren Händen zurückgekehrt. Nach ihren Gesichtern zu urteilen, hatten die jüngeren und hitzköpfigeren Helden der Stadt Shrewsbury energischere Maßnahmen beschlossen. Bei genauerem Hinsehen stellte er mit Erleichterung fest, daß sie unbewaffnet waren. Soweit er sehen konnte, hatten sie nicht einmal Stöcke bei sich. Aber an den aufrührerischen Absichten dieser kleinen Schar bestand kein Zweifel, und jeden Augenblick konnten die Kriegstrompeten erschallen.

3.

Die rasch vorwärtsdrängende Phalanx erreichte das Ende der Brücke, wo sie einen kurzen Augenblick innehielt, während ihr Anführer prüfende Blicke über die nun von kleineren Marktständen gesäumte Straße und hinab zum Landungssteg warf. Er gab einen kurzen Befehl, worauf er, mit vielleicht zehn seiner standhaften Verfechter auf den Fersen, den Uferweg am Fluß hinabstürmte. Der Rest marschierte vehement vorwärts. Die interessierten Stadtbewohner teilten sich stillschweigend in zwei Gruppen von Parteigängern und folgten beiden Abteilungen. Nicht einer von ihnen würde freiwillig versäumen, was zu erwarten stand.

Cadfael beäugte die vorbeistürmenden Kämpfer in nüchterner Besorgnis, denn aus der Nähe bekräftigte ihr Anblick seine Vermutung, daß sie ernsthafte Interessen vertraten. Andererseits trug nicht einer von ihnen eine Keule oder einen Knüppel bei sich, und er bezweifelte, daß sie Messer hatten. Außer ihren Gesichtern und den entschlossenen Bewegungen war nichts an ihnen kriegerisch. Außerdem kannte er die meisten, und es waren keine gefährlichen Übeltäter darunter. Gleichwohl war er sehr beunruhigt, als er hinter ihnen in den Uferweg bog. Der junge Corviser war bekannt für sein hitziges Temperament, klug, aber voll von unüberlegten und verdächtigen Ideen, die Hälfte der Zeit im Kampf mit seinen Eltern und gelegentlich imstande, mehr zu trinken, als er in seinem Alter vertragen konnte. Doch hatte er an diesem Abend mit Sicherheit nicht getrunken, sondern weitaus dringendere Angelegenheiten im Sinn.

Bruder Cadfael seufzte, als er halb widerwillig den Weg am Fluß hinabging. Die ernsthaften jungen Leute neigten auf bedenkliche Weise dazu, sich über den Punkt hinauszuwagen, wo die Erfahrung umkehrt. Und je feuriger sie für ihre Auffassung von Gerechtigkeit eintraten, desto wahrscheinlicher war es, daß sie zu Schaden kamen.

Es überraschte ihn keineswegs, als er bemerkte, daß Rhodri ap Huw, dieser höchst erfahrene Reisende, von der Anlegestelle verschwunden war, zusammen mit seinem zweiten Träger und all seinen Waren. Rhodri selbst würde nicht weit sein, nachdem er vorgesorgt hatte und seine Waren auf dem besten Weg waren, in seinem Marktstand untergebracht und sicher verschlossen zu werden. Es lag nahe, daß er die Vorgänge beobachten und seine Dispositionen entsprechend treffen wollte. Aber er würde außer Sicht bleiben, an irgendeinem strategisch günstigen Ort, wo er sich ungehindert davonmachen konnte, wann immer er dies für richtig erachtete. Aber entlang der Landungsstelle lag ein halbes Dutzend Boote verschiedener Größen vertäut und wurde gerade entladen — vor allem Thomas von Bristols große, auffallende Barke. Ihrem Eigentümer blieb die plötzliche Unruhe bei der Brücke nicht verborgen, und er wandte sich zum Uferweg, um einen herrischen Blick in jene Richtung zu senden, bevor er sich wieder der Überwachung der Leute zuwandte, die seine Waren ausluden. Die Menge der Kisten und Ballen auf den Planken war eindrucksvoll, und so konnte den jungen Männern, die am Flußufer heraneilten, nicht entgehen, daß sie es mit Macht und Reichtum zu tun hatten.

»Ihr Herren!« rief Philip Corviser mit lauter Stimme,

nachdem er vor Thomas von Bristol mit gespreizten Beinen Stellung bezogen hatte. Er besaß eine klangvolle Stimme, die weit trug, und andere Händler unterbrachen ihre Arbeit, um zu lauschen. »Ihr Herren, ich bitte, hört mich an, da auch Ihr alle Bürger verschiedener Städte seid, wie ich einer von Shrewsbury bin, und da auch Euch die Heimatstadt so lieb und teuer ist wie mir die meinige! Ihr seid hier und zahlt Marktgelder und Zölle an die Abtei, während diese der Stadt jede Hilfe verweigert. Und dringender als jemals die Abtei benötigen wir einen Teil dessen, was Ihr bringt.«

Die Puste ging ihm aus, und er schnappte angestrengt nach Luft. Er war ein langaufgeschossener, magerer junger Bursche, der die Herrschaft über seine langen Gliedmaßen noch nicht völlig erlangt hatte, da er kaum zwanzig und gerade erst am Ende seines Wachstums war. Ordentlich in seiner Kleidung, aber mit abgenütztem, geflicktem Schuhwerk, wie Cadfael bemerkte — eine Bestätigung des alten Sprichworts, nach dem des Schuhmachers Sohn immer derjenige ist, der barfuß gehen muß. Sein dunkelrotes Haar bildete ein dickes Strohdach, und er hatte ein nettes, aber unansehnliches Gesicht, das jetzt unter der Sommerbräune bleich von Leidenschaft war. Angeblich konnte er gute Arbeit leisten, solange seine leicht in Wallung zu bringenden Gefühle nicht ins Spiel kamen. Sicherlich hatte er jetzt einen Anlaß, sich zu erregen, Gott mit ihm, und so überschüttete er diese nüchternen Kaufleute und Handelsmänner mit all den Argumenten, die sein Vater im Kapitelsaal vorgetragen hatte, in leidenschaftlichem Ernst und — der Himmel gebe ihm gesunden Menschenverstand! — sogar mit der Hoffnung, sie zu überzeugen.

»Solltet Ihr auf die Seite der Abtei treten, wenn diese den Nöten der Stadt mit Gleichgültigkeit begegnet? Wir sind hier, um Euch mit unserer Seite der Geschichte vertraut zu machen und um an Euch als Männer zu appellieren, die auch die Bürden ihrer Heimatgemeinden zu tragen und vielleicht auch zu Hause gesehen haben, was Krieg und Belagerung aus den Stadtmauern und den gepflasterten Wegen machen können. Ist es unbillig, daß wir Euch um einen Anteil von den Gewinnen des Jahrmarkts bitten? Die Abtei erlitt voriges Jahr, als die Stadt arg verwüstet wurde, keinen Schaden. Wenn sie nicht zum Allgemeinwohl beitragen will, wenden wir uns an Euch, die Ihr keinen solchen Schutz gegen die Härten und Mühseligkeiten der Welt habt. Sicher werdet Ihr Mitgefühl für jene aufbringen, die gleiche Bürden zu tragen haben.«

Die Händler begannen das Interesse an ihm zu verlieren, zuckten mit den Schultern und wandten sich ihren Entladearbeiten zu. Er bemerkte es und hob die Stimme in einem letzten Appell.

»Wir ersuchen Euch um nicht mehr, als daß Ihr ein Zehntel von den Abgaben, die Ihr der Abtei entrichtet, zurückbehaltet und sie der Stadt zur Instandsetzung der Mauern und des Pflasters bezahlt. Was vermögen die Klosterverwalter gegen Euch, wenn Ihr einen einhelligen Entschluß faßt? Es entstehen Euch keine Kosten über die hinaus, die Ihr in jedem Falle zahlen müßt, und wir würden der Gerechtigkeit ein Stück näherkommen. Was sagt Ihr, werte Herren? Werdet Ihr uns helfen?«

Sie dachten nicht daran! Das gleichgültige und höhnische Gemurmel bedurfte kaum der Erklärung. Weshalb sollten sie gegen etwas verstoßen, was in einer Verleihungsurkunde niedergelegt war, wenn sie dabei nichts zu gewinnen hatten? Warum sollten sie das Risiko tragen? Sie ließen ihn stehen und widmeten sich wieder ihrer Arbeit. Die jungen Männer rings um ihn murrten, noch unbeherrscht, aber in wachsendem Zorn. Und Thomas von Bristol, massig und geringschätzig, wedelte ihrem Sprecher mit der Hand vor dem Gesicht, als wäre er eine lästige Fliege, und sagte ungeduldig: »Geh aus dem Weg, Junge, du behinderst Höhergestellte. Der Stadt ein Zehntel zahlen, in der Tat! Sind die Rechte der Abtei nicht nach dem Gesetz niedergelegt und vom König bestätigt worden? Und kannst du, darfst du wagen, mir zu sagen, ich soll die rechtmäßig verlangten Abgaben nicht bezahlen? Wenn du eine Beschwerde hast, daß das Kloster ungesetzlich handelt, dann geh damit zum Grafschaftsbeamten, wohin solche Beschwerden gehören, aber komm mit deinem Unsinn nicht hierher. Und nun pack dich und laß ehrliche Männer in Ruhe arbeiten.«

Der junge Mann entgegnete hitzig: »Die Bewohner Shrewsburys sind so ehrlich wie Ihr, Herr, doch brüsten sie sich nicht so sehr damit. Wir halten Ehrlichkeit hier für selbstverständlich! Und es ist kein Unsinn, daß unsere Stadt niedergebrochene Mauern und zerlöcherte Straßen hat, während die Abtei mit ihrem ganzen Besitz solchen Schäden entgangen ist. Nein, hört mich an …«

Der Händler kehrte ihm den breiten, gebeugten Rücken zu und stampfte zu seinen gestapelten Fässern, um den Stock aufzuheben, den er dort abgelegt hatte, und seinen Leuten zu bedeuten, daß sie die Arbeit fortsetzen sollten. Philip folgte ihm aufgebracht, er fühlte sich durch dieses Verhalten tief verletzt, als wäre er nichts als ein lästiges Insekt, eine Plage, die man mit einer Handbewegung beiseite wischte.

»Auf ein Wort noch, Meister!« rief er hitzig und hielt den Kaufmann am Ärmel zurück.

Beide neigten zu cholerischen Anfällen, und es wäre vielleicht in jedem Fall früher oder später dazu gekommen. Aber Cadfael gewann den Eindruck, daß der Kaufmann durch den Griff nach seinem Arm wirklich erschrak und glaubte, er würde angegriffen. Was immer der Grund war, er drehte sich um und schlug mit dem Stock in seiner Hand blindlings zu. Der junge Mann warf den Arm hoch, aber zu spät, um seinen Kopf zu schützen. Der Schlag fiel hart auf sein Handgelenk und die Schläfe und warf ihn auf die Planken der Anlegestelle. Aus einer Platzwunde über dem Ohr sickerte Blut.

Dies war das Ende aller friedlichen und würdigen Proteste und die Kriegserklärung. Im nächsten Augenblick geschah vieles gleichzeitig. Philip Corviser war ohne einen

Laut zusammengebrochen und lag halb betäubt da. Aber einer seiner Gefährten hatte unwillkürlich einen Protestschrei ausgestoßen, dem sofort Wutgebrüll seitens der jungen Männer aus der Stadt folgte. Zwei von ihnen rannten zu ihrem gefallenen Anführer, aber die übrigen stürzten sich rachelüstern auf die ebenso erregten Händler, und es entspann sich ein wüstes Handgemenge. Nicht lange, und die gerade ausgeladenen Waren wurden umgestoßen und in den Fluß geworfen. Auch einer der Angreifer fiel mit einem gewaltigen Aufklatschen ins Wasser. Glücklicherweise lernten jene, die ihr Leben an den Ufern des Severn verbrachten, für gewöhnlich schwimmen, noch ehe sie richtig laufen konnten, und der junge Mann drohte nicht zu ertrinken. Bevor er die Böschung erreichte, aus dem Wasser krabbelte und zum Kampfschauplatz zurückeilte, hatte sich entlang dem Fluß ein gewaltiger Aufruhr entwickelt.

Mehrere Bürger, die einen kühlen Kopf bewahrten, versuchten vorsichtig zu vermitteln, die kämpfenden Parteien zu trennen und vor allem den erbitterten jungen Männern zur Vernunft zu raten. Einige waren nicht vorsichtig genug und bekamen Schläge ab, die dem Feind zugedacht gewesen waren, das übliche Schicksal jener, die Frieden stiften wollen, wo niemand dazu geneigt ist.

Cadfael eilte mit ein paar Leuten zur Anlegestelle hinab, um zu verhüten, was womöglich ein zweiter und tödlicher Schlag sein könnte, nach dem geschwungenen Stock und dem verzerrten Antlitz Thomas von Bristols zu urteilen. Aber jemand kam ihnen zuvor. Eine junge Dame war aus der kleinen Kajüte des Bootes gelaufen, mit beherzt gerafften Röcken auf den Steg gesprungen und fiel ihm nun mit ihrem ganzen Gewicht in den Arm.

»Onkel, bitte nicht!« bat sie mit aufgeregter Stimme. »Er war nicht gewalttätig! Du hast ihn verletzt!«

Philip Corvisers braune Augen, die ganze Zeit halb geöffnet, doch ohne etwas zu sehen, begannen beim Klang einer so unerwarteten Stimme zu zwinkern. Er wälzte sich herum, kam wacklig auf die Knie und erinnerte sich seiner

Verletzung und des Streites, worauf er aufzuspringen und den Kampf fortzusetzen suchte. Nicht, daß seine Anstrengungen wirkungsvoll gewesen wären. Kaum stand er auf den Beinen, da gaben die Knie unter ihm nach, und er hielt sich den Kopf mit beiden Händen, als müßte er befürchten, daß er ihm abfiele. Als er beim zweiten Versuch auf die Beine kam, war es der Anblick des Mädchens, der ihn an der Wiederaufnahme von Feindseligkeiten hinderte. Da stand sie, hielt den dicken Arm des Kaufmannes umklammert und bat ihn mit wahrhaft engelgleicher Stimme, von dem Streit abzulassen, in Tönen, die einen Drachen hätten zähmen können, die großen Augen dabei ängstlich und mitleidig auf Philip gerichtet. Und sie nannte den alten Teufel »Onkel«! Im Nu waren Philips Rachegelüste verflogen, doch schien er diesen Mangel kaum zu spüren, urteilte man nach der Veränderung, die in seinem verschwitzten, blutüberströmten und zornigen Gesicht vorging. Noch benommen schwankend, starrte er das Mädchen an wie ein Pilger eine wundersame Vision oder verirrte Wanderer den Polarstern.

Sie war der Bewunderung allerdings auch wert, ein junges Ding von ungefähr achtzehn oder neunzehn Jahren, mit bloßen Armen und barhäuptig, mit zwei dicken Zöpfen blauschwarzen Haares, die ihr bis zur Taille hingen und ein rundes, kindliches Gesicht einrahmten, ganz Rosen und Schnee. Die dunkelblauen Augen unter den langen Wimpern waren vor Bestürzung und Sorge riesengroß. Kein Wunder, daß der bloße Klang ihrer Stimme den furchteinflößenden Onkel zähmte, ebenso wie ihr Anblick den beiden jungen Männern Einhalt gebot, die herbeigestürzt waren, um ihren Anführer zu bergen und zu rächen, und nun verlegen und mit offenen Mündern dastanden.

In dieser Situation ergab es sich, daß das Handgemenge auf dem Landungssteg, das sich zu einem hoffnungslos verwirrten Getümmel entwickelt hatte, in ihre Richtung wogte, daß die aufeinandergestapelten kleinen Fässer umgestoßen wurden und polternd in alle Richtungen rollten.

Cadfael faßte den jungen Corviser unter den Armen und schob den Wankenden vor sich her aus der Gefahrenzone, um ihn dann seinen Freunden in die Arme zu stoßen, damit sie ihn behüteten, da er noch benommen war. Ein rollendes Faß stieß Thomas von Bristol die Beine unter dem Leib fort, und das Mädchen, durch seinen Sturz seitwärts gestoßen, schwankte gefährlich am Rand des Landungssteges.

Mit einem Aufleuchten goldblonden Haares stürmte eine gewandte Gestalt an Cadfael vorbei, übersprang leichtfüßig wie ein Hirsch ein weiteres rollendes Faß und zog das Mädchen mit einem langen Arm auf sicheren Boden. Die beinahe freche Anmut war Cadfael so vertraut wie das blonde Haar. Er gab sich damit zufrieden, dem schwerfälligen Kaufmann auf die Beine zu helfen, und dann sah er ohne sonderliche Überraschung, daß der lange Arm noch immer galant um die Taille des Mädchens gelegt war. Noch schien sie es eilig zu haben, sich daraus zu befreien. Mit großen Augen, wie Philip Corviser sie zuvor angesehen hatte, blickte sie in das lächelnde, männlich-hübsche, aufmunternde Gesicht.

»Seht Ihr, schönes Fräulein, Ihr seid ganz sicher! Aber ich will Euch wieder an Bord helfen, und Ihr würdet gut daran tun, eine Weile dort zu bleiben — auch Euer Onkel. Ich rate Euch gut, Herr«, sagte er ernst, zu Thomas von Bristol gewandt. »Niemand wird Euch hier behelligen. Wenn Ihr diese Dame an Eurer Seite habt, könnte keiner so ungalant sein«, fügte er mit unverhohlener Bewunderung hinzu. Die weiße Haut des Mädchens wurde rosarot überhaucht.

Mit zitternden Händen, denn er war ein großer Mann und schwer gefallen, klopfte Thomas von Bristol sich die Kleider ab. »Ich danke Euch, Herr, für Eure Hilfe. Auch Euch, Bruder. Aber meine Weine — meine Waren ...«

»Überlaßt das uns, lieber Herr. Was gerettet werden kann, soll gerettet werden. Bleibt derweil sicher an Bord und wartet. Diese Ungesetzlichkeiten können nicht länger andauern, die Stadtwache muß jeden Augenblick herauskommen und diesen ungestümen jungen Männern nachsetzen. Die Hälfte von diesen ist auf der Straße vor dem Kloster, wirft Marktstände um und bedrängt die Klosterverwalter. Nun, bald werden sie mit blutigen Köpfen im Stadtkerker sitzen und wünschen, sie hätten mehr Vernunft gehabt als mit dem Abt eines Benediktinerklosters Streit anzufangen.«

Sein Blick ruhte dabei auf Cadfael, der sich damit beschäftigte, flüchtige Fässer zurückzurollen und aufzustellen, aber in Hörweite blieb. Er fühlte sich kameradschaftlich in die Planung dieses meisterhaften jungen Mannes hineingezogen, vielleicht als ein Garant der Reputierlichkeit. Die Augen des Mannes funkelten schelmisch, vielleicht sogar schadenfroh, aber das Gesicht wahrte seinen ernsten Anstand. Der nächstbeste Benediktiner wurde als Vertreter seines Ordens freundlich geneckt.

»Mein Name«, sagte der Retter wohlgemut, »ist Ivo Corbière, von dem Landsitz Stanton Cobbold in dieser Grafschaft, obgleich der Hauptteil meiner Ehre in Cheshire liegt. Wenn Ihr erlaubt, so würde ich mich glücklich schätzen, Euch meine Hilfe anzubieten ...« Inzwischen hatte er den Arm von der Taille des Mädchens genommen — geziemend, wenn auch zögernd, aber sein Blick fuhr fort, sie zu umarmen und ihr zu schmeicheln. Sie merkte es wohl, und es mißfiel ihr nicht. »Da!« sagte Corbière triumphierend, als ein junger Bursche, der an der Mauerbrüstung der Brücke stand, einen schrillen Pfiff ausstieß. »Nun werden wir sehen, wie die Übeltäter die Beine in die Hand nehmen! Ihr Ausguck hat die Wache erspäht, die aus der Stadt kommt, um den Aufruhr zu unterdrücken.«

Seine Vermutung stimmte. Aus dem Getümmel am Landungssteg fuhr auf den Pfiff plötzlich ein halbes Dutzend Köpfe hoch, sah den aufgeregt winkenden Arm, und schon im nächsten Augenblick lösten sich die arg zerzausten jungen Männer hastig aus dem Kampfgetümmel, ließen fallen, was immer sie in den Händen hielten, und rannten in verschiedene Richtungen davon. Einige flohen in die Au hinaus, wo die Büsche am Flußufer genug Deckungen boten, andere den Hang hinauf zu den versteckten Wiesenpfaden, die durch die klösterlichen Obstgärten in die Richtung des Marktes führten. Einer verschwand unter den Brückenbogen, um stromaufwärts mit nassen Füßen, doch sonst ungeschoren zu entrinnen. Gleich darauf klapperten Hufschläge über die Brücke, und ein halbes Dutzend Männer von der Wache kam zur Landungsstelle getrabt, während eine zweite Gruppe geradeaus zum Pferdemarkt ritt.

»Jetzt ist es so gut wie vorbei!« sagte Ivo Corbière fröhlich. »Bruder, wollt Ihr mir mit einem Ruder zur Hand gehen? Ich denke, Ihr kennt diesen Fluß besser als ich, und dort draußen treiben viele hart erarbeitete Waren. Vieles davon ließe sich noch retten.«

Er dachte nicht daran, sich zurückzuziehen. Schon hatte er das kleinste und manövriertüchtigste Boot ausgewählt, das am Steg lag, und noch ehe die Männer der Stadtwache ihre Pferde zwischen die noch im Kampf verbissenen Streiter getrieben hatten und anfingen, die Einheimischen am Haar herauszuziehen, war er hineingesprungen. Bruder Cadfael folgte ihm. Die Komplet sollte in zehn Minuten beginnen, nach seiner inneren Uhr, und er hätte sich entschuldigen und die Bergung der Waren diesem zuversichtlichen und imponierenden jungen Mann überlassen sollen. Doch hatte man ihn hierhergeschickt, weil er einem Besucher des Klosterjahrmarkts helfen sollte. Und konnte er nicht argumentieren, daß er noch immer eben damit beschäftigt wäre? Bevor er eine Antwort gefunden hatte, saß er in dem geliehenen Boot, ein Ruder in der Hand, den Blick auf der nächsten Kiste, die im Wasser des stillen Flusses schwamm. Das war Antwort genug.

Bald blieben die Geräusche zurück. An der Landungsstelle bemühten sich alle, Ballen und Bündel mit Haken aus dem Fluß zu ziehen, Gegenstände stromab zu Buchten und stillen Gumpen zu verfolgen, wo sie aus der Strömung geraten waren und sich an Land holen ließen, und fluchend oder lamentierend solche Waren aufzugeben, die durch das Wasser ruiniert waren. So schrieb man Verluste ab, berechnete dankbar Profite, die nach Entrichtung aller Abgaben, Zölle und Marktgebühren noch zu machen waren, und fügte sich in das Geschick. Der angerichtete Schaden war nicht so groß, er ließ sich ertragen.

Gegenüber der Klostermauern wurden Marktstände wieder aufgerichtet, umhergestreute Waren eingesammelt, gereinigt und wieder zum Verkauf bereitgelegt. Es war fraglich, ob der Tumult überhaupt bis zum Pferdemarkt vorgedrungen war, wo die großen Kaufleute ihre Ballen öffneten. In den kalten steinernen Kerkern der Burg und der Stadt saßen bereits die ersten zehn oder fünfzehn Übeltäter, hätschelten ihre Prellungen und verwundeten Gefühle und fragten sich, wie ihr edler und würdiger Protest in solch einem Durcheinander hatte zuschanden werden können. Was Philip Corviser betraf, so wußte niemand, wohin er geflohen war, nachdem er die hilfreichen Anhänger abgeschüttelt hatte. Das kurze Abenteuer war zu Ende, der angerichtete Schaden nicht allzu groß. Nicht einmal der erste Grafschaftsbeamte, Gilbert Prestcote, würde allzu hart mit den wohlmeinenden, aber schlecht beratenen jungen Männern Shrewsburys verfahren.

»Ihr Herren«, sagte Thomas von Bristol, beruhigt und erfreut über die Bergung fast aller seiner Waren, »ich kann Euch für diese großzügige Hilfe nicht genug danken. Nein, die Fässer werden keinen Schaden genommen haben. Die Käufer meiner Weine werden sie vor dem Anzapfen eine gute Weile einlagern, und die Güte des Weines wird nicht gelitten haben. Die Zuckerwaren hatten wir, Gott sei gedankt, noch nicht entladen. Nein, ich habe keinen größeren Schaden zu beklagen. Und mein Kind hier steht genauso in Eurer Schuld. Komm, mein Liebes, versteck dich nicht dort drinnen, entbiete diesen guten Freunden deinen Dank! Laßt mich Euch, Ihr Herren, meine Nichte Emma vorstellen, Emma Vernold, die Tochter meiner Schwester und Erbin ihres Vaters, der ein Zimmerermeister in unserer Stadt war, und auch meine Erbin, denn ich habe keine anderen Angehörigen. Emma, mein Kind, du magst uns Wein einschenken!«

Das Mädchen hatte die Unterbrechung genutzt. Nun kam sie zum Vorschein, die Zöpfe in einem vergoldeten Netz im Nacken zusammengefaßt, einen bestickten leinenen Kittel über dem einfachen Gewand. Nicht mir zuliebe, dachte Cadfael. Es war höchste Zeit, daß er sich verabschiedete und zu seinen eigentlichen Pflichten zurückkehrte. Er hatte die Komplet versäumt, um treibende Waren aus dem Wasser zu fischen, und jetzt hatte er noch wenigstens eine Stunde in Werkstatt und Kräutergarten zu tun, bevor er sein Nachtlager aufsuchen konnte. Doch an diesem Abend würde niemand früh zu Bett gehen. Thomas von Bristol war nicht der Mann, der die Überwachung seines Marktstandes und die Disposition über seine Waren anderen überließ, so vertrauenswürdig seine drei Bediensteten auch sein mochten. Er würde sich bald zum Pferdemarkt aufmachen, um zu sehen, ob alles zu seiner Zufriedenheit verstaut war, bereit für den kommenden Tag. Und wenn er es für richtig hielt, diese beiden hübschen jungen Leute bis zu seiner Rückkehr beisammenzulassen, so war das seine Angelegenheit. Die Erwähnung des Landsitzes von Stanton Cobbold als dem geringeren Teil von Corbières Ehre hatte nicht verfehlt, Eindruck zu machen. Demgegenüber war die mit Bedacht verfolgte Erwähnung von Fräulein Emmas künftigem Reichtum nicht wirklich notwendig gewesen. Aber pflichtschuldige Onkel und Vormunde mußten stets ein Auge auf gute Partien für ihre Schutzbefohlenen werfen, und dieser junge Mann war von ihrem Gesicht bereits hingerissen gewesen, noch ehe er von ihren Vermögensverhältnissen gehört hatte. Kein Wunder, sie war ein schönes Kind, ganz gleich, welchen Maßstab man anlegte.

Bruder Cadfael entschuldigte sich, wünschte den Anwesenden eine gute Nacht und ging gemächlich zurück zum Torhaus. Die Straße war noch belebt, aber friedlich, die Ordnung wiederhergestellt, und am nächsten Morgen konnte der St. Peters-Jahrmarkt ohne weitere Störung beginnen.

4.

Kurz nach zehn Uhr kam Hugh Beringar von einem letzten Wachgang vor den Klostermauern zurück, zu einer Stunde, da alle pflichtbewußten Klosterbrüder im Schlafsaal liegen und fest eingeschlummert sein sollten. Er war keineswegs überrascht, als er entdeckte, daß Cadfael noch auf war. Sie begegneten einander auf dem großen Hof, als Cadfael von seiner Werkstatt im Kräutergarten zurückkehrte. Es war noch klares Zwielicht, und am Westhimmel glühte der letzte Schein des Sonnenuntergangs.

»Ich hörte, du seist mittendrin gewesen«, sagte Beringar, streckte die Arme und gähnte. »Offen gestanden, etwas anderes hatte ich von dir nicht erwartet. Die verrückten jungen Heißsporne, was glauben sie zu erreichen, nachdem ihre Väter schon abgewiesen worden waren? Und dann dieses wilde Getümmel! Damit haben sie ihren Ruf selbst bei jenen ruiniert, die mit ihnen fühlen. Jetzt werden ihre Väter sie mit Geldbußen freikaufen müssen, und die Stadt verliert mehr, als sie bei einem Erfolg ihrer Bemühungen hätte gewinnen können. Cadfael, es macht mir keine Freude, ordentliche, einfältige Burschen in den Kerker zu werfen, bei diesem Gedanken habe ich einen schlechten Geschmack im Mund. Komm auf einen Becher mit mir ins Torhaus. Du kannst jetzt geradesogut bis zur Frühmette wach bleiben.«

»Aline wird auf dich warten«, erwiderte Cadfael.

»Aline, Gott mit ihr, wird fest schlafen, denn ich muß noch zur Burg, um über diese Unruhen zu berichten. Es ist wenig wahrscheinlich, daß ich bei ihr übernachten werde.

Komm, erzähl mir, wie dies alles geschehen konnte, denn man sagte mir, es hätte unten an der Anlegestelle begonnen, wo du warst.«

Cadfael ging bereitwillig mit ihm. Sie setzten sich in das Vorzimmer des Torhauses, und der Pförtner, dem solche nächtlichen Aktivitäten an Tagen, wenn der zweite Grafschaftsbeamte im Kloster Quartier nahm, nichts Neues waren, brachte ihnen Wein und überließ sie ihrem Gespräch.

»Wie viele habt ihr gefangen?« fragte Cadfael, nachdem er von den Geschehnissen am Fluß berichtet hatte.

»Siebzehn. Und es hätten achtzehn sein sollen«, antwortete Hugh mit grimmiger Miene, »wenn ich nicht Bellecotes Jungen, den Edwy, ohne Zeugen beiseite genommen, ihm die Leviten gelesen und mit gewaschenem Kopf nach Hause geschickt hätte. Noch keine sechzehn! Aber aufgeweckt genug, um recht gut zu wissen, was er angestellt hat, der Knirps! Ich hätte es nicht tun sollen.«

»Sein Vater gehörte zu der gestrigen Abordnung«, erklärte Cadfael, »und er ist ein loyaler Junge. Außerdem hat er Mut. Ich bin froh, daß du ihn nach Hause geschickt hast. Und der junge Corviser?«

»Den haben wir noch nicht eingefangen, obwohl ein Dutzend Zeugen aussagte, daß er der Anführer gewesen wäre und das ganze Unternehmen befehligt hätte. Nun, irgendwann muß er nach Hause, und er wird nicht als freier Mann durch das Tor gehen. Keine Hoffnung.«

»Er hielt einen Vortrag wie ein Rechtsgelehrter«, sagte Cadfael bedächtig. »Und er bedrohte niemanden. Erst als er niedergeschlagen wurde, sahen die wilden Burschen rot und schlugen drein. Ich sah es! Der Mann, der ihn niederschlug, tat es vor Schreck, weil er sich angegriffen fühlte, das gebe ich dir zu, aber ohne Grund.«

»Ich glaube dir, und ich werde es so vortragen. Aber er führte den Angriff an, und er wird mit den anderen die gerechte Strafe empfangen, wie es sich geziemt, da er dies alles über uns brachte. Ihre Väter werden sie auslösen.«

Hugh strich sich über die müden Lider. »Glaubst du, daß ich mich zu einem pergamentenen Beamten der Krone entwickle, Cadfael? Das würde mir nicht gefallen!«

»Nein«, entgegnete Cadfael abwägend, »du bist noch nicht verloren. Noch glänzt dein Auge, und an Einfällen fehlt es dir auch nicht. Du taugst noch!«

»Liebenswürdig von dir! Und du sagst, dieser Handelsmann aus Bristol hätte den dummen Kerl ohne Anlaß niedergeschlagen?«

»Er bildete sich den Anlaß ein. Der Junge legte ihm von hinten eine Hand an den Arm, um ihn zurückzuhalten, aber ohne böse Absicht, doch der Mann betrachtete es als Angriff. Er hatte einen Stock in der Hand, drehte sich um und schlug sofort zu. Dabei traf er den Jungen unglücklich und fällte ihn wie einen Ochsen! Ich kann mir nicht denken, daß der junge Corviser die Kraft gehabt hätte, einen Schragen unter einem Verkaufsstand herauszustoßen, geschweige denn diesen massigen, großen Mann in Bedrängnis zu bringen. Und wenn du mich fragst, wo er jetzt ist — er könnte irgendwo gestürzt sein und ohnmächtig daliegen, es sei denn, seine Freunde haben ihn versteckt.«

Hugh musterte den Mönch über den Tisch hinweg, auf den ihre Ellbogen gestützt waren, und lächelte. »Sollte ich jemals einen Advokaten brauchen, so werde ich zu dir laufen. Nun, ich kenne den Burschen. Er hat ein großes Mundwerk, von dem er bei weitem zu unbekümmert Gebrauch macht, und eine hitzige Natur und ein warmes Herz. Dies alles besiegt sein bißchen Verstand — wenn man überhaupt von Verstand sprechen kann.«

Der Laienbruder an der Pforte steckte seinen braunen Kahlkopf und das runde rote Gesicht zur Tür herein. »Herr, hier am Tor ist eine Dame, die etwas auf dem Herzen hat und mit Euch sprechen möchte. Ein Fräulein Emma Vernold, Nichte des Handelsmannes Thomas von Bristol. Möchtet Ihr, daß ich sie einlasse?«

Die beiden schauten einander mit erhobenen Brauen an. »Derselbe Mann?« sagte Beringar verdutzt.

»Freilich derselbe! Und dasselbe Mädchen! Aber der Aufruhr ist längst vorbei. Was kann sie zu dieser späten Stunde hier wollen, und was denkt sich ihr Onkel? Warum läßt er sie in der Nacht herumlaufen?«

»Wir wollen sie selbst fragen«, schlug Hugh resigniert vor. »Führt die Dame herein, wenn ich der Mann bin, den sie sucht.«

»Sie fragte zuerst nach einem Gast hier, Ivo Corbière, aber ich weiß, daß er noch draußen ist und die Vorbereitungen am Markt beobachtet. Und als ich erwähnte, daß Ihr hier wäret, bat sie um ein Wort mit Euch. Sie war erleichtert, daß Ihr noch wach seid, Herr.«

»Dann soll sie hereinkommen. Und du bleib bei mir, Cadfael, wenn du so gut sein willst. Sie hat bereits mit dir gesprochen und mag froh sein, ein bekanntes Gesicht zu sehen.«

Emma Vernold trat eilig und doch zögernd ein, unsicher an diesem fremden Ort und zu dieser späten Stunde, und machte eine hastige Verbeugung. »Herr, ich bitte um Vergebung, daß ich Euch so spät behellige ...« Sie sah Bruder Cadfael und lächelte flüchtig — erleichtert, aber von ihrer Sorge beunruhigt. »Ich bin Emma Vernold, ich kam mit meinem Onkel, Thomas von Bristol hierher. Wir wohnen auf der Barke bei der Brücke. Und dies ist Gregory, der Bedienstete meines Onkels.« Er war der jüngste der drei Diener, der sie begleitet hatte, ein schlaksiger, hagerer, aber kräftiger Bursche von ungefähr zwanzig Jahren.

Beringar nahm sie bei der Hand und geleitete sie zu einem Platz am Tisch. »Ich bin hier, um Euch zu dienen, so gut ich kann. Was bedrückt Euch?«

»Herr, mein Onkel ging zum Pferdemarkt, um die Einlagerung der Waren in seinem Verkaufsstand zu überwachen, nicht lange, nachdem sich der gute Klosterbruder hier von uns verabschiedet hatte. Sicher wißt ihr, was dort unten vorging. Mein Onkel wollte am Marktstand mit seinen beiden anderen Knechten zusammentreffen, die dort arbeiteten, und ließ nur Gregory bei mir zurück. Aber das ist zwei Stunden her, und er ist nicht zurückgekommen.«

»Er wird eine Menge Waren mitgebracht haben«, meinte Hugh Beringar. »Es braucht einige Zeit, die verschiedenen Sachen so vorteilhaft wie möglich unterzubringen, und ich kann mir denken, daß Euer Onkel erst zufrieden sein wird, wenn alles seine Ordnung hat.«

»O ja, gewiß. Aber es ist seltsam, daß er so lange ausbleibt. Er wurde von seinem Gehilfen Roger Dod und dem Träger Warin begleitet. Warin schläft im Marktstand, um auf die Waren achtzugeben. Roger kam vor einer Stunde zurück zur Barke und war überrascht, meinen Onkel nicht dort anzutreffen, denn dieser, so sagte er, hätte den Marktstand eine gute Weile vor ihm verlassen. Wir dachten, daß er unterwegs vielleicht einen Bekannten getroffen und haltgemacht hätte, um Neuigkeiten mit ihm auszutauschen, also warteten wir einige Zeit, aber er kam noch immer nicht. Und nun bin ich mit Gregory zum Marktstand gegangen, um zu sehen, ob er vielleicht umgekehrt wäre, weil er etwas holen wollte, was er dort vergessen hatte. Aber er war nicht dort, und Warin sagte, wie Roger schon vor ihm, daß mein Onkel als erster zurückgegangen wäre, um zu so später Stunde in meiner Nähe zu sein. Er sah es nicht gern — sieht es nicht gern«, berichtigte sie sich erbleichend, »wenn ich mit den Männern allein bin, ohne seine Gesellschaft.« Der Blick ihrer Augen war stetig und klar, doch zitterte ihre Unterlippe ein wenig, und selbst in der Festigkeit ihres Blickes lag eine leichte Unruhe.

Sie weiß, daß sie hübsch ist, dachte Cadfael, und sie tut gut daran, es in Betracht zu ziehen. Es mag sogar sein, daß einer von ihnen — Roger Dod vielleicht, der am meisten bevorrechtigte Diener? — eine Neigung zu ihr gefaßt hat und sie das auch weiß, seine Gefühle aber nicht erwidert und sich, ob zu Recht oder nicht, unbehaglich in seiner Gegenwart fühlt, solange ihr Beschützer nicht anwesend ist.

»Wißt Ihr genau, daß er nicht auf einem anderen Weg zurückgegangen ist, während Ihr ihn an seinem Marktstand suchtet?« fragte Hugh Beringar.

»Roger wartete auf der Barke, als wir uns aufmachten, aus eben diesem Grund, aber nein, mein Onkel ist nicht gekommen. Ich fragte die Leute, die hier vor dem Klostertor noch arbeiteten, ob sie ihn gesehen hätten, konnte aber nichts in Erfahrung bringen. Und dann dachte ich, daß vielleicht ...« Sie wandte sich bittend an Cadfael. »Der junge Herr, der heute abend so freundlich war — er wohnt hier im Gästehaus, wie er uns sagte. Ich überlegte, ob mein Onkel auf dem Rückweg vielleicht mit ihm zusammentraf und aufgehalten wurde ... Und er weiß wenigstens, wie mein Onkel aussieht, und könnte mir sagen, ob er ihn getroffen hat. Aber wie ich höre, ist er noch nicht zurück.«

»Dann verließ er die Anlegestelle noch vor Eurem Onkel?« fragte Cadfael. Der junge Mann hatte den Eindruck erweckt, daß es ihm nur angenehm sein würde, eine oder zwei Stunden in Emmas Gesellschaft zu verbringen. Aber vielleicht kannte ihr furchteinflößender Onkel Mittel und Wege, selbst adligen Herren von Rang und Namen deutlich zu machen, daß Annäherungsversuche an das Mädchen nur unter seiner Aufsicht möglich wären.

Emme errötete, doch ohne die Augen abzuwenden — Augen, die bei aller Kindlichkeit ihres jungen Gesichtes Nachdenklichkeit, Entschlossenheit und Intelligenz verrieten. »Sehr bald nach Euch, Bruder. Er war in jeder Weise korrekt und freundlich. Ich dachte, daß ich ihn als einen ehrenwerten, verläßlichen Mann fragen sollte.«

»Ich werde den Bruder an der Klosterpforte bitten, nach ihm Ausschau zu halten«, sagte Cadfael. »Er wird ihn dann hereinbitten, wenn er zurückkehrt. Selbst der Pferdemarkt sollte inzwischen zur Ruhe gekommen sein, und der Mann wird seinen Schlaf brauchen, wenn er morgen günstige Einkäufe tätigen will, was nach meiner Kenntnis der Grund seines Aufenthalts ist. Was meinst du, Hugh?«

»Ein guter Gedanke«, erwiderte Beringar. »Tu es, und wir werden Vorkehrungen treffen, um nach Meister Thomas zu suchen, obgleich ich darauf vertraue, daß er trotz dieser Verspätung wohlauf sein wird. Am Vorabend eines Jahrmarkts«, fuhr er fort und lächelte dem Mädchen aufmunternd zu, »gilt es Bekanntschaften zu schließen, mit Kunden und Lieferanten zu sprechen, die sich bereits eingefunden haben. Wenn er seine Geschäfte im Kopf hat, kann ein Mann schon seinen Nachtschlaf vergessen.«

Bruder Cadfael hörte sie seufzen. »O ja!« entgegnete sie voll echter Hoffnung und Dankbarkeit, als er hinausging, um den Bruder an der Pforte zu bitten, Ivo Corbière bei dessen Rückkunft anzuhalten. Er hätte für dieses Anliegen kaum einen günstigeren Zeitpunkt wählen können, denn als er in der Pförtnerstube stand, erschien der Gesuchte. Das Haupttor war bereits geschlossen, nur die Nebentür stand offen, und der blonde Haarschopf des Eintretenden glänzte im Schein der über dem Tor brennenden Fackel wie eine kleine Sonne. Barhäuptig, den Überwurf in der warmen letzten Julinacht über die Schulter gehängt, schlenderte Ivo Corbière mit offensichtlich unverbrauchten Energiereserven beinahe widerwillig zum Nachtquartier. Das Leinenhemd leuchtete geisterhaft weiß in der sternfunkelnden Dunkelheit. Er pfiff einen Gassenhauer, der eher Pariser Herkunft als aus London zu sein schien, urteilte man nach dem Tonfall. Offenbar hatte er reichlich getrunken, aber nicht annähernd soviel, wie er vertragen konnte. Schon der erste Ruf aus Cadfaels Mund fand ihn hellwach.

»Was, Ihr, Bruder? Vor der Matutin schon auf den Beinen?« Sein leises Lachen war liebenswürdig, doch verstummte es sofort, als er spürte, daß es um ernsthafte Angelegenheiten ging. »Ihr habt mich gesucht? Ist etwas geschehen? Großer Gott, der alte Mann wird den dummen Jungen doch nicht getötet haben?«

»So schlimm ist es nicht«, erwiderte Cadfael. »Aber hier im Torhaus ist jemand und möchte Euch eine Frage stellen. Ihr seid den ganzen Abend vor dem Tor und auf dem Jahrmarktsplatz gewesen?«

»Die ganze Zeit«, bestätigte Ivo, dessen Interesse erwacht war. »Ich habe oben in Cheshire ein neues und zugiges Landhaus einzurichten und suche nach Wollwaren und flämischen Wandteppichen. Warum?«

»Hat Meister Thomas von Bristol zufällig Euren Weg gekreuzt? Zu irgendeiner Zeit, seit Ihr früher am Abend von seiner Barke gegangen wart?«

»Ich bin ihm nicht begegnet«, sagte Ivo verwundert und spähte in dem eigentümlich weichen Zwielicht der Mittsommernacht forschend in Cadfaels Gesicht. »Was hat dies zu bedeuten? Der Mann machte deutlich — er hat Erfahrung, was kein Wunder ist —, daß man seine Nichte nur in seiner Gegenwart und mit seiner Erlaubnis sehen kann. Und man darf es ihm kaum verdenken, denn sie ist ein seltener Schatz, mit oder ohne sein Geld. Ich respektierte ihn und ging. Aber warum fragt Ihr mich nach ihm?«

»Kommt und seht.« Cadfael führte ihn ins Torhaus.

Der junge Mann blinzelte in das Licht der Öllampe, dann entdeckte er Emma und machte große Augen. Wer von den beiden verwirrter war, ließ sich schwer erkennen. Das Mädchen erhob sich, streckte die Hände nach ihm aus und zog sie halb wieder zurück. Der Mann bezwang seine Überraschung und eilte besorgt zu ihr, um ihre Hand zu drücken.

»Fräulein Vernold! Zu dieser Stunde? Solltet Ihr ...« Er hatte inzwischen auch den stellvertretenden Grafschaftsbeamten erkannt und aus seiner Anwesenheit auf die Dringlichkeit des Problems geschlossen. »Was ist geschehen?« fragte er, nachdem er Beringar begrüßt hatte.

Hugh unterrichtete ihn in knappen Worten. Cadfael war nicht sehr überrascht zu sehen, daß Corbière eher erleichtert als bestürzt war. Hier stand ein junges, unerfahrenes Mädchen, das allzu leicht nervös wurde, wenn es eine oder zwei Stunden zu lange alleingelassen wurde. Hingegen steckte ihr weitgereister und welterfahrener Onkel, der durchaus imstande war, für sich selbst zu sorgen, fraglos in keinerlei Schwierigkeiten, sondern war bloß irgendwo mit einem Freund beisammen oder damit beschäftigt, die Waren und den weltlichen Wohlstand einiger seiner Rivalen einzuschätzen.

»Nichts Übles wird ihm widerfahren sein«, sagte Corbière mit einem aufmunternden Lächeln zu Emma, die nichtsdestoweniger ernst und sorgenvoll blieb. Und Cadfael dachte, daß sie nicht dumm wäre und ihren Onkel besser kennen mußte als sonst jemand. »Sicher, er wird zur rechten Zeit heimkommen und erstaunt sein, weil Ihr Euch wegen seines Ausbleibens gesorgt habt.«

Sie wollte das gern glauben, aber ihre Augen verrieten, daß ihre Zweifel nicht geschwunden waren. »Ich hoffte, er würde Euch wieder begegnet sein oder Ihr hättet ihn wenigstens von weitem gesehen.«

»Ich wünschte, es wäre so«, erwiderte er. »Und ich würde mich glücklich schätzen, wenn ich Euch beruhigen könnte. Aber ich habe ihn nicht gesehen.«

»Ich denke«, mischte sich Beringar ein, »ich bin jetzt für den Fall verantwortlich. Meine Leute werden Meister Thomas suchen. Es ist jedoch spät, und unterdessen solltet Ihr nicht in der Nacht umherwandern, liebes Fräulein. Es wird am besten sein, wenn Euer Diener zur Barke zurückkehrt, während Ihr, wenn Ihr einwilligt, Euch hier im Gästehaus zu meiner Frau gesellen könnt. Ihre Magd Constance wird Euch Platz machen und sorgen, daß Ihr bekommt, was Ihr für die Nacht benötigt.« Es war nicht festzustellen, ob er ihre Angst vor der Rückkehr zur Barke so deutlich gespürt hatte wie Cadfael, oder ob er sie einfach in die nächstbeste sichere Obhut geben wollte. Aber ihre Miene hellte sich so rasch auf, und sie dankte ihm so überschwenglich, daß ihre Erleichterung unverkennbar war.

»Dann kommt«, forderte er sie freundlich auf. »Ich werde Euch zu Constance begleiten, und anschließend könnt Ihr die Suche nach Eurem Onkel uns überlassen.«

»Und ich«, verkündete Corbière, der voll Tatendrang in die Ärmel seines Überwurfs schlüpfte, »werde Euch bei der Suche helfen, wenn Ihr mich dabeihaben wollt.«

Sie durchkämmten die an der Klosterfront vorüberführende Straße in ihrer ganzen Länge — Beringar mit seinen sechs Wachsoldaten, Ivo Corbière, der sich so wach und energisch zeigte, als ob es Mittag wäre, und Bruder Cadfael, der keine legitime Ursache hatte, mit ihnen zu gehen. Aber er wurde von der Neugierde gejuckt und fand es überdies absurd, zu solch später Stunde schlafen zu gehen, da er um Mitternacht in jedem Fall zur Matutin wieder aufstehen mußte. Wenn dieser Vorwand genügte, um mit Beringar zu trinken, dann war er erst recht hinreichend für eine Teilnahme an der Suche nach Thomas von Bristol.

Denn es ist wahr, dachte Cadfael bei sich und schüttelte den Kopf über die Ereignisse des Abends, ich werde nicht eher ruhig sein, als bis ich dieses fleischige Gesicht wiedersehe und diese laute, selbstbewußte Stimme höre. Corbière mochte das Ausbleiben des Kaufmannes als eine unbedeutende Abweichung von seinen sonstigen Gewohnheiten abtun, wie sie dann und wann bei jedem vorkommt, und an jedem anderen Tag hätte Cadfael ihm zugestimmt. Doch zuviel war seit der Mittagszeit geschehen, zu viele Leute hatten sich zu empörenden und uncharakteristischen Handlungen hinreißen lassen, zu viele Leidenschaften waren entfacht worden, als daß dieser Tag ein gewöhnlicher genannt werden konnte. Möglicherweise war jemand so weit von seinem gewohnten Verhalten abgewichen, daß er im Schutze der Dunkelheit heimlich gerächt hatte, was am Tag offen und impulsiv geschehen war. Doch Gott behüte!

Als erstes vergewisserten sie sich, daß an der Anlegestelle noch immer keine Nachricht eingetroffen war. Nein, der Kaufmann war weder erschienen, noch hatte er Nachricht geschickt, und Roger Dods Umfragen bei den anderen Händlern am Fluß, so weit er sich von dem Eigentum, das er bewachte, zu entfernen gewagt hatte, waren gleichfalls ohne Ergebnis geblieben.

Er war ein stämmiger, muskulöser Mann von ungefähr dreißig Jahren, dieser Roger Dod, und man hätte ihn als eine sehr ansehnliche und gewinnende Person bezeichnet, wäre er in seinem Benehmen weniger kurz angebunden und verschlossen gewesen. Ohne Zweifel machte auch er sich Sorgen. Wortkarg beantwortete er Hugh Beringars Fragen und nagte unsicher auf der Unterlippe, als er erfuhr, daß seines Meisters Nichte nun im Gästehaus der Abtei Quartier genommen hatte. Er wäre mit ihnen gekommen, um bei der Suche zu helfen, trug aber die Verantwortung für die Habseligkeiten seines Herrn und würde zur Rechenschaft gezogen, wenn der Kaufmann zurückkäme und seine Waren unbewacht vorfände. So blieb er bei der Barke und beauftragte den stummen und schläfrigverdrießlichen Gregory, den Suchtrupp zu dem Marktstand zu führen, den Meister Thomas von Bristol gemietet hatte. Beringars Wachtmeister blieb mit drei Männern zurück, um alle noch wachenden Mieter der Marktstände entlang der Klosterfront zu befragen, während die übrigen zum Jahrmarktsplatz vorausgingen. Dort herrschte bereits nächtliche Stille, aber da und dort brannten noch vereinzelte Fackeln, glühten Kohlenbecken in der Dunkelheit, murmelten gedämpfte Stimmen. Für diese drei Tage im Jahr war der Platz in eine geschlossene, geschäftige, dicht bevölkerte kleine Stadt verwandelt, die am vierten Tag wieder verschwand.

Thomas von Bristol hatte einen großen Stand nahe dem Mittelpunkt des dreieckigen Platzes gemietet. Im Inneren der Hütte lagen seine Waren ordentlich aufgestapelt, und sein Knecht war wach und begrüßte erleichtert die Ankunft der weltlichen Behörde. Warin war ein wettergegerbter Mann mittleren Alters, der seinem Herrn seit vielen Jahren diente und innerhalb seiner Grenzen wahrscheinlich dessen vollkommenes Vertrauen genoß, aber nicht die Fähigkeiten besaß, zu der Stellung aufzusteigen, die Roger Dod innehatte.

»Nein, Herr«, sagte er eifrig, »kein Wort habe ich seither von ihm gehört, und ich bin jeden Augenblick auf Wache gewesen. Eine gute Viertelstunde, bevor Roger ging, machte er sich auf den Weg zu seiner Barke. Wir hatten alles zu seiner Zufriedenheit verstaut, er war guter Dinge. Er hatte allerlei Aufregungen erlebt und war sogar bestürzt — wißt Ihr davon? —, und ich denke, er war froh, ins Bett zu kommen. Denn schließlich ist er nicht mehr der Jüngste, so wenig wie ich, und er wiegt mehr.«

»Welche Richtung hat er von hier eingeschlagen?«

»Nun, direkt zur Landstraße, die hier vorbeiführt. Ich nehme an, er wird die Klosterfront entlanggegangen sein.«

Hinter Cadfaels Schulter meldete sich eine schon vertraute Stimme, volltönend und heiter, auf walisisch: »Siehe da, Bruder, so spät noch draußen? Und in Begleitung der Gesetzeshüter! Was mag der Grafschaftsbeamte zu dieser Stunde von Thomas' Knecht wollen? Sind sie den Gefolgsleuten Roberts von Gloucester auf der Fährte? Und ich behauptete, der Handel sei über alle Anarchie erhaben!« Schmale Äuglein blinzelten Cadfael im Schein der vereinzelten Fackeln und der fernen Sterne am vollkommenen Mittsommerhimmel zu. Rhodri ap Huw schmunzelte in behäbiger Selbstgefälligkeit angesichts seiner hänselnden Witze und seines scharfen Auffassungsvermögens.

»Ihr werft ein freundlich-wachsames Auge auf Eure Nachbarn?« antwortete Cadfael in harmloser Zustimmung. »Wie ich sehen konnte, habt Ihr all Eure Waren unversehrt in Sicherheit gebracht.«

»Ich habe eine Nase für Unannehmlichkeiten und genug Vernunft, um ihnen aus dem Weg zu gehen«, sagte Rhodri ap Huw voller Stolz. »Was ist Thomas von Bristol widerfahren? Seine Witterung war nicht so scharf, wie es scheint. Er hätte die Leinen loswerfen und das Boot in den Fluß hinausstaken lassen können, bis die Streitigkeiten beigelegt wurden, und wäre so sicher gewesen wie daheim im Westland.«

»Habt Ihr gesehen, daß er niedergeschlagen wurde?« fragte Cadfael, um ihn zu täuschen, was ihm mißlang.

»Ich sah ihn den jungen Dummkopf niederschlagen«, entgegnete Rhodri und lächelte breit. »Nun, kam er zu

Schaden, nachdem ich ging? Und nach wem haltet Ihr Ausschau, nach Thomas oder dem Burschen?« Und er beobachtete mit wachem Interesse, wie die Männer des Grafschaftsbeamten hinter den Marktständen und unter den Schragen herumstocherten. Als sie dann zur Straße zurückgingen, folgte er ihnen auf den Fersen. Offensichtlich hatte Rhodri ap Huw beschlossen, auf diesem Jahrmarkt dürfte nichts von Bedeutung geschehen, ohne daß er sich in der Nähe befinden oder zumindest rasch und gründlich davon unterrichtet würde. Und Cadfael überlegte, wie sie sich in dieser Sache den Scharfsinn des Händlers zunutze machen könnten.

»Thomas' Nichte ist in großer Sorge, weil er nicht zu seiner Barke zurückgekehrt ist. Das mag etwas oder nichts bedeuten, doch inzwischen ist er so lange ausgeblieben, daß auch seine Leute unruhig werden. Habt Ihr ihn gesehen, als er seinen Stand verließ?«

»Allerdings. Es mag vor etwa zwei Stunden gewesen sein. Und kurz nach ihm ging sein Knecht. Schwer zu glauben, daß ein großer, auffallender Mann wie Thomas zwischen dem Marktplatz und dem Fluß verlorengehen sollte. Und seitdem gibt es keine Nachricht von ihm?«

»Wir haben nichts gefunden, werden auch nichts finden, ohne jeden Händler und jeden Müßiggänger in dieser Gegend zu befragen. Und die Klügeren haben sich schlafen gelegt, um den morgigen Markttag frisch und ausgeruht zu beginnen.«

Sie hatten die Klosterfront erreicht und lenkten ihre Schritte zur Stadt. Noch immer wanderte Rhodri gesellig an Cadfaels Seite. Er hatte angefangen, in die dunklen Räume zwischen den Marktständen zu spähen wie die Männer des Grafschaftsbeamten. Fackeln und Kohlenbekken waren hier seltener und die Marktstände bescheidener, und das Schweigen der Nacht lag schläfrig darüber. Zu ihrer Linken, unter den Klostermauern, waren ein paar kleine, aber sichere Marktstände aufgereiht. Aus dem ersten, obschon vollständig geschlossen und für die Nacht verrammelt, drang durch die Bretterritzen der Lichtschein einer Kerze, die im Inneren brannte. Rhodri stieß Cadfael einen gewichtigen Ellbogen in die Rippen.

»Euan von Shotwick! Niemand wird ihn je von rückwärts überraschen, er keilt sich gern in einen Winkel zwischen zwei Mauern, wenn er kann. Reist allein mit einem Tragtier, und trägt eine Waffe, kann sie auch gebrauchen. Eine einsame Seele, weil er niemandem traut. Er ist sein eigener Träger — glücklicherweise sind seine Waren leicht für ihren Wert — und sein eigener Wachmann.«

Ivo Corbière suchte am Straßenrand zwischen den Marktständen. Entlang dieser Strecke waren noch nicht alle belegt und warteten auf die einheimischen Händler, die mit dem Morgengrauen kommen würden. Die Finsternis verlangsamte die Nachforschungen, und der junge Mann, der durchaus nicht abgeneigt schien, die Nacht ohne Schlaf zu verbringen, sicher auch ermutigt durch die Erinnerung an Emmas leuchtende Augen, ging unermüdlich und gründlich vor. Selbst Cadfael und Rhodri ap Huw waren einige Schritte vor ihm, als sie ihn aufgeregt rufen hörten: »Großer Gott, was ist das hier? Beringar, kommt zurück!«

Alle liefen zu ihm. Corbière hatte die Straße verlassen und zwischen gestapelten Schragen und Segeltuchbahnen in der Dunkelheit herumgestöbert, aber ihre Augen hatten sich bereits so weit an die Finsternis gewöhnt, daß sie im schwachen Sternenlicht sehen konnten, was er gefunden hatte. Unter einem leichten hölzernen Rahmen und gespanntem Segeltuch ragten zwei gestiefelte Füße hervor, bewegungslos, die Zehen himmelwärts gerichtet. Einen Augenblick lang starrten sie alle in verblüfftem Schweigen darauf, denn um die Wahrheit zu sagen, hatte nicht einer von ihnen geglaubt, daß der Handelsmann auf irgendeine Weise hätte zu Schaden kommen sollen, wie sie alle hinterher übereinstimmten. Dann ergriff Beringar den Rahmen und hob ihn von den Schragen, gegen die er gelehnt war, und groß und undeutlich sahen sie in der Dunkelheit den langen Umriß eines Mannes, von den Knien aufwärts in einem Umhang gehüllt, der das Gesicht verbarg.

Der Wachtmeister brachte die eine Fackel herbei, die sie bei sich hatten, und Beringar ergriff die Falten des Umhangs und begann ihn von dem verhüllten Kopf und den Schultern zurückzuziehen. Die Bewegung des Stoffes setzte eine starke Geruchswolke frei, die ihn innehalten und mißtrauisch schnüffeln ließ. Sie störte auch die liegende Gestalt, die nun ein enormes Schnarchen und eine weitere Wolke alkoholischen Atems ausstieß.

»Sinnlos betrunken und hilflos«, sagte Beringar erleichtert. »Und nicht der Mann, den wir suchen. Nach seinem Zustand zu urteilen, muß dieser Bursche bereits seit Stunden hier liegen, und wenn er rechtzeitig zu sich kommt, um vor Tagesanbruch davonzukriechen, wird es ein Wunder sein. Sehen wir ihn uns genauer an.« Er war jetzt weniger vorsichtig, als er den Umhang entfernte. Der Betrunkene ließ sich an den Füßen hervorziehen, ohne mehr als ein paar unwillige Grunztöne auszustoßen, worauf er gleich wieder in seinen betäubten Schlaf sank. Das harzig gelbe Licht der Fackel fiel auf einen Schopf ungekämmten rotbraunen Haares, breite Schultern in einem ledernen Wams und ein Gesicht, das in wachem und nüchternem Zustand scharfgeschnittene, lebhafte und sogar angenehme Züge haben mochte, nun aber gedunsen und idiotisch aussah, mit offenem, sabberndem Mund und geröteten Augen.

Corbière beugte sich über ihn, dann holte er schnaufend Luft und fluchte. »Fowler! Der Teufel soll ihn zerreißen! Ist dies die Art und Weise, wie er mir gehorcht? Beim Himmel, dafür wird er mir schwitzen!« Und er griff in das dichte braune Haar und schüttelte den Mann wütend, ohne ihm jedoch mehr als ein lautes Grunzen, das teilweise Öffnen eines glasigen Auges und ein wortloses Gemurmel zu entlocken, das im selben Augenblick wieder verstummte, als der Haarschopf losgelassen wurde und der Kopf unsanft auf den Boden zurückfiel.

»Dieser betrunkene Strolch ist einer meiner Leute — mein Falkner und Bogenschütze Turstan Fowler«, sagte Ivo bitter, richtete sich auf und versetzte dem Schläfer einen Fußtritt in die Rippen, aber nicht allzu hart. Was sollte es nützen? Der Mann würde erst in Stunden zur Besinnung kommen, und was ihm dann bevorstand, würde Strafe genug sein. »Ich habe gute Lust, ihn zur Abkühlung in den Fluß zu werfen! Er hat keine Erlaubnis, den Klosterbezirk zu verlassen, und nach seinem Aussehen muß er draußen gewesen sein und für zwei getrunken haben — welch ein Gestank, schlag mich der Hagel, was für ein Fusel mag das gewesen sein? Kaum kehrt man ihm den Rücken, betrinkt er sich wie ein Fuhrknecht!«

»Eins ist gewiß«, meinte Hugh Beringar belustigt. »Er wird nicht zu seinem Bett zurückgehen können. Da er Euer Mann ist, frage ich Euch, was mit ihm geschehen soll. Ich würde nicht raten, ihn hier liegen zu lassen. Sollte er irgend etwas von Wert bei sich haben, und seien es seine Kleider, so wird er es bis zum Morgen einbüßen. In den dunklen Stunden treibt sich Lumpengesindel aller Art herum — es läßt sich keinen Jahrmarkt entgehen.«

Ivo Corbière trat zurück und starrte verdrießlich auf seinen besinnungslosen Diener. »Wenn Ihr mir zwei von Euren Männern leiht und uns hier eine Planke borgen laßt, werden wir ihn hinübertragen und in eine der Strafzellen des Klosters werfen, wo er sein schweinisches Benehmen auf den Steinen ausschlafen kann, was ihm recht geschieht. Und wenn wir ihn den ganzen Vormittag ohne Speise und Trank dort liegenlassen, mag die Erfahrung ihn zur Vernunft bringen. Nächstes Mal wird er ausgepeitscht!«

Sie hoben den Schläfer auf eine Planke, wo er sich zum zusätzlichen Verdruß seines Herrn wohlig entspannte und auf dem Weg zum Torhaus so selig und selbstvergessen schnarchte, daß seine Träger versucht waren, ihn von der Planke zu kippen, um sich für ihre Mühe zu entschädigen. Cadfael, Beringar und die restlichen Mitglieder des Suchtrupps blickten ihnen einigermaßen kläglich nach, da ihr eigentlicher Auftrag unerfüllt geblieben war.

»Siehe da«, raunte Rhodri ap Huw in Cadfaels Ohr, »Euan von Shotwick zeigt schließlich doch ein bescheidenes Interesse an den Ereignissen des Abends!«

Cadfael wandte den Kopf, und in dem verrammelten Marktstand unter der Klostermauer hatte sich wahrhaftig eine Klappe geöffnet. Vor dem trüben Kerzenschein beugte sich die Silhouette eines Kopfes, der zu ihnen herüberspähte. Cadfael erkannte die schmale, hochmütige Nase, die täuschend schmächtige Linie der abfallenden Schultern, bevor der Handschuhmacher die Klappe leise wieder schloß.

Sie setzten ihre Suche hartnäckig fort, Schritt für Schritt, bis sie am Flußufer anlangten, wo Roger Dod in höchster Sorge wartete. Doch von Thomas fanden sie keine Spur.

Der Besitzer eines späten Bootes, das am nächsten Tag von Buildmas den Severn heraufkam und etwa um neun Uhr morgens bei der Brücke festmachte, ersuchte vor dem Löschen einer Töpferwarenladung, man möge dem Grafschaftsbeamten eine Nachricht zustellen. Denn er hatte noch andere Fracht an Bord, die bei einer Flußschleife nahe Atcham aus dem Wasser gezogen worden war und des Grafschaftsbeamten Interesse finden sollte. Gilbert Prestcote, der mit anderen Angelegenheiten befaßt war, schickte seinen Wachtmeister von der Burg zum Kloster, wo er zunächst Hugh Beringar Meldung machen sollte.

Die betreffende Fracht lag eingerollt in ein Stück Segeltuch unten im Boot. Austretendes Wasser hatte die Bodenbretter dunkel verfärbt. Der Bootsmann des Töpfers schlug das Segeltuch auseinander und enthüllte den Körper eines massigen Mannes von fünfzig bis fünfundfünfzig Jahren, fleischig und beleibt, mit gelichtetem grauen Haar und stoppeligen, bläulichen Kinnbacken, dessen breites Gesicht im Tode teigig zu zerfließen schien. Meister Thomas von

Bristol, seines Kapuzenmantels, seines ansehnlichen Gewandes, seiner Ringe und seiner Würde beraubt, so nackt wie am Tage seiner Geburt.

»Wir sahen etwas Weißes unter der überhängenden Böschung«, berichtete der Töpfer mit einem Blick auf den Toten, »und stakten das Boot näher, um die arme Seele aus dem Wasser zu fischen. Ich kann Euch die Stelle zeigen, diesseits der Furt und der Insel bei Atcham. Wir hielten es für richtig, ihn hierherzuschaffen, wie wir es bei einem Ertrunkenen getan hätten. Aber dieser hier«, setzte er mit ernster Miene hinzu, »ist nicht ertrunken.«

Nein, Thomas von Bristol war nicht ertrunken. Das ergab sich bereits aus dem Umstand, daß er aller Kleider und Wertsachen entledigt worden war und dies kaum selbst und aus freien Stücken getan haben konnte. Aber auch — mit noch größerer Gewißheit — aus der schmalen Wunde unter dem linken Schulterblatt, vom Flußwasser weiß gewaschen und geschlossen, wo ein sehr dünner, schmaler Dolch eingedrungen war und ihn bis zum Herzen durchbohrt hatte.

Der erste Tag des Jahrmarkts

1.

Der erste Tag des St. Peters-Jahrmarkts war in vollem Gang, und das fröhliche Stimmengewirr der Händler, die ihre Waren anpriesen, drang über die Mauer in den großen Hof und zum Torhaus herein wie die Sommermusik eines riesigen Bienenkorbes an einem sonnigen Tag. Das Geräusch verfolgte Hugh Beringar bis zu den Räumen im Gästehaus, wo seine Frau und Emma Vernold sehr vergnüglich und einträchtig die Vorzüge verschiedener Wollfasern verglichen und die Magd Constance, eine vorzügliche Spinnerin, alle Fäden kritisch befühlte und ihre Meinung äußerte.

Auf diese häusliche Szene, die Emmas Wangen gerötet und einen lebhaften Klang in ihre Stimme zurückgezaubert hatte, warf Hughs düstere Miene einen spürbaren Schatten. Er hatte keine Zeit, um ihr die Neuigkeit schonend beizubringen, auch glaubte er nicht, daß dieses Mädchen ihm lange Umschweife danken würde.

»Fräulein Vernold, ich habe eine schlechte Nachricht für Euch, und ich bin darüber bekümmert. Gott weiß, daß ich dies nicht erwartet hatte. Euer Onkel ist gefunden worden. Ein Boot, das heute früh von Buildmas den Fluß heraufkam, fischte seine Leiche aus dem Wasser.«

Die Farbe wich aus ihrem Gesicht. Sie stand mit ängstlichen, hilflosen Augen da, die blindlings auf den Boden blickten. Ihrem Leben war plötzlich Halt und Stütze genommen, und sekundenlang sah es so aus, als hätte sie jedes Gleichgewicht verloren und würde zu Boden fallen. Dann holte sie tief Atem und hauchte: »Tot!« Nun war es klar, daß sie wieder fest auf den Füßen stand und nicht zusammenzubrechen drohte. Und nachdem der Moment panischen Schreckens vergangen war, blickte sie Hugh Beringar ruhig an.

»Ertrunken?« fragte sie. »Aber er konnte gut schwimmen, er ist am Fluß aufgewachsen. Und er trank immer nur mäßig, wenn überhaupt. Ich glaube nicht, daß er in den Severn fallen und ertrinken konnte. Nicht von selbst!« fügte sie leise hinzu.

»Setzt Euch«, bat Beringar freundlich, »denn wir müssen miteinander reden. Dann werde ich Euch mit Aline allein lassen, denn Ihr müßt nun einstweilen hier in unserer Obhut bleiben. Nein, er ist weder ertrunken noch eines natürlichen Todes gestorben. Meister Thomas wurder hinterrücks erstochen, seiner Kleider beraubt und in den Fluß geworfen.«

»Ihr wollt sagen«, erwiderte sie mit gepreßter Stimme, aber immer noch ruhig, »daß er wegen der Dinge, die er bei sich hatte, von gewöhnlichen Strauchdieben überfallen und ermordet wurde? Wegen seiner Ringe und seines Gewandes und seiner Schuhe?«

»Diese Erklärung liegt nahe. Es gibt gegenwärtig keine Straßen in England, die als sicher gelten, und keinen großen Jahrmarkt, der nicht allerlei Gelichter von Dieben und Mordbuben anlockt, die für wenige Münzen einen Christenmenschen umbringen.«

»Mein Onkel war kein furchtsamer Mann. Er hat im Laufe der Jahre mehr als einen Angriff abgewehrt und keine Reise aus Furcht vermieden. Nach all den Jahren«, sagte sie, und ihre Stimme erhob sich in schmerzlichem Protest, »warum sollte er nach all diesen Jahren einem gewöhnlichen Galgenvogel zum Opfer fallen? Und doch, was könnte es sonst sein?«

»Es gibt einige Leute, die sich erinnern, daß es gestern abend an der Landungsstelle einen häßlichen Vorfall gegeben hat. Und daß einigen Händlern, die Waren ausluden und Marktstände errichteten, Gewalt angetan wurde. Es ist allgemein bekannt, daß es zwischen Stadtbewohnern und Händlern, von denen Meister Thomas der vielleicht einflußreichste war, böses Blut gegeben hat. Er war mit dem jungen Mann, der den Angriff führte, in bitteren Streit geraten. Ein aus Rache geführter Angriff, bei Nacht, vielleicht in angetrunkener Erbitterung, mochte tödlich geendet haben, ob dies beabsichtigt war oder nicht.«

»Dann hätte man ihn zurückgelassen, wo er lag«, entgegnete Emma. »Sein Angreifer hätte nur daran gedacht, ungesehen das Weite zu suchen. Diese zornigen Leute waren keine Diebe, nur Stadtbewohner mit einer Beschwerde. Der Groll könnte sie zu einem Mord getrieben haben, doch kann ich mir nicht denken, daß er sie auch zu Dieben machen würde.«

Hugh Beringar begann Respekt vor dem Mädchen zu empfinden, ebenso wie seine Frau, die schweigend und aufmerksam lauschte. »Ich stimme Euch darin zu«, sagte er, »aber es könnte einem jungen Mann, der beinahe durch ein Mißgeschick zum Mörder geworden ist, sehr leicht der Gedanke kommen, sein Verbrechen nachträglich als gemeinen Raubmord darzustellen. Der Möglichkeiten, junges Fräulein, sind viele. Zwanzig junge Männer, bitter enttäuscht und erfüllt von hitziger Wut gegen Euren Onkel, der ihnen mit Geringschätzung begegnete, wären nicht verdächtiger als tausend andere und sogar die am wenigsten Verdächtigen, wenn dies als eine zufällige Mordtat aus Habgier angesehen würde.«

Dieser Gedanke beunruhigte sie sogar in ihrem schmerzlichen Verlust. Sie biß sich auf die Unterlippe. »Ihr meint, es könnte einer dieser jungen Männer gewesen sein? Oder mehrere? Daß sie ihm in ihrem Groll bei Nacht auflauerten und ihn überfielen?«

»Das wird von vielen Leuten, die Zeugen der Geschehnisse am Fluß waren, gedacht und gesagt«, antwortete Hugh Beringar.

Emma runzelte die Stirn. »Aber Eure Wächter nahmen sicherlich viele von diesen jungen Männern fest, lange bevor mein Onkel zum Jahrmarktsplatz ging. Wenn sie bereits im Kerker saßen, konnten sie ihm nichts zuleide tun.«

»Das trifft für die meisten zu. Aber der Anführer wurde erst in den frühen Morgenstunden ergriffen, als er zum Stadttor taumelte, wo er erwartet wurde. Er befindet sich jetzt in einem Burgverlies, wie seine Gefährten, aber er war noch lange, nachdem Meister Thomas vermißt wurde, in Freiheit, und er steht unter starkem Mordverdacht. Der ganze Haufen wird heute nachmittag dem ersten Grafschaftsbeamten vorgeführt. Die meisten, denke ich, wird er gegen Kautionen ihrer Väter auf freien Fuß setzen, damit sie sich später für die ihnen zur Last gelegten Delikte verantworten. Aber für Philip Corviser wird dies kaum gelten. Er wird sich bessere Antworten als die ausdenken müssen, die er geben konnte, als man ihn festnahm.«

»Heute nachmittag!« rief Emma. »Dann sollte ich auch hingehen. Ich war Zeugin, als dieser Tumult begann. Der erste Grafschaftsbeamte sollte auch meine Zeugenaussage hören, besonders, wenn meines Onkels Tod zur Verhandlung steht. Es gab andere Zeugen — den edlen Herrn Corbière und den Klosterbruder, den Ihr gut kennt ...«

»Sie werden anwesend sein«, bestätigte Hugh, »und andere außer ihnen. Sicherlich würde Euer Zeugnis wertvoll sein, aber wir möchten es Euch zu solch einer Zeit nicht abverlangen ...«

»Ich möchte meine Aussage machen!« unterbrach sie ihn entschlossen. »Ich will, daß der Mörder meines Onkels gefaßt wird. Aber ich bitte darum, daß kein unschuldiger Mann vorschnell verurteilt wird. Ich hätte nicht gedacht, daß er wie ein Mörder aussieht ... Ich möchte gern sagen, was ich weiß, das ist meine Pflicht.«

Beringar warf seiner Frau einen kurzen fragenden Blick zu, und Aline nickte lächelnd.

»Wenn Ihr Euch dazu entschlossen habt«, erwiderte er, »werde ich Bruder Cadfael bitten, daß er Euch begleitet.

Und im übrigen braucht Ihr um Eure persönliche Lage nicht besorgt zu sein. Ihr werdet hierbleiben müssen, bis dieser Fall geklärt ist. Selbstverständlich wird Euch Aline beistehen, und Ihr sollt jede mögliche Hilfe bei allen Maßnahmen bekommen, die Ihr treffen müßt.«

»Ich werde den Leichnam meines Onkels mit der Barke nach Bristol zurückbringen, damit er dort beerdigt werden kann.« Bis jetzt hatte Emma nicht überlegt, daß sie diesmal keinen Beschützer an Bord der Barke haben würde, nur Roger Dod, dessen stumme, wachsame und eifersüchtige Zuneigung mehr war, als sie ertragen konnte. Warin würde darauf bedacht sein, nichts zu bemerken, was ihn in Schwierigkeiten bringen könnte, und der arme Gregory war groß und stark, aber stumpfsinnig. Sie biß sich auf die Unterlippe. »Wenigstens möchte ich ihn zurückschicken ... Sein Rechtshelfer wird sich seiner und meiner Angelegenheiten annehmen.«

»Ich habe mit dem Prior gesprochen. Abt Radulfus gestattet, daß der Leichnam Eures Onkels in einer Klosterkapelle aufgebahrt wird, sobald er von der Burg gebracht wird, und man wird einen Sarg für ihn bereitstellen. Sagt, was Ihr wünscht, und es soll zu Eurer Verfügung stehen. Ich muß auch den Gesellen Eures Onkels heute nachmittag zur Verhandlung vorladen. Wie soll er mit den Waren Eures Onkels verfahren? Ich werde ihm die nötigen Instruktionen geben, wenn Ihr welche für ihn habt.«

Sie nickte verständnisvoll, nahm mühsam angesichts einer Welt täglicher Geschäfte, die mit dem Ende eines Lebens nicht untergegangen war, ihre Kräfte zusammen. »Seid so gut und sagt ihm, daß er während der drei Tage des Jahrmarkts versuchen soll, die Waren so günstig wie möglich zu verkaufen, als ob sein Meister noch da wäre. Mein Onkel hätte niemals wegen einer Gefahr oder eines Verbrechens auf seine Geschäfte verzichtet, und so will ich es in seinem Namen auch halten.« Und endlich, so ungehemmt und einfach wie ein kleines Kind, brach sie in Tränen aus.

Nachdem Hugh gegangen war und Constance sich mit Alines Zustimmung zurückgezogen hatte, saßen die beiden Frauen allein beisammen, bis Emma aufhörte zu weinen, was sie so unvermittelt tat, wie sie angefangen hatte. Sie besaß die nur wenigen Frauen eigene Gabe zu weinen, ohne ihre Anmut im mindesten zu schmälern und ohne sich um ihr Aussehen zu kümmern. Die meisten verlieren diese Fähigkeit nach dem Ende der Kindheit. Sie wischte sich über die Augen und schaute zu Aline auf, die ihren Blick ruhig und mit einer inneren Gelassenheit erwiderte, die Tröstung bot, ohne sie aufzudrängen.

»Nachdem ich zunächst so gefaßt war, müßt Ihr denken, daß ich keine tieferen Empfindungen für meinen Onkel hegte«, sagte Emma. »Und ich kann selbst nicht mit Gewißheit behaupten, daß Ihr Euch irrt. Dennoch liebte ich ihn, es war nicht nur Loyalität und Dankbarkeit, obwohl mir solche Gefühle leichter fielen. Er war ein harter Mann, meinten die Leute, schwer zufriedenzustellen und rücksichtslos in seinen Geschäften. Aber er war nicht hart zu mir, nur unzugänglich. Daran trug er keine Schuld — und ich auch nicht.«

»Ich denke«, erwiderte Aline, da sie sich zu einer Stellungnahme aufgefordert sah, »daß Ihr ihn so sehr liebtet, wie er es zuließ. Wie er es zulassen konnte. Nicht alle Männer haben diese Gabe.«

»Ja. Aber ich hätte ihn gern mehr geliebt. Ich hätte alles getan, um ihm gefällig zu sein. Auch jetzt noch möchte ich alles so regeln, wie er es wünschen würde. Wir werden den Marktstand offenhalten, so lange der Jahrmarkt dauert, und uns bemühen, die Ware so gut zu verkaufen, wie er es getan hätte. Ich möchte alles, was er begonnen hat, in seinem Sinn zu Ende führen.« Ihre eigenen Worte beflügelten sie zu eifriger Entschlossenheit. Meister Thomas hätte die feste Willenskraft, die aus ihrem Blick sprach, sicherlich gebilligt. »Aline, werde ich Euch nicht lästig sein, wenn ich hierbleibe? Die Diener meines Onkels — einer ist darunter, der mich allzu sehr schätzt ...«

»Das dachte ich mir«, entgegnete Aline. »Ihr seid hier herzlich willkommen, und wir werden uns nicht von Euch trennen, bis Ihr sicher und ungefährdet nach Bristol zurückgeschickt werden könnt. Nicht, daß ich die Neigung dieses jungen Mannes tadelnswert fände«, fügte sie lächelnd hinzu.

»Da gebe ich Euch recht, aber ich kann seine Gefühle nicht erwidern. Außerdem hätte mein Onkel mir niemals erlaubt, ohne ihn an Bord der Barke zu leben. Und nun habe ich Pflichten.« Emma warf entschlossen den Kopf in den Nacken und blickte der ungewissen Zukunft trotzig entgegen. »Ich muß sehen, daß er für die Heimreise einen guten, stabilen Sarg bekommt. Sicherlich wird es irgendwo in der Stadt einen Zimmerermeister geben?«

»Es gibt einen. Rechts vom Stadttor, in der Wyle-Straße, hat Meister Martin Bellecote seine Werkstatt. Ein guter Mann und ein ordentlicher Handwerker. Wie ich hörte, war sein Junge unter diesen schrecklichen Aufrührern.« Aline zeigte ihre Grübchen in einem nachsichtigen Lächeln. »Aber das gleiche läßt sich von der Hälfte aller jungen Männer der Stadt sagen. Ich werde Euch zu seiner Werkstatt begleiten. Mein Mann hat Euch versprochen, daß wir uns um derlei Dinge kümmern werden.«

»Nein, nein«, widersprach Emma entschieden. »Die Untersuchung vor dem ersten Grafschaftsbeamten wird langwierig sein, und Ihr solltet Euch nicht ermüden. Außerdem müßt Ihr Eure feine Wolle vom Marktplatz holen, bevor die beste Ware ausverkauft ist. Und Bruder Cadfael — war das der Name? — wird mir zeigen, wo ich die Werkstatt finde. Er wird es bestimmt wissen.«

»Es gibt sehr wenig in dieser Gegend und in der Stadt Shrewsbury«, pflichtete Aline ihr bei, »wovon Bruder Cadfael nichts weiß.«

Cadfael erhielt ohne weitere Umstände den Dispens des Abtes, um an der Untersuchung und Anhörung in der Burg teilzunehmen und den verwaisten Klostergast zu begleiten. Einer Bürgerpflicht durfte man nicht ausweichen, ob sie nun weltlicher oder kirchlicher Herrschaft galt. Radulfus hatte sich bereits als ein strenger, aber gerechter Ordensvorstand und als ebenso kluger wie willensstarker Verhandlungsführer erwiesen. Er verdankte seine Berufung zum Abt ebenso sehr dem König wie dem päpstlichen Legaten, und die Ordnung des Reiches lag ihm genauso sehr am Herzen wie das Gedeihen seines Klosters. Infolgedessen hatte er gute Verwendung für die wenigen unter den Klosterbrüdern, die seine reiche Erfahrung in der Welt außerhalb der Klostermauern teilten.

»Dieser Todesfall«, sagte er nach Beringars Weggang zu Cadfael, den er zu einer vertraulichen Unterredung gebeten hatte, »wirft einen Schatten auf unser Haus und unseren Jahrmarkt. Eine solche Bürde kann nicht auf andere Schultern abgewälzt werden. Ich brauche einen vollständigen Bericht über diese Verhandlung. Ich war es, den die Ältesten der Stadt um Erleichterung baten, die ich nicht zugestehen konnte. Auf mir ruht die Last der Erbitterung, welche diese jungen Männer zu törichten Handlungen trieb. Es fehlte ihnen an Geduld und Besonnenheit, und sie sind schuldig geworden, aber das kann mich nicht lossprechen. Wenn der Tod des Mannes durch meine Handlungsweise verursacht wurde, selbst wenn ich mich nicht anders verhalten konnte, muß ich es wissen. Denn ich habe mich vor dem Herrn dafür zu verantworten, ebenso wie der Mann, der ihn niederstach.«

»Ich werde Euch alles mitteilen, was ich erfahre, Ehrwürdiger Vater«, versprach Cadfael.

»Ich muß auch wissen, was du denkst, Bruder. Du warst gestern zugegen, als es zwischen dem getöteten Händler und dem jungen Mann zum Streit kam. Ist es möglich, daß diese Auseinandersetzung zu einem Mord führte? In den Rücken gestochen? Das ist gewöhnlich nicht die Methode des Jähzorns.«

»Gewöhnlich nicht.« Cadfael hatte viele in der Hitze des Gefechts fallen sehen, aber er wußte auch von Zorngefühlen, die zu schwärendem Haß geworden waren und zu heimlichem Mord geführt hatten. »Doch es ist denkbar. Gleichwohl gibt es andere Möglichkeiten. Es könnte sich in der Tat so abgespielt haben, wie es zunächst den Anschein hat: Man stach Thomas von Bristol grausam nieder, um seine Kleider und seine Ringe, vielleicht auch den Geldbeutel zu erbeuten, eine günstige Gelegenheit zu nächtlichem Raub, ohne Zeugen weit und breit. Solche Dinge kommen des öfteren vor, wo Menschen zusammentreffen und Geld den Besitzer wechselt.«

»Du hast recht«, sagte Radulfus traurig. »Das alte Übel ist immer mit uns.«

»Auch bleibt zu bedenken, daß der Mann in seinem Gewerbe und dort, woher er kommt, von großer Bedeutung ist und Feinde haben mag. Haß, Neid, Rivalität sind Beweggründe, die der Gewinnsucht nicht nachstehen. Und auf einem großen Jahrmarkt wie dem unsrigen kann es leicht geschehen, daß Feinde zusammentreffen, weit von den Städten, wo ihre Streitigkeiten bekannt sind und ihre Handlungen allzu leicht zu erraten wären. Mord ist fern der Heimat leichter und verlockender.«

»Auch das ist wahr«, sagte der Abt. »Gibt es noch etwas zu besprechen?«

»Jawohl — das Schicksal des Mädchens, der Nichte und Erbin des Toten. Sie ist sehr schön«, erklärte Cadfael unumwunden, denn er fühlte sich auch als Mönch berechtigt, die Schönheit von Frauen zu erkennen und zu würdigen, selbst wenn er den Liebesfreuden entsagt hatte, »und im Dienst ihres Onkels stehen drei Männer, die mit ihr an Bord einer Flußbarke leben. Nur einer von ihnen ist alt genug, wie es scheint, um seinen Frieden und seine Ruhe höher zu schätzen. Ein weiterer ist, wie ich glaube, einer von Gottes Armen im Geiste, doch deswegen nicht blind oder frei von Anfechtungen des Fleisches. Und der dritte ist ein tüchtiger, ansehnlicher und energischer Mann, der weiß, was er will, und dieser ist ihr verfallen. Derselbe Mann war es, der seinem Meister vom Marktstand folgte, einige sagen, eine Viertelstunde später, andere sagen, noch etwas danach. Gott verhüte, daß ich darum mit dem Finger auf einen ehrlichen Mann zeige, aber wir sprechen von Möglichkeiten. Und ich werde sie nicht mehr erwähnen, bis sie mehr als Möglichkeiten geworden sind.«

»Das ist auch in meinem Sinne.« Abt Radulfus lächelte beinahe. Er musterte Cadfael mit einem langen Blick. »Geh und lege Zeugnis ab, Bruder, wie es von dir verlangt wird, und bring mir Nachricht. In deine Meldung werde ich mein Vertrauen setzen.«

Emma trug gezwungenermaßen dasselbe Gewand und dieselbe Schürze wie am Abend zuvor — das Kleid so dunkelblau wie ihre Augen, die Schürze aus gebleichtem Leinen und farbig bestickt. Das einzige Zugeständnis, das sie an die Trauer machen konnte, war ein geliehenes schwarzes Kopftuch, unter dem sie ihre dicken hochgesteckten Zöpfe verbarg. Gleichwohl strahlte sie edle Würde aus. Durch das Kopftuch gewann ihr gerundetes, jugendliches Gesicht an konzentrierter Eigenwilligkeit und Bedeutung, was es an mädchenhafter Anmut verlor. Ihr Antlitz zeigte einen Ausdruck entschlossener Ernsthaftigkeit, wie eine Waffe im Ruhestand. Bruder Cadfael konnte noch nicht klar erkennen, worauf diese Waffe zielen würde.

Als sie ihn kommen sah, glänzte erfreutes Wiedererkennen in ihren Augen, und sie glich einem Krieger, der vor der Schlacht hinter einer imaginären Lanze in die Gesichter der ihn umgebenden Gefährten schaute. Aber der Brennpunkt ihres inneren Vorhabens verlagerte sich keine Sekunde lang und zielte in eine Richtung, der er nicht folgen konnte.

»Bruder Cadfael — habe ich Euren Namen recht verstanden? Er ist walisisch, nicht wahr? Ihr seid gestern sehr gütig gewesen. Aline Beringar sagt, Ihr werdet mir zeigen, wo ich den Zimmerermeister finde. Ich muß den Sarg für meinen Onkel bestellen, für die Reise nach Bristol.« Sie war gefaßt, dabei einfach und direkt wie ein Kind. »Haben Sie Zeit, bevor wir zur Burg gehen müssen?«

»Die Werkstatt liegt am Weg«, antwortete Cadfael. »Ihr braucht Martin Bellecote nur Euer Anliegen vorzutragen, er wird dafür sorgen, daß Eure Wünsche erfüllt werden.«

»Alle sind sehr freundlich zu mir«, sagte sie höflich, wie ein guterzogenes kleines Mädchen. »Wo ist der Leichnam meines Onkels jetzt? Ich sollte mich selbst um ihn kümmern, es ist meine Pflicht.«

»Das könnt Ihr noch nicht«, erwiderte Cadfael. »Der Grafschaftsbeamte hat ihn in der Burg, er muß den Leichnam selbst in Augenschein nehmen und vom Arzt untersuchen lassen. Ihr braucht Euch deshalb nicht zu beunruhigen, der Abt hat genaue Anweisungen gegeben. Euer Onkel wird mit allen Ehren zur Klosterkirche gebracht und dort in einer Kapelle aufgebahrt, und die Brüder werden ihn mit dem Totenhemd bekleiden und für ihn beten. Ich glaube, es wäre sein Wunsch, könnte er Euch jetzt sprechen, daß Ihr alles uns überlassen solltet. Seine Fürsorge für Euch würde soweit reichen, und Euer Gehorsam könnte es ihm nicht gut verweigern.«

Er hatte den Toten gesehen und sich dafür eingesetzt, ihr diesen Anblick zu ersparen. Der Mann, den sie als Lebenden in seiner monumentalen Würde respektiert und bewundert hatte, sollte geradeso in ihrer Erinnerung bewahrt bleiben. Dies war sein gutes Recht.

Cadfael hatte das einzige Argument gefunden, das sie von ihrem Entschluß, alles in die Hände zu nehmen und nichts zu unterlassen, abbringen konnte. Sie dachte ernsthaft darüber nach, als sie nebeneinander zum Torhaus hinausgingen, und er sah es ihrem Gesicht im selben Augenblick an, wo sie sich seiner Meinung anschloß.

»Aber er glaubte, daß ich meinen Teil übernehmen sollte, auch in seinem Geschäft. Er wünschte, daß ich mit ihm reise und den Handel erlerne, wie er ihn kannte. Dies ist schon die dritte Reise, die ich mit ihm unternommen habe.« Das erinnerte sie daran, daß es auch die letzte war.

»Wenigstens«, fuhr sie zögernd fort, »darf ich Geld ausgeben, um Messen für ihn lesen zu lassen — hier, wo er gestorben ist, nicht wahr? Er war ein sehr frommer Mann, ich denke, das würde ihm gefallen.«

Nun, ihre Geldreserven mochten jetzt viel länger reichen als ihr schmaler Vorrat an Seelenfrieden. Sie konnte es sich leisten, ein wenig Trost zu kaufen, und Gebete sind niemals verschwendet.

»Das sollt Ihr selbstverständlich tun. Der Herr wird die Fürbitte für seinen dahingegangenen Diener wohlwollend aufnehmen.«

»Er starb ohne den Empfang der Heiligen Sterbesakramente.« Plötzlich stieg heftiger Zorn gegen den Mörder in Emma auf, der ihrem Onkel Beichte und Absolution vorenthalten hatte.

»Nicht durch sein Verschulden. Vielen ergeht es so. Auch Heilige erlitten den Märtyrertod, ohne die Absolution zu erlangen. Gott kennt das Leben seiner Diener auch ohne das Wort und die Reue über ein unvollkommenes Leben. Es ist der Wunsch des Todgeweihten, durch die Beichte Absolution zu erlangen. Die ins Jenseits hinübergegangene Seele weiß, daß die Ängste des Sterbenden unnötiger Eitelkeit gleichen. Wahre Reue ist im Herzen, nicht in gesprochenen Worten.«

Sie erreichten die Landstraße und bogen nach links zu den funkelnden Reflexen des Flusses zwischen seinen grünen, üppig bewachsenen Ufern und der steinernen Brücke, die hinüber und durch den Zugbrückenturm zum Stadttor führte. Emma hatte den Kopf gehoben und schaute Bruder Cadfael über die Schulter hinweg an, und eine leichte Farbe belebte ihre blassen Wangen, ein Glanz wie ein Lichtschimmer vom Fluß lag in ihren Augen. Er hatte sie bisher nicht lächeln sehen, und auch jetzt war es ein sehr schwaches Lächeln, aber darum nicht weniger schön.

»Er war ein guter Mensch, Bruder Cadfael«, sagte sie ernst. »Freilich sprang er mit Dummköpfen oder schlechten Arbeitern oder Leuten, die ihn betrügen wollten, unsanft um, aber er war ein guter Mensch in seinem Herzen. Gut zu mir! Er hielt seine Abmachungen und Versprechungen, und er war seinem Herrn treu ...«

Bei aller Sanftheit des Tones und der Einfachheit ihrer Fürsprache hatten die Worte ihre Fantasie angeregt. Es war beinahe so, als wollte sie sagen: ›Treu bis in den Tod!‹ Und ihr Gesicht nahm jenen hochgemuten, heroischen Ausdruck an, über den man nicht lachen darf, auch nicht, wenn er sich im Gesicht eines Kindes zeigt.

»Dies alles«, entgegnete Cadfael aufmunternd, »ist Gott bekannt, und man braucht es ihm nicht zu sagen. Vergeßt nicht, daß Ihr Euer Leben noch vor Euch habt und daß es im Sinne Eures Onkels wäre, wenn Ihr ihm würdet Gerechtigkeit widerfahren lassen, indem Ihr selbst stets nach Gerechtigkeit strebt.«

»O ja!« Zum ersten Mal legte sie die Hand zutraulich auf seinen Arm. »Das möchte ich! Daran liegt mir am meisten!«

2.

In Martin Bellecotes Werkstatt, abseits von der Biegung der ansteigenden Straße, die Wyle genannt wurde und zum Mittelpunkt der Stadt führte, zeigte sich bald, daß Emma genau wußte, was sie für ihren Toten wollte. Sie beschrieb es mit klaren Worten, und sie wußte eine entsprechende Geradlinigkeit und Rechtschaffenheit von seiten des Zimmerermeisters zu würdigen. Gleichwohl hatte sie genügend Zeit, um sich durch das Eindringen seiner jüngeren Kinder, die Gefallen an ihr fanden und sich ihr mit neugierigen Blicken und unbefangenem Geplapper näherten, lächelnd ablenken zu lassen. Was den straffälligen Edwy betraf, der nach Hugh Beringars Gardinenpredigt nach Hause geschickt worden war, so arbeitete er jetzt kleinlaut in einem Winkel der Werkstatt mit dem Hobel. Doch er war nicht so gebrochen, daß er versäumt hätte, forschende

Blicke seiner hellbraunen Augen zu dem Mädchen hinüberzuschicken und Bruder Cadfael sogar frech zuzuzwinkern, als Emma in die andere Richtung schaute.

Auf dem Weg durch die Stadt, die steile Straße zum Hochkreuz hinauf und dann zu der Rampe, die zum Burgtor hinaufführte, versank sie in einem nachdenklichen Schweigen, um ihre Erinnerungen an die Vorfälle des vergangenen Tages zu ordnen. Als der Schatten des hohen Mauerbogens über dem Tor das Sonnenlicht abschnitt und auf ihr ernstes Gesicht fiel, erwachte sie aus ihrer Gedankenverlorenheit und machte große Augen. Aber das alltägliche Kommen und Gehen, von der Wache beaufsichtigt, gemahnte nicht länger an Belagerung und Kampf. Und die Stadtbewohner schienen sich nicht zu scheuen, ihre Fragen, Anliegen und Beschwerden dem Sachwalter des Königs vorzutragen. Dieser war ein willensstarker, wortkarger und fähiger Ritter, der das fünfzigste Jahr bereits hinter sich hatte und auf lange Erfahrungen in Krieg und Amt zurückblickte. Während er hart bis zur Grausamkeit sein konnte, wenn er Unruhen niederschlug, genoß er in alltäglichen Angelegenheiten den Ruf, gerecht zu sein. Hatte er den Bürgern der Stadt auch nicht viel Hilfe gewährt, die Zerstörung von Belagerung und Krieg zu beheben, so hatte er auch nicht gestattet, daß sie zur Wiederherstellung der Burg durch allzu harte Frondienste oder Steuern ausgebeutet wurden. Vom Inneren des geräumigen Burghofes konnte man sehen, daß ein Turm noch im Holzgerüst stand und eine Mauer durch Balken abgestützt war. Emma staunte.

Andere hatten das gleiche Ziel wie sie — besorgte Väter, die gekommen waren, ihre Söhne auszulösen, zwei Klosterverwalter, die in dem Aufruhr angegriffen worden waren, Zeugen der Vorfälle bei Brücke und Landungsstelle. Alle wurden von lanzenbewehrten Wachen in eine kühle Halle mit gemauertem Tonnengewölbe gewiesen, an deren kahlen Wänden Wandteppiche hingen, vom Rauch der Fackeln verdunkelt. Cadfael fand für Emma einen Platz auf einer Bank an der Rückwand, wo sie sich setzte und ängstlich, aber neugierig umherschaute.

»Seht, da ist Junker Corbière!«

Der Mann betrat eben die Halle und hatte vorerst keinen Blick für andere Personen als die gebeugte Gestalt, die vor ihm hereinschlurfte. Mit blutunterlaufenen Augen, aber bei vollem Bewußtsein und in Furcht und Bangen vor seinem ergrimmten Herrn, machte Turstan Fowler seine muskulöse Gestalt so klein und unauffällig wie möglich und übte sich in Geduld, bis der Sturm abziehen würde. Cadfael fragte sich, was er hier zu schaffen hätte. Fowler war nicht an der Landungsstelle gewesen, und nach dem Zustand zu urteilen, in welchem man ihn gegen Mitternacht gefunden hatte, konnten seine Erinnerungen an den gestrigen Tag nur nebelhaft sein. Dennoch mußte er zur Sache etwas beizutragen haben, sonst hätte Corbière ihn nicht mitgebracht. Vergangene Nacht noch hatte er im Zorn die Absicht geäußert, ihn den ganzen Tag im Kerker schmoren zu lassen, um ihn zur Vernunft zu bringen.

»Ist das der Grafschaftsbeamte?« flüsterte Emma.

Gilbert Prestcote war eingetreten, begleitet von der Ehrenwache und einigen Rechtskundigen, die ihn in Fällen wie dem vorliegenden zu beraten hatten. Dies war keine Gerichtsverhandlung, sondern eine Untersuchung, aber es lag bei ihm, ob die Aufrührer gegen Kaution auf freien Fuß gesetzt würden, um zur Gerichtsverhandlung wieder erscheinen zu müssen, oder ob sie in der Zwischenzeit eingekerkert bleiben sollten. Prestcote war ein großer, hagerer Mann, aufrecht und von energischen Bewegungen, mit einem kurzen schwarzen Spitzbart und scharfen, einschüchternden Augen. Er nahm seinen Platz ohne Zeremoniell ein, und ein Wachtmeister übergab ihm die Namensliste der Festgenommenen. Angesichts ihrer Zahl zog er die Brauen unheilverkündend zusammen.

»All diese wurden als Aufrührer festgenommen?« Er entrollte das Pergament auf seinem Tisch und überflog stirnrunzelnd die Namen. »Nun gut! Zur Untersuchung steht auch die ernstere Angelegenheit der Ermordung des Kaufmannes Thomas von Bristol. Zu welcher Stunde wurde er zuletzt lebendig und wohlauf angetroffen?«

»Nach den Aussagen seines Gesellen und seines Knechtes, der als Wächter diente, verließ er seinen Stand auf dem Pferdemarkt mehr als eine Stunde nach dem Abendläuten, um zu seiner Barke zurückzukehren. Das ist die letzte Nachricht, die wir haben. Sein Geselle Roger Dod ist hier, um zu bezeugen, daß es um einiges später als neun Uhr abends war, und der Wächter bestätigt dies.«

»Spät genug«, meinte Prestcote grübelnd. »Die Unruhen waren zu der Zeit vorbei, und auf dem Jahrmarktsgelände herrschte Ruhe. Hugh, hakt mir alle ab, die zu der Zeit bereits in Gewahrsam waren. Was immer ihre Schuld in Verbindung mit dem Aufruhr und den an Waren und Ausrüstungen entstandenen Schäden betrifft, sie können an dieser Mordtat nicht beteiligt gewesen sein.«

Hugh nahm eine Feder, beugte sich über Prestcotes Schulter und kreuzte mit sicherer Hand Namen auf der Pergamentrolle an. »Der Kampf war heftig, aber von kurzer Dauer. Wir hatten die Lage rasch wieder in der Hand, sie kamen nicht bis zum Pferdemarkt. Dieser Mann wurde als letzter festgenommen, das war etwa um zehn Uhr, geschah jedoch in einem Bierhaus. Er war stark betrunken, und die Wirtin verbürgt sich, daß er länger als eine Stunde dort gewesen wäre. Eine glaubwürdige Zeugin, da sie ihn nur zu gern losgeworden ist und keineswegs von irgendwelchen Verdächtigungen reinwaschen möchte. Doch er kann sich unmöglich an dem Mord beteiligt haben. Dieser da kroch etwas später zur Brücke und bekannte, unter dem aufrührerischen Gesindel gewesen zu sein, aber wir ließen ihn heimgehen, weil er lahm ist und es Zeugen gibt, die über seinen Verbleib während des ganzen Abends Auskunft geben können. Er ist hier, um sich für seine Beteiligung an dem Aufruhr zu verantworten, wie er versprach. Ich denke, Ihr könnt ihn von jedem anderen Vorwurf freisprechen.«

»Damit bleibt nur einer«, sagte Prestcote und blickte rasch zu Beringar auf.

»So ist es«, bestätigte dieser mit undurchdringlicher Miene.

»Sehr gut! Schafft alle anderen herein, aber haltet ihn abseits. Wir wollen diese beiden Dinge auseinanderhalten und uns zuerst mit dem geringeren Vergehen befassen.«

Die Wachen trieben ihre Gefangenen in einen mit Strikken abgesperrten Teil der Halle — eine lange Reihe mürrisch-einfältiger junger Burschen, zerzaust, ramponiert und voller Selbstmitleid, aber noch immer bemüht, einen Rest ihrer ursprünglichen Erbitterung über die ernüchternden Stunden der Kerkerhaft hinwegzuretten. Es gab zerrissene Kleider und ein paar blaue Augen, Beulen auf Köpfen und die bräunlich angetrockneten Spuren blutender Nasen. Und eine Nacht auf dem schmutzigen Steinpflaster der Kerkerzellen hatte ihren Sonntagskleidern übel mitgespielt, in die sie — Rittern gleich, welche sich für den Kampf mit Helm und Brünne rüsten — vor dem ehrenvollen Streit geschlüpft waren. Vermutlich würden viele entrüstete Mütter und hier und da auch eine junge Frau mit Schelte nicht sparen, wenn sie die Sachen wuschen und flickten und putzten. Die Übeltäter nahmen auf Geheiß der Wachen in einer Reihe Aufstellung, dumpf und störrisch und wohl oder übel bereit, auf sich zu nehmen, was immer geschehen mochte.

Prestcote ging mit aller Gründlichkeit vor, zugleich beschäftigte ihn aber das schwere Übel, und er war wenig geneigt, sich übermäßig mit diesem Fall von Zwietracht auseinanderzusetzen, der nur geringfügigen Schaden angerichtet hatte. So rief er zwar jeden Beschuldigten einzeln auf und ließ ihn zu seiner Rolle bei dem Tumult aussagen, führte die Vernehmungen aber rasch und ohne unnötiges Aufhebens durch. Die meisten der Angeklagten gaben offen zu, daß sie an den Ausschreitungen teilgenommen hatten, behaupteten jedoch, daß es ihr Bestreben gewesen wäre, durchaus friedlich und im Einklang mit den Gesetzen zu handeln, und daß sie den Aufruhr weder beabsichtigt noch herbeigeführt hätten. Mehrere erklärten, sie wären mit Philip Corviser an der Anlegestelle gewesen, und sagten aus, wie der Händler ihn niedergeschlagen hätte, worauf es zu den gewalttätigen Ausschreitungen gekommen wäre. Nur vereinzelt suchte der eine oder der andere darzulegen, daß er niemals auch nur einen Schragen umgestoßen hätte, geschweige denn auf der Klosterseite des Severn gewesen wäre. Und diesen wenigen half ihr Leugnen nicht, da sie durch die Zeugenaussagen gesetzesfürchtiger Untertanen schwer belastet wurden.

Erregte Väter, mehr rachsüchtig als liebevoll, traten vor, um die niedergeschlagenen Helden auszulösen, versprachen deren Anwesenheit vor dem Geschworenengericht und boten Sicherheiten. Der lahme Junge erhielt eine oberflächliche Ermahnung und wurde ohne Strafe entlassen. Zwei, die besonders zungenfertig behauptet hatten, sie wären zur Zeit des Aufruhrs anderswo gewesen und würden zu Unrecht beschuldigt, mußten in den Kerker zurückkehren, um dort über die Natur der Wahrheit nachzudenken.

»Sehr gut!« sagte Prestcote und rieb sich ärgerlich die Hände. »Räumt den Saal bis auf jene, die zur Ermordung des Kaufmannes Thomas von Bristol Zeugenaussagen zu machen haben. Und bringt Philip Corviser herein.«

Die jungen Männer wurden von ihren loyalen, aber erbitterten Angehörigen hinausgestoßen und weggeführt. Zu Hause erwartete sie weiteres Ungemach. Sie würden mit Schädelbrummen und wehen Herzen dasitzen und die Moralpredigten der Väter und die Tränen der Mütter über sich ergehen lassen, die Vorwürfe, welche Ängste man ihretwegen ausgestanden und welche Sorgen man sich um sie gemacht hätte. Die Augen voller Mitleid, blickte Emma dem letzten von ihnen nach, als er von einer winzigen Mutter, die nur halb so groß war wie er und schrill wie ein Häher schimpfte, am Ohr fortgezogen wurde. Der arme

Kerl bedurfte gewiß keiner weiteren Bestrafung. Er verging bereits vor Zerknirschung.

Sie wandte sich wieder um und sah dort, wo vor kurzem noch seine Gefährten gestanden hatten, Philip Corviser — schrecklich allein vor der düsteren Wand.

Er umfaßte das Seil mit beiden Händen, hochaufgerichtet und steif wie eine Lanze, ansonsten jedoch dürr und abgerissen wie eine Vogelscheuche. Seine extreme Blässe, in der Cadfael die Nachwirkung überreichlichen Weingenusses auf einen Anfänger erkannte, wurde von Emma nach aller Wahrscheinlichkeit als eine Folge schrecklicher Verletzung und großer Seelenqual gedeutet. Sie erbleichte gleichfalls und blickte mitfühlend zu ihm hinüber.

Bei all seiner Mühe um Haltung bot er einen jämmerlichen Anblick. Sein bester Ärmelkittel war zerrissen und schmutzig, und schlimmer noch, unter dem linken Ohr mit Blutstropfen und auf der Brust mit Erbrochenem besudelt. Die Bewegungen seiner schlaksigen Gliedmaßen waren einigermaßen unsicher. Sein harmloses, sonnenverbranntes Gesicht, unrasiert jetzt und aschfahl unter der Bräune, lief zu einem unschicklichen und unerwarteten Dunkelrot an, als er seinen Vater gewahrte, der mit gezwungener Geduld unter den Zuschauern wartete. Er schaute nicht wieder in diese Richtung, sondern richtete den etwas stieren Blick seiner blutunterlaufenen braunen Augen auf den Grafschaftsbeamten.

Den Aufruf seines Namens beantwortete er aus nervösem Trotz mit viel zu lauter Stimme und gab Zeit und Ort seiner Festnahme an. Ja, er wäre ziemlich betrunken gewesen und könnte sich nur unklar erinnern, selbst die Umstände seiner Festnahme wären ihm nur undeutlich bewußt, aber er würde versuchen, wahrheitsgemäß auszusagen.

Mehrere Zeugen traten auf und erklärten, Philip Corviser wäre der Urheber und Anführer des ganzen Unternehmens gewesen, das so unrühmlich geendet hatte. Er wäre vorneweg marschiert, als die zornigen jungen Männer die

Brücke überquert hätten. Und er hätte das Zeichen gegeben, das einen Teil des Trupps geradeaus zum Jahrmarkt gesandt hatte, während er einen zweiten Trupp zur Landungsstelle am Ufer hinabgeführt und ein lautes Streitgespräch mit den Kaufleuten angefangen hätte, die dort Waren ausluden. Soweit stimmten alle Aussagen überein, aber von da an wichen sie weit voneinander ab. Einige Zeugen behaupteten, die jungen Leute hätten sogleich begonnen, Waren in den Fluß zu werfen, und Philip wäre am Handgemenge beteiligt gewesen. Einer oder zwei der gekränkten Händler erklärten mit rechtschaffener Empörung, Philip hätte Meister Thomas angegriffen und so das Zeichen zum allgemeinen Aufruhr gegeben.

Als alle betroffenen Kaufleute ausgesagt hatten, meldete sich Hugh Beringar zu Wort, um seine bevorzugten Zeugen vorzustellen. »Edler Herr, was die Szene am Fluß betrifft, so haben wir hier die Nichte von Meister Thomas und zwei Männer, die sich um die Trennung der Streitenden bemühten und hinterher vieles von dem zu retten halfen, was in den Fluß geworfen worden war — Ritter Ivo Corbière von Stanton Cobbold und Bruder Cadfael vom hiesigen Kloster, der einem walisischen Händler beistand. Keine anderen waren dem Schauplatz so nahe wie sie, als es zu der Auseinandersetzung kam. Wollt Ihr zuerst Fräulein Vernold verhören?«

Philip hatte bis zu diesem Augenblick nicht bemerkt, daß sie anwesend war. Die Erwähnung ihres Namens veranlaßte ihn, wild umherzublicken. Als er sie schüchtern vor den Tisch des ersten Grafschaftsbeamten treten sah, schoß dem jungen Mann eine neuerliche tiefe Röte aus dem zerrissenen Kragen in die Wangen und bis zu den Haarwurzeln. Er wandte den Blick von ihr und wünschte — diesen Eindruck gewann jedenfalls Cadfael —, daß der Boden sich auftue und ihn verschlingen möge. Vor anderen in dieser jämmerlichen Verfassung zu stehen, hätte ihm nicht so viel ausgemacht, aber vor ihr war er wütend und beschämt. Nicht einmal der Gedanke an seines Vaters

Zorn und Verdruß hätte ihn so niederschmettern können. Auch Emma hatte nach einem schnellen Blick die Augen abgewandt und sah nur noch den Grafschaftsbeamten an, der sie voller Anteilnahme und Bedenken musterte.

»War es notwendig, Fräulein Vernold zu solch einer Zeit dieser Qual auszusetzen? Liebes Fräulein, ich hätte Euch das Erscheinen hier sehr gern erspart, zumal der edle Herr Corbière und der Klosterbruder als Zeugen ausgereicht hätten.«

»Ich wollte kommen«, sagte Emma mit leiser, aber fester Stimme. »Ich bin nicht gedrängt worden, sondern es war mein eigener Entschluß.«

»Sehr gut, wenn Ihr es so wollt. Ihr habt diese unterschiedlichen Darstellungen des Geschehens gehört. Bis zu dem Punkt, als diese Friedensstörer zur Anlegestelle kamen, scheint Übereinstimmung zu bestehen. Laßt mich hören, was sich nach Euren Beobachtungen darauf ereignete.«

»Es ist wahr, daß dieser junge Mann der Anführer war. Ich glaube, er wandte sich an meinem Onkel, weil dieser der wichtigste der anwesenden Kaufmänner zu sein schien, aber er sprach laut, um von allen gehört zu werden. Ich kann nicht sagen, daß er Drohungen ausstieß, er stellte nur fest, daß die Stadt Grund zur Klage habe und daß die Abtei für das Vorrecht, Jahrmarkt abzuhalten, nicht genug zahle. Er verlangte, daß wir, die Händler, die Rechte der Stadt anerkennen und ein Zehntel unserer Zölle und Abgaben an die Stadt und nicht an das Kloster abführen sollten. Natürlich wollte mein Onkel davon nichts wissen, sondern berief sich auf den Vertrag. Dies erklärte er den jungen Leuten und forderte sie auf, sich zu entfernen. Und als der Gefangene hier das Streitgespräch fortsetzen wollte, kehrte mein Onkel ihm den Rücken und ließ ihn stehen. Darauf hielt der junge Mann ihn am Arm zurück, und mein Onkel, der seinen Stock in der Hand hatte, wandte sich um und schlug nach ihm. Ich nehme an, daß er glaubte, der andere wollte ihn angreifen.«

»Und tat er das nicht?«

Sie warf einen kurzen Blick zu dem Gefangenen und einen zweiten, Ermunterung heischenden zu Bruder Cadfael, dann dachte sie eine Weile nach. »Nein, das glaube ich nicht. Er wurde zornig, aber er hatte noch kein böses Wort gesagt und keine drohende Haltung eingenommen. Und mein Onkel, verständlicherweise alarmiert, schlug kräftig zu. Der Stock traf diesen Mann hier unglücklich über dem Ohr, und er fiel betäubt zu Boden.« Diesmal wandte sie sich um und richtete einen ernsten Blick auf Philip Corviser, der sie anstarrte. »Ihr könnt die Spuren der Verletzung sehen.« Getrocknetes Blut hatte den dicken braunen Haarschopf verklebt.

»Und versuchte er dann, Vergeltung zu üben?« fragte Prestcote.

»Wie konnte er?« erwiderte sie. »Er war benommen und unfähig, sich ohne Hilfe zu erheben. Und dann fielen die anderen alle über die Händler her und warfen Waren in den Fluß. Bruder Cadfael kam, zog diesen Mann auf die Beine und übergab ihn seinen Freunden, die ihn wegführten. Ich bin sicher, daß er ohne Stütze nicht hätte gehen können. Und ich nehme an, er wußte nicht, was er tat.«

»Zu diesem Zeitpunkt vielleicht nicht«, stimmte Prestcote zu. »Aber später am Abend, nachdem er sich etwas erholt und, wie er selbst zugibt, ziemlich viel getrunken hatte, mag er sehr wohl auf Rache gesonnen haben.«

»Dazu kann ich nichts sagen. Mein Onkel hätte ihn vielleicht ein zweites Mal geschlagen und noch ärger verletzt, wenn ich ihm nicht in den Arm gefallen wäre. Das entsprach nicht seiner Natur«, fügte sie mit Entschiedenheit hinzu, »es war ganz und gar nicht seine Art, aber er war zornig und verwirrt. Bruder Cadfael wird bestätigen, was ich sage.«

»In allen Punkten«, sagte Cadfael. »Es ist eine vollkommen ausgewogene und gerechte Darstellung.«

»Und Eure Meinung, edler Herr?«

»Ich habe nichts hinzuzufügen«, antwortete Ivo Corbière. »Fräulein Vernold hat den Sachverhalt bewundernswert klar geschildert. Ich sah, wie dieser Gefangene von seinen Kumpanen weggeführt wurde, doch was danach aus ihm wurde, weiß ich nicht. Aber hier ist einer meiner Leute, Turstan Fowler, der sagt, er habe ihn später am Abend in einem Bierhaus am Rand des Pferdemarktes trinken sehen. Leider«, fuhr er angewidert fort, »ist seine eigene Erinnerung an die Ereignisse des Abends ebenso nebelhaft wie diejenige des Gefangenen, denn nach elf Uhr fanden wir ihn stockbetrunken. Nach seinem Aussehen zu urteilen, war er schon eine gute Weile in diesem Zustand. Ich ließ ihn in eine Kerkerzelle des Klosters schaffen. Aber er behauptete, sein Kopf sei jetzt klar und er wisse, was er sah und hörte. Ich hielt es für das Beste, ihn hier vor Euch aussagen zu lassen.«

Mit gesenktem Kopf, unter struppigen Brauen hervorspähend, schob der Bogenschütze sich mürrisch vorwärts.

»Nun, was glaubt Er zu wissen, Kerl?« fragte Prestcote mit einem scharfen Blick.

»Gnädiger Herr, ich hatte gestern abend keine Ursache, mich außerhalb des Klosterhofes aufzuhalten. Mein Herr hatte mir Anweisung gegeben, drinnen zu bleiben. Aber ich wußte, daß er den Abend draußen verbringen würde, um das Jahrmarktsgelände in Augenschein zu nehmen und mit Händlern und alten Bekannten Gespräche zu führen. Also versuchte ich mein Glück. In Wat's Taverne am Nordrand des Pferdemarktes ließ ich mich vollaufen. Und dieser Bursche war auch dort und trank, als wollte er mich übertrumpfen, und ich bin ein alter Zecher und kann was vertragen. Das Lokal war voll, es muß andere geben, die Euch das gleiche sagen können. Er hielt sich den wunden Kopf und spie Feuer gegen den Mann, der ihm eine übergezogen hatte. Dann schwor er, daß er es ihm heimzahlen würde, bevor die Nacht um wäre. Und das ist es in der Hauptsache, gnädiger Herr.«

»Um welche Zeit war das?«

»Nun, gnädiger Herr, ich stand noch fest auf meinen Füßen und hatte einen klaren Kopf, und das war später am Abend sicherlich nicht mehr der Fall. Es muß ungefähr zwischen acht und neun gewesen sein. Ich hätte mich freilich gut genug halten können, wäre ich nicht von Bier auf Wein übergegangen und dann zu einem starken Branntwein, und der war es, der mich niederwarf. Sonst wäre ich innerhalb der Klostermauern gewesen, ehe mein Herr heimkam, und hätte mir eine Nacht auf den Steinen erspart.«

»Die war wohlverdient«, bemerkte Prestcote trocken. »Hat Er darauf geachtet, wann Er sich aus der Taverne schleppte, um seinen Rausch auszuschlafen?«

»Nun, ungefähr um neun, denke ich, gnädiger Herr, und bald danach war ich untergegangen. Wahrhaftig, ich kann mich nicht erinnern, wo ich mich niederlegte, obwohl ich mich der Taverne klar entsinnen kann. Diejenigen, die mich fanden, werden Euch sagen können, wo es war.«

An diesem Punkt wurde Bruder Cadfael auf einmal bewußt, daß in der bisherigen Vernehmung zur Sache Philip Corvisers der tote Meister Thomas unerwähnt geblieben war, der in diesem Augenblick in der Klosterkapelle lag. Gewiß hatte der Grafschaftsbeamte sich mitfühlend gegenüber Emma gezeigt und ihren frisch verwaisten Zustand durch angemessene Rücksichtsnahme gewürdigt, und die Abwesenheit ihres Onkels mochte an sich schon ein Hinweis sein. Doch im Hinblick auf die Bedeutung seiner Geschäfte und des Umstandes, daß Emma zumindest einmal von ihm in der Gegenwartsform gesprochen hatte, würde eine Person, die von seinem Tod nichts wußte, aus diesen Andeutungen kaum irgendwelche Folgerungen gezogen haben. Es sei denn, sie wäre außergewöhnlich wachsam. Und Philip hatte die Nacht in einem Kerker verbracht und war erst zu diesem Verhör herausgeholt worden. Überdies litt er noch unter den Nachwirkungen seines Rausches, der Kopfverletzung und seiner Enttäuschung über den Ausgang des so hochgemut begonnenen Unternehmens. Daher konnte angenommen werden, daß er nicht jede Andeutung, die er hörte, auch zu verarbeiten wußte. Niemand hatte ihm vorsätzlich eine Falle gelegt, doch die Falle war nichtsdestoweniger da, und es mochte aufschlußreich sein, sie zuschnappen zu lassen.

»Diese Drohungen, die der Beklagte gegen Meister Thomas ausstieß«, sagte Prestcote, »können nur innerhalb einer Stunde oder weniger vor der Zeit gefallen sein, als der Handelsmann seinen Marktstand verließ, um allein zu seiner Barke zurückzugehen. Und das war die letzte Nachricht, die wir von ihm haben.«

Das kam der Angelegenheit schon näher, aber nicht nahe genug. Philip Corvisers Miene war noch immer trotzig, resigniert und verwirrt, als hätten sie über seinen Kopf hinweg walisisch gesprochen. Bruder Cadfael beschloß einzugreifen. Es war höchste Zeit.

»Die letzte Nachricht, die wir von ihm als Lebenden haben«, sagte er mit Betonung.

Die Worte wirkten wie ein Messer in der Brust eines Menschen, eins von der schmalen, dünnen Art, das im ersten Augenblick kaum zu spüren ist und dann die Verletzung und den Schmerz nach sich zieht. Philip Corviser hob ruckartig den Kopf, der Mund klappte auf, die blutunterlaufenen Augen starrten den Mönch in entsetztem Begreifen an.

»Aber es ist zu bedenken«, fuhr Cadfael rasch fort, »daß wir seine Todesstunde nicht kennen. Ein aus dem Wasser gezogener Leichnam kann zu jeder Zeit während der Nacht hineingeworfen worden sein, nachdem alle Gefangenen im Kerker und alle ehrlichen Menschen im Bett lagen.«

Es war vollbracht. Er hatte gehofft, dies würde die Frage von Schuld oder Unschuld klären, zumindest zu seiner Zufriedenheit. Aber nun war er noch immer im Zweifel, ob der junge Mann die Wahrheit nicht bereits gewußt hatte. Wie, wenn er nur still geblieben und den Zeugenaussagen gelauscht und überlegt hätte, ob Meister Thomas' Leichnam schon gefunden worden war? Freilich, wenn er bei diesem Mord die Hand mit im Spiel gehabt hatte, war er ein besserer Schauspieler als die reisenden Schausteller, die am Abend ihr Gewerbe vor den Jahrmarktsbesuchern ausüben würden. Seine teigige Blässe war noch auffallender als zuvor, er versuchte zu sprechen und schluckte halb geformte Worte hinunter, schnaufte angestrengt und riß die geröteten Augen auf, die angstvoll durch den Raum irrten und endlich am Grafschaftsbeamten hängenblieben. Auf den ersten Blick wirkte es überzeugend — aber jedes Gesicht ist der Verstellung fähig, wenn dies von zwingender Notwendigkeit gefordert wird.

»Gnädiger Herr«, stammelte er, als er die Stimme wiedergefunden hatte, »ist — ist das die Wahrheit? Meister Thomas von Bristol ist tot?«

»Was dir bekannt oder unbekannt sein mag«, entgegnete Prestcote trocken. »Darüber zu urteilen, behalte ich mir vor. Aber es ist wahr, der Kaufmann ist tot. Unsere Hauptaufgabe hier ist die Untersuchung der Umstände, unter denen er gestorben ist.«

»Aus dem Wasser gezogen, sagte der Mönch. Ist er ertrunken?«

»Das magst du uns erzählen, wenn du es weißt.«

Plötzlich kehrte der Gefangene dem Grafschaftsbeamten den Rücken und richtete seinen Blick auf Emma, und von da an wandte er ihn kaum noch von ihr, selbst wenn Prestcote ihn anredete. Ihr Urteil war offenbar das einzige, das für ihn zählte. »Wertes Fräulein, ich schwöre, daß ich Eurem Onkel niemals etwas zuleide getan und ihn nicht wiedergesehen habe, seit meine Freunde mich von der Anlegestelle wegführten. Was ihm widerfuhr, weiß ich nicht, und Gott weiß, daß ich Euren Verlust bedaure. Ich hätte ihn nicht um alles in der Welt angegriffen, selbst wenn wir zusammengetroffen und von neuem in Streit geraten wären, weil ich wußte, daß er Euer Verwandter war.«

»Das sind schöne Worte«, meinte der Grafschaftsbeamte, »doch haben Zeugen gehört, daß du Drohungen gegen ihn ausstießest.«

»Das mag sein. Ich kann nicht trinken, es war töricht von mir, darauf zu verfallen. Ich erinnere mich an nichts von allem, was ich sagte, sicherlich war es töricht und unwürdig. Ich war enttäuscht und verbittert. Was ich mir vorgenommen hatte, war ein ehrliches Beginnen, und dann mußte es so zuschanden werden. Alles war vergebens. Aber wenn ich auch von Gewalt redete, ich habe keine verübt. Ich sah den Mann nie wieder. Als mir von dem Wein schlecht wurde, verließ ich die Taverne und ging hinunter zum Fluß, fort von den Booten, und legte mich dort nieder, bis es mir möglich war, mich wieder zur Stadt zu schleppen. Ich gebe zu, daß meine Worte und Handlungen zu Aufruhr und Gewalt führten, und was sonst noch gegen mich vorgebracht wird, aber nicht dies. Gott ist mein Zeuge, daß ich Eurem Onkel niemals etwas angetan habe. Ihr glaubt mir doch?«

Emma blickte ihn mit halbgeöffneten Lippen und einem gequälten Ausdruck in den Augen an, unfähig, ja oder nein zu sagen. Wie konnte sie wissen, was Wahrheit und was Lüge war?

»Laß sie in Ruhe«, befahl Prestcote scharf. »Wir sind es, vor denen du dich zu verantworten hast. Dieser Sache muß tiefer auf den Grund gegangen werden, als es bisher möglich war. Nichts ist bewiesen, aber du stehst unter sehr ernstem Verdacht, und es ist an mir zu bestimmen, was mit dir geschehen soll.«

»Gnädiger Herr«, sagte der Bürgermeister, der sich bisher mühsam zum Schweigen gezwungen hatte, »ich bin bereit, jede Kaution für meinen Sohn zu entrichten, die Ihr für angemessen haltet. Und ich garantiere, daß er bei der Verhandlung des Geschworenengerichts zu Eurer Verfügung stehen wird und zu jeder anderen Zeit, da Ihr ihn zum Verhör vorladen mögt. Meine Ehre hat niemals in Zweifel gestanden, und mein Sohn, was immer er sonst getan haben mag, ist bekannt dafür, daß er zu seinem Wort steht. Und wenn er sein Versprechen hier gibt, wird er es sicher halten, auch ohne mein Zutun. Ich bitte Euer

Gnaden, ihn gegen eine Sicherheit nach Haus zu entlassen.«

»Unter keinen Umständen«, erwiderte Prestcote entschieden. »Die Angelegenheit ist zu ernst. Er bleibt hinter Schloß und Riegel.«

»Gnädiger Herr, wenn Ihr es befehlt, dann soll er hinter Schloß und Riegel sein, aber in meinem Haus. Seine Mutter ...«

»Nein! Sagt nicht mehr, Ihr müßt wissen, daß es unmöglich ist. Er bleibt hier in Gewahrsam.«

»In der Angelegenheit dieses Mordfalles«, meint Corbière großzügig, »liegen bisher keine Beweise gegen ihn vor, abgesehen von den Drohungen, die mein Leibeigener hier bezeugt hat. Und es ist bekannt, daß die großen Jahrmärkte von Dieben besucht werden, die, wenn sie einen Mann von seinen Gefährten trennen können, ihn schon um seiner Kleider willen bedenkenlos töten. Der Umstand, daß die Leiche entkleidet war, läßt sich gewiß leichter mit einem solchen Gelegenheitsverbrechen aus gewinnsüchtiger Absicht erklären. Rachsucht kann in einem Bündel gestohlener Kleider keine Nahrung finden. Die Tat ist alles.«

»Das stimmt«, gab Prestcote zu. »Nehmen wir aber an, ein Mann habe im Zorn getötet, sei in einem Angriff, der nur verletzen sollte, vielleicht zu weit gegangen. Da mag er klug genug sein, sein Opfer zu entkleiden, um den Anschein zu erwecken, es sei das Werk gewöhnlicher Strauchdiebe und Räuber gewesen, wodurch er die Aufmerksamkeit von sich selbst ablenkt. In diesem Fall ist noch viel Arbeit zu tun, aber einstweilen muß Corviser in Gewahrsam bleiben. Ich würde mich der Pflichtverletzung schuldig machen, wenn ich ihn auf freien Fuß setzte, selbst wenn er in Eure Obhut käme, Bürgermeister.«

Philip Corviser zeigte sich begriffsstutzig, bis ihm das stumpfe Ende einer Lanze nicht allzu sanft in die Rippen gestoßen wurde. Dann blickte er über die Schulter zurück, und sein Blick klammerte sich verzweifelt an Emmas bekümmertes und zweifelndes Gesicht. »Ich habe es nicht getan«, sagte er, gewaltsam durch die Halle zur Tür gestoßen. »Ich bitte Euch, glaubt mir!« Dann war er draußen, und die Untersuchung war beendet.

Auf dem Burghof machten sie halt, um dankbar Atem zu holen, befreit von der düsteren Bedrückung der Halle. Roger Dod blieb in ihrer Nähe und beäugte Emma.

»Fräulein, soll ich Euch zur Barke zurückbegleiten oder gleich zum Marktstand gehen? Gregory ist dort, um Warin zu helfen, während ich abwesend sein mußte, aber das Geschäft ging lebhaft. Die beiden werden jetzt hart bedrängt sein. Wollt Ihr immer noch, daß wir die Waren verkaufen, wie es Euer Onkel getan hätte?«

»So ist es«, bestätigte sie. »Wir wollen in seinem Sinne verfahren. Du gehst zurück zum Pferdemarkt, Roger. Ich werde einstweilen im Gästehaus des Klosters bleiben, und Bruder Cadfael wird mich begleiten.«

Der Knecht machte eine mürrische Verbeugung und ging, ohne sich noch einmal umzusehen. Aber seine bloße Rückenansicht, stämmig, aufrecht und wachsam, rief die Intensität seines dunklen Gesichts und die brennenden, bitteren Augen ins Gedächtnis. Emma sah ihm nach und seufzte hilflos.

»Ich weiß, daß er ein guter Diener ist und meinem Onkel viele Jahre treu zur Seite gestanden hat. So würde er in seiner Art auch mir die Treue halten. Und ich achte ihn, ich muß ihn achten! Ich denke, ich könnte ihn sogar mögen — wenn er nur nicht wollte, daß ich ihn liebe!«

»Das ist kein neues Problem«, entgegnete Cadfael mitfühlend. »Der Blitz schlägt ein, wo er will. Hier entfacht er ein Feuer, dort bleibt es kalt. Entfernung ist das einzige Heilmittel.«

»Das meine ich auch«, sagte Emma dankbar. »Bruder Cadfael, ich muß zur Barke, um Kleider und Dinge zu holen, die ich noch brauche. Werdet Ihr mit mir gehen?«

Er verstand sofort, daß dies ein günstiger Zeitpunkt war. Warin und Gregory kümmerten sich um den Marktstand und Roger war unterwegs zu ihnen. Die Barke lag an der Landungsstelle, und niemand, der Emma beunruhigen könnte, hielt sich an Bord auf. Nur ein Mönch vom benachbarten Kloster, der niemandes Seelenfrieden in Gefahr brachte. »Wie Ihr wollt«, antwortete er. »Ich habe die Erlaubnis, Euch in allen Bedürftigkeiten zu unterstützen.«

Er hatte eher erwartet, daß Ivo Corbière sich zu ihr gesellen würde, sobald sie aus der Halle auf den Burghof kämen, aber er tat es nicht. Cadfael gewann den Eindruck, daß auch Emma es erwartet hatte. Doch der junge Mann fand vielleicht, daß es sich kaum lohnen würde, ein Dreigespann mit der begehrten Dame und einem klösterlichen Begleiter zu bilden, der offensichtlich seinen Auftrag hatte und den Platz an ihrer Seite nicht räumen würde. Cadfael konnte diese Betrachtungsweise verstehen und bewunderte seine Diskretion und Geduld. Aber zwei Jahrmarktstage standen noch bevor, und der große Hof der Abtei war nicht so groß, daß die Gäste umhin konnten, einander mehrmals am Tag zu treffen, sei es zufällig oder durch Verabredung.

Auf dem Rückweg durch die Stadt war Emma sehr schweigsam, bis sie aus den Schatten des Torturmes wieder in den Sonnenschein hinaustraten, zu beiden Seiten das glitzernde Wasser des Flusses. Dann sagte sie impulsiv: »Es war gut von Ivo, so vernünftig für den jungen Mann zu sprechen.« Und im selben Augenblick, als Cadfael ihr einen Seitenblick zuwarf, um zu ergründen, was hinter den Worten lag, errötete sie beinahe so tief wie der unglückliche junge Mann, als sie Zeugin seiner Schande geworden war.

»Ja, das war sehr vernünftig«, stimmte Cadfael liebenswürdig zu. »Es mag einen Verdacht geben, aber keine Beweise, noch nicht. Und Ihr habt ihm ein Vorbild an Großzügigkeit gegeben, dem er nur nacheifern konnte.«

Die Röte vertiefte sich nicht, aber sie glühte ohnehin schon wie eine Rose. Auf ihrem elfenbeinfarbenen Gesicht, so jung und unverbraucht, wirkte diese Röte rührend und kleidsam.

»Ach nein«, erwiderte sie, »ich habe nur die schlichte Wahrheit gesagt. Ich konnte nicht anders.« Auch diese Worte entsprachen einer simplen Wahrheit, denn bisher hatte nichts in ihrem Leben die tapfere Reinheit ihres Herzens verdorben. Cadfael hatte begonnen, eine starke Zuneigung zu diesem Waisenmädchen zu empfinden, das seine Bürde ohne Furchtsamkeit und Klage auf sich nahm und bei alledem ein offenes Herz für das Leid anderer hatte. »Ich bedaure seinen Vater«, sagte sie. »Ein so anständiger und ehrenhafter Mann, und so brüsk abgewiesen zu werden! Und er sprach von seiner Frau ... Sie wird vor Sorge außer sich sein.«

Sie gingen über die Brücke und bogen in den Wiesenweg ein, der zu der Anlegestelle, den Gärten und Obstbaumpflanzungen der Au führte und in dieser geschäftigen Zeit beinahe kahlgetrampelt war. Meister Thomas' verlassene Barke lag am grünen Flußufer vertäut. Einzelne Träger mühten sich unter Lasten frischer Ware aus den Booten über die Planken der Anlegestelle und stapften den Weg hinauf, um Marktstände zu versorgen. Das Flußufer erstreckte sich in warmem Sonnenschein, strahlend grün und blau und still bis auf das sommerliche Gesumme der Bienen, die in trunkener Geschäftigkeit um die Spätsommerblumen kreisten.

Im Schatten der Brücke saß ein einsamer Angler in einem kleinen Boot — ein behäbiger, untersetzter Mann, der sein Obergewand abgelegt hatte und dessen Gesicht zwischen der struppigen schwarzen Mähne und dem buschigen Vollbart beinahe verschwand. Rhodri ap Huw überließ es offensichtlich vertrauensvoll seinem Diener, die Waren gewinnbringend an die englischen Kunden zu verkaufen, oder er hatte bereits alle mitgebrachten Vorräte veräußert. Schläfrig und selbstzufrieden ließ er seinen Köder in der Strömung schwimmen, und wenn der Wurm zu weit abgetrieben wurde, zuckt Rhodri mit dem Handgelenk, um ihn wieder in die richtige Bahn zu lenken. Es war jedoch sehr wahrscheinlich, daß der scharfe Blick unter den schweren Lidern nichts von den Dingen übersah, die ringsum vorgingen. Aber obwohl er alles mit Argusaugen beobachtete, besaß er die Gabe, stets unbefangen und freundlich aufzutreten.

»Es wird nicht lange dauern«, sagte Emma, einen Fuß auf der Bordwand der Barke. »Vergangene Nacht lieh Constance mir alles, was ich brauchte, aber ich will nicht weiter wie eine Bettlerin leben. Wollt Ihr so gut sein und mit an Bord kommen, Bruder? Ihr seid willkommen! Es tut mir leid, daß ich eine so schlechte Gastgeberin bin.« Sie sah ihn an, und ihre Lippen bebten. Es war leicht zu erraten, daß ihre Gedanken in diesem Augenblick zu ihrem Onkel wanderten, der nackt und tot in der Burg lag, ein Mann, den sie verehrt und auf den sie sich verlassen und den sie in seinem Selbstvertrauen vielleicht für unzerstörbar gehalten hatte. »Er hätte gewünscht, daß ich Euch Wein anbiete, den Wein, den Ihr gestern abend ausgeschlagen habt.«

»Nur aus Zeitmangel«, entgegnete Cadfael und sprang leichtfüßig hinüber auf das niedere Deck der Barke. »Nun geht und holt Euch, was Ihr braucht, liebes Kind, ich werde auf Euch warten.«

Der Raum an Bord war gut eingeteilt, die Kajüte auf dem Achterschiff niedrig, doch sie nahm die volle Breite des Rumpfes ein. Obwohl Emma den Kopf einziehen mußte, als sie die Stufen hinabstieg, nahm Cadfael an, daß sie ebenso wie ihr Onkel ausreichend Platz zum Schlafen gefunden hatte. Ein angenehmes Quartier für sie allein, gäbe es keine Bedrohung von außen. Aber eine Falle, wenn sie ohne ihren Beschützer hier lebte, mit drei anderen Männern nahebei auf dem Deck, von denen einer hoffnungslos in sie verliebt war.

Plötzlich kam sie in dem niedrigen Eingang wieder zum Vorschein. Ihre Augen hatten wieder diesen Ausdruck von Erschrecken und Bestürzung, nun aber gefaßt und geschult. Mit unterdrückter Erregung in der Stimme berichtete sie: »Jemand war hier! Eine fremde Person! Jemand hat alles, was wir hier an Bord zurückließen, untersucht — mein Leinenzeug und auch die Wäsche meines Onkels, hat jedes Stück umgedreht. Ich träume nicht, Bruder Cadfael! Es ist wahr! Unser Boot ist durchwühlt worden, während es unbewacht dalag. Kommt und seht selbst!«

»Ist etwas gestohlen worden?«

»Nein!« antwortete sie, ohne zu zögern.

3.

Alles in der kleinen Kajüte schien in makelloser Ordnung zu sein. Trotzdem zweifelte Cadfael nicht an Emmas Feststellung. Ein Mädchen, das die dritte Reise in dieser Art und Weise machte und sich längst daran gewöhnt hatte, die Enge des Raumes bestmöglich zu nutzen, wußte sicherlich genau, wie es alle Dinge zusammengelegt und verstaut hatte. Die bloße Lageveränderung eines Stückes, eine andere Methode des Zusammenlegens, das Knittern eines Stoffzipfels in der niedrigen Schublade unter der Schlafkoje würden hinreichen, Emma aufmerken zu lassen und das Eingreifen einer fremden Hand zu verraten. Überraschend war der Versuch, alles wieder in vollkommene Ordnung zu bringen. Daraus ließ sich schließen, daß der Eindringling reichlich Zeit gehabt hatte, nachdem die gesamte Besatzung von Bord gegangen war. Aber sie hatte mit impulsiver Sicherheit gesagt, nichts wäre gestohlen worden.

»Seid Ihr gewiß? Ihr hattet wenig Zeit, alles hier zu untersuchen. Seht Euch noch einmal gründlich um und vergewissert Euch, ehe wir Hugh Beringar Meldung machen.«

»Muß ich das tun?« fragte sie ein wenig erschrocken, sogar bestürzt, wie ihm schien. »Wenn nichts fehlt? Er ist mit anderen Angelegenheiten zur Genüge belastet.«

»Aber liebes Kind, begreift Ihr nicht, daß dies alles zusammenhängen könnte? Euer Onkel getötet — und nun sein Boot durchsucht ...«

»Es kann doch sicherlich keinen Zusammenhang geben!« erwiderte sie schnell. »Dies ist das Werk irgendeines gewöhnlichen Diebes.«

»Eines gewöhnlichen Diebes, der nichts mitnahm?« wandte Cadfael ein. »Obwohl es hier genug wertvolle Sachen gibt?«

»Vielleicht wurde er gestört ...« Aber dann verstummte sie unsicher. Sie konnte nicht einmal sich selbst überzeugen.

»Glaubt Ihr das wirklich? Ich meine, der Eindringling muß in aller Ruhe Eure Habseligkeiten durchsucht haben, um sie so ordentlich zu hinterlassen. Und er hat sich erst entfernt, als er sich vergewissert hatte.« Aber wessen? Daß nicht da war, was er suchte?

Emma nagte zweifelnd an der Unterlippe und blickte nachdenklich umher. »Nun, wenn wir es melden müssen ... Ihr habt recht, ich war voreilig, vielleicht hätte ich alles gründlich durchsehen sollen. Es hat keinen Sinn, Hugh Beringar nur eine halbe Geschichte zu erzählen.«

Und sie begann methodisch jeden Gegenstand und jedes Kleidungsstück aus den Truhen und Schubladen zu nehmen, auf den Schlafkojen auszubreiten und jene Kleidungsstücke zu entfernen, die, wenigstens in ihren Augen, deutliche Spuren fremder Handhabung trugen, um sie dann zu ihrer Zufriedenheit neu zusammenzulegen. Am Ende der Arbeit hockte sie auf den Fersen und blickte mit gerunzelter Stirn zu Cadfael auf.

»Ja, es sind einige Dinge entwendet worden — kleine Dinge, die wir erst vermißt hätten, wenn wir nach Haus zurückgekehrt wären. Was für ein schlauer Dieb! Mein schönster Gürtel fehlt, einer mit goldener Schnalle. Und eine silberne Kette. Und ein Paar Handschuhe mit Goldstickerei. Es wäre mir nicht aufgefallen, daß diese Sachen verschwunden sind, weil ich sie nicht tragen würde. Nach dem Tod meines Onkels mag ich mich nicht schmücken, und was sollte ich mit Handschuhen im August anfangen? Ich kaufte die Dinge in Gloucester, auf der Flußreise hierher.«

»Und wie sieht es mit den Habseligkeiten Eures Onkels aus?« erkundigte sich Cadfael.

»Ich glaube nicht, daß etwas fehlt. Falls etwas Geld verwahrt wurde, ist es weg, aber seine Kassette steht im Marktstand. Auf Reisen wie dieser führt er niemals Wertsachen mit sich, außer den Ringen, die er immer trug. Auch ich hätte die erwähnten Gegenstände nicht von daheim mitgenommen. Wir kauften sie erst unterwegs.«

»Wer immer die Gunst der Stunde nutzte und sich an Bord schlich, um zu sehen, was er mitnehmen könnte, war offenbar klug genug, nur Dinge zu stehlen, die er in den Ärmel oder in den Beutel stecken konnte. Das leuchtet ein. Denn ganz gleich, wie er es angestellt hätte, es wäre unvermeidlich gewesen, Neugierde zu erwecken, wenn er beladen mit den Gewändern und Hemden Eures Onkels an Land gegangen wäre.«

»Und wir müssen Hugh Beringar und sogar den ersten Grafschaftsbeamten wegen eines so geringfügigen Verlusts behelligen?« fragte Emma. »Es erscheint mir kleinlich, wenn er so viele ernstere Dinge zu bedenken hat. Und Ihr seht, daß es nur ein gewöhnlicher Diebstahl ist, weil das Boot eine Zeitlang unbewacht blieb. Kleine Diebe warten immer wieder auf solche Gelegenheiten.«

»Ja, wir müssen es melden«, sagte Cadfael energisch. »Mögen Berufenere als wir darüber urteilen, ob dies etwas mit dem Tod Eures Onkels zu schaffen hat oder nicht. Wir können das nicht entscheiden. Packt zusammen, was Ihr mitnehmen müßt, und wir gehen gemeinsam zu ihm, wenn er um diese Zeit zu finden ist.«

Emma legte ein frisches Gewand und einen Überwurf, Strümpfe und Hemden und weitere geheimnisvolle Dinge, die ein Mädchen benötigt, zu einem Bündel zusammen. Dabei zeigte sie eine Ruhe und Umsicht, die Cadfael ebenso verwirrend wie bewundernswert fand. Die Entdeckung, daß jemand ihre Habe durchwühlt hatte, war ihr für kurze Zeit Anlaß zu Besorgnis und Aufregung gewesen. Doch hatte sie sich sehr rasch damit abgefunden und schien dem Verlust ihrer Schmucksachen völlig gleichgültig gegenüberzustehen. Er überlegte gerade, wie eigentümlich es war, daß sie sich so eifrig bemühte, diesen Vorfall vom Tod ihres Onkels zu trennen, als sie selbst in unüberlegter Unschuld das Rätsel löste.

»Nun, jedenfalls«, sagte Emma, legte das Kleiderbündel sorgsam in die geraffte Schürze und erhob sich anmutig von den Knien, »kann niemand behaupten, daß der Sohn des Bürgermeisters daran Schuld trägt. Er sitzt im Kerker der Burg, und diesmal kann der Grafschaftsbeamte selbst sein Zeuge sein.«

Hugh Beringar hatte die Ausübung seiner Pflichten aufgeschoben, um sich wenigstens der Abendmahlzeit mit seiner Frau zu erfreuen. Glücklicherweise war der erste Tag des Jahrmarkts ohne weitere Zwischenfälle, ohne Streitigkeiten, Unruhen oder Beschuldigungen des Betrugs oder Wuchers vergangen. Es hatte keine Preisunterbietungen und keine Messerstechereien gegeben, als hätte der Aufruhr des vergangenen Tages und sein tödliches Ergebnis selbst die regelmäßigen Gesetzesbrecher ernüchtert und bedrückt. Der Handel blühte, Mieten und Zölle brachten der Abtei hohe Einnahmen, und das Markttreiben war auf dem besten Wege, friedlich bis in die Nacht hinein anzudauern.

»Ich habe etwas gesponnene Wolle gekauft«, sagte Aline, froh über ihre Neuerrungenschaften, »und sehr feines wollenes Tuch, so weich — fühl es! Und Constance wählte zwei schöne Vliese von Cadfaels walisischem Händler aus, die möchte ich selbst für das Kind kämmen und spinnen. Und ich habe meine Meinung wegen einer Wiege geändert, denn auf dem Jahrmarkt sah ich nichts, was den Vergleich mit Martin Bellecotes Erzeugnissen ausgehalten hätte. Ich werde zu ihm gehen.«

»Ist das Mädchen noch nicht zurück?« fragte Hugh ein wenig verwundert. »Sie hat die Burg eine gute Weile vor mir verlassen.«

»Sie wird Kleidung von der Barke holen. Du weißt, sie hatte gestern abend nichts bei sich. Und sie wollte auch noch zu Bellecotes Werkstatt gehen, um einen Sarg für ihren Onkel zu bestellen.«

»Das hat sie unterwegs getan«, sagte Hugh, »denn er kam wegen dieses Auftrags noch vor meinem Weggang zur Burg hinauf, um Meister Thomas' Körpermaße festzustellen. Man wird den Leichnam vor dem Einbruch der Dunkelheit heruntertragen und in der Kapelle aufbahren.« Anerkennend fügte er hinzu: »Ein gerecht denkendes Mädchen, unsere Emma, und eine beherzte kleine Person. Sie wollte nicht dulden, daß dieser dumme Junge vom alten Corviser zum Angreifer gemacht würde, auch nicht ihrem Onkel zuliebe. Eine einfache Geschichte. Er begann sein Anliegen höflich vorzutragen, wurde brüsk abgewiesen, beging den Fehler, den alten Mann am Ärmel zurückzuhalten, und wurde gefällt wie ein Ochse vom Schlachtbeil.«

»Und was sagt er selbst?« Aline blickte aufmerksam von dem weichen Stoff auf, über den sie liebevoll strich.

»Daß er nach jenem Zusammentreffen den Meister Thomas nicht mehr gesehen habe und nicht mehr über seinen Tod wisse als du oder ich. Aber da ist dieser Bogenschütze und Falkner des Ritters Corbière, der ihn in Wat's Taverne sah und hörte, wie er Feuer und Rauch gegen den alten Mann schnob, und das war am Abend. Wer weiß! Das sanfteste Lamm der Herde — und das ist nicht gerade sein Ruf! — mag in der Erregung dazu getrieben werden, mit der Stirn gegen einen Gegner anzurennen, aber ein Messer im Rücken — irgendwie bezweifle ich das. Er hatte kein Messer bei sich, als er am Tor festgenommen wurde. Wir werden seine sämtlichen Gefährten befragen müssen, ob sie ihn jemals mit einem Dolch oder einem schmalen Messer ähnlicher Art gesehen haben.«

»Da ist Emma«, sagte Aline, die an ihm vorbei zum Eingang blickte.

Mit raschen Schritten kam das Mädchen herein, das Bündel in der gerafften Schürze im Arm und Bruder Cadfael an der Seite.

»Verzeiht, daß ich so lange ausgeblieben bin«, bat Emma, »aber es gab einen Grund. Etwas Widriges ist geschehen — o nein, es ist nicht so ernst, kein großer Schaden, aber Bruder Cadfael sagt, wir müßten es Euch melden.«

Cadfael enthielt sich der Einmischung, blieb schweigend hinter ihr stehen und ließ sie den Vorfall in ihrer eigenen Art und Weise schildern. Und es war ein sehr nüchterner Bericht, als hätte sie kein großes Interesse daran, ihren Verlust anzuzeigen. Bei alledem beschrieb sie die gestohlenen Stücke in aller Ausführlichkeit bis hin zum Stil der Verzierungen. »Ich wünschte Euch nicht mit solchen unbedeutenden Diebereien zu behelligen. Wie kann ich um einen verschwundenen Gürtel und Handschuhe trauern, wenn ich so viel mehr verloren habe? Aber Bruder Cadfael bestand darauf, also habe ich es Euch gesagt.«

»Bruder Cadfael hatte recht«, erwiderte Hugh Beringar. »Würde es Euch überraschen, junges Fräulein, daß wir diesen ganzen Tag nicht eine Beschwerde über Diebstahl oder Raub hatten? Doch wo es um die Geschäfte Eures Onkels geht, folgt ein Unglück auf das andere. Kann das wirklich Zufall sein? Gibt es hier jemanden, der nicht an allgemeinen Diebereien interessiert ist, sondern nur an Dingen aus dem Besitz Eures Onkels?«

Sie seufzte hilflos. »Ich wußte, daß Ihr so denken würdet. Aber es war rein zufällig, daß unsere Barke diesen Nachmittag unbewacht blieb, weil Roger Dod nämlich mit uns anderen in der Burg sein mußte. Ich glaube nicht, daß es dort ein anderes unbewachtes Boot gab. Und gerade gewöhnliche Diebe haben einen scharfen Blick für solche Kleinigkeiten. Sie nehmen, was sie bekommen können.«

Das war ein kluger Einwand, und offensichtlich würde sie kein Argument, das ihr dienlich sein konnte, aus den

Augen verlieren. Cadfael schwieg. Er würde eine Gelegenheit finden, die Sache mit Hugh Beringar zu besprechen, aber nicht jetzt. Die Fragen, die der Antwort bedurften, würden nicht Emma gestellt werden. Wo wäre der Nutzen? Sie war von Haus aus ein kluges Kind, und durch den Zwang der Umstände lernte sie mit jedem Augenblick dazu. Aber warum war sie so sehr bestrebt, diese Durchsuchung ihrer Habseligkeiten als belanglos hinzustellen, ohne einen Zusammenhang mit Meister Thomas' Ermordung? Und warum hatte sie, noch im ersten Schock der Entdeckung und ohne die Zeit, sich in allen Punkten zu vergewissern, kühn erklärt, nichts wäre genommen worden? Als ob sie — Diebstahl hin oder her — genau gewußt hätte, daß er wirkungslos gewesen war?

Und doch, dachte er bei der Betrachtung des runden, entschlossenen Gesichts und der klaren Augen, mit denen sie Hughs forschendem Blick begegnete, würde ich schwören, daß dies ein gutes, ehrliches Mädchen ist, unfähig zu lügen oder zu betrügen.

»Du wirst mich jetzt nicht brauchen«, sagte er zu Beringar. »Emma kann dir alles sagen. Es ist beinahe Zeit für die Vesper, und ich muß noch gehen und mit dem Abt sprechen. Wir können später reden, Hugh, nach dem Abendessen.«

Abt Radulfus war ein guter Zuhörer. Nicht ein einziges Mal unterbrach er Cadfael mit Bemerkungen oder Fragen, als dieser ihm alles vortrug, was während der Anhörung durch den ersten Grafschaftsbeamten geschehen war und wie er anschließend mit Emma die unerwartete Entdekkung an Bord der Barke gemacht hatte. Am Ende des Berichts saß der Abt eine Weile schweigend da und bedachte, was er gehört hatte.

»Also haben wir nun einen Gesetzesverstoß, dessen der Beklagte nicht schuldig sein kann, was immer die Wahrheit im Hinblick auf die andere Tat sein mag. Was meinst du, Bruder, ist dies geeignet, den Verdacht gegen ihn zu schwächen, selbst im Falle der Mordanklage?«

»Es schwächt den Verdacht«, antwortete Cadfael, »aber es kann ihn nicht davon befreien. Es mag durchaus zutreffen, wie Fräulein Vernold glaubt, die zwei Fälle wären in keiner Weise miteinander verknüpft und ein Gelegenheitsdieb hätte die unbewachte Barke durchsucht. In meinen Augen aber nehmen sich zwei derartige Angriffe auf Leben und Güter desselben Mannes zielbewußt und methodisch aus und nicht wie bloßer Zufall.«

»Und seine Nichte ist gegenwärtig ein Gast innerhalb unserer Mauern«, sagte Radulfus. »Deshalb tragen wir die Verantwortung für ihre Sicherheit. Zwei Angriffe auf Leben und Güter desselben Mannes, sagtest du, Bruder. Wie, wenn weitere folgen sollten? Wenn ein scharfsinniger Feind ein persönliches Ziel verfolgte, das mit dem Übergriff dieses Nachmittags noch nicht erreicht wäre, ebenso wenig, wie mit dem Tod des Kaufmannes? Das Mädchen befindet sich in der Obhut des stellvertretenden Grafschaftsbeamten und könnte nicht in besseren Händen sein. Doch wie dieser selbst ist Fräulein Vernold ein Gast unter unserem Dach. Ich möchte nicht, daß die Brüder unserer Gemeinschaft von ihren Pflichten und Gebeten abgelenkt werden oder daß die Harmonie unserer Gottesdienste erschüttert wird. Darum sollen diese Angelegenheiten zwischen dir und mir bleiben. Selbstverständlich ist es notwendig, den weltlichen Behörden zu helfen. Aber du, Bruder Cadfael, bist bereits hineingezogen worden, du kennst den Stand der Dinge besser als jeder andere. Wirst du ein Auge auf die folgenden Ereignisse haben und über unsere Gäste wachen? Ich lege die Interessen des Klosters in deine Hände. Vernachlässige deine Ordenspflichten nur, wenn es sein muß, aber ich erteile dir Dispens, so daß du nach Gutdünken ein und aus gehen und dich von deinen Aufgaben hier im Kloster befreien darfst, sollte es sich als notwendig erweisen. Wenn der Jahrmarkt zu Ende geht, wird unser Gästehaus leer sein, und die Mieter unserer Marktstände werden abreisen. Dann liegt es nicht mehr in unseren Händen, die Gerechten zu schützen oder Schäden abzuwenden, die von den Ungerechten drohen. Doch solange sie hier sind, wollen wir tun, was in unseren Kräften steht.«

»Ich werde Eure Wünsche erfüllen, so gut ich es vermag, Ehrwürdiger Vater«, entgegnete Cadfael.

Beunruhigt und schweren Herzens ging er zum Vespergottesdienst, doch im Grunde war er froh über den Auftrag, den der Abt ihm erteilt hatte. Angesichts eines derart wirren Knotens konnte er unmöglich alle Ängste abschütteln, am allerwenigsten die Sorge um das Mädchen. Schließlich ließ sich nicht leugnen, daß die Pflichten der benediktinischen Ordensregel, gewissenhaft erfüllt, die Handlungsfreiheit eines Mannes fast während des ganzen Tages einschränkten.

Einstweilen verdrängte er Emma Vernold und ihre Angelegenheiten mit einer Anstrengung, die ihm im Himmel sicherlich Ehre machte, aus seinen Gedanken und widmete sich nach bestem Vermögen der Vesper. Nach der Abendmahlzeit begab er sich in den Kreuzgang und war nicht überrascht, Hugh Beringar dort anzutreffen. Sie setzten sich zusammen in einen Winkel, wo sie sanft von der Abendbrise umweht wurden, und genossen dankbar den Blick in den Klostergarten im Hof des Kreuzgangs, der aus smaragdgrünem Gras und blaßgrauem Stein bestand. Säulen und Bogen waren von wilden Rosen umrankt, deren späte Blüten einen trunkenen süßen Duft verströmten. Darüber wölbte sich ein azurblauer, in Grün zerschmelzender Himmel.

»Ich lese Neuigkeiten in deinem Gesicht«, sagte Cadfael, der seinen Freund wachsam musterte. »Als ob wir für einen Tag nicht schon genug hätten!«

»Und was wirst du daraus schließen?« erwiderte Hugh. »Vor nicht einer Stunde zog ein Kerl, der im Severn angelte, ein Bündel durchnäßter Kleider aus dem Wasser. Fast wäre ihm die Leine gerissen, also ließ er es wieder hinein, war aber neugierig genug, es zum Ufer zu zerren, bis er es ergreifen konnte. Ein feines, wollenes Gewand, passend für einen großen, breiten Mann, der Geld auszugeben hatte.« Er begegnete Cadfaels hellwachem Blick, in dem mehr Gewißheit als eine Frage lag. »Ja, was sonst noch? Wir beunruhigten Emma nicht mit dem Fund — wer hätte das Herz gehabt! Sie zeichnet Aline ein Muster für einen bestickten Saum, eines, das sie aus Frankreich bekommen hat. Frage nicht, worfür der Saum bestimmt ist!« Er lächelte. »Sie stecken die Köpfe zusammen wie Schwestern. Nein, wir holten Roger Dod, um die Herkunft der Kleider zu bestimmen. Es war Meister Thomas' Gewand, keine Frage. Und nun werden die Ufer mit Stangen nach Hemd und Überrock abgesucht. Vom Verkaufserlös dieses Gewandes hätte ein Gelegenheitsdieb einen Monat lang seinen Lebensunterhalt bestreiten können.«

»Kein Blutegel von der Sorte hätte es weggeworfen«, meinte Cadfael.

»Niemals!«

»Von seinen Fingern waren die Ringe abgezogen. Aber Ringe, denke ich, sind zu gut, um sie wegzuwerfen, selbst wenn sie beweisen könnten, daß dies ein Mord aus Haß und nicht aus Habsucht war. Und Ringe würden sinken, wenn man sie in den Severn würfe. Warum also sollte man das tun?«

»Wie gewöhnlich«, sagte Hugh und zog die dünnen schwarzen Brauen hoch, »bist du mir ein Stück voraus. Auf den ersten Blick war dies ein Mord aus persönlicher Feindschaft. Während wir ihn untersuchen, weist Ivo Corbière sehr vernünftig darauf hin, daß ein Mörder dieses Schlages nicht dageblieben wäre, um den Toten zu entkleiden und in den Fluß zu werfen, sondern ihn liegengelassen und so rasch wie möglich das Weite gesucht hätte. Rachsucht, sagt er zu Recht, finde keine Nahrung in einem Bündel Kleider. Die Tat ist alles! Und das bewog meinen Vorgesetzten zu der Bemerkung, daß der gleiche Gedanke womöglich auch dem Mörder in den Sinn gekommen sei und ihn veranlaßt habe, sein Opfer aus eben diesem

Grund zu entkleiden, als eine falsche Fährte für die Gesetzeshüter. Nun ziehen wir des toten Mannes Gewand aus dem Fluß. Und was bringt uns das ein, mein Freund?«

»Zwiespältige Gefühle«, antwortete Cadfael kläglich. »Wäre das Gewand nie gefunden worden, so hätte die Idee eines gewöhnlichen Raubüberfalles sich behaupten können und die Ermittlungen zugunsten des jungen Corviser beeinflußt. Ist es möglich, daß die Überlegungen, die in der Verhandlung zur Sprache kamen, jemand zum ersten Mal auf diesen Gedanken brachten und ihn veranlaßten, das Gewand in den Fluß zu werfen, wo es leicht zu finden wäre? Es gibt eine Person, der es sehr gelegen käme, wenn der Verdacht gegen deinen Gefangenen erhärtet würde, und diese Person ist der Mörder selbst. Vorausgesetzt natürlich, dieser dumme Junge ist nicht der Mörder.«

»Richtig, ein halber Fall kann durch den Auftritt eines weiteren Zeugen beinahe ganz aussehen. Aber was für ein Tor wäre dein Mann, wenn er das Gewand wegwürfe, um damit zu beweisen, daß der Mord nicht aus Habsucht geschah, und so den Verdacht wieder auf Philip Corviser zu lenken, dann an Bord der Barke zu schleichen und zu stehlen — während Philip in einem Burgverlies sitzt und offensichtlich als Täter ausscheidet?«

»Ja, aber er hat nicht vermutet, daß der Diebstahl aufgedeckt würde, bevor die Barke wieder in Bristol wäre oder dorthin unterwegs. Ich sage dir, Hugh, ich konnte weder auf Deck noch in der Kajüte eine Spur von einer fremden Hand erkennen, und Emma selbst sagte, sie hätte die verlorenen Dinge vor ihrer Heimkehr sicherlich nicht vermißt. Sie wurden unterwegs gekauft, Emma hatte nicht die Absicht, sie zu tragen. Nichts von allem anderen war gestohlen. Sie hatte beinahe den Boden ihrer Truhe erreicht, bevor sie entdeckte, daß diese wenigen Stücke fehlten. Ohne den scharfen Blick für ihre eigene Ordnung hätte sie nicht bemerkt, daß jemand an Bord gewesen war.«

»Aber der Diebstahl deutet auf zwei verschiedene Übeltäter und zwei verschiedene Verbrechen hin«, erwiderte

Hugh, »wie Emma glauben will. Wenn Haß als Triebkraft hinter der Ermordung des Mannes stand — warum sich hinterher herablassen, um Kleinigkeiten von ihm zu stehlen? Aber glaubst du, daß die zwei Dinge völlig getrennt betrachtet werden müssen? Ich nicht!«

»In dieser Welt kommen bisweilen seltsame Zufälle zusammen. Ich will es nicht von der Hand weisen, es mag sich so verhalten. Aber ich kann nicht anders, ich muß glauben, daß hinter beiden Geschehnissen eine Hand und ein Zweck stecken und daß die Ursache weder Diebstahl noch Haß war, sonst hätte Meister Thomas' Tod genügt.«

»Aber Cadfael, in Gottes Namen, welcher Zweck, der den Tod eines Menschen verlangte, konnte hinterher Befriedigung aus dem Diebstahl von Handschuhen, einem Gürtel und einer Kette gewinnen?«

Bruder Cadfael schüttelte hilflos den Kopf und wußte keine Antwort darauf, zumindest keine, die zu geben er jetzt schon bereit war.

»In meinem Kopf dreht es sich wie ein Mühlrad, Hugh. Aber ich hege den schwarzen Argwohn, daß es noch nicht vorüber ist. Abt Radulfus hat mich beauftragt, die Sache um des Klosters willen im Auge zu behalten, und mir erlaubt, ein und aus zugehen, wie ich es zweckdienlich finde. Er fürchtet, falls es sich um eine böswillige Verschwörung gegen den Kaufmann aus Bristol handelt, daß auch dessen Nichte gefährdet ist. Wenn Aline sie bei sich behalten kann, um so besser. Aber auch ich werde sie bewachen.« Er erhob sich gähnend. »Nun muß ich zur Komplet. Sollte ich morgen meine Pflichten vernachlässigen müssen, so will ich wenigstens diesen Tag gut beenden.«

»Bete um eine ruhige Nacht.« Auch Hugh stand auf. »Denn wir haben nicht genug Männer, um in den Stunden der Dunkelheit Patrouillen auszusenden. Ich werde mit meinem Wachtmeister noch einen Rundgang bis zum Pferdemarkt machen, und dann gehe ich zu Bett. Letzte Nacht habe ich wenig genug davon zu sehen bekommen!«

Die Nacht des 1. August, nach der Eröffnung des St. Peters-Jahrmarkts, war warm, sternenklar und ruhig. Die Händler hielten ihre Marktstände bis in den späten Abend offen, denn das Wetter war so einladend, daß noch viele Kunden umherschlenderten, um zu plaudern, Waren zu vergleichen und zu feilschen. Die Wächter des Grafschaftsbeamten zogen sich in die Stadt zurück, und selbst die Diener der Abtei, noch länger auf den Beinen, um notfalls für Ruhe und Frieden zu sorgen, hatten wenig zu tun. Mitternacht war vorüber, als die letzten Öllampen und Fakkeln erloschen und nächtliche Stille auf den Jahrmarktsplatz herabsank.

Meister Thomas' Barke bewegte sich leise in der Strömung des Flusses. Er selbst lag in einer Seitenkapelle der Abteikirche, eingehüllt in ein Leichentuch, und der Tischlermeister Martin Bellecote arbeitete noch spät in seiner Werkstatt an dem feinen, bleibeschlagenen Sarg, den Emma bei ihm bestellt hatte. Und in einem engen und staubigen Burgverlies wälzte sich Philip Corviser unruhig auf seinem Lager aus dünn aufgeschüttetem Stroh umher und konnte nicht schlafen, weil ihn die Erinnerung an Emmas zweifelndes, mitleidiges Gesicht plagte.

Der zweite Tag des Jahrmarkts

1.

Der zweite Tag des Jahrmarkts brach leuchtend an. Eine goldene Sonne stieg am strahlenden Himmel empor, zarter Dunst hing wie ein schwebender Schleier über dem Fluß. Roger Dod stand auf, als es hell wurde, schüttelte Gregory wach, rollte seine schafwollene Decke zusammen, wusch sich im Fluß und nahm eine rasche Mahlzeit aus Brot und Dünnbier zu sich, bevor er zum Marktstand seines Meisters ging. Entlang der Landstraße sah man allenthalben Händler, die sich aus ihren Decken und Umhängen schälten, gähnten und sich streckten und ihre Waren für das Tagesgeschäft auslegten. Roger Dod begrüßte einige im Vorbeigehen. Wo so viele Menschen eng zusammengedrängt waren, konnte selbst ein wortkarger und eigenbrötlerischer Mann nicht umhin, ein paar Bekanntschaften zu machen.

Schon der erste Blick auf Meister Thomas' Marktstand, still inmitten der allgemeinen Geschäftigkeit, umwölkte Rogers Miene und veranlaßte ihn zu einer gemurmelten Verwünschung, denn die hölzernen Wände waren noch fest geschlossen und verrammelt. Und die Sonne stand bereits am Himmel! Offenbar schlief Warin noch. Roger hämmerte gegen die Bretterverkleidung der Vorderseite, die zu dieser Zeit bereits herabgelassen und auf ihren Schragen ruhen sollte, um als Warenauslage zu dienen. Drinnen rührte sich nichts.

»Warin!« brüllte er. »Daß dich der Teufel zerreiße! Steh auf und laß mich ein!«

Er bekam keine Antwort. Doch inzwischen waren mehrere Nachbarn aufmerksam geworden und verließen ihre eigenen Geschäfte, um sich diesem unerwarteten Lärm zuzuwenden.

»Warin!« schrie Roger und schlug abermals kräftig gegen die Bretter. »Du faules Schwein, was ist in dich gefahren?«

»Ich habe mich schon gewundert«, sagte der Stoffhändler vom benachbarten Stand, eine Rolle Wollstoff im Arm. »Hat sich die ganze Zeit nicht gerührt. Muß einen gesunden Schlaf haben, dein Nachtwächter!«

»Warte!« Der Waffenschmied von der anderen Seite beugte sich aufgeregt über Rogers Schulter und befingerte den Rand der hölzernen Tür. »Splitter, siehst du?« Neben der Klinke zeigten die Bretter ein paar blasse dünne Splitter, weich und kaum dick genug, um dem Auge aufzufallen. Und als er gegen die Tür drückte, gab sie nach.

»Brauchst nicht zu hämmern, die Tür ist offen. Da hat sich jemand mit einem Messer zu schaffen gemacht!« erklärte der Waffenschmied, und für die Dauer einiger Herzschläge sagte keiner etwas.

»Gebe Gott, daß es nur dafür benutzt wurde!« stieß Roger im Flüsterton hervor und drückte die Tür ganz auf. Inzwischen wartete ein Dutzend Leute hinter ihm. Selbst der Waliser Rhodri ap Huw war durch die Marktgasse herbeigeeilt, um die Ereignisse zu beobachten. Scharfe schwarze Augen blinzelten aus dem Dickicht seines Haupt- und Barthaares, doch was er von der ganzen Angelegenheit verstand, da er kein Englisch sprach, blieb ungeklärt.

Aus der Dunkelheit des Inneren drang der warme Duft von Holz, Wein und Zuckerwerk, und ein leises, seltsames Geräusch, wie das heisere Grunzen eines Taubstummen. Die nachdrängenden eifrigen Helfer, alle von Neugierde überwältigt und ganz Augen und Ohren, drängten von hinten nach, und Roger wurde in das Halbdunkel vorangestoßen. Nach der Helligkeit des sonnigen Morgens benötigten seine Augen eine kleine Weile, bis sie sich auf die

Dunkelheit eingestellt hatten, aber allmählich nahmen die gestapelten Ballen und die kleinen Weinfässer Gestalt an. Alles stand geordnet und griffbereit da, so wie es am Vorabend verstaut worden war. Und von Warin war nichts zu sehen, bis Rhodri ap Huw, immer praktisch denkend, den Verschlag an der Vorderseite entriegelte und herunterließ, worauf die Helligkeit des Morgens hereinflutete.

Ausgestreckt am Fuß derselben vorderen Wand, wo Rhodri beinahe auf ihn getreten sein mußte, lag Warin in seinen eigenen Umhang gerollt und mit Stricken an Ellbogen, Knien und Handgelenken gebunden, so fest, daß er sich kaum hinreichend rühren konnte, um die Falten seiner Kleidung zu bewegen. Die Täter hatten ihm einen Sack über den Kopf gezogen, und ein Streifen Leinenstoff verschloß ihm den Mund und war im Genick verknotet. Er tat sein Bestes, auf seinen Namen zu antworten, und schließlich machten seine begrenzten Bewegungen und gedämpften Grunzlaute deutlich, daß er am Leben war.

Roger schrie auf vor Schrecken und Empörung, kniete nieder und zupfte zuerst an dem Knoten des Leinenstreifens, der den Sack festhielt. Der derbe Stoff war von Speichel durchnäßt, und der Mund dahinter mußte mit einem Knebel verstopft sein, doch konnte der arme Teufel wenigstens atmen. Seine erstickten Grunzlaute waren Versuche, Worte zu bilden, aber es dauerte eine Weile, bis der Leinenstreifen aufging und er seinen Knebel mit der Zunge herausstoßen konnte. Noch immer mit dem Kopf im Sack, verlangte er mit heiser krächzender Stimme zu wissen, wo Roger so lange geblieben wäre, während er halbtot dagelegen hätte.

Mehrere bereitwillige Hände arbeiteten inzwischen an den anderen Fesseln, um so eifriger jetzt, als sie ihn sprechen und sogar in solch ermutigend robusten Tönen klagen hörten. Nach und nach kam Warin unter seinen Umhüllungen zum Vorschein, wurde ohne Umstände aus dem Unhang gerollt, so daß er bäuchlings am Boden zu liegen kam. Indigniert rappelte er sich auf, und dies geschah so flink, daß sich alle Befürchtungen, er hätte Knochenbrüche oder schmerzhafte Verletzungen davongetragen, als grundlos erwiesen. Er hatte nicht einmal unter den Fesseln übermäßig gelitten. Nun sah er unter seinem struppigen grauen Haarwust auf, halb abwehrend und halb vorwurfsvoll, und ließ den finsteren Blick über seine Retter schweifen, als wären sie für seine unbequemen Stunden verantwortlich.

»Besser spät als nie!« meinte er verdrießlich, würgte und spie Stoffasern aus. »Was habt ihr so lang gebraucht? Sind alle taub? Ich habe hier die halbe Nacht gezappelt!«

Ein halbes Dutzend Hände griff erfreut zu, um ihn auf die Füße zu heben und dann sanft auf ein Weinfaß niederzusetzen. Roger trat zurück und überließ sie der Befriedigung ihrer Neugierde, während er finster seinen Kollegen ins Auge faßte. Es war kein Schaden angerichtet, der alte Schwerenöter hatte keinen Kratzer davongetragen! Wahrscheinlich hatte eine Drohung genügt, und er war von selbst in seinen Umhang gekrochen!

»In Gottes Namen, was ist mit dir geschehen, du alter Satan? Du hattest den Stand verriegelt. Wie konnte jemand hier einbrechen, ohne daß du es merktest? Auch die anderen schlafen alle hier bei ihren Waren, du brauchtest bloß um Hilfe zu rufen.«

»Nicht alle«, widersprach der Stoffhändler. »Ich liege in einer Taverne, und viele tun es mir gleich. Wenn dein Kumpan fest schlief, was man ihm wohl zutrauen mag, da er für die Nacht zugesperrt hatte ...«

»Es war lange nach Mitternacht«, unterbrach ihn Warin, der sich gekränkt die Handgelenke massierte. »Ich weiß es, weil ich die kleine Glocke zum Matutin läuten hörte, ehe ich einschlief. Danach kein Geräusch mehr, bis ich von diesem Sack erwachte, der mir über den Kopf gezogen wurde. Sie stießen mir den Knebel in den Mund. Ich sah weder Gesicht noch Gestalt, sie rollten mich ein wie einen Ballen Wolle und ließen mich gebunden liegen.«

»Und du hast brav den Mund gehalten!« sagte Roger bitter. »Wie viele waren es? Einer oder mehr?«

Warin war wirr und schwankte, wollte oder konnte sich nicht festlegen. »Ich glaube, zwei. Ich bin nicht sicher ...«

»Du hattest den Sack über dem Kopf, aber du konntest hören. Haben sie miteinander geredet?«

»Ja, jetzt erinnere ich mich, daß es ein Geflüster gab. Nicht, daß ich Worte hätte verstehen können. Ja, es waren zwei. Es wurden Kisten und Ballen hier bewegt, das weiß ich ...«

»Für wie lange? Sie durften nichts überhasten und Dinge fallen lassen und die Leute der benachbarten Stände wecken«, meinte der Waffenschmied. »Wie lange blieben sie?«

Warin machte unbestimmte Gesten, und es war möglich, daß ein Mann, der bei Nacht gefesselt und mit einem Sack über dem Kopf niedergelegt wurde, eine Zeitspanne als endlos empfinden mochte, die in Wahrheit nicht allzu lang dauerte. »Eine Stunde, das könnte sein.«

»Zeit genug, um zu finden, was hier am wertvollsten war«, bemerkte der Waffenschmied und blickte, die breiten Schultern hochgezogen, auf Roger Dod. »Du solltest dich ein wenig umsehen, Freund, und nachschauen, was fehlt. Um schwere Dinge wie die Weinfässer brauchst du dich nicht zu sorgen. Um die fortzuschaffen, hätten die Diebe einen Karren gebraucht, und den hätte mitten in der Nacht jeder gehört. Sicherlich waren sie an den kleinen, kostbaren Dingen interessiert.«

Aber Roger hatte seinem geretteten Gefährten bereits den Rücken gekehrt und wühlte wie rasend zwischen den Ballen und Kisten, die entlang der Wand gestapelt waren. »Meines Herrn Geldkassette! Ich versteckte sie hier hinten ... Gott sei gedankt, daß ich die gestrigen Einnahmen abends mit mir zur Barke nahm und dort sicher verschloß, aber gleichwohl war eine hübsche Summe in der Kassette. Und dazu all seine Aufzeichnungen, Rechnungen und Pergamente ...«

In seiner Hast stieß er Kästen und Säcke mit Gewürzen beiseite, Holzkisten mit Zuckerkonfekt aus dem Osten, über Venedig und die Gascogne eingeführt und auf jedem Markt begehrt und teuer. »Hier, an der Wand ...«

Hilflos ließ er die Hände sinken, stand da und starrte bestürzt in sein Versteck. Er hatte die Bodenplanken des Marktstandes freigelegt. Waren standen zu beiden Seiten gestapelt, und dazwischen nichts. Meister Thomas' Geldkassette war verschwunden.

Bruder Cadfael hatte die frühen Morgenstunden genutzt, um ein paar Stunden bei Bruder Mark im Kräutergarten zu arbeiten, solange er keine Ursache hatte, Emma bedroht zu wähnen, die sicherlich noch mit Constance im Gästehaus schlief. Der Morgen war klar und sonnig, ein leichter Dunst hob sich gerade vom Fluß empor, golden gefärbt von den schräg einfallenden Sonnenstrahlen. Mark sang fröhlich beim Unkrautjäten und lauschte aufmerksam und heiter, als Cadfael ihn in allen Einzelheiten der Tagesarbeit unterwies.

»Denn es mag sein, daß ich alles hier in deine Hände legen muß, falls ich abgerufen werde. Und ich weiß, daß ich das getrost tun kann.«

»Ich habe einen guten Lehrmeister«, meinte Bruder Mark mit seinem sanften Lächeln, hinter dem nur Cadfael den kleinen übermütig-schelmischen Funken bemerkte, den er zuerst entdeckt und genährt hatte. »Ich weiß, was ich in der Werkstatt anrühren und wovon ich die Finger lassen muß.«

»Ich wünschte, ich könnte meiner Tätigkeit draußen ebenso gewiß sein«, sagte Cadfael wehmütig. »Da gibt es manch ein Gebräu, das auch nur eines scharfen Auges und einer ruhigen und sicheren Hand bedarf. Aber wo umzurühren ist und wo man es besser sich selbst überläßt, das bereitet mir nicht wenig Kopfzerbrechen. Ich bewege mich auf Messers Schneide, und zu beiden Seiten droht ein verhängnisvoller Absturz. Ich kenne meine Kräuter. Sie haben bestimmte Eigenschaften und folgen geheiligten Gesetzen. Die menschlichen Geschöpfe tun dies nicht. Und ich kann nicht einmal wünschen, daß sie es täten. Ich möchte nicht ein Gran ihrer Verflochtenheit missen, es wäre ein beklagenswerter Verlust.«

Es war Zeit, zur ersten Gebetsstunde zu gehen. Bruder Mark bückte sich, um die Hände in dem Wasserbottich zu spülen, in dem das Wasser tagsüber warm werden konnte, so daß es beim abendlichen Gießen der Kräuter die richtige Temperatur hatte. »Das Zusammensein mit dir machte mir klar, daß ich ein Mönch sein möchte«, sagte er so offen, wie er es immer in Cadfaels Gesellschaft tat.

»Ich hatte nie den Drang danach«, erwiderte Cadfael abwesend, die Gedanken mit anderen Dingen beschäftigt.

»Ich weiß. Das war das einzige, woran es fehlte. Wollen wir gehen?«

Sie kamen aus der Prime, und die Laiendiener des Klosters versammelten sich bereits zu ihrer Frühmesse, als Roger Dod außer Atem zum Tor hereinkam. Seine Miene ließ auf den ersten Blick erkennen, daß etwas geschehen war.

»Wie, wieder etwas Neues?« seufzte Cadfael und machte sich auf, um ihm den Weg abzuschneiden, bevor er das Gästehaus erreichte. Angesichts der stämmigen, breiten Gestalt in der Mönchskutte, die so absichtsvoll auf ihn zukam, machte Roger halt und blickte mißtrauisch und besorgt drein. Seine Miene hellte sich jedoch ein wenig auf, als er den Mönch wiedererkannte, der den stellvertretenden Grafschaftsbeamten bei der vergeblichen Suche nach Meister Thomas begleitet hatte. »Ach, Ihr seid es, Bruder, das ist gut! Ist Hugh Beringar im Gästehaus? Ich muß mit ihm sprechen. Wir sind vom Unheil verfolgt! Gestern die Barke, und nun der Marktstand, und Gott allein weiß, was uns noch bevorsteht und was aus uns werden mag, bevor wir diesem tödlichen Ort den Rücken kehren können. Die Bücher und Pergamente meines Meisters sind fort, das Geld, die Kassette und alles! Was wird Fräulein Emma denken? Lieber hätte ich mir den Schädel einschlagen lassen, als sie so zu enttäuschen!«

»Was für ein Gerede ist das — den Schädel einschlagen lassen?« erwiderte Cadfael beunruhigt. »Willst du mir sagen, daß die Diebe jetzt auch den Marktstand geplündert haben?«

»In der Nacht! Die Geldkassette fort, Warin an Händen und Füßen gebunden und mit einem Knebel im Mund, und niemand hörte etwas, während es geschah. Wir fanden ihn vor kaum einer halben Stunde ...«

»Komm!« sagte Cadfael, faßte ihn kurz entschlossen am Ärmel und zog ihn im Sturmschritt mit sich zum Gästehaus. »Wir werden Hugh Beringar aufsuchen. Erzähl deine Geschichte, wenn wir ihn gefunden haben, und schone deine Lunge!«

Die Frauen waren gerade erst aufgestanden, und Hugh Beringar saß in Hemd und Hose barfuß beim Frühstück, als Cadfael an die Tür seines Quartiers klopfte und vorsichtig den Kopf hereinsteckte.

»Verzeih, Hugh, aber es gibt Neuigkeiten. Dürfen wir eintreten?«

Hugh bedurfte nur eines Blickes in sein Gesicht, erkannte das Ende seiner Behaglichkeit und bat die beiden resigniert herein.

»Da ist einer, der eine Geschichte zu erzählen hat«, erklärte Cadfael. »Er kommt eben vom Pferdemarkt.«

Bei Rogers Anblick sprang Emma erschrocken auf. Der weiche, träumerische Ausdruck verlor sich aus ihren Augen und die morgendliche Röte aus ihren Wangen. Das schwarze Haar, noch nicht zu Zöpfen geflochten, fiel ihr schimmernd auf die Schultern herab. Ihr weites Frauenhemd war ungegürtet, und sie trug noch keine Schuhe. »Roger, was gibt es? Was ist geschehen?«

»Wieder ein Diebstahl und eine Missetat, junge Herrin, und ich sehe weiß Gott keinen Grund, warum alle Galgenvögel dieser Grafschaft sich auf uns stürzen.« Roger holte tief Atem und öffnete die Schleusen seiner Beredsamkeit. »Heute morgen gehe ich wie gewöhnlich zum Marktstand und finde ihn noch verschlossen. Kein Geräusch, kein Lebenszeichen aus dem Inneren, soviel ich auch rufe und klopfe. Und dann kommen ein paar Nachbarn zusammen, und alle wundern sich, was geschehen sein mag, und einer sieht, daß der innere Riegel mit einer Messerklinge hochgeschoben wurde — es muß ein erstaunlich dünnes Messer gewesen sein. Wir gehen hinein und finden Warin am Boden liegend, wie ein Bündel in seinen eigenen Umhang gewickelt und an Händen und Füßen gebunden, den Mund mit einem Knebel verschlossen und einen Sack über den Kopf gezogen, kaum daß er Luft bekam ...«

»O Gott, nein!« hauchte Emma und hob in unwillkürlichem Entsetzen die Hand zu den bebenden Lippen. »Der arme Warin! Er ist doch nicht — nicht tot ...?«

Roger schnaubte geringschätzig. »Der nicht! Frisch und munter wie ein Floh, wenn auch ein wenig steif von den Fesseln. Wie er so fest schlafen konnte, daß er die Geräusche an der verriegelten Tür nicht hörte und nicht einmal bemerkte, wie sie geöffnet wurde, bleibt ein Rätsel. Aber wenn er schon nichts hörte, so tat er auch danach sein möglichstes, den Räubern keinen Verdruß zu bereiten. Ihr wißt, daß Warin kein Held ist. Er sagt, er sei erst wachgeschüttelt worden, als sie ihm den Sack über den Kopf zogen, und habe weder Gesicht noch Gestalt gesehen, obwohl er meint, es seien zwei gewesen, da er ein Geflüster hörte. Aber es mag gut sein, daß er sie hereinkommen hörte, sich aber schlafend stellte, da er fürchtete, sie könnten ihm ein Messer zwischen die Rippen stoßen.«

Emmas Farbe war rosig in die Wangen zurückgekehrt. Sie holte tief und dankbar Atem. »Aber er ist wohlauf? Er ist nicht zu Schaden gekommen?« Sie bemerkte Alines mitfühlenden Blick und lachte erleichtert. »Ich weiß, daß er nicht tapfer ist, und ich bin froh darüber! Auch nicht sehr klug oder besonders fleißig, aber ich kenne ihn, seit ich ein kleines Mädchen war. Er schnitzte Spielzeug für mich und Pfeifen aus Weidenrohr. Gott sei Dank, daß er nicht verletzt wurde!«

»Nicht einen Kratzer hat er davongetragen!« sagte Roger, in dessen Augen Enttäuschung und Eifersucht brannten, als er ihre kindliche, morgendliche Schönheit sah, die noch nicht herausgeputzt war und auch keines Schmucks bedurfte. »Ich wollte, ich wäre dort geblieben, um Wache zu halten! Dann wäre das Lumpenpack weder unversehrt eingedrungen, noch hätte es alles wie auf einem Tablett überreicht bekommen!«

»Aber dann wärst du wohl kaum unversehrt geblieben, Roger. Ich bin froh, daß du nicht dort warst, du hättest dich sicherlich zur Wehr gesetzt und wärst vielleicht getötet worden! Allein und unbewaffnet gegen zwei Eindringlinge! O nein, ich möchte nicht, daß jemand Schaden erleidet, weil er meinen Besitz schützen muß.«

»Wie ging es weiter?« fragte Hugh Beringar ungeduldig. Er schlüpfte in die Schuhe und griff nach seinem Überrock. »Du hast Warin am Marktstand zurückgelassen, weil er die Waren bewachen sollte? Ist er dazu imstande?«

»Wie Ihr oder ich, Herr. Sobald ich zurückkomme, werde ich ihn zu Euch schicken, damit er seine Geschichte erzählen kann.«

»Nicht nötig, ich komme mit dir, um mir die Sache und den Schaden an Ort und Stelle anzusehen. Sprich weiter. Die Diebe werden kaum mit leeren Händen abgezogen sein. Was haben sie mitgenommen?«

Roger warf Emma einen niedergeschlagenen, um Verzeihung bittenden Blick zu. »Beklagt sei der Tag, junge Herrin, die Diebe haben die Geldkassette mitgenommen!«

Bruder Cadfael beobachtete Emmas Gesicht so aufmerksam wie ihr hoffnungsloser Bewunderer, und er glaubte festzustellen, daß sie in der beruhigenden Gewißheit, daß ihr alter Diener unverletzt davongekommen war, gegen alle anderen Schicksalsschläge unempfindlich blieb. Den Verlust der Geldkassette nahm sie mit Fassung hin. In dieser Umgebung, sicher vor jeder allzu bedrängenden Demonstration seiner Leidenschaft, fühlte sie sich sogar gedrängt, Roger Dod zu trösten. Ein gutherziges Mädchen, das nicht untätig zusehen mochte, wie sich einer ihrer Diener wegen seiner vermeintlichen Pflichtvergessenheit mit Selbstvorwürfen herumplagte.

»Du mußt es dir nicht so zu Herzen nehmen«, redete sie ihm freundlich zu. »Wie hättest du die Tat verhindern können? Du hast dir nichts zuschulden kommen lassen.«

»Ich habe das meiste von dem Geld zur Barke getragen, als ich gestern abend heimkehrte«, berichtete Roger. »Es ist sicher unter Verschluß, und dort hat es keine neuerlichen Diebereien gegeben. Aber Meister Thomas' Rechnungsbücher und einige Pergamente und Verträge ...«

»Davon wird es vielleicht Abschriften geben«, fiel ihm Emma ins Wort. »Und wenn sie die Kassette genommen haben, weil sie Reichtümer darin vermuteten, werden sie wahrscheinlich behalten, was an Geld darin war, und die Kassette mit den Pergamenten wegwerfen. Denn welchen Gebrauch könnten sie davon machen? Du wirst sehen, wir werden das meiste davon wiederbekommen.«

Nicht nur ein gutherziges Mädchen, sondern ein Mädchen von Vernunft und Charakterstärke, das trotz ihrer Verluste niemals den Mut und die Haltung verlor ... Cadfael blickte zu Hugh und fand, daß dieser genauso ausdruckslos zu ihm herschaute, aber mit einer hochgezogenen Braue, die etwas skeptische Bewunderung signalisierte.

»Nichts ist verloren«, meinte Emma entschieden, »was von einem Wert wäre, den man mit einem Menschenleben vergleichen könnte. Da Warin unverletzt blieb, kann ich nicht traurig sein.«

»Nichtsdestoweniger«, sagte Hugh bedächtig, »wäre es gut, wenn ein Wachmann des Klosters Euren Marktstand bis zum Ende des Jahrmarkts im Auge behalten würde. Denn es sieht doch so aus, als würden all die Mißgeschikke, die von Rechts wegen auf sämtliche Händler und Gäste der Abtei verteilt sein müßten, Euch allein widerfahren. Soll ich Prior Robert bitten, alles Nötige zu veranlassen?«

Sie schlug den Blick nieder, wachsam und nachdenklich, dann hob sie den Kopf. Ihre großen blauen Augen, klar wie der Himmel und um ein geringes unschuldiger, als wenn sie sich gerade erst der Welt geöffnet hätten, blickten Hugh Beringar an. »Es ist freundlich von Euch, aber sicherlich wurde uns jetzt alles angetan, was möglich ist. Ich denke nicht, daß man uns einen Wächter zur Seite stellen muß.«

Nach dem Mittagsmahl kam Hugh zu Cadfaels Werkstatt, verhalf sich zu einem Trinkhorn mit Wein aus Cadfaels privatem Vorrat und nahm auf der Bank unter dem schattenspendenden Dach Platz. Emma war in Aliens Obhut zurückgeblieben. Der Duft der Kräuter lag im Geviert der Hecken wie eine träge Wolke in der Luft und machte ihn gegen seinen Willen und seine Stimmung, die nach ernsthafter Diskussion trachtete, müde. Sie waren hier ganz abgesondert von der Außenwelt, das geschäftige Summen des Jahrmarkts erreichte sie nur als ein fernes und angenehm undeutliches Geräusch, wie die Arbeitsmusik von Bruder Bernards Bienen. Und Bruder Mark, der mit feinfühligen, liebenden Fingern die Kräuterbeete vom Unkraut befreite, das Ordensgewand bis zu den Knien hochgebunden, störte ihre Abgeschiedenheit nicht im mindesten.

»Ein ganz besonderes Geschöpf«, sagte Bruder Cadfael, der ihn mit unvoreingenommener Zuneigung betrachtete. »Mein Beichtiger und mein Schutzbefohlener in einer Person. Ich mußte ein Mittel finden, dem Schicksal zu entgehen, das sich über mir zusammenbraute. Da geht mein Opferlamm, das beste aus der Herde.«

»Eines Tages wird er dir wirklich noch die Beichte hören«, sagte Hugh Beringar. Auch sein Blick ruhte auf Mark, der die Unkräuter so behutsam ausriß, als würde er sie bemitleiden. »Und du wirst verloren sein, weil er jede deiner Ausflüchte kennen wird.« Er nahm einen Schluck Wein, spülte ihn gedankenvoll im Mund herum, schluckte ihn und genoß den Nachgeschmack. »Dieser Warin hatte wenig hinzuzufügen«, berichtete er dann. »Was sagst du jetzt? Es kann kein zufälliges Zusammentreffen sein.«

»Nein«, stimmte Cadfael zu, keilte die offene Tür seiner Werkstatt fest, um die Luft einzulassen, kam heraus und setzte sich zu seinem Freund. »Es kann kein Zufall sein. Der Mann wird getötet, seiner Kleider beraubt, seine Barke durchsucht, sein Marktstand durchwühlt. Niemand sonst auf diesem Jahrmarkt, wo es mehrere ebenso wohlhabende Handelsherren gibt, wurde angegriffen oder bestohlen. Nein, hier ist nichts zufällig geschehen!«

»Was dann? Erkläre mir das! Das Mädchen behauptete, aus der Barke seien Kleinigkeiten verschwunden. Nun ist bei diesem letzten Einbruch eine Geldkassette entwendet worden, der einzige tragbare Gegenstand in der Marktbude, von dem angenommen werden konnte, daß er Werte enthielt. Wenn dies keine einfachen Diebereien sind — worum handelt es sich dann? Sag es mir!«

»Mir scheint, daß hier nach etwas gesucht wird«, antwortete Cadfael. »Ich weiß nicht, was es ist, aber es muß irgend etwas ganz Besonderes sein, ein einzelnes kleines Ding, sehr wertvoll, das in Meister Thomas' Besitz war oder sein sollte. In der Nacht nach seiner Ankunft wurde er ermordet und sein Körper der Kleider beraubt. Die erste Durchsuchung. Und sie war fruchtlos, denn am nächsten Tag wurde seine Barke durchwühlt. Die zweite Suche.«

»Diesmal nicht völlig fruchtlos«, ergänzte Beringar trokken, »denn wir wissen aus berufenem Munde, daß die Eindringlinge, wer sie auch waren, mit drei Gegenständen abzogen: einer silbernen Kette, einem Gürtel mit goldener Schnalle und einem Paar bestickter Handschuhe.«

»Hmmm!« Cadfael faßte seine gebräunte Nase zweifelnd zwischen Daumen und Zeigefinger und beäugte den anderen von der Seite.

»Schau mich nicht so an!« sagte Hugh mit einem nachsichtigen Lächeln. »Ich mag weniger rasch als du auf solche Feinheiten kommen, aber auch ich habe gelernt, meine fünf Sinne beisammenzuhalten. Das Mädchen hat einen klaren Verstand und ein ausgezeichnetes Gedächtnis, und ich hege keine Hoffnung, die junge Dame zu einem Fehler zu verleiten, wenn es um die Einzelheiten der Stickerei auf diesen verlorenen Handschuhen geht. Aber bei alledem bezweifle ich, daß sie je existiert haben.«

»Du könntest«, schlug Cadfael vor, freilich etwas skeptisch, »sie geradeheraus fragen, was sie verbirgt.«

»Das habe ich getan. Sie sah mich gekränkt an und konnte mich nicht verstehen! Sie weiß nichts, sie verbirgt nichts, sie hat nicht mehr als das zu sagen, was sie bereits erzählt hat, und jedes Wort davon ist die reine Wahrheit. Doch ganz gleich, was sie behauptet und mit welch engelhafter Unschuld sie es vorbringt — Emma Vernold lügt. Was blieb dir im Hals stecken und brachte dich zu der gleichen bestürzenden Erkenntnis, bevor sie mir aufging?«

»Ich würde es bedauern«, entgegnete Cadfael, »wenn dich irgend etwas was ich sagte oder tat, verleitet haben sollte, schlecht von dem Mädchen zu denken, denn mir liegt das völlig fern.«

»Mir auch. Aber ich fürchte, sie ist in etwas verstrickt, wovon sie besser die Finger ließe. Und ich möchte ebenso wie du und Abt Radulfus vermeiden, daß sie zu Schaden kommt, solange sie hier unter unserer Obhut weilt. Oder auch danach. Ich mag sie gern.«

»Als wir zusammen zur Barke gingen«, berichtete Cadfael, »und sie kaum eine Minute nach dem Betreten der Kajüte ausrief, jemand wäre dagewesen und hätte ihre Habseligkeiten durchsucht, zweifelte ich nicht an ihren Worten. Frauen wissen, wie sie die Dinge zurücklassen, es bedarf nur eines falsch zusammengelegten Kleidungsstükkes, um eine fremde Hand zu verraten. Und ganz gewiß erschrak sie, das war nicht gespielt — ebenso wenig wie ihre nächste Reaktion, als ich fragte, ob etwas fehlte, und sie ohne Zögern verneinte. Mit einem entschiedenen Nein, ich würde sagen, daß es sogar triumphierend klang. Zu dem Zeitpunkt dachte ich mir wenig dabei, drängte sie aber, genauer nachzusehen und sich zu vergewissern. Und als ich sagte, sie müßte die Sache melden, besann sie sich eines Besseren und nahm die Mühe auf sich, noch einmal nachzuschauen und zu entdecken, daß in der Tat einige Dinge verschwunden waren. Ich glaube, sie bedauerte bereits, daß sie zuerst meine Frage verneint hatte, aber wenn die Behörden davon erfahren mußten, wollte sie dafür sorgen, daß die Angelegenheit als unbedeutende Dieberei akzeptiert würde. Der Wahrheit entspricht, was sie mit diesem geringschätzigen ›Nein!‹ unbedacht sagte. Hinterher bemühte sie sich, dies durch Lügen zu entkräften, und für eine Person, die nicht von Natur aus eine Lügnerin ist, machte sie das gut. Dennoch glaube ich wie du, daß diese hübschen Gegenstände niemals existierten.«

»Dennoch bleibt die Frage«, meinte Hugh, »warum sie von Anfang an überzeugt war, daß der Eindringling nichts entwendet hat.«

»Weil sie wußte, wonach der Dieb gesucht und daß er es nicht gefunden hatte, weil sie wußte, daß es dort nicht zu finden war. Auch die zweite Suche war vergeblich. Was immer es sein mag, es befand sich nicht in Meister Thomas' Kleidern oder an seiner Person, was offensichtlich der wahrscheinlichste Verwahrungsort gewesen sein mußte, und es befand sich ebensowenig an Bord seiner Barke.«

»Daher diese dritte Durchsuchung! Also sage mir, Cadfael, ob dieser dritte Versuch erfolgreich war oder nicht. Die Geldkassette des Kaufmanns ist verschwunden — wieder ein logischer Aufbewahrungsort für etwas derart Wertvolles. Wird es damit sein Bewenden haben?«

Cadfael schüttelte entschieden den Kopf. »Dieser Versuch ist nicht besser ausgegangen als die vorherigen«, erklärte er. »Das steht fest.«

»Wie kannst du dessen so sicher sein?« verlangte Hugh zu wissen.

»Du sahst alles, was ich sah. Der Verlust der Geldkassette kümmert sie nicht einen Deut! Sobald sie wußte, daß dieser Warin unverletzt war, nahm sie alles andere ganz ruhig auf. Was immer es ist, wonach der oder die Unbekannten suchen, sie wußte, daß es weder an Bord der Barke, noch im Marktstand war. Und ich kann mir nur einen

Grund vorstellen, warum sie so genau wissen kann, wo es nicht ist — daß sie nämlich sehr gut weiß, wo es sich befindet.«

»Dann wird der Feind als nächste Möglichkeit in Erwägung ziehen, daß der gesuchte Gegenstand dort verwahrt wird, wo sie ist — an ihrer Person oder in einem Versteck, das nur sie kennt. Nun, wir zwei werden Emma noch aufmerksamer als bisher im Auge behalten müssen.« Hugh schwieg nachdenklich, dann fügte er hinzu: »Ich bezweifle, daß sie an irgendwelchen Untaten beteiligt oder in schreckliche Geschehnisse verwickelt war, die zwangsläufig zu Diebstahl und Mord führen mußten. Und es ist mir ein Rätsel, warum sie nicht offen spricht und um Hilfe bittet, wenn sie sich in Gefahr weiß. Aline hat ihr möglichstes getan, um Emmas Vertrauen zu gewinnen, und das Mädchen ist ganz Dankbarkeit und Liebenswürdigkeit, läßt aber kein Wort über die Sorgen verlauten, die sie bedrücken müssen. Und du kennst Aline, sie gewinnt das Vertrauen von Menschen, ohne selbst Fragen zu stellen, und wer ihr widerstehen kann, ist ganz gewiß außerhalb unserer Reichweite ...«

»Es freut mich, daß du ein so liebevoller Ehemann bist«, bemerkte Cadfael anerkennend.

»Du solltest dich auch freuen, denn du warst es, der mir das Mädchen in die Arme stieß. Jetzt solltest du dich lieber darum sorgen, was für ein Vater ich sein werde! Und du könntest im Gebet ein gutes Wort für mich einlegen, wenn du wieder einmal auf den Knien liegst. Nein, wahrhaftig, Cadfael ... Ich mache mir Gedanken über dieses Mädchen. Aline mag sie, und das ist Empfehlung genug. Und sie scheint Aline zu mögen — nein, mehr als das! Dennoch läßt sie niemals ihre Schleier sinken. Wenn sie meine schätzenswerte Aline am meisten zu schätzen scheint, ist sie auch am eifrigsten bestrebt, kein unbedachtes Wort über ihre eigene Lage verlauten zu lassen.«

Bruder Cadfael sah darin kein Paradoxon. »Das überrascht mich nicht«, erwiderte er ernst. »Wenn sie sich in

Gefahr fühlt, wird sie unter allen Umständen vermeiden wollen, daß jemand mit hineingezogen wird, den sie gern hat. In jeder Weise im Besitz ihrer Kräfte — und ich halte sie für ein kluges und findiges Mädchen —, wird sie ihre Freunde von allem fernzuhalten suchen, was sie vorhat.«

Beringar dachte lange und mit düsterer Miene darüber nach, wobei er den leeren Becher zwischen den Fingern drehte. »Nun, wir können nicht mehr tun, als sie mit einer Hecke zu umgeben, die dicht genug ist, um alles abzuwehren, was gegen sie unternommen werden mag.«

Cadfael erkannte erst jetzt, daß der nächste entscheidende Zug von Emma selbst kommen könnte, statt gegen sie unternommen zu werden. Sie hielt ein Stück dieses Geheimnisses in den Händen, allem Anschein nach das wichtigste Stück. Wenn Gebrauch davon gemacht werden sollte, mochte es durchaus in ihrem Sinn geschehen.

Hugh Beringar stellte den leeren Becher beiseite, stand auf und streifte den Sommerstaub von seinem Kittel. »Einstweilen haben wir eine Mordtat aufzuklären, und ich sage dir, Cadfael, diese Angelegenheit sieht jetzt weniger denn je wie die Rache eines betrunkenen Jungen aus ... Um die Wahrheit zu gestehen, mir schien diese Erklärung nie allzu überzeugend, selbst wenn wir sie nicht von vornherein ausscheiden können.«

»Sicherlich gibt es jetzt gute Gründe, die Kautionsstellung durch den Bürgermeister zuzulassen und den Jungen nach Hause zu schicken«, meinte Cadfael ermutigt. »Von allen jungen Männern dieser Stadt steht Philip Corviser am wenigsten unter dem Verdacht, dieses letzte Verbrechen oder den Diebstahl in der Kajüte der Barke verübt zu haben. Der Kerkermeister kann bezeugen, wo er diese ganze Zeit gewesen ist, und beschwören, daß er den Kerker nicht verlassen hat.«

»Ich gehe jetzt ohnedies zur Burg«, sagte Hugh. »Natürlich kann ich Lord Gilbert Prestcotes Entscheidung nicht vorwegnehmen, aber ich werde ihm gut zureden und dem Bürgermeister auch. Es lohnt sich, den Versuch zu wagen.«

Er blickte auf den Freund hinab, und ein plötzliches übermütiges Lächeln verdrängte seine besorgte Miene. Dann fuhr er mit einer Hand durch das buschige graue Haar, das Cadfaels sonnenverbrannte Tonsur umgab, so daß es wie ein Gestrüpp aufrecht stand. Spielerisch schnippte er mit dem Finger gegen die braune Kuppel dazwischen und nahm seinen Abschied mit dem gewohnten leichten Schritt und der unbekümmerten Haltung, die oberflächliche Betrachter fälschlich für das Merkmal eines frivolen Menschen hielten. Solche kleinen Scherze gönnte er sich ohnehin nur bei guten Freunden, wenn er sich nicht den üblichen Amtsgeschäften widmen mußte.

Cadfael schaute ihm nach und glättete mit mechanischen Gesten den kriegerisch aufgerichteten Haarschopf, den Hughs Hand hinterlassen hatte. Es war an der Zeit, daß auch er sich in Bewegung setzte und den Kräutergarten bis zum Abend in Bruder Marks Obhut ließ. Es wäre jetzt verfehlter denn je, Emma für länger aus den Augen zu lassen. Und Aline hatte eingewilligt, sich am Nachmittag eine oder zwei Stunden zur Ruhe zu begeben — um ihren besorgten Gemahl zu erfreuen und dem Kind zuliebe. Die Stellung eines Ersatzgroßvaters, überlegte Cadfael, könnte eine seltene und erfreuliche Entschädigung für das Zölibat eines Mannes in den besten Jahren sein. Was das Alter betraf, so hatte er noch nicht angefangen, darüber nachzudenken. Ohne Zweifel brachte es gewisse Erleichterungen mit sich.

2.

»Bei allem, was ich sagte«, bemerkte Emma, über eine Kinderkappe gebeugt, auf die sie mit feinen Nadelstichen ein Leinenband nähte, »bekümmert es mich doch, daß mir diese Handschuhe gestohlen wurden. So feines Leder, weich und schwarz, und eine Menge Gold in der Stickerei. So teure Handschuhe hatte ich bis dahin nie gekauft.« Sie erreichte das Ende ihres Saumes und schnitt den Faden sauber ab. In Alines luftige Schlafkammer drang helles Mittagslicht durch das kleine Fenster. »Es heißt, auf dem Jahrmarkt habe ein sehr guter Handschuhmacher einen Stand«, fuhr sie fort, während sie ihre Arbeit mit dem Fingernagel glättete. »Ich dachte, ich könnte mir einmal seine Waren ansehen. Vielleicht hat er ein feines Paar Handschuhe, das meinen Verlust ersetzen könnte. Man sagt, er sei in Chester wohlbekannt, und die Gräfin würde bei ihm kaufen. Ich glaube, ich gehe heute nachmittag hin und schaue mir an, was er hat. Durch all diese Aufregungen habe ich vom Jahrmarkt kaum etwas zu sehen bekommen.«

»Eine gute Idee«, meinte Aline. »Solch einen schönen Tag dürfen wir nicht hier drinnen verbringen. Ich werde mitkommen.«

»Ach nein, das solltet Ihr nicht tun«, protestierte Emma fürsorglich. »Ihr habt Euren Mittagsschlaf noch nicht gehalten. Auf diesem kurzen Weg braucht Ihr mir nicht Gesellschaft zu leisten. Ich würde mir Vorwürfe machen, solltet Ihr Euch um meinetwillen überanstrengen.«

»Oh, dummes Zeug!« rief Aline fröhlich. »Ich bin so gesund, daß ich noch zerplatze, wenn ich so wenig zu tun habe. Constance und Hugh würden mich am liebsten in den Krankenstand versetzen, nur weil ich in anderen Umständen bin. Hugh ist zur Burg hinaufgegangen, und Constance besucht eine Base in der Stadt, also wer soll sich um mich sorgen? Ich werde meine Schuhe anziehen, dann können wir gehen. Ich möchte gern ein Kästchen mit diesen gezuckerten Früchten kaufen, die Euer Onkel aus dem Osten mitgebracht hat. So können wir zwei Fliegen mit einer Klappe schlagen.«

Es sah so aus, als hätte Emma auf einmal die Lust an dem Unternehmen verloren. Sie strich über das bestickte Leinenband, das sie angenäht hatte, und musterte prüfend den Schnitt des Leinens für die Kappe. »Ich weiß nicht — vielleicht sollte ich dies hier zu Ende führen. Nach dem morgigen Tag finde ich womöglich keine Gelegenheit mehr dazu, und es täte mir leid, wenn jemand anderer die Kappe fertig machen müßte. Was die kandierten Früchte betrifft, so werde ich Roger, wenn er heute abend kommt und über die Ereignisse dieses Tages berichtet, Auftrag geben, Euch ein Kästchen zu bringen. Morgen wird es hier sein.«

»Das ist nett«, antwortete Aline, schlüpfte aber nichtsdestoweniger in ihre Schuhe. »Ich weiß jedoch nicht, wie er ein Paar Handschuhe für Euch anprobieren sollte oder in Eurem Sinne eine Wahl treffen könnte. Also laßt uns gehen und selbst sehen, was es gibt. Es wird nicht lange dauern.«

Emma zögerte, doch ob es in echtem Bemühen geschah, einen Entschluß zu fassen, oder ob sie Mittel und Wege suchte, um einer unbefriedigenden Situation zu entrinnen, wußte Aline nicht zu sagen. »Ach nein, ich sollte das nicht tun! Wie kann ich meine Gedanken solch nichtigen Eitelkeiten zuwenden! Ich muß mich wirklich schämen. Mein Onkel ist tot und noch nicht unter der Erde — und mich verlangt nach eitlem Plunder! Nein, ich will nicht so oberflächlich sein. Laßt mich in meiner Arbeit für das Kind fortfahren, statt nur an meinen eigenen Aufputz zu denken.« Und sie hob die Nadelarbeit wieder auf. Aline bemerkte, daß Emmas Hand ein wenig zitterte, und überlegte, ob sie auf einem Besuch des Jahrmarkts bestehen sollte. Es war offenkundig, daß das Mädchen aus irgendeinem Grund ausgehen wollte, dies aber nur ohne Begleitung tun würde. Und allein, sagte sich Aline entschieden, soll sie gewiß nicht gehen, wenn ich es verhüten kann.

»Nun«, sagte sie zweifelnd, »wenn Ihr entschlossen seid, Euch keinerlei Freuden zu vergönnen, will ich nicht den Teufel spielen und Euch in Versuchung führen. Und ich gewinne dabei, weil Ihr so fein näht, wie ich es niemals fertigbrächte. Wer hat Euch in dieser Kunst unterwiesen?« Sie zog sich die weichen Lederschuhe aus und setzte sich wieder. Eines hatte sie immerhin gelernt — daß es nicht zweckdienlich war, die Sache weiter zu verfolgen. Emma begrüßte den Themenwechsel und sprach bereitwillig über ihre Kindheit.

»Meine Mutter war eine berühmte Stickerin. Sie fing an, mir Unterricht zu geben, sobald ich mit Nadel und Faden umgehen konnte. Doch starb sie schon, als ich acht war, und Onkel Thomas nahm mich auf. Wir hatten eine Haushälterin, eine flämische Dame. Sie war mit einem Seemann aus Bristol verheiratet gewesen und Witwe geworden, nachdem ein heftiger Sturm sein Schiff versenkt hatte. Diese Frau lehrte mich alles, was sie wußte, aber ich konnte es ihrer Arbeit niemals gleichtun. Sie pflegte Altardekken und Meßgewänder zu besticken, die schönsten Dinge ...«

Also würde ihr ein Paar einfacher schwarzer Handschuhe von guter Qualität durchaus genügen, dachte Aline, da es ihr ein leichtes wäre, sie nach eigenem Geschmack zu verzieren. Und jene, die sich auf solche Arbeiten verstehen, ziehen selten das Werk anderer Hände vor.

Es war nicht schwierig, Emmas Beredsamkeit zu wekken. Doch Aline fragte sich, was im Kopf der jungen Dame vorging und wann und mit welchen schlauen Mitteln sie den nächsten Versuch unternehmen würde, sich allein davonzustehlen und ihre geheimnisvollen Interessen zu verfolgen.

Aber wie es sich ergab, hätte sie sich die Mühe ersparen können, denn spät am Nachmittag kam ein Laienbruder vom Torhaus und meldete, daß Martin Bellecote den Sarg für Meister Thomas gebracht hätte und die Erlaubnis erbäte, sein Werk zu beenden. Emma legte sofort das Nähzeug aus der Hand und stand auf. Ihr Gesicht war blaß und aufmerksam. Eins stand jedenfalls fest — nichts anderes, wie dringend es auch wäre, könnte sie von der Kirche fernhalten, bis der Onkel in den Sarg gelegt und dieser für die Heimreise verschlossen wäre. Und sie würde es sich nicht nehmen lassen, an der Totenandacht und später an der Totenmesse teilzunehmen. Welche Feinde ihn auch immer gehaßt haben mochten — seiner verwaisten Nichte war er

Onkel, Vater und Freund gewesen, und keine Ehre, die ihm gebührte, würde seinem Leichenbegängnis vorenthalten bleiben.

»Ich werde selbst zu ihm gehen«, sagte Emma, »und meinen Abschied von ihm nehmen.« Sie hatte ihn noch nicht als Toten gesehen, aber die Brüder hatten ihm sicherlich die Augen zugedrückt und seinen Körper mit einem Totenhemd bekleidet, so daß sie sich später ohne Qual an seinen Anblick erinnern würde.

»Soll ich mit Euch kommen?« erbot sich Aline.

»Ihr seid sehr liebenswürdig, aber ich würde lieber allein gehen.«

Aline folgte ihr bis zum großen Hof und sah die kleine Prozession zum Kreuzgang hinüberziehen. Emma ging neben dem Handkarren, auf dem Martin und sein Sohn den Sarg fuhren. Als sie ihn aufhoben und durch die südliche Tür der Kirche ins Innere trugen, blieb Aline noch eine Weile stehen und blickte umher. Zu dieser Stunde waren die meisten Gäste und viele der Laiendiener draußen auf dem Jahrmarkt, und nur die Klosterbrüder gingen wie gewohnt ihren Pflichten nach. Durch das weite Tor des Stallhofes sah sie Ivo Corbières jungen Reitknecht ein Pferd striegeln, und der Bogenschütze Turstan Fowler saß auf einem Aufsteigeblock und polierte pfeifend einen Sattel. Nüchtern und von seinem Rausch erholt, war er ein stattlicher und hübscher Bursche, mit dem offenen Gesicht eines Menschen, den auf der weiten Welt keine Sorge bedrückte. Augenscheinlich hatte sein Herr ihm vergeben, und er stand wieder in seiner Gunst.

Bruder Cadfael kam aus der Richtung der Gärten, sah sie an der Tür des Gästehauses stehen und nachdenklich zur Kirche schauen. Er kam herüber, und sie lächelte erleichtert.

»Martin Bellecote hat den Sarg gebracht. Sie sind in der Kirche, und einstweilen wird Emma an nichts anderes denken. Aber, Cadfael, sie hat die Absicht, uns allen ein Schnippchen zu schlagen, wenn sich dazu die Gelegenheit ergibt. Sie versuchte es schon und sagte, sie wollte sehen, ob der Handschuhmacher auf dem Jahrmarkt Ersatz für die Handschuhe habe, die ihr gestohlen wurden. Doch als ich erklärte, ich würde mit ihr gehen, besann sie sich anders.«

»Handschuhe!« murmelte Bruder Cadfael und rieb sich gedankenvoll das Kinn. »Seltsam, wenn man darüber nachdenkt, daß sie mitten im Sommer an den Kauf von Handschuhen denkt.«

Aline war nicht in der Lage, diesen Gedanken zu folgen, und achtete nur auf seine oberflächliche Bedeutung. »Warum seltsam? Wir wissen, daß ihr Handschuhe gestohlen wurden, und hier haben wir einen der wenigen Jahrmärkte, wo seltene Waren erworben werden können. So ergibt sich das eine aus dem anderen. Aber sicherlich ist der Besuch beim Handschuhmacher nur ein Vorwand gewesen, der ihr gerade einfiel.«

Cadfael sagte nichts weiter, aber als er über den Hof zum Kreuzgang ging, war er sehr nachdenklich. Es erschien ihm keineswegs seltsam, daß das Mädchen gestohlene Handschuhe ersetzen wollte, wenn sich eine Gelegenheit bot. Vielmehr verblüffte ihn Emmas Verhalten, nachdem sie plötzlich mit der Notwendigkeit konfrontiert worden war, von einem einfachen Diebstahl zu sprechen, obwohl etwas ganz anderes dahintersteckte. Sie wollte einen Artikel eingebüßt haben, welcher der Jahreszeit so unangemessen war, daß sie sich genötigt gefühlt hatte, ihn mit der Bemerkung zu erklären, sie hätte ihn unterwegs in Gloucester gekauft. Warum Handschuhe, wenn sie nicht aus einem anderen Grund bereits Handschuhe im Sinn gehabt hatte? Handschuhe? Oder Handschuhmacher?

In der Querschiffkapelle der Klosterkirche setzten Martin Bellecote und sein Sohn den schweren Sarg auf zwei drapierte Schragen und betteten den Leichnam des Thomas von Bristol hinein. Emma trat hinzu und blickte lange ohne Tränen oder Worte in ihres Onkels lebloses Gesicht. Es würde nicht schmerzlich sein, ihn so in Erinnerung zu behalten, würdevoll und im Tode entrückt, die Knochen seiner Wangen, des Kiefers und der Stirn stärker hervortretend als im Leben, das einst blühende Fleisch wächsern und eingesunken. Nun, im letzten Augenblick, wollte sie ihm etwas geben, was er mit sich ins Grab nehmen könnte. Und sie sah ein, daß sie unter den Schicksalsschlägen der letzten zwei Tage nicht imstande gewesen war, klar genug zu denken und sich auf die Trennung vorzubereiten. Nicht die Tatsache des Todes, sondern die Notwendigkeit einer zeremoniellen Zärtlichkeit, losgelöst von den kirchlichen Riten, erschien ihr auf einmal bedeutsam.

»Soll ich ihn bedecken?« fragte Martin Bellecote.

Sogar seine sanfte Stimme erschreckte Emma. Sie blickte beinahe verwundert umher. Der Mann, groß, stattlich und bedächtig, wartete ohne Ungeduld auf ihre Antwort. Der Junge, ernst und still, betrachtete sie mit großen haselnußbraunen Augen. Obwohl sie nur vier Jahre älter war als er, überlegte sie, ob ein so junger Bursche wie dieser zu solch einem Dienst zugelassen werden sollte. Doch dann stellte sie fest, daß seine Aufmerksamkeit mehr ihr als dem Toten galt und daß seine frische jugendliche Lebhaftigkeit nach Licht und Sonne strebte, während er die Schatten nur an der benachbarten Helligkeit erkannte. Das war recht und gut.

»Nein, wartet einen Augenblick«, sagte sie. »Ich werde zurückkommen!«

Rasch ging sie hinaus ins Sonnenlicht und hielt Ausschau nach dem Pfad, der in die Gärten führte. Die grünen Umrisse einer Hecke und die Baumkronen dahinter zogen sie an, und sie gelangte auf einen Fußweg, neben dem Blumen gepflanzt waren. Die Klosterbrüder waren großartige Gärtner und schätzten die Früchte des Feldes und der Gemüsegärten aus gutem Grund, aber sie hatten auch Zeit für Rosen. Sie wählte einen Strauch, der Blüten trug, wie sie kein anderer zeigte, blaßgelbe Blütenblätter, die an den Rändern in Rosa übergingen, und pflückte nur eine Blume. Keine Knospe, nicht einmal eine eben geöffnete Blüte, sondern eine, die sich voll aufgetan hatte und knapp jenseits ihrer schönsten Entfaltung stand, aber noch makellos war. Diese trug sie eilig in die Kirche. Er war nicht mehr jung gewesen, hatte den Zenit seines Lebens längst überschritten und sich im Herbst seines Daseins befunden, und dies war die richtige Rose für ihn.

Bruder Cadfael hatte sie weggehen sehen, beobachtete nun ihre Rückkunft und folgte ihr in die Kapelle, hielt sich aber abseits in den Schatten. Sie legte ihre Blume in den Sarg, neben das Herz des Toten.

»Deckt ihn jetzt zu«, bat sie und trat zurück, um Martin Bellecote und seinem Sohn Platz zu machen. Als es getan war, dankte sie ihnen, und die beiden zogen sich zurück und ließen sie in der Seitenkapelle allein, wie es offensichtlich ihrem Wunsch entsprach. Und Bruder Cadfael tat es ihnen gleich.

Emma kniete noch lange auf den Steinplatten des Querschiffes, ohne der Unbequemlichkeit zu achten, den Blick auf den geschlossenen Sarg gerichtet, der vor dem Altar stand. In der Kirche einer großen Abtei zu liegen, eine Totenmesse zu erhalten und dann zum Begräbnis in die Heimat gebracht zu werden, das war sicherlich ein Teil der Verklärung, und Meister Thomas hätte Gefallen daran gefunden. Alles sollte geschehen, wie er es geschätzt haben würde. Alles! Er würde zufrieden mit ihr sein.

Sie kannte ihre Pflicht, sprach Gebete für ihn, viele Gebete, denn der Wortlaut war glücklicherweise festgelegt. Und während ihre Lippen die richtigen Worte formten, konnten ihre Gedanken schweifen. Sie würde tun, was er hatte tun wollen, was er ihr — und ihr allein — anvertraut hatte. Sie war entschlossen, die Aufgabe, die er übernommen hatte, für ihn auszuführen, und er würde in der Ewigkeit ruhen, zufrieden mit ihr. Und dann ... Auf einmal wehte eine mächtige, von sommerlichen Düften schwere Brise durch ihr Bewußtsein, die ihr sagte, daß sie jung und schön war und wohlhabend obendrein und daß Jungen wie der Sohn des Tischlers sie mit Interesse und

Vergnügen anschauten. Auch andere junge Männer, die nicht solche Grünschnäbel waren ...

Endlich stand sie auf, schüttelte ihre zerknitterten Röcke aus und schritt rasch aus dem Seitenschiff in das Längsschiff der Kirche, wo sie zwischen den Doppelreihen der runden Steinsäulen des Mittelschiffes Ivo Corbière begegnete. Er hatte reglos in einem halbdunklen Winkel gewartet und sich sogar enthalten, durch das Mittelschiff nach vorn zu gehen, solange sie Totenwache hielt. Der Entschluß, mit dem sie ihre Andacht plötzlich beendet hatte und der sie mit eiligen Schritten dem Ausgang zustreben ließ, trug sie beinahe in seine Arme. Sie keuchte vor Schreck, als sie fast mit ihm zusammenstieß, und er streckte hilfsbereit die Hände aus, um sie zu stützen, und hatte es nicht eilig, sie loszulassen. Im Halbdunkel des Kirchenschiffes mit seinen schmalen Rundbogenfenstern schien sich sein blonder Kopf zu Bronze zu verdunkeln, und sein Gesicht, fürsorglich über sie gebeugt, war vom Sommer so vergoldet, daß es beinahe die gleiche feine Brünierung zeigte.

»Habe ich Euch erschreckt? Verzeiht! Ich wollte Euch nicht stören. Am Torhaus sagte man mir, daß der Tischlermeister gekommen und wieder gegangen wäre und daß Ihr Euch hier aufhieltet. Ich hoffte, ich könnte mit Euch sprechen, wenn ich geduldig wartete. Daß ich Euch meine Aufmerksamkeit bisher nicht aufgedrängt habe«, fuhr er in ernstem Ton fort, »bedeutet keineswegs, ich hätte nicht an Euch gedacht.«

Sie hob den Blick mit einer faszinierten Bewunderung, die sie sich bei vollem Tageslicht niemals erlaubt hätte, zu seinem Gesicht, und vergaß ganz und gar, sich von ihm loszureißen. Seine Hände glitten von ihren Schultern abwärts, über die Unterarme, machten bei ihren Fingern halt, und die Berührung wurde in beiderseitigem Einvernehmen zu einem Händedruck.

»Beinahe zwei Tage sind vergangen, seit ich mit Euch gesprochen habe!« sagte er. »Eine Ewigkeit, ich habe mit dem Schicksal gehadert, aber Ihr wart unter Freunden, und ich hatte kein Recht ... Doch nun, da ich Euch getroffen habe, schenkt mir eine Stunde! Kommt auf einen Spaziergang mit in die Gärten. Ich bezweifle, daß Ihr sie bereits gesehen habt.«

Zusammen gingen sie hinaus in den Sonnenschein, durch den Kreuzgang und hinaus in die Geschäftigkeit des großen Hofes. Es war beinahe Zeit für die Vesper, die ruhigsten Stunden des Nachmittags waren vergangen. Die Klosterbrüder sammelten sich allmählich, von ihren verschiedenen Arbeitsplätzen zurückgekehrt, Gäste kamen vom Jahrmarktsplatz und vom Fluß. Es war erfreulich, am Arm eines Edelmannes über diesen belebten Hof zu gehen, eines Edelmannes obendrein, der über bescheidene Rittergüter in Cheshire und Shropshire gebot. Und die Tochter einer Familie von Handwerkern und Kaufleuten fühlte sich sehr geehrt in seiner Gesellschaft. Sie nahmen auf einer steinernen Bank im Blumengarten Platz, an der sonnigen Seite der beschnittenen Hecke, durch die willkommene Düfte aus Bruder Cadfaels Kräutergarten mit der leichten Brise betäubend zu ihnen wehten.

»Ihr werdet schwierige und mühevolle Dispositionen zu treffen haben«, sagte Corbière in nachdenklichem Ernst. »Wenn es etwas gibt, was ich für Euch arrangieren kann, laßt es mich wissen. Es wird mir ein Vergnügen sein, Euch zu dienen. Ihr wollt Euren Onkel zum Begräbnis nach Bristol zurückbringen?«

»Das wäre sein Wunsch gewesen. Am Morgen werde ich eine Seelenmesse für ihn lesen lassen, und dann werden wir ihn für die Heimreise zu seiner Barke tragen. Die Klosterbrüder waren die Freundlichkeit und Güte selbst.«

»Und Ihr? Werdet Ihr auch mit der Barke heimfahren?«

Sie zögerte, aber warum sollte sie ihm nicht anvertrauen, was er ohnedies erfahren würde? Er war aufmerksam, freundlich und verständnisvoll. »Nein, das wäre — unklug. Solange mein Onkel lebte, war es gut und schön, aber ohne ihn würde es nicht gehen. Einer unserer Knechte — ich darf nichts Böses über ihn sagen, denn er hat nichts getan, aber ... Er ist allzu sehr vernarrt in mich. Da ist es besser, wir reisen nicht gemeinsam. Aber ich möchte ihn auch nicht beleidigen, indem ich ihn wissen lasse, daß ich ihm nicht völlig vertraue. So habe ich ihm gesagt, daß ich noch einige Tage bleiben muß, daß ich vielleicht benötigt werde, sollte der Grafschaftsbeamte weitere Fragen stellen wollen, oder falls man nähere Einzelheiten über den Tod meines Onkels in Erfahrung bringt.«

»Aber wie wollt Ihr heimkehren?« fragte Ivo in freundlicher Sorge. »Wie wollt Ihr Euch helfen?«

»Ich werde bei Frau Beringar bleiben, bis wir eine sichere Reisegesellschaft finden können, die nach Süden zieht und zu der auch Frauen gehören. Ich bin nicht unbemittelt und kann meine Wegegelder bezahlen. Sicher werde ich gut zurechtkommen.«

Er schaute sie lange und gedankenvoll an, bis sein Ernst in einem Lächeln zerschmolz. »Umgeben von Menschen, die Euch wohlgesonnen sind, werdet Ihr Eure Heimat gewiß ohne Mißgeschick erreichen. Wie die anderen, werde auch ich über Möglichkeiten nachdenken. Aber nun wollen wir um meinetwillen vergessen, daß es eine Trennung geben muß, und das Beste aus diesen Stunden machen, solange Ihr noch hier seid.« Er stand auf und nahm sie bei der Hand, um sie auf die Beine zu ziehen. »Vergeßt die Vesper, vergeßt, daß wir Gäste eines Klosters sind, vergeßt den Jahrmarkt und die Geschäfte und all die Dinge, die Euch in Zukunft beschäftigen mögen. Denkt nur, daß Sommer ist und ein wunderschöner Abend, daß Ihr jung seid und Freunde habt ... Kommt mit mir, wir gehen vorbei an den Fischteichen bis zum Bach. Dieses Land gehört zum Kloster, ich würde Euch nicht über die Grenzen hinausführen.«

Sie ging dankbar mit ihm. Seine Hand war kühl und kräftig, und sie ließ die ihre gern darin ruhen. Am Bach unterhalb der Klostergärten und Felder war es kühl und frisch und hell, ein funkelndes Licht lag auf dem Wasser.

Vögel schwatzten und sangen, und in der Freude des Augenblicks vergaß Emma beinahe alles, was auf ihr lastete, so heilig, so verpflichtend und so drückend. Ivo war ehrerbietig und freundlich und kam ihr nicht zu nahe. Als sie bedauernd sagte, daß es Zeit für sie wäre, den Rückweg anzutreten, da Aline in Sorge sein könnte, begleitete er sie bis zum Gästehaus und ließ ihre Hand nicht los, um sich schließlich gewissenhaft vor Aline einzufinden, so daß Emmas gegenwärtige Wächterin ihn sehen, beurteilen und billigen konnte. Was sie dann auch tat.

Er entledigte sich seiner Aufgabe mit bezaubernder Feinfühligkeit. Solange es sich für einen ersten Besuch geziemte, erwies er sich als ausgezeichneter Gesellschafter, beantwortete anmutig alle Frauen, bevor Aline sie zu stellen wagte, und zog sich zurück, bevor auch nur die geringste Verlegenheit aufkommen konnte.

»Das also ist der Mann, der so hilfsbereit und umsichtig war, als der Aufruhr begann«, sagte Aline, nachdem er gegangen war. »Wißt Ihr, Emma, ich glaube wirklich, Ihr habt hier einen ernsten Bewunderer.« Ein Verehrer, dachte sie, mochte ein geeigneter Ersatz für einen verlorenen Vormund sein. »Er entstammt einer guten Familie«, sagte jene Aline Siward, die ihrem Mann zwei Landsitze mit in die Ehe gebracht hatte, aber keinen Unterschied zwischen ihrem Gast und sich selbst sah und den ehrenwerten Bürgerstolz der Leute, die in Handwerk und Handel statt in Adel und Gutsbesitz hineingeboren wurden, unschuldig ignorierte. »Die Corbières sind entfernte Verwandte des Grafen Ranulf von Chester. Und er scheint ein höchst schätzenswerter junger Herr zu sein.«

»Aber nicht für meinesgleichen«, meinte Emma in einem Ton, der ebenso einsichtsvoll wie bedauernd klang. »Ich bin die Tochter eines Steinmetzen und Nichte eines Händlers. Kein begüteter Edelmann wird ein Mädchen wie mich ernsthaft freien.«

»Aber es ist nicht von einem Mädchen wie Euch die Rede«, erwiderte Aline nüchtern, »sondern von Euch selbst!«

Spät am Abend, nach dem Komplet, blickte Bruder Cadfael umher und sah alles in einem behutsamen Gleichgewicht. Emma war im Gästehaus in Alines und Beringars Obhut. Er konnte endlich einmal zur rechten Zeit mit seinen Mitbrüdern zu Bett gehen, wofür er dankbar war, und er schlief ruhig, bis die Glocke der Matutin rief. In der mitternächtlichen Stille schritten die Brüder die nächtlichen Treppen hinab und in die Kirche, um den neuen Tag mit Anbetung zu beginnen. Im matten Schein der Altarkerzen nahmen sie ihre Plätze im Mönchschor ein, und der dritte Tag des St. Peters-Jahrmarkts hatte begonnen. Der dritte und letzte.

Zu Matutin und Morgenoffizium erhob sich Cadfael stets ohne Schläfrigkeit und Unwillen, vielmehr um einiges wacher als zu jeder anderen Zeit, denn in der Absonderung der hier versammelten Gemeinde schienen sich seine Sinne bis zu einem Grade zu schärfen, der ihnen bei Tageslicht unmöglich war. Die nur von schwachem Kerzenschimmer erhellte Dunkelheit, die Schwere der ringsum lastenden Schatten, die gedämpften Stimmen, das Fehlen von Kirchenbesuchern — alles trug zu dem Gefühl bei, an einem abgeschlossenen Zufluchtsort zu sein, wo alle, die ihn mit ihm teilten, von seinem Fleisch und Blut und Geist waren, verantwortlich für ihn wie er für sie. Selbst jene Brüder schloß er darin ein, für die er in den Aktivitäten und Mühseligkeiten des Tages keine Liebe verspüren und auch nicht heucheln konnte. Die Bürde seiner Gelübde wurde auch sein Vorrecht, und die erste Andacht der Nacht gab ihm Kraft für den nächsten Tag.

So hatten die Schatten für ihn klare Ränder, die Formen von Säulen und Kapitell und Bogen vibrierten wie Musik, Sicht und Gehör nahmen mit erhöhter Wahrnehmungsfähigkeit alles ringsum auf, Einzelheiten besaßen eine bebende Eindringlichkeit. Bruder Marks Profil zeichnete sich messerscharf vor dem Kerzenschein ab. Eine Note, die von einem schläfrigen älteren Mitbruder nicht getroffen wurde, stach wie eine Biene. Und der helle Fleck unter dem Schragen, der Meister Thomas' Sarg trug, war wie ein Loch in der Realität, etwas, was nicht da sein konnte. Dennoch blieb er, wo er war. Am Beginn des Morgenoffiziums wurde Cadfael zuerst darauf aufmerksam, und danach konnte er sich nicht mehr davon befreien. Wohin er auch schaute, selbst wenn er sich im Gebet auf den Altar konzentrierte, konnte er den blassen Fleck aus den Augenwinkeln sehen.

Als das Morgenoffizium endete und die stumme Prozession aus dem Gestühl des Mönchschores trat, um in langer Reihe durch das Kirchenschiff, die Treppe hinauf und in den Schlafsaal zu ziehen, trat Cadfael seitwärts aus der Reihe, bückte sich und hob auf, was ihn in seinen Gedanken beschäftigt hatte. Es war ein einzelnes Blütenblatt von einer Rose, dessen Farbe im Kerzenschein nicht erkennbar war, das sich aber hell und blaß zeigte, mit einem dunkleren Rand. Er wußte sogleich, woher es stammte, und mit dieser mitternächtlichen Klarheit des Geistes erkannte er, warum er es hier gefunden hatte.

Ein Glück, daß er in der Nähe gewesen war, als Emma ihre ausgewählte Rose gebracht und zu dem Toten in den Sarg gelegt hatte. Wäre er nicht Zeuge gewesen, dieses Blütenblatt hätte ihm nichts verraten. So aber verriet es ihm alles. Mit frommer Behutsamkeit und Feierlichkeit — wie sie jungen Menschen eigen ist, wenn sie bewegt sind — hatte sie ihre Gabe in beiden Händen dargebracht, und nicht ein Blatt, nicht ein Körnchen des gelben Pollens aus dem offenen Herzen war zu Boden gefallen.

Wer immer so beharrlich nach etwas fahndete, das er in Meister Thomas' Besitz wähnte, war nach der Durchsuchung der Leiche, der Barke und des Marktstandes nicht vor dem Sakrileg zurückgeschreckt, den Deckel des Sarges hochzuheben. Dieser war zwischen Komplet und Matutin geöffnet und wieder geschlossen worden. Und ein einziges Blütenblatt der welkenden Rose hatte sich gelöst und war unbemerkt zu Boden gefallen, um für die Blasphemie Zeugnis abzulegen.

Der dritte Tag des Jahrmarkts

1.

Im ersten Morgengrauen erhob sich Emma, stahl sich aus dem breiten Bett, das sie mit Constance teilte, und kleidete sich sehr leise und vorsichtig an. Gleichwohl beunruhigte das Gefühl der Bewegung mehr als irgendein Geräusch den Schlaf der Dienerin. Sie schlug die Augen auf, sofort hellwach und bei klarer Besinnung.

Emma legte einen Finger an die Lippen und warf einen bedeutungsvollen Blick zu der Tür, hinter der Hugh und Aline Beringar schliefen. »Still!« wisperte sie. »Ich gehe nur zur ersten Gebetsstunde in die Kirche. Ich möchte niemanden wecken.«

Constance hob die Brauen und nickte. Heute sollte die Totenmesse für den Verstorbenen gelesen und danach seine sterblichen Überreste zum Boot geschafft werden. Da war es erklärlich, daß das Mädchen diesen Tag zu Buß- und Gebetsübungen nutzen wollte, für die ewige Ruhe ihres Onkels und ihr eigenes Seelenheil. »Ihr werdet das Kloster doch nicht verlassen?«

»Ich gehe direkt zur Kirche«, versprach Emma.

Constance nickte wieder, und ihre Lider schlossen sich. Sie war eingeschlafen, noch ehe Emma leise die Tür zugezogen hatte und zum großen Hof hinuntereilte.

Bruder Cadfael erhob sich wie die anderen zur Prime, verließ den Schlafsaal jedoch vor seinen Gefährten, um mit der einzigen Autorität zu sprechen, der er seine letzte Entdeckung anvertrauen konnte. Solch ein Vergehen war Sache des Abtes, und er hatte das Recht, zuerst davon zu hören.

Sobald der Abt den Mönch eingelassen und die Tür seiner kargen Zelle hinter ihm geschlossen hatte, gaben sie sich bemerkenswert zwanglos — zwei Männer, die ihre Meinungen kannten und offen miteinander redeten. Das Blütenblatt der Rose, ein wenig runzlig und welk, aber noch seidig mit seinem Gelb und Rosa, lag wie eine goldene Träne in der Handfläche des Abtes.

»Du bist sicher, daß dieses Blütenblatt nicht zu Boden gefallen sein kann, als unsere Tochter die Rose in die Kirche brachte?« fragte Radulfus.

»Kein Stäubchen hätte davon zu Boden fallen können«, erwiderte Cadfael. »Sie trug es wie ein Weingefäß aus dünnem Glas, in beiden Händen. Ich sah jede Bewegung. Zwar habe ich den Sarg noch nicht bei Tageslicht in Augenschein genommen, aber ich zweifle nicht, daß fachmännisch damit umgegangen wurde und daß er so aussieht wie zuvor, als der Tischlermeister den Deckel befestigte. Nichtsdestoweniger ist er geöffnet und wieder geschlossen worden.«

»Ich gebe mich mit deinem Wort zufrieden«, sagte der Abt. »Das ist schändlich.«

Cadfael nickte und wartete.

»Und du kannst den Mann, der so etwas getan haben würde, nicht benennen?«

»Noch nicht.«

»Und auch nicht feststellen, ob er etwas dadurch gewonnen hat? Was Gott verhüten möge!«

»Nein, Ehrwürdiger Vater. Aber Gott wird es verhüten.«

»Er gebe dir seine Stärke.« Radulfus saß eine Weile in Gedanken versunken da. Dann hob er den Kopf. »Wir haben eine Pflicht gegenüber der weltlichen Macht. Tue, was dir am besten erscheint, denn ich höre, du hast das Ohr des stellvertretenden Grafschaftsbeamten. Was die Herausforderung der Kirche, unseres Hauses, unseres toten Sohnes und seiner Erbin betrifft, so trage ich keine Bedenken. Heute früh wird für den Verstorbenen die Totenmesse gelesen. Das heilige Meßopfer wird alles Unreine von dem Toten und seiner Ruhestätte tilgen. Und was seine Nichte betrifft, so laß ihr den Frieden, denn ihr Toter ist in den Händen Gottes. Seiner Seele wurde keine Gewalt angetan.«

Bruder Cadfael sagte in herzlicher Dankbarkeit: »Sie wird um so besser ruhen, wenn sie nichts weiß. Sie ist ein gutes Mädchen, ihre Trauer sollte keine Tröstung entbehren.«

»Kümmere dich darum, Bruder. Es ist Zeit für die Prime.«

Cadfael eilte vom Quartier des Abtes zum Kreuzgang, als er Emma vor sich erblickte und seine Schritte verlangsamte, um unbemerkt zu bleiben, während er sie beobachtete. An diesem Tag hatte Emma das uneingeschränkte Recht auf ungestörte Gebete und Meditation. Aber sie hatte auch eine sehr persönliche weltliche Sorge, und welcher dieser Notwendigkeiten sie zu so früher Stunde diente, blieb einstweilen ungeklärt.

Emma ging durch die südliche Tür hinein, und Bruder Cadfael folgte ihr unauffällig. Die Mönche hatten bereits im Chorgestühl Platz genommen und konzentrierten ihre Aufmerksamkeit auf den Altar. Das Mädchen betrat leise das Kirchenschiff, als suchte es dort einen stillen Platz zum Gebet. Doch statt sich in eine der Kirchenbänke zu begeben, ging sie rasch und leise weiter zur westlichen Tür, zum Portal für die Laienbesucher der Kirche, das sich zur Straße außerhalb der Klostermauern öffnete. Mit Ausnahme von Kriegszeiten, wie etwa der Belagerung von Shrewsbury im vergangenen Jahr, war sie nie verschlossen.

Zu einer Tür hinein und zur anderen hinaus, und sie konnte gehen, wohin sie wollte, und auf demselben Weg zurückkehren, eine harmlose Gläubige, die aus der Kirche kam.

Bruder Cadfaels Sandalen tappten geräuschlos über die Steinplatten hinter ihr, aber er wahrte einen gewissen Abstand, falls sie sich umsehen sollte, obwohl er dies im Kircheninneren nicht befürchtete. Der große Torflügel stand angelehnt, sie brauchte ihn nur ein wenig aufzuziehen, dann schlüpfte ihre schlanke Gestalt hindurch. Und da das Portal nach Westen wies, drang keine verräterische Helligkeit herein. Cadfael ließ ihr ein wenig Zeit, damit sie sich vor dem Portal nach rechts oder links wenden konnte, war jedoch überzeugt, daß ihr Ziel rechts lag — das Jahrmarktsgelände. Was hätte sie in der Richtung des Flusses und in der Stadt tun sollen?

Sie war noch in Sicht, als er zum Portal hinaustrat und um die Ecke der Westfront die Landstraße entlangspähte. Sie hatte es jetzt nicht mehr so eilig, sondern paßte ihren Schritt jenem der frühen Käufer an, die auf der Straße dahinschlenderten, vor bereits geöffneten Ständen stehenblieben, Waren begutachteten und um Preise feilschten. Der letzte Tag des Jahrmarkts war gemeinhin der betriebsamste. Zum Schluß gab es noch Geschäfte abzuschließen, zu denen man bisher noch nicht gekommen war, schwer verkäufliche Waren wurden verbilligt feilgeboten, und schon zu dieser frühen Stunde herrschte überall reges Leben. Gleichwohl war der Schritt der Käufer gemächlich, und Emma paßte sich ihm an, als ob sie dazugehörte. Bei alledem aber schien sie einen bestimmten Zweck zu verfolgen. Cadfael ging in respektvollem Abstand hinter ihr her.

Nur einmal sprach sie mit jemandem, dem Inhaber eines der größeren Marktstände, und Cadfael vermutete, daß sie sich nach etwas erkundigte, denn der Mann wandte sich zur Seite und zeigte die Straße entlang zur Klostermauer. Sie dankte ihm und wandte sich in die angegebene Richtung. Nun beschleunigte sie ihre Schritte. Es bestand kaum ein Zweifel daran, daß sie die ganze Zeit gewußt hatte, zu wem sie wollte — aber nicht, wo der Betreffende zu finden war. Jetzt wußte sie es. Inzwischen war allen größeren Händlern bekannt, wo sie einander finden konnten.

Nahe dem Ende der Straße, wo ein halbes Dutzend Marktstände an der Klostermauer lehnten, blieb Emma stehen. Anscheinend war sie an ihrem Ziel angelangt, doch stand sie jetzt zögernd da und schaute ein wenig hilflos drein, als wäre sie überrascht und verblüfft. Cadfael näherte sich vorsichtig. Sie betrachtete mit gerunzelter Stirn und offenbar von Zweifeln geplagt den letzten der Marktstände, in einem Winkel zwischen Mauer und Strebepfeiler. Cadfael kannte den Stand. Ein hageres, mißtrauisches Gesicht hatte dort hervorgespäht, als die Männer der Stadtwache Turstan Fowler am Vorabend des Jahrmarkts auf eine Planke gelegt und zu einer Kerkerzelle im Kloster getragen hatten. Es war der Stand Euan von Shotwicks. Hier kamen sie wieder ins Spiel, diese imaginären Handschuhe, die so einfühlsam beschrieben und so bald nach ihrem Erwerb gestohlen worden waren …

Und Emma war ratlos, denn der Stand war verschlossen und verrammelt, während die Geschäfte ringsum florierten. Sie wandte sich zum Nachbarn, fragte ihn offenbar etwas, und der Mann zuckte mit den Schultern und schüttelte den Kopf. Was wußte er? Seit dem vergangenen Abend war dort niemand mehr gewesen. Vielleicht hatte der Handschuhmacher seine Ware verkauft und war vorzeitig abgereist.

Cadfael trat näher. Unter dem nüchternen weißen Kopftuch, das einen scharfen Kontrast zum blauschwarzen Haar bildete, sah Emmas jugendliches Profil noch zarter und verletzlicher aus als sonst. Sie wußte nicht, was sie tun sollte, tat einige Schritte vorwärts und hob die Hand, als wollte sie an den geschlossenen Laden klopfen, dann aber ließ sie es sein und zog sich zurück. Ein vierschrötiger Metzger verließ seinen Stand auf der anderen Straßenseite, kam herüber, tätschelte freundlich ihre Schulter und klopfte herzhaft für sie an den Laden, dann legte er lauschend den Kopf schief. Aber im Inneren des Marktstands regte sich nichts.

Eine große Hand legte sich Cadfael schwer auf die

Schulter, und Rhodri ap Huws hohle Stimme dröhnte auf walisisch in sein Ohr: »Nun, was gibt es? Hat Meister Euan von Shotwick noch nicht aufgemacht? Das sollte mich wundern! Ich habe noch nie erlebt, daß er eine Gelegenheit versäumt hätte, günstige Geschäfte abzuschließen.«

»Der Stand ist verlassen«, entgegnete Cadfael. »Der Mann könnte die Rückreise angetreten haben.«

»Der nicht! Er war nach Mitternacht noch da, denn ich unternahm einen Spaziergang, um die kühle Luft zu atmen, bevor ich zu meinem Gasthaus ging. Und als ich hier des Weges kam, sah ich drinnen ein Licht brennen.« Jetzt war kein Licht auszumachen, aber der schräg einfallende Morgensonnenschein mochte es bis zur Unsichtbarkeit überstrahlen. Aber nein, das war nicht so. Die Ritzen zwischen Laden und Rahmen waren völlig dunkel.

Dies glich nur allzusehr dem, was Roger Dod am vergangenen Tag an einem anderen Marktstand vorgefunden hatte. Aber dort war die Hütte von innen verriegelt gewesen, und jemand hatte die Riegelstange mit einem Dolch emporgehoben. Hier gab es ein Schloß, das von innen wie von außen betätigt werden konnte, und keinen Schlüssel.

»Das gefällt mir nicht.« Rhodri ap Huw schritt vorwärts, um die Tür zu öffnen. Wie zu erwarten war, fand er sie verschlossen, bückte sich und spähte blinzelnd durch das große Schlüsselloch. »Von innen steckt kein Schlüssel«, sagte er über die Schulter, ohne das Auge von der Öffnung zu nehmen. »Keine Bewegung drinnen.« Mittlerweile war Cadfael zu ihm getreten, und drei oder vier andere waren gleichfalls gekommen. »Macht Platz!«

Rhodri stemmte einen Fuß gegen den Türpfosten, umfaßte die Türkante mit beiden Händen und zog so mächtig daran, daß die breiten Schultern sich zu einem gewaltigen Buckel krümmten. Holz splitterte um das Schloß, Staub und kleine Holzteilchen flogen umher, und die Tür sprang auf. Rhodri schwankte rückwärts, fing sich und war als erster durch die Öffnung gestürmt, aber Cadfael folgte ihm schnell genug, um sich zu versichern, daß der Waliser im Inneren nichts anrührte. Sie standen zusammen im Halbdunkel und blickten sich um.

Ein wüstes Durcheinander herrschte im Marktstand des Handschuhmachers. Regale waren leergefegt, Waren lagen am Boden verstreut. Über einem Strohsack an der Rückwand lag der Umhang des Handschuhmachers, auf einem eisernen Ständer daneben bog sich eine erloschene Kerze in talgigen Falten. Sie benötigten einige Sekunden, um ihre Augen an das Halbdunkel zu gewöhnen und deutlich zu sehen. Inmitten seiner durcheinandergeworfenen Vorräte von Gürteln, Handschuhen, Geldbeuteln, Satteltaschen und Wehrgehängen lag Euan von Shotwick auf dem Rükken, die Knie angezogen, einen Beutel aus grober Sackleinwand lag über den ergrauenden Kopf und das schmale Gesicht gezogen. Darunter grinste der dünnlippige Mund in einer schmerzlich erstarrten Grimasse mit großen weißen Zähnen hervor, und der Winkel, den sein Kopf zum Körper bildete, erinnerte beängstigend an eine zerbrochene Holzpuppe.

Cadfael wandte sich um und stieß den Laden hoch. Das Morgenlicht flutete herein. Er bückte sich, um den verdrehten Hals und die hohle Wange zu berühren. »Kalt«, sagte Rhodri hinter ihm, ohne sich um eine Bestätigung seines Urteils zu bemühen, das indes zutreffend genug war. Euans Fleisch war kalt. »Er ist tot«, erklärte Rhodri.

»Seit einigen Stunden«, meinte Cadfael.

In der Aufregung hatte er Emma vergessen, aber ihr halberstickter Schreckenslaut veranlaßte ihn, sich hastig und bestürzt zu ihr umzuwenden. Sie stand in der Gruppe der Markthändler und Neugierigen und starrte entsetzt in den geöffneten Marktstand, die kleinen Fäuste gegen den Mund gepreßt. »Nein — nein!« stammelte sie. »Nicht tot! Nicht auch er ...«

Cadfael nahm sie in die Arme und stieß sie vor sich her aus dem Kreis der Umstehenden. »Geht zurück! Ihr dürft nicht hierbleiben. Geht zurück, bevor Ihr vermißt werdet, und überlaßt dies mir.« Er fragte sich, ob sie seine gedämpfte Stimme überhaupt hörte. Sie zitterte, weiß wie Milch, die blauen Augen starr und schreckgeweitet. Hilfesuchend hielt er nach jemandem Ausschau, dem er das Mädchen anvertrauen konnte, denn er wollte sie nicht allein zurückgehen lassen, mochte sich aber andererseits nicht vom Schauplatz dieses Verbrechens entfernen, bevor Beringar die Aufsicht übernehmen würde, oder wenigstens einer seiner Gehilfen. In dieser Situation war ihm der plötzliche besorgte Ausruf des Wiedererkennens, der aus dem rückwärtigen Teil der rasch anwachsenden Menschenmenge an sein Ohr drang, ein höchst willkommenes Signal.

»Emma! Emma!« Ivo Corbière bahnte sich mit unsanften Ellbogenstößen einen Weg durch das Gedränge, wie ein jäher Windstoß, der durch ein Getreidefeld fährt und die Halme zur Seite biegt. Sie wandte den Kopf, und ein Funke wiederkehrenden Lebens leuchtete in ihren Augen auf. Cadfael schob sie dankbar in die Arme des jungen Mannes, der sie besorgt und eifrig in seine Obhut nahm.

»Um Gottes willen, was ist mit ihr geschehen? Was ...« Sein Blick glitt von ihrem noch starren Gesicht zu Cadfael und weiter zu der offenen Tür mit dem aufgesplitterten Rand. Über ihren Kopf hinweg formten seine Lippen die stumme Frage: »Nicht schon wieder? Noch einer?«

»Geleitet sie ins Gästehaus zurück«, bat Cadfael, ohne die Frage zu beantworten. »Gebt auf sie acht. Und sagt Hugh Beringar, er möge kommen. Wir haben hier Arbeit für ihn.«

Auf dem Rückweg entlang der Klostermauer hielt Corbière einen Arm stützend und schützend um Emma gelegt und paßte seinen langen Schritt dem ihrigen an. Beschwichtigend und liebevoll redete er auf sie ein, während sie, bis sie den Westeingang der Kirche beinahe erreicht hatten, überhaupt nichts sagte und einfach folgsam neben ihm ging, nur vage der besänftigenden Stimme und der tröstlichen Berührung bewußt. Dann, vor dem Portal angelangt, stieß sie plötzlich hervor: »Er ist tot. Ich sah ihn liegen, ich weiß es.«

»Ihr konntet nur einen flüchtigen Blick auf ihn werfen«, wandte er ein. »Vielleicht irrt Ihr Euch.«

»Nein«, widersprach sie. »Ich weiß, daß der Mann tot ist. Wie konnte es geschehen? Warum?«

»Solche Untaten ereignen sich immer wieder — Räubereien, Gewalttätigkeiten und Schlechtigkeit. Es ist traurig, aber nicht neu.« Seine Finger drückten zärtlich ihre Hand. »Es ist nicht Eure Schuld, und leider könnt Ihr so wenig daran ändern wie ich. Ich wünschte, ich könnte Euch diesen Anblick vergessen machen. Mit der Zeit werdet Ihr nicht mehr daran denken.«

»Ich werde dies nie vergessen.«

Sie hatte durch die Kirche zurückkehren wollen, doch nun war es nicht mehr wichtig. Soweit es Ivo oder andere betraf, war sie einfach frühzeitig ausgegangen, um Handschuhe zu kaufen oder um wenigstens zu sehen, was der Handschuhmacher zu bieten hatte. So betrat sie mit Corbière das Kloster durch das Torhaus. Als sie, fürsorglich von ihm geleitet und an seinem Arm, vor dem Gästehaus anlangte, hatte sie ihre Haltung wiedergewonnen. Ein wenig Farbe war in ihr Gesicht zurückgekehrt, und ihre Stimme klang lebhaft, selbst wenn ihr Tonfall erkennen ließ, wie schmerzlich ihr das Leben erschien. »Ich habe mich jetzt erholt. Ihr braucht Euch nicht weiter um mich zu sorgen. Ich werde Hugh Beringar mitteilen, daß er benötigt wird.«

»Bruder Cadfael hat Euch mir anvertraut«, entgegnete er mit sanfter, zuversichtlicher Überlegenheit, »und Ihr habt meine Begleitung nicht zurückgewiesen. Also werde ich meinen Auftrag genau ausführen. Wie ich hoffe«, fügte er lächelnd hinzu, »werde ich auch künftig Missionen ausführen dürfen, die Ihr mir übertragen mögt.«

Hugh Beringar kam mit vier Wachsoldaten zum Tatort, löste die Menschenmenge auf, die erwartungsvoll den Marktstand Euan von Shotwicks umdrängte, und hörte die Berichte der Standnachbarn, des Metzgers von der anderen Straßenseite und Rhodri ap Huws, dessen Aussage Cadfael Satz für Satz dolmetschte. Der Waliser hatte es nicht eilig, zu seinen Geschäften zurückzukehren, denn wie er sagte, wäre sein treuester Knecht mit dem Boot von Bridgenorth zurückgekommen und tüchtig genug, die noch vorrätigen Waren zu verkaufen. Doch zeigte er glücklicherweise kein unziemliches Verlangen, am Ort des Verbrechens auszuharren, nachdem sein Zeugnis gehört worden war. Unerschüttert durch die Geschehnisse und wachsamen Auges, entfernte er sich gemächlich, sobald er erkannte, daß er nicht mehr benötigt wurde. Andere, die beharrlicher waren als er, umstanden die Hütte in einem schweigenden, neugierigen Kreis, wurden von den Stadtsoldaten jedoch auf Distanz gehalten. Beringar zog die Tür zu. Der geöffnete Laden ließ Licht genug ein.

»Kann ich dem Bericht des Mannes Glauben schenken?« fragte Hugh mit einem Blick auf den walisischen Händler, der ohne Eile davonschlenderte. Dieser schaute nicht zurück. Seine Selbstsicherheit war nicht zu überbieten.

»Wortwörtlich, und das gilt für alles, was hier geschah, seit ich an Ort und Stelle bin«, antwortete Cadfael. »Er ist ein ausgezeichneter Beobachter, und wenig entgeht ihm, ob es ihn betrifft oder nicht. Er macht auch Geschäfte, sein Handel hier ist kein Vorwand. Aber es mag sein, daß wir nur die Hälfte seiner Geschäfte beobachten können.«

Sie waren mit dem Toten allein in der Hütte. Bislang hatten sie sich gehütet, seinen Körper oder das Durcheinander der umhergeworfenen Lederwaren zu berühren.

»Er sagte, daß er noch nach Mitternacht einen Lichtschein durch die Ritzen dieses Marktstandes habe dringen sehen«, bemerkte Beringar. »Das Licht ist gelöscht worden, nicht heruntergebrannt. Und wenn Euan von Shotwick seine Tür absperrte, nachdem er den Stand für die Nacht geschlossen hatte ...«

»Das wird er sicherlich getan haben«, meinte Cadfael. »Rhodris Bericht über ihn klingt einleuchtend. Ein selbstgenügsamer Mann, der niemandem vertraute und für sich selbst sorgen konnte — bis jetzt. Er wird seine Tür mit Sicherheit eigenhändig zugesperrt haben.«

»Dann muß er sie auch aufgesperrt haben, um seinen Mörder einzulassen. Wie wir gesehen haben, wurde das Schloß erst jetzt gewaltsam aufgesprengt. Warum aber sollte ein vorsichtiger und mißtrauischer Mann jemandem mitten in der Nacht seine Tür öffnen?«

»Weil er jemanden erwartete«, sagte Cadfael, »wenn auch nicht denjenigen, der zu ihm kam. Es mag sein, daß er seit drei Tagen jemanden erwartete und erleichtert war, als endlich an seine Tür geklopft wurde.«

»So erleichtert, daß er seine Vorsicht vergaß? Wenn ich mich nach dem Urteil deines Walisers richte, muß ich das bezweifeln.«

»Ich auch«, pflichtete Cadfael seinem Freund bei, »es sei denn, der Besucher nannte ihm ein Kennwort. Vielleicht einen Namen. Hugh, ich denke, er wußte bereits recht gut, daß derjenige, von dem er die Nachricht erwartete, nicht bei Nacht an seine Tür klopfen oder am Tag vorbeikommen und einen Schwatz mit ihm halten würde.«

»Du meinst Thomas von Bristol, der tot ist?«

»Wen sonst? Wie viele seltsame Zufälle können zusammentreffen, gegen alle Wahrscheinlichkeit? Ein Handelsmann wird getötet, seine Barke durchsucht, sein Marktstand durchwühlt, dann, Gott mit ihm, sein Sarg! Ich habe noch nicht Zeit gefunden, dir davon zu berichten.« Cadfael holte es jetzt nach. Er hatte das Blütenblatt der Rose in ein Stückchen Leinenstoff gewickelt und in sein Habit gesteckt. Als Beweismittel wirkte es so überzeugend wie zuvor. »Du kannst meinen Augen vertrauen, ich weiß, daß das Blütenblatt nicht vorher abfiel, ich weiß, daß es bei ihm im Sarg lag. Nun sucht dieses selben Mannes Nichte eine Gelegenheit, um heimlich zum Stand dieses Handschuhmachers zu gehen, nur um den Mann tot vorzufinden. Es ist eine lange Liste von Angriffen auf alle Dinge, die mit Thomas von Bristol verbunden sind. Nun, da dieser unbekannte Schatz nicht einmal in seinem Sarg gefunden wurde, der den Leichnam sicher in die Heimat überführen soll, war der nächste Ort der Nachforschungen hier — wo Meister Thomas ihn hätte abliefern sollen.«

»Das hätten die Täter vorher wissen müssen. Wieso glaubst du es?«

»Für diese Vermutung gibt es gute Gründe.«

Hugh runzelte grübelnd die Stirn. »Nach deinem Zeugnis wurde der Sarg zwischen Komplet und Matutin geöffnet und wieder geschlossen. Vor Mitternacht. Wann, würdest du sagen — deine Erfahrung ist größer als meine —, ist dieser Mann gestorben?«

»In den ersten Tagesstunden. Ich nehme an, daß er um die zweite Stunde nach Mitternacht tot war. Nach der ergebnislosen Durchsuchung des Sarges war der Täter anscheinend zu dem Schluß gezwungen, daß ihm jemand — denn er wird Meister Thomas von seiner Ankunft an beobachtet haben und beseitigte ihn noch vor dem Beginn des Jahrmarkts — daß ihm jemand durch das Netz gegangen sei und den gesuchten Gegenstand abgeliefert haben müsse. Sicherlich öffnete diese arme Seele letzte Nacht jemandem die Tür, der als vermeintlicher Überbringer erwartet wurde. Die Erwähnung eines privilegierten Namens, eines Losungswortes wird genügt haben ... Er ließ seinen Mörder ein, aber was er erwartet hatte, war der versprochene Gegenstand.«

»Dann hat der Mann selbst jetzt, mit zwei Morden auf dem Gewissen, noch nicht, was er wollte. Euan von Shotwick dachte, jemand würde es zu ihm bringen. Der Unbekannte vertraute darauf, es hier zu finden. Und keiner von beiden hatte es. Beide täuschten sich.« Hugh stand in brütende Gedanken versunken da, die gebräunte Faust um das Kinn geschlossen, die schwarzen Brauen in ungewohnter Düsternis zusammengezogen. »Und Emma kam hierher — heimlich.«

»So ist es«, bestätigte Cadfael. »Nicht jedermann teilt deine oder meine Meinung von Frauen. Die meisten Leute würden niemals daran denken, in die Richtung einer Frau zu sehen, um etwas von Bedeutung zu finden. Schon gar nicht, wenn es sich um ein halbes Kind handelt, ein noch nicht erwachsenes junges Mädchen. Erst wenn alle anderen Wege verschlossen sind und sie sich gezwungen sehen, ihre Aufmerksamkeit in dieser Angelegenheit auf eine Frau zu lenken. Die möglicherweise bei sich haben könnte, was sie suchen.«

»Und die sich jetzt verraten hat«, sagte Hugh grimmig. »Nun, wenigstens hat sie das Gästehaus sicher erreicht, Corbière sei Dank. Ich habe sie in Alines Obhut gelassen, das arme Kind ist sehr verstört, bei all seiner Willensstärke, und wird heute keinen unbewachten Schritt mehr tun. Das kann ich versprechen. Ich denke, gemeinsam können wir über sie wachen. Aber nun laß uns sehen, ob dieser arme Teufel uns etwas sagen kann, was wir noch nicht wissen.«

Er bückte sich und zog die derbe Sackleinwand fort, die das schmale Gesicht des Handschuhmachers zur Hälfte bedeckte, von der Augenbraue auf einer Seite zum Unterkiefer auf der anderen. Eine Platzwunde im grauen Haar über der linken Schläfe ließ auf einen rechtshändig geführten Schlag schließen, der gefallen sein mußte, als dem Besucher die Tür geöffnet worden war. Wahrscheinlich hatte dieser den Mann nur betäuben sollen, um ihn wie Warin fesseln zu können. Aber er hatte einen hellwachen Menschen überwältigen müssen, keinen Schläfer.

»Ziemlich die gleiche Methode wie bei jenem anderen«, bemerkte Cadfael. »Ich bezweifle, daß man ihn überhaupt töten wollte. Aber er war nicht so leicht unterzukriegen. Er setzte sich wahrscheinlich zur Wehr. Und sein Genick ist gebrochen. Allmählich gelange ich zu der Überzeugung, daß es sich um mehrere Täter handelt. Wie es aussieht, trat einer hinter ihn und versuchte ihm diesen Sack über den Kopf zu ziehen, aber in dem Kampf, den er ihnen lieferte, wurde sein Kopf allzu gewaltsam rückwärts gerissen. Er war drahtig und gelenkig, aber seine Knochen waren nicht mehr jung und zu spröde, um den Druck auszuhalten. Ich vermag nicht zu glauben, daß der Tod beabsichtigt war. Wir hätten ihn fein säuberlich gebunden und geknebelt, aber lebendig und wohlauf wie Warin antreffen sollen, doch machte seine Gegenwehr einen Strich durch die Rechnung. Als sie merkten, daß er tot war, führten sie ihre Suche in aller Eile durch und ließen alles liegen, wie es fiel.«

Beringar schob das Durcheinander von Gürteln und Handschuhen beiseite, das den Boden bedeckte, und drehte den Toten herum. Euan von Shotwicks rechter Arm war vom Ellbogen abwärts in den Falten seines Gewandes verborgen, von den Eindringlingen bei ihrer Suche zur Seite gestoßen. Als Hugh Beringar die Gewandfalten wegzog, pfiff er überrascht durch die Zähne, denn in der Hand des Toten ruhte ein langer Dolch, dessen nackte Klinge verziert und nahe dem Griff vergoldet war. Unter ihm, ungefähr auf der Höhe seiner rechten Hüfte, lag die leere Scheide.

»Ein Mann, der sich seiner Haut wehrte! Und siehe da, er hat einen seiner Angreifer für uns markiert!« An der Spitze der Dolchklinge klebte getrocknetes Blut.

»Rhodri ap Huw sagte«, besann sich Cadfael, »daß Euan von Shotwick ein Einzelgänger wäre, ein Eigenbrötler, der niemandem traute — sein eigener Träger und sein eigener Wächter. Er hätte eine Waffe besessen und damit umzugehen gewußt.« Der Mönch kniete neben dem Toten nieder, räumte die Gegenstände fort, die noch herumlagen, und untersuchte ihn vom Kopf bis zu den Füßen. »Du wirst ihn zur Burg schaffen müssen, denke ich, oder ins Kloster, um ihn genauer in Augenschein zu nehmen, aber ich glaube, das einzige Blut, das er verloren hat, stammt aus der Platzwunde am Kopf. Dieses am Dolch ist nicht von ihm.«

»Wenn wir nur genauso leicht sagen könnten, wessen es

ist!« erwiderte Hugh trocken. Er kauerte auf der anderen Seite der Leiche mit der Gelenkigkeit der Jugend auf seinen Fersen. Bruder Cadfael ließ die knirschenden bejahrten Knie auf die harten Planken nieder und beneidete ihn ein wenig. Beringar hob den versteiften Arm des Toten und prüfte die verkrampften Finger. »Er hält seine Waffe fest!« Es kostete ihn einige Anstrengung, den im Tod erstarrten Zugriff so weit zu lockern, daß er den Dolch aus Euans Hand ziehen konnte. Im Licht des offenen Ladens glänzte etwas, das an der Spitze der Klinge haftete, verschwand aber wieder, wie Staubteilchen im Sonnenschein aufleuchten und wieder erlöschen. Auch am Rand der Schneide schienen Reste von Blut zu haften. Cadfael beugte sich zur Seite, spähte genauer hin und rief: »Ein blondes Haar — da ist es wieder!« Als Hugh den Dolch in der Hand bewegte, leuchtete es erneut im Glanz der Klinge auf.

»Kein Haar, sondern ein feiner, gelblicher Faden. Ungebleichter Flachs, wie es scheint. Die Klinge hat Stoffasern herausgerissen, die im Blut festklebten. Siehst du?«

Entlang der Rinne, die es festgehalten hatte, war eine dünne Faser braunen Materials haften geblieben. Schmal wie der feinste Grashalm, doch als Cadfael den Faden vorsichtig am Ende faßte und geradezog, streckte er sich bis zur Länge seiner Hand. Die Farbe, obschon durch getrocknetes Blut verändert, zeigte sich an einem sauberen Ende deutlich — ein helles Rostbraun. Und an der Klinge hing die lange, feine Flachsfaser, eingerollt wie eine Haarlocke.

»Eine Stoffaser, die beinahe eine Hand lang ist«, sagte Cadfael. »Sicher stammt dieser Flachsfaden vom Saum eines Gewands, und der Dolch riß ihn mit heraus.« Seine Augen wurden schmal, und er überlegte, stellte sich Euan von Shotwick vor, wie er die Tür öffnete, wie der Schlag fiel, der ihn nicht zu Boden warf, und wie er dann seinen Dolch zog und damit zustieß. Beinahe Brust an Brust mit seinem Gegner, ein Mann, der sich zu wehren wußte, und die Brust seines Angreifers ein offenes Ziel.

»Er muß nach dem Herzen gestoßen haben«, sagte er in fester Überzeugung. »So hätte ich es getan, in früherer Zeit. Der andere Mann muß während des kurzen Handgemenges an ihm vorbeigeschlüpft und hinter seinen Rücken gelangt sein, gerade noch rechtzeitig, um dem Dolchstoß die Wirkung zu nehmen, aber Euan von Shotwick muß auf die Brust gezielt haben. Irgendwo hat jemand einen zerrissenen Kittel. Es könnte an der linken Brustseite sein, auch im Ärmel. Denn der Mann muß im Handgemenge die Arme in Brusthöhe oder darüber gehoben haben. Ich würde sagen, der linke Ärmel, der vom Saum bis halb zum Ellenbogen aufgeschlitzt wurde. Zuerst muß die Dolchspitze den Faden vom Saum herausgerissen haben, dann die Stoffaser aus dem aufgeschnittenen Ärmel.«

Hugh überdachte das respektvoll und fand keinen Fehler in der Folgerung. »Nicht viel mehr als ein Kratzer, meinst du nicht? Kein Blut tropfte auf den Boden und die Türschwelle. Es kann nicht so viel gewesen sein, daß der Blutfluß gestillt werden mußte.«

»Der Ärmel wird es aufgefangen haben. Du hast recht, wahrscheinlich war es nur ein Kratzer, aber ein langer. Er wird noch zu sehen sein.«

»Wenn wir wüßten, wo wir nachsehen müssen!« Bei dem Gedanken, Wachtmeister auf den von Menschen wimmelnden Marktplatz zu schicken, wo sie jeden Mann aufforderten, den linken Ärmel aufzukrempeln und den Arm vorzuzeigen, stieß Hugh ein kurzes Lachen aus. »Eine Kleinigkeit! Immerhin sollten wir zwei und alle Männer, die ich erübrigen und denen ich vertrauen kann, den Rest dieses Tages die Augen offenhalten und nach einem zerrissenen Ärmel fahnden — oder nach einem frisch geflickten.«

Er stand auf, trat zum offenen Laden und winkte dem nächstbesten Wachmann. »Wir müssen ihn von hier fortschaffen und tun, was wir können. Ein Wort mit deinem Rhodri ap Huw käme mir zustatten, und ich denke mir, du könntest in seiner eigenen Sprache mehr aus ihm herausbekommen, als ich es jemals mit Hilfe eines Dolmetschers schaffen würde. Wenn er diesen Mann so gut kennt, horche ihn aus und berichte mir, was du erfährst.«

»Das werde ich tun.« Cadfael erhob sich steifbeinig von den Knien.

»Zuerst muß ich zur Burg und melden, was wir gefunden haben«, sagte Hugh. »Prestcote war gestern abend nicht in der Stimmung, allzu sorgfältig zuzuhören, aber nach diesem Ereignis wird er den jungen Corviser gegen die Kaution des Vaters auf freien Fuß setzen müssen, wie er es bei den anderen schon getan hat. Es bedürfte eines dickschädligeren Mannes als Prestcote, um zu glauben, der Bursche hätte mit dem ersten Tod etwas zu tun gehabt, nach dieser Reihe von Verbrechen, die den ersten folgten, während er im Kerker saß. Philip wird heute sein Mittagsmahl zu Hause essen.«

Rhodri ap Huw war nicht nur bereit, eine Stunde damit zu verbringen, Bruder Cadfaels Ohr mit den Früchten seiner Weisheit und Erfahrung zu füllen. Er wartete schon mit genau diesem Vorsatz, als der Leichnam Euan von Shotwicks fortgeschafft und der Marktstand geschlossen worden war, bewacht von einem der Stadtsoldaten. Obschon allgegenwärtig, hatte er die Gabe, unaufdringlich zu sein, bis er sich zur Aufdringlichkeit entschloß. Dann konnte er aus einer unerwarteten Richtung erscheinen, und so beiläufig, als hätte ihn nur der Zufall hergeführt.

»Gewiß habt Ihr alles verkauft, was Ihr mitbrachtet«, sagte Cadfael, als er ihn zwischen den Marktständen traf, augenscheinlich unbeschwert von Geschäften.

»Gute Ware wird überall geschätzt«, entgegnete Rhodri und zwinkerte fröhlich. »Meine Leute verkaufen die letzten Krüge Honig, und die Wolle ist längst fort. Aber ich habe eine halbe Flasche dort, wenn Euch danach ist, zu dieser Stunde einen Becher mit mir zu teilen. Met, nicht Wein, doch das wird Euch nur zusagen, da Ihr selbst Waliser seid.«

Sie setzten sich auf einen Stapel Schragen, die durch den Abbruch kleinerer Marktstände, deren Eigentümer ihre Waren bereits verkauft hatten, von ihrem jährlichen Gebrauch frei geworden waren, und stellten die Flasche zwischen sich.

»Was«, fragte Cadfael mit einer Kopfbewegung zu dem bewachten Stand des Handschuhmachers, »macht Ihr Euch für einen Reim auf diese Geschichte heute früh? Nach allem, was vorher schon geschehen ist? Treiben sich in diesem Jahr mehr Raubvögel als sonst bei uns herum, was glaubt Ihr? Vielleicht haben sie es mit der Angst zu tun bekommen, und die Grafschaften verlassen, wo noch gekämpft wird, und wir müssen es auslöffeln.«

Rhodri schüttelte den zottigen Schädel, und seine großen weißen Zähne blitzten aus dem Dickicht des Bartes. »Ich würde sagen, daß Ihr einen ungewöhnlich friedlichen und manierlichen Jahrmarkt hattet — abgesehen von den Mißgeschicken, die nur zwei Händler betrafen. Freilich steht uns die letzte Nacht noch bevor, und da mag es ein paar betrunkene Streitereien und Raufereien geben — was ist schon dabei? Aber in dem, was Thomas von Bristol widerfahren ist, hat der Zufall keine Rolle gespielt. Der Zufall verfolgt einen Mann nicht drei Tage lang inmitten zahlloser anderer Händler und Besucher, ohne einen von diesen auch nur zu streifen.«

»Er hat Euan von Shotwick mehr als nur gestreift«, bemerkte Cadfael.

»Nicht der Zufall! Denkt nach, Bruder! Ein Mann, der Auge und Ohr des Grafen Ranulf von Chester ist, kommt zu einem Jahrmarkt nach Shropshire und wird getötet. Thomas von Bristol, aus einer Stadt, die vom Grafen Robert von Gloucester gehalten wird, kommt zum selben Jahrmarkt und wird am Abend seiner Ankunft getötet. Und nach seinem Tod wird alles, was er mitgebracht hat, zweimal umgedreht, aber nach allem, was ich hörte, nur sehr wenig gestohlen.«

Cadfael glaubte ihm, daß er sich darauf verstand, das

meiste von dem zu hören, was im Umkreis von einer Meile gesagt wurde. Aber immerhin hatte er die Entweihung der Totenruhe des Meisters Thomas von Bristol nicht erwähnt. Entweder war das nicht an sein Ohr gedrungen, oder er war unter den ersten gewesen, die es erfahren hatten, und würde der letzte sein, dies zuzugeben.

»Etwas, das Thomas nach Shrewsbury brachte«, fuhr Rhodri fort, »ist von brennendem Interesse für jemanden, wie mir scheint, und der Jemand konnte es nicht an sich bringen, weder bei dem Mann noch bei dessen Waren und Habseligkeiten auf der Barke und im Marktstand finden. Und als nächstes tötet man Euan von Shotwick und durchwühlt all seine Habseligkeiten. Ich würde nicht sagen, daß dort nichts gestohlen wurde. Sie mögen dazugelernt haben, und seine Waren sind klein und gut tragbar, und warum einen kleinen Nebengewinn verachten? Und wenn ich es bedenke — zwei Männer von den entgegengesetzten Enden eines geteilten Landes, die sich in der Mitte treffen, um ein wichtiges persönliches Geschäft abzuschließen … So könnte es sich verhalten! Gloucesters Mann und Chesters Mann.«

»Und wessen Mann«, fragte Cadfael, »war der dritte?«

»Der dritte?«

»Derjenige, der sich so sehr für die anderen zwei interessierte, daß sie daran starben. Wessen Mann würde er sein?«

»Nun, es gibt andere Fraktionen, und jede braucht ihre Kundschafter. Da ist die Partei des Königs — sie mag ein außerordentliches Interesse daran haben, wenn sie bemerkt, daß Gloucesters Mann und Chesters Mann denselben Jahrmarkt ungefähr in der Mitte zwischen beiden besuchen. Und nicht nur der König — es gibt andere, außer Chester, die sich auf ihrem eigenen Territorium als Könige betrachten. Auch die müssen wissen, was einer wie Chester vorhat, und sie werden einiges unternehmen, um ein solches Vorhaben zu durchkreuzen, sollte es ihren eigenen Interessen zuwiderlaufen. Und dann gibt es die Kirche,

Bruder, wenn Ihr mir zugestehen wollt, daß ich nicht im Sinne habe, die Benediktiner herabzusetzen. Denn Ihr werdet mittlerweile vernommen haben, daß der König in diesen letzten Wochen sehr hart mit einigen Bischöfen verfahren ist, daß er dem Klerus alle möglichen Lasten auferlegt und sich den eigenen Bruder und besten Verbündeten, Bischof Henry von Winchester, der obendrein päpstlicher Legat ist, zum bitteren Feind gemacht hat. Möglicherweise hat Bischof Henry selbst die Hände in diesem Spiel, obwohl ich daran zweifle, daß er rechtzeitig von den Dingen hier erfahren haben kann, da er den Süden nie verläßt. Aber Lincoln oder Worcester — alle die hohen Herren müssen wissen, was vorgeht, und für einflußreiche Männer gibt es stets genug käufliche Mietlinge, welche die unerfreuliche Arbeit tun, während ihre Herren unverletzlich daheim sitzen.«

Und genauso, dachte Cadfael, konnten wohlhabende Männer unverletzlich hier in ihren Marktständen sitzen, vor den Augen unzähliger Besucher, während ihre gekauften Mietlinge die schmutzige Arbeit erledigen. Dieser schwarze Waliser breitet es alles vor mir aus und hat noch sein Ergötzen dabei! Für gewöhnlich merkte es Cadfael, wenn man ihn zum besten hielt. Jetzt aber war ihm nicht klar, ob dies die Grille eines untadeligen, aber schadenfrohen Menschen war oder aber die Kurzweil eines Schuldigen, der sich im Bewußtsein der eigenen Immunität und Schlauheit sonnte. Die schwarzen Augen funkelten, und die weißen Zähne blitzten. Und warum ihm sein Vergnügen mißgönnen, wenn Nützliches daraus gewonnen werden konnte? Außerdem schmeckte sein Met vorzüglich.

»Es müssen«, meinte Cadfael nachdenklich, »noch andere aus Cheshire hier sein, sogar welche, die Ranulfs Hof nahestehen. Ihr selbst zum Beispiel seid nicht sehr weit von ihm beheimatet und kennt Euch in jenen Gegenden aus, Ihr wißt die Menschen und die Stimmung dort einzuschätzen. Wenn Ihr recht habt, dann wußten diejenigen, welche diese Untaten verübten, wo sie nach dem gesuchten Ding forschen sollten, nachdem sie den Glauben, daß es sich noch unter den Besitztümern des Meisters Thomas befinden könnte, aufgegeben hatten. Nun, wie sollten diese Leute imstande sein, beispielsweise zwischen Euan von Shotwick und Euch zu wählen? Versteht mich recht, es ist ein theoretisches Beispiel! Ich hoffe, Ihr werdet keinen Anstoß daran nehmen!«

»Ganz und gar nicht!« erwiderte Rhodri herzlich. »Warum sollte ich, lieber Freund, Gott mit Euch! Der einzige Grund, den ich kenne, ist der, daß ich bin, der ich bin, und daß ich weiß, daß ich nicht in Ranulf von Chesters Diensten stehe. Aber das könnt Ihr nicht wissen, nicht mit Sicherheit, und andere können es auch nicht. Es gibt freilich ein kleines Detail: Thomas von Bristol sprach, glaube ich, nicht Walisisch.«

»Und Ihr sprecht nicht Englisch«, sagte Cadfael seufzend. »Ich hatte es vergessen!«

»Vor noch nicht einem Monat kam ein Reisender aus der Gegend von Gloucester, der an Ranulfs Hof über Nacht blieb«, erzählte Rhodri bedächtig und zwinkerte, zufrieden mit seiner Allwissenheit. »Ein fahrender Musikant, dem ungewohnte Gunst bezeigt wurde, denn man rief ihn in die Privatgemächer, wo er vor Ranulf und seiner Gemahlin spielte, nachdem sie die Halle zur Nacht verlassen hatten. Wenn Graf Ranulf ein Ohr für Musik hat, so wäre es das erste Mal, daß ich davon höre. Es bedürfte sicherlich mehr als eines französischen Ringelliedes, um ihn für die Sache seines Schwiegervaters einzunehmen. Er würde wissen wollen, wie es um die Erfolgsaussichten bestellt ist und welche Belohnung ihm winkt.« Er lächelte Cadfael über die Schulter zu und füllte die Becher mit dem Rest des Metes auf. »Auf Eure Gesundheit, Bruder! Ihr wenigstens seid der Habgier und Gewinnsucht enthoben. Ich habe mich oft gefragt, ob es eine Leidenschaft geben mag, die groß genug ist, um ein solches Bestreben zu verdrängen. Ihr versteht, ich bin noch immer ein Kind dieser Welt.«

»Ich denke, da könnte es eine Leidenschaft geben«, sagte Cadfael freundschaftlich. »Für die Wahrheit vielleicht? Oder die Gerechtigkeit?«

2.

Der Kerkermeister sperrte kurz vor Mittag die Tür zu Philip Corvisers Zelle auf und trat beiseite, um den Bürgermeister einzulassen. Vater und Sohn beäugten einander unfreundlich, doch obgleich Geoffrey Corviser fortfuhr, grimmig und streng dreinzuschauen, und Philip trotzig und verstockt, war der Vater nichtsdestoweniger besänftigt und der Sohn ermutigt. Im großen und ganzen verstanden sie einander ziemlich gut.

»Du bist gegen Kaution in meine Obhut entlassen«, verkündete der Bürgermeister knapp. »Die Anklage ist nicht zurückgezogen, noch nicht, aber man vertraut dir und rechnet damit, daß du, wenn gerufen, zur Verhandlung erscheinen wirst. Und bis dahin erwarte ich ordentliche Arbeit von dir.«

»Ich darf mit dir heimkommen?« fragte Philip erstaunt. Er wußte nichts von den Vorgängen draußen und war auf diese plötzliche Freilassung nicht vorbereitet. Hastig streifte er die Strohhalme von seinen Kleidern, denn nur zu schmerzlich war ihm bewußt, daß er keinen erfreulichen Anblick bieten würde, wenn er an der Seite des Bürgermeisters durch die Stadt ging. »Was bewirkte die Meinungsänderung? Ist ein anderer wegen des Mordes festgenommen worden?« Das würde ihn in Emmas Augen von jedem Verdacht reinigen, daran zweifelte er nicht.

»Welchen Mordes?« entgegnete sein Vater. »Aber das tut jetzt nichts zur Sache, du wirst draußen davon hören.«

»Ja, freilich, mach voran, Bursche«, sagte der gutmütige Kerkermeister und rasselte mit den Schlüsseln, »bevor sie es sich wieder anders überlegen. So wie es heuer auf dem Jahrmarkt zugeht, könnte es geschehen, daß die Tür wieder zugeschlagen wird, ehe du hinaus kannst.«

Verwundert folgte Philip seinem Vater aus der Burg. Auf

dem äußeren Hof schien die Mittagssonne warm und blendend hell auf ihn nieder, der Himmel war tiefblau wie Emmas Augen, wenn sie sich in Sorge oder Schreck weiteten. Es war unmöglich, nicht in eine gehobene Stimmung zu geraten, ganz gleich, welche Vorwürfe ihn daheim erwarten mochten. Und die Hoffnung und Spannkraft der Jugend regten sich aufs neue in ihm, als sein Vater mit knappen Worten berichtete, was geschehen war, während sein Sohn sich im Kerker verzehrt hatte, ohne Nachrichten zu erhalten.

»Dann hat es zwei Angriffe auf Fräulein Vernolds Boot und ihren Marktstand gegeben? Ihr Eigentum wurde gestohlen, ihre Leute angegriffen?« Er hatte seine schmutzige und abgerissene Erscheinung schon vergessen und schritt mit erhobenem Kopf und kriegerischem Blick heimwärts, beinahe so, wie er ausgesehen hatte, als er am Vorabend des Jahrmarkts seine unglückliche Expedition über die Brücke angeführt hatte. »Und niemand ist als Täter ergriffen worden? Nichts ist geschehen? Aber sie selbst könnte in Gefahr sein!« Empörung beschleunigte seine Schritte. »Was unternimmt der Grafschaftsbeamte, in Gottes Namen?«

»Er hat genug damit zu tun, ungehörige Tumulte von dir und deinesgleichen aufzulösen«, erwiderte sein Vater prompt, vermochte damit aber nicht, seinen entflammten Sprößling auch nur zum Erröten zu bringen. »Aber da du es wissen möchtest — Fräulein Vernold befindet sich im Gästehaus der Abtei, in sicherer Obhut des stellvertretenden Grafschaftsbeamten Hugh Beringar und seiner Gemahlin. Du würdest gut daran tun, an deine eigenen Schwierigkeiten zu denken, mein Junge, und auf deinen eigenen Schritt zu achten, denn du sitzt noch nicht im Trockenen.«

»Was habe ich Unrechtes getan? Ich ging nur einen Schritt weiter als du am Tag vorher.« Er schien nicht einmal bekümmert zu sein, brachte seine Verteidigung halb geistesabwesend vor, alle Gedanken auf das Mädchen konzentriert. »Selbst im Gästehaus mag sie nicht ungefährdet sein, wenn dies alles ein entschlossener Angriff gegen ihren Onkel und seine Familie ist.« Am Tod eines weiteren Händlers auf dem Jahrmarkt zeigte er weniger Interesse. So erschreckend dieser zweite Mord war, schien er doch wenig oder nichts mit den rachsüchtigen Anschlägen gegen Meister Thomas und seinen Besitz zu schaffen zu haben. »Sie sprach so gerecht«, sagte er. »Sie wollte nicht, daß ich schlimmerer Vergehen als derjenigen angeklagt würde, die ich beging.«

»Wahrhaftig, sie war eine edle, aufrichtige Zeugin, das ist nicht zu leugnen. Aber dich geht das jetzt nichts an, für sie ist gut gesorgt. Du hast an deine Mutter zu denken, sie mußte in diesen Tagen deinetwegen Schweres ertragen. Und nun, da man in andere Richtungen blickt, um den Mörder zu suchen — ohne dich aus den Augen zu lassen, wohlgemerkt! — wird sie dir vor Erleichterung die Ohren langziehen. So oder so, du kannst dich auf einen lebhaften Empfang gefaßt machen.«

Philip war weit davon entfernt, sich deshalb zu beunruhigen, doch sobald er das Haus hinter der Schuhmacherwerkstatt betrat, wurde ihm in der Tat ein lebhafter Empfang zuteil, nicht so oder so, sondern beides zugleich. Frau Corviser, eine stattliche, redegewandte Matrone, blickte von ihrer Arbeit am Herd auf, wandte den Kopf, stieß einen unterdrückten Schrei aus, ließ ihren Löffel fallen und stürmte wie ein Schiff unter vollen Segeln herbei, um ihn zu umarmen, zu schütteln, die Nase über seinen Kerkergeruch zu rümpfen, ihn wegen des traurigen Zustands seiner Kleidung zu schimpfen, ihm eins hinter die Ohren zu geben, weil er über ihre Tirade lachte. Schließlich lamentierte sie über das verklebte Blut an seiner Kopfverletzung und verlangte, daß er sich sofort hinsetzte und sich die mit verkrustetem Blut verklebten Haare abschneiden und die Wunde reinigen ließ. Die bei weitem einfachste Lösung war es, sich allemal zu unterwerfen und abzuwarten, bis sie sich sämtliche Probleme von der Seele geredet hatte.

»Der Kummer und die Schande, die du über uns gebracht hast, die Sorgen, die ich mir um dich machen mußte, du verdienst nicht, daß ich dich ernähre, für dich wasche und flicke. Der Sohn des Bürgermeisters im Kerker, welch eine Demütigung für uns alle! Schämst du dich nicht vor dir selbst?« Sie weichte das verkrustete Blut mit warmem Wasser und einem Schwamm auf und war erleichtert, daß eine so unbedeutende Verletzung darunter zum Vorschein kam. Aber als er fröhlich sagte: »Nein, Mutter!« zog sie ihn so fest am Haar, daß er eine schmerzliche Grimasse schnitt.

»Dann solltest du es tun, du Taugenichts! So, das ist nicht so schlimm. Ich hoffe, du wirst dich jetzt an die Arbeit setzen und wiedergutmachen, was du uns angetan hast, statt in der Stadt herumzuziehen und anderer Leute Söhne mit deinen verrückten Ideen zu allerlei Schelmenstreichen und Unheil anzustiften ...«

»Es waren dieselben Ideen, die Vater und die Zunftmeister hatten, Mutter, du hättest sie schelten sollen. Und frag nur diejenigen, die meine Schuhe tragen, ob meine Arbeit zu wünschen übrig läßt.« Tatsächlich war er ein sehr guter Arbeiter, was sie mit Nachdruck festgestellt hätte, wären andere so kühn gewesen, seinen Fleiß und seine Tätigkeit zu verleumden.

Er umarmte sie impulsiv und küßte sie auf die Wange, und sie schob ihn ungeduldig von sich. »Weiter mit dir, und komm mir nicht eher mit deinen Schmusereien, als bis du von der schlimmeren Anklage freigesprochen bist und deine Strafe für den Aufruhr bezahlt hast. Nun setz dich an den Tisch und iß!«

Es war eine besonders gute Mahlzeit, wie es sie sonst nur an Festtagen gab. Statt die Kleider abzulegen, die er Tag und Nacht im Kerker getragen hatte, rasierte er sich sorgfältig, machte ein Bündel aus seiner zweitbesten Kleidung, steckte es unter den Arm und verließ das Haus.

»Wohin willst du jetzt?« verlangte sie zu wissen.

»An den Fluß, um zu schwimmen und wieder sauber zu

werden.« Wie die meisten Stadtbürger, besaßen auch sie einen Garten vor der Stadtmauer, wo sie für den Eigenbedarf Gemüse und Obst anbauten. Ihr Garten lag ein Stück flußauf, und es gab dort eine kleine Hütte und einen Wiesenfleck, wo er in der Sonne trocknen konnte. Dort hatte er schwimmen gelernt, kurz nachdem er als kleiner Junge auf eigenen Beinen gestanden hatte. Er verriet seiner Mutter nicht, wohin er anschließend gehen wollte. Es war ein Jammer, daß er sich in seiner zweitbesten Kleidung würde vorstellen müssen, aber vielleicht brauchte er den Kittel in diesem heißen Sommerwetter nicht anzuziehen. In Hemd und Hose sahen die meisten Männer gleich aus, vorausgesetzt, das Hemd war aus gutem Leinen und ordentlich gewaschen.

An der seichten, sandigen Stelle beim Garten war der Fluß nicht sonderlich kalt, doch blieb er nach seiner üppigen Mahlzeit nicht lange drinnen und vermied es, in tieferes Wasser hinauszuschwimmen. Aber es war ein gutes Gefühl, wieder er selbst zu sein, gereinigt nicht nur körperlich, sondern sogar von der Erinnerung an sein Versagen und seine Niederlage. Unter der Böschung gab es eine stille Gumpe, wo das Wasser einer leichten Gegenströmung kreiste und wo die ruhige Oberfläche ihm ein klares Spiegelbild seines Gesichts und des struppigen rotbraunen Haares zeigte, das er mit den Fingern kämmte und glättete. Er kleidete sich so sorgsam an, wie er sich rasiert hatte, und ging zurück zur Brücke und hinüber zum Kloster. Die Sorgen der Stadt, die ihn das letzte Mal, als er diesen Weg gegangen war, beschäftigt hatten, vergaß er jetzt. Er hatte auf der Klosterseite des Severn andere, wichtigere Geschäfte zu besorgen.

»Da ist jemand«, sagte Constance, die mit einem diskreten kleinen Lächeln auf den Lippen vom Hof hereinkam, »der mit Fräulein Vernold sprechen möchte. Ein junger Mann, der keine schlechte Figur macht, wenn er auch noch ein wenig hölzern ist. Er fragte sehr höflich.«

Bei der Erwähnung eines jungen Mannes blickte Emma rasch auf. Inzwischen hatte sie sich mit den unheilvollen Ereignissen, die sie schließlich nicht verursacht hatte, halbwegs abgefunden. Und nun fielen ihr Ivos Worte ein — Worte, die sie damals in der Betäubung ihres Schmerzes beinahe unbeachtet gelassen hatte, an deren herzerwärmende Bedeutsamkeit sie sich aber nun erinnerte.

»Ist es der Ritter Corbière?«

»Nein, diesmal nicht. Diesen kenne ich nicht, aber er sagt, sein Name sei Philip Corviser.«

»Ich kenne ihn.« Aline lächelte über ihrer Näharbeit. »Der Sohn des Bürgermeisters, Emma, der junge Mann, für den Ihr in der Verhandlung aussagtet. Hugh sagte, er wolle Sorge tragen, daß man ihn heute auf freien Fuß setzt. Wenn es jemanden gibt, der von sich sagen kann, er habe in diesen letzten zwei Tagen keiner Fliege etwas zuleide getan, dann ist er es. Wollt Ihr ihn empfangen? Es wäre eine Freundlichkeit.«

Emma hatte ihn beinahe vergessen, sogar seinen Namen, aber sie erinnerte sich seiner Bitte, ihm zu glauben. So viel war seither geschehen. Sie entsann sich seiner ungekämmten, beschmutzten und abgerissenen Erscheinung, totenbleich nach seiner Trunkenheit, doch mit einem verzweifelten Bemühen, Würde zu bewahren. »Ja, freilich entsinne ich mich. Und er soll nur eintreten.«

Constance führte ihn herein. Frisch aus dem Flußwasser, das noch feuchte Haar in dicken Locken um den Kopf, rasiert und von blühender Gesichtsfarbe, dazu mit einem Ausdruck grimmigen Ernstes, doch ohne die aggressive Haltung, die er zuvor gezeigt hatte, unterschied sich dieser Jüngling stark von dem gedemütigten Gefangenen vor dem Grafschaftsbeamten. Jener letzte Blick, den er ihr über die Schulter zurückgeworfen hatte, als er hinausgeführt worden war ... Ja, sie sah die Ähnlichkeit. Er verbeugte sich artig vor Aline, dann vor Emma.

»Gnädige Frau, ich bin gegen eine Kaution meines Vaters freigelassen worden. Ich komme, Fräulein Emma meinen Dank zu sagen, weil sie so fair für mich sprach, obwohl ich kein Recht hatte, guten Willen von ihr zu erwarten.«

»Ich freue mich, Euch auf freiem Fuß zu sehen, junger Mann«, sagte Aline lächelnd. »Und Ihr scheint den Kerker gut überstanden zu haben. Nun, sicherlich wollt Ihr mit Emma allein sprechen, und andere als meine Gesellschaft mag ihr eine angenehme Abwechslung sein, denn hier reden wir über nichts als über Säuglinge.« Sie stand auf, legte ihre Näharbeit sorgsam zusammen und trug sie hinaus. »Constance und ich werden auf der Bank bei der Tür sitzen, in der Sonne. Das Licht ist dort besser, und ich bin mit Nadel und Faden nicht so geschickt wie Emma. Ihr könnt hier ungestört sein.«

Und schon war sie draußen, und die Zurückbleibenden sahen einen Sonnenstrahl von der offenen Tür des Gästehauses auf ihrem goldblonden Haar funkeln, bevor Constance ihr folgte und die Tür hinter sich schloß.

»Nach meiner Freilassung«, sagte Philip und blickte Emma ernst in die Augen, »wollte ich als erstes Euch wiedersehen und Euch dafür danken, was Ihr für mich tatet. Und das tue ich jetzt, von ganzem Herzen. Einige unter den Zeugen dort hatten mich mein Leben lang gekannt und hegten sicherlich keinen Groll gegen mich, und sie sagten doch aus, daß ich als erster zugeschlagen und alles mögliche getan hätte, was ich wirklich nicht tat. Ihr aber, die Ihr unter meiner Handlungsweise gelitten hattet, obwohl ich das weiß Gott niemals wollte, Ihr sagtet wahrhaftig und gerecht für mich aus. Um das für einen Unbekannten zu tun, den zu lieben Ihr keine Ursache hattet, erforderte ein großmütiges Herz und einen gerechten Sinn.« Er hatte das Wort ›lieben‹ nicht bewußt gewählt, es war wie eine gewöhnliche Redewendung von selbst über seine Lippen gegangen, doch als er es hörte, wurde er feuerrot im Gesicht.

Auch ihr stieg das Blut in die Wangen. »Ich sagte nur die Wahrheit darüber, was ich gesehen hatte«, erwiderte sie. »So hätten wir alle verfahren sollen, es ist keine Tugend, sondern eine Pflicht. Es war schändlich, daß einige es nicht taten. Manche Menschen denken nicht darüber nach, was sie sagen, und sie scheuen die Mühe, sich klar an alles zu erinnern, was sie gesehen haben. Aber das ist jetzt vorbei. Ich bin sehr froh, daß man Euch hat gehen lassen. Und ich war erleichtert, als Hugh Beringar sagte, man werde in Anbetracht dessen, was inzwischen geschehen ist und woran Euch gewiß keine Schuld treffen kann, Eure Freilassung beschließen. Aber vielleicht habt Ihr nicht gehört …«

»Ja, ich habe es gehört. Mein Vater hat mir alles berichtet.« Philip setzte sich neben sie auf den Platz, den Aline innegehabt hatte, und schaute sie bedrückt an. »Irgend jemand hat es auf Euch und Euren Besitz abgesehen. Wie sonst wären so viele Angriffe zu erklären? Emma, ich fürchte um Euch — ich fürchte, daß Ihr eben jetzt von Gefahr bedroht seid. Der Tod Eures Onkels und die Gram und Trauer, die Ihr darum erleiden mußtet, bekümmern mich. Ich wünschte, ich könnte Euch irgendwie dienen.«

»Oh, Ihr braucht Euch um mich nicht zu sorgen«, erwiderte sie. »Ich bin hier in den besten und freundlichsten Händen, und morgen wird der Jahrmarkt vorüber sein, Hugh Beringar und Aline werden mir helfen, eine sichere Rückreise in die Heimat zu finden.«

»Morgen?« fragte er bestürzt.

»Vielleicht noch nicht morgen. Roger Dod wird morgen mit der Barke flußabwärts fahren, aber es kann sein, daß ich noch einen oder zwei Tage länger bleiben muß. Wir werden noch eine Reisegesellschaft suchen müssen, der einige Frauen angehören, eine Gruppe, die über Gloucester südwärts geht und der ich mich bedenkenlos anschließen kann. Das mag einen oder zwei Tage dauern.«

Selbst zwei Tage wären Gold wert. Aber danach würde sie fort sein, und er würde sie niemals wiedersehen. Dennoch konnte er angesichts dieser für ihn unglücklichen Aussichten nur an sie denken. Und er konnte sich nicht von dem Gefühl befreien, daß sie bedroht war.

»Überlegt, wie viele böse Dinge sich in nur zwei Tagen ereignet haben, und immer in Eurer Nähe! Was mag in einem oder zwei weiteren Tagen nicht alles geschehen? Ich wünschte, Ihr wäret schon jetzt sicher zu Hause«, sagte er leidenschaftlich, »obwohl ich weiß Gott lieber meine rechte Hand verlieren würde als Euren Anblick.« Er merkte nicht einmal, daß seine rechte Hand ihre linke ergriffen hatte und festhielt. »Gebt mir wenigstens eine Möglichkeit, Euch zu dienen, bevor Ihr geht. Und wenn dies schon nicht möglich ist, sagt mir, daß Ihr mir glaubt, wenn ich beteure, daß ich Eurem Onkel niemals Schaden zugefügt habe ...«

»O ja«, sagte sie lächelnd, »das kann und will ich gern. Ich habe niemals wirklich daran geglaubt. Ihr seid nicht ein Mensch, der einen anderen hinterrücks überfällt und niedermacht. Ich habe es nie geglaubt. Aber noch immer wissen wir nicht, wer es tat! Ich wünschte um Euretwillen, es könnte vor aller Welt klar gezeigt werden.«

Dankbar nahm er diese Worte auf, aber sie waren aus großmütigem Mitgefühl und keiner tieferen Empfindung heraus gesagt worden, soviel spürte er nur zu deutlich, während wenigstens Emmas Freundlichkeit sein Herz erfüllte.

»Um meinetwillen und um der Gerechtigkeit willen«, sagte sie. »Es ist nicht recht, daß ein gemeiner Mörder seiner Strafe entgehen soll, und es bekümmert mich, daß meines Onkels Tod ungesühnt bleiben könnte.«

Er wollte ihr dienen, hatte er gesagt. Und vielleicht hatte sie ihm einen Weg gewiesen. Es gab nichts, was er nicht für sie unternommen hätte. Er hätte sich vor die Schwelle jedes Zimmers gelegt, in dem sie sich aufhielt, wie ein Wachhund, wenn sie es von ihm verlangt hätte, aber sie tat es nicht, und sie bedurfte seiner Hilfe nicht. Sie lebte in der Obhut des stellvertretenden Grafschaftsbeamten und seiner Gemahlin, und diese würden über sie wachen, bis sich eine Gelegenheit zur Heimreise fände. Aber als sie von dem unbekannten Mörder sprach, der ihren Onkel hinterrücks niedergestochen hatte, blitzten ihre großen Augen in einem zornigen Saphirblau, und ihr Gesicht wurde glatt und gespannt wie das einer Marmorstatue. Ihre Klage war sein Auftrag. Er konnte und wollte etwas für sie tun.

»Emma«, begann er mit gedämpfter Stimme und holte tief Atem, um seine Absicht zu offenbaren.

Die Tür ging auf, obwohl keiner von ihnen das Klopfen gehört hatte. Constance steckte den Kopf herein. »Ritter Corbière erwartet Euch, wenn Ihr frei seid«, sagte sie und zog sich zurück, ließ aber die Tür angelehnt. Offensichtlich durfte man einen adligen Herrn nicht lange warten lassen.

Philip war schon auf den Beinen. In Emmas Augen war bei der Nennung des Namens ein Glanz wie von entfernten Sternen gekommen. »Ihr mögt Euch an ihn erinnern«, sagte sie. Es war wie ein letzter Brocken von Aufmerksamkeit, den sie ihm hinwarf. »Er ist der junge Herr, der uns an der Landungsstelle zu Hilfe kam, zusammen mit Bruder Cadfael. Er war sehr freundlich zu mir.«

Philip erinnerte sich, obwohl seine benommenen Sinne zum Zeitpunkt des Geschehens alles verzerrt wahrgenommen hatten. Er entsann sich eines schlanken, eleganten und selbstsicheren Mannes von Stand, der über ein rollendes Faß sprang, um sie am Rand des Steges festzuhalten. Und später, um ihm Gerechtigkeit widerfahren zu lassen, war er zur Verhandlung in die Burg gekommen und hatte Emmas ehrliche Aussage unterstützt — obgleich er auch seinen Falkner über die dummen Drohungen hatte aussagen lassen, mit denen Philip später am Abend betrunken im Wirtshaus aufgefallen war. Eine Aussage, die Philip nicht abstritt, da er wußte, daß er klarer Gedanken oder einer genauen Erinnerung unfähig gewesen war. Doch er erinnerte sich auch der abscheulichen Begleitumstände und Folgen seiner Trunkenheit und litt noch immer darunter. Und der junge Herr mit dem leuchtenden Blondhaar und der Gewandtheit eines Athleten hatte im Gegensatz zu ihm eine bewundernswerte Figur gemacht.

»Ich werde gehen«, sagte Philip und ließ endlich ihre Hand los, wenn auch widerwillig. »Ich wünsche Euch für die Reise und alle Zeit Wohlergehen.«

»Das wünsche ich Euch auch«, erwiderte sie und fügte mit unbewußter Grausamkeit hinzu: »Wollt Ihr so gut sein und Ritter Corbière hereinbitten.«

Bis dahin hatte Philip noch nie in seinem Leben die Notwendigkeit gefühlt, sich körperlich und geistig zu seiner vollen Größe aufzurichten. Sein Abgang erfolgte mit einer Würde, deren er sich für nicht fähig gehalten hatte. Und als er draußen in der Vorhalle Corbière traf, bat er ihn hinein, wie Emma es ihm aufgetragen hatte, sehr höflich und ehrerbietig, während ihn innerlich brennende Eifersucht verzehrte. Corbière dankte ihm freundlich, und wenn er ihn mit einem kurzen Blick musterte, so geschah es mit Interesse und Respekt und ohne erkennbare Erinnerung, ihn jemals in weniger annehmbaren Umständen gesehen zu haben.

Wer hätte erwartet, dachte Philip, als er im Sonnenschein über den großen Hof ging, daß ein Schuhmacher und ein begüteter Ritter einander hier die Klinke in die Hand geben würden? Nun, Corbière mochte mehrere Landsitze in Cheshire und einen in Shropshire haben und ein entfernter Verwandter des Grafen Ranulf sein, und willkommen an seinem Hof. Aber er, Philip, wußte etwas, was er für Emma tun konnte, und außerdem hatte er ein Handwerk, das so ehrenhaft war wie das adlige Geblüt des anderen. Und wenn ihm gelang, was er sich vorgenommen hatte, so würde sie es ihm nie vergessen, ganz gleich, für wen sie sich entscheiden mochte.

Nach einigen Stunden fruchtloser Suche auf dem Jahrmarkt und am Flußufer kam Bruder Cadfael zum Torhaus herein. Unter Hunderten von Männern, die mit ihren eigenen Angelegenheiten beschäftigt waren, glich die Suche nach einem aufgeschlitzten oder hastig geflickten Ärmel der Jagd nach der Nadel im Heuhaufen. Sein Problem war, daß er keinen anderen Weg wußte, wie er seine Nachforschungen vorantreiben könnte. Zu alledem hielt das heiße und ruhige Wetter an, und die meisten Leute auf den Straßen und hinter den Marktständen waren in Hemdsärmeln. Der Dolch des Handschuhmachers hatte den Angreifer verletzt, aber mit der braunen Stoffaser war kein Faden weißen oder ungebleichten Leinens losgerissen worden. Wenn der Angreifer ein Hemd getragen hatte, so waren die Ärmel aufgerollt gewesen, und es war unversehrt geblieben und konnte jetzt die Schnittwunde oder den Verband, falls die Wunde einen benötigt hatte, bedecken. Cadfael kehrte zurück, um zu erledigen, was in seiner Werkstatt auf ihn wartete, und um sich für die Vesper bereitzumachen, doch tat er dies mehr aus Ratlosigkeit als aus einem anderen Grund. Eine Ruhepause in der vertrauten Stille des Kräutergartens mochte geeignet sein, den grübelnden Verstand auf neue, aussichtsreichere Gedankengänge zu bringen.

Auf dem großen Hof begegnete er zufällig Philip Corviser, der vom Gästehaus zum Tor ging. Tief in Gedanken versunken, lief der junge Mann vorbei, ohne ihn zu sehen, aber dann hielt er plötzlich inne und wandte sich um. »Bruder Cadfael!«

Cadfael, ebenfalls gedankenverloren, blieb stehen und wandte den Kopf.

»Ihr wart es«, sagte Philip, »der nach Emma in der Verhandlung für mich aussagte. Und ich erkannte Euch dann als Klosterbruder, der mir auf die Beine und aus dem Handgemenge geholfen hatte, als meine Freunde bei der Anlegestelle mit den Händlern in Streit geraten waren. Ich hatte noch keine Gelegenheit, Euch zu danken, Bruder, aber ich tue es jetzt.«

»Was ich tat, konnte dir nicht lange helfen, mein Junge«, entgegnete Cadfael. Er musterte den schlaksigen Jungen mit scharfem Blick. Was er sah, mißfiel ihm nicht. Ob es an der Selbstprüfung im Kerker lag oder mit Gedanken an Emma zu tun hatte — der Junge war in kurzer Zeit um einiges gereift. »Es freut mich, dich wieder unter uns zu sehen, und ohne daß es dir geschadet hat.«

»Die Last ist mir noch nicht von den Schultern genommen«, erklärte Philip. »Noch bleibt die Anklage bestehen, selbst die Mordanklage ist nicht zurückgezogen worden.«

»Dann steht sie nur noch auf einem Bein«, sagte Cadfael freundlich, »und mag jeden Augenblick in sich zusammenfallen. Hast du nicht gehört, daß es einen weiteren Todesfall gegeben hat?«

»Das sagte man mir, und auch andere Übergriffe. Aber dieser letzte Mord steht sicherlich in keinem Zusammenhang mit den anderen Taten, nicht wahr? Bis dahin war alle Bosheit gegen Meister Thomas gerichtet. Dieser andere Mann aber war ein Fremder aus Chester.« Er legte eine Hand mit bittender Gebärde auf Cadfaels Arm. »Bruder, erübrigt eine kleine Weile für mich. Ich war an jenem Abend nicht ganz bei klarer Besinnung, und nun muß ich wissen, was ich tat und was mit mir geschah. Ich möchte jede Minute eines Abends nachzeichnen, den ich kaum für mich selbst zusammenfügen kann.«

»Kein Wunder, nach diesem Schlag auf den Kopf. Komm mit und setz dich in den Garten, dort ist es still.« Er nahm den jungen Mann beim Arm, führte ihn zu dem Bogen durch die geschnittene Hecke und nötigte ihn, sich auf die Bank zu setzen, wo Emma und Ivo Corbière am vergangenen Tag zusammen Platz genommen hatten. Es war gut, daß Philip nichts davon ahnte. »Nun, was möchtest du wissen, Junge? Ich wundere mich nicht, daß deine Erinnerung unklar ist. Du hast einen festen Schädel auf dem Hals und einen dicken Haarschopf, sonst wärst du besinnungslos liegengeblieben.«

Philip blickte finster und zweifelnd über die Rosenstöcke hin und in die Ferne. Er wußte nicht recht, wieviel er sagen und was er für sich behalten sollte, begegnete endlich Bruder Cadfaels freundlich-geduldigem Blick und platzte heraus: »Ich komme eben von Emma. Ich weiß, sie ist in besserer Obhut, als ich sie ihr gewähren könnte, aber ich habe wenigstens etwas gefunden, was für sie getan werden kann. Sie will, daß der Mörder ihres Onkels die gerechte Strafe erhält. Und ich habe mir vorgenommen, ihn zu suchen.«

»Die Grafschaftsbeamten und die ganze Stadtwache haben nichts anderes im Sinn«, sagte Cadfael, »doch bisher hatten sie wenig Erfolg.« Er sagte es nicht mißbilligend, oder um den jungen Mann zu entmutigen, sondern sehr nachdenklich. »Was das angeht, so bemühe auch ich mich um Aufklärung, doch war ich bisher ebenso erfolglos. Ein Verstand mehr, der sich mit der Sache beschäftigt, mag durchaus der Verstand sein, der die Wahrheit aufdeckt. Warum nicht? Aber wie willst du zu Werke gehen?«

»Nun, wenn ich beweisen — beweisen! — kann, daß ich es nicht getan habe, werde ich vielleicht auf etwas stoßen, das mich zu dem Täter führt. Wenigstens kann ich einen Anfang machen, indem ich mich darauf zu besinnen versuche, was an jenem Abend mit mir geschehen ist. Nicht nur für meine eigene Verteidigung«, sagte Philip ernsthaft, »sondern weil mir scheint, daß ich die Tat durch mein Verhalten deckte und daß der Täter an mich und meinen Streit mit dem Händler gedacht haben mag und froh über die Ablenkung war, die ich ihm verschaffte, weil der erste Name, der nach dem nächtlichen Mord in aller Munde wäre, der meinige sein würde. Wer der Täter auch sein mag, er muß mein Kommen und Gehen bemerkt haben, sonst hätte ich ihm nicht von Nutzen sein können. Wäre ich die ganze Zeit mit zehn Freunden beisammen geblieben, so hätte ich nicht in Verdacht geraten können, und der Grafschaftsbeamte hätte sogleich begonnen, anderswo Ausschau zu halten. Aber ich war betrunken, mir war übel, und ich schleppte mich allein zum Fluß, wo ich lange blieb, soviel weiß ich. Lange genug, daß es hätte wahr sein können. Und der Mörder wußte es.«

»Das ist nicht von der Hand zu weisen«, meinte Cadfael beifällig. »Was willst du also tun?«

»Ich fange mit dem Streit am Flußufer an, wo ich den

Schlag auf den Kopf bekam, und folge meiner eigenen Fährte, bis mir klar wird, was jetzt noch unklar ist. Ich erinnere mich, was dort geschah — daß Ihr mich vor den Wachsoldaten in Sicherheit brachtet und daß ich dann von zwei anderen weggeführt wurde. Aber meine Beine gaben nach, und mein Verstand war betäubt, und ich kann mich um mein Leben nicht erinnern, wer die beiden waren. Es wäre ein guter Anfang, wenn Ihr sie kenntet.«

»Einer war Edric Fleshers Geselle«, antwortete Cadfael. »Den anderen habe ich gesehen, kenne ihn aber nicht beim Namen — ein großer, kräftiger junger Bursche, zweimal so breit wie du, mit hellbraunem Haar ...«

Philip schnippte mit den Fingern. »John Norrey! Ich erinnere mich undeutlich, ihn später am Abend noch gesehen zu haben. Das genügt schon, ich werde mit den beiden anfangen und herausbringen, wo sie mich verließen, und wie — oder wo ich sie abschüttelte. Denn das könnte möglich sein, ich war keine gute Gesellschaft für Christenmenschen.« Er stand auf, legte sich den Kittel über die Schulter. »Den ganzen Abend werde ich entwirren, wenn ich kann.«

»Recht so, mein Junge!« sagte Cadfael herzlich. »Ich wünsche dir guten Erfolg. Und wenn du durch die Bierschenken ziehst, wie du es an jenem Abend getan zu haben scheinst, halte auch für mich die Augen offen, ja? Wenn du den Mörder des Kaufmannes finden kannst, magst du sehr wohl auch den Mörder des Handschuhmachers gefunden haben.« Sorgfältig erklärte er ihm, wonach er Ausschau halten sollte. »Ein Arm, der einen Becher hebt oder auf einem Tisch liegt, mag dir zeigen, was ich suche. Der linke Ärmel eines rostbraunen Kittels ungefähr eine Handlänge weit aufgeschlitzt. Es wird an der Unterseite des Arms sein. Oder, wo Arme entblößt sind, ein kleiner Kratzer, den der Dolch hinterließ, als er den Ärmel schlitzte. Oder ein Verband, der den linken Unterarm schützt. Aber wenn du einen Mann findest, der dir durch diese Merkmale auffällt, fordere ihn weder heraus, noch sprich mit ihm — sag mir nur, wenn du kannst, seinen Namen und wo er zu finden ist.«

»Dieser Mann wäre der Mörder des Handschuhmachers?« fragte Philip, der die Einzelheiten mit ernstem Kopfnicken zur Kenntnis genommen hatte. »Ihr meint, es könnte einer und derselbe sein?«

»Wenn nicht derselbe, so doch zwei, die einander gut kennen und an derselben Verschwörung beteiligt sind. Findest du einen, so werden wir auch dem anderen nahe sein.«

»Ich werde die Augen offenhalten«, versprach Philip und verließ ihn, um mit seiner Nachforschung zu beginnen.

3.

Später grübelte Bruder Cadfael noch oft über die folgenden Ereignisse nach und überlegte, ob Gebete einen rückwirkenden Einfluß auf Geschehnisse haben können, so wie sie die Zukunft beeinflussen. Was geschehen war, war bereits geschehen. Doch würde er die gleiche Situation vorgefunden haben, wenn er nach Philips Weggang nicht sofort in die Kirche geeilt wäre, erfüllt von dem leidenschaftlichen Drang, die Richtung seiner eigenen Anstrengungen, die ihm so unfruchtbar erschienen, dem Gebet anzuvertrauen? Es war ein äußerst heikles und kompliziertes theologisches Problem, das seines Wissens noch nie erörtert worden war. Oder — sollte dies doch geschehen sein — hatte kein Theologe gewagt, über den Gegenstand zu schreiben, vermutlich aus Furcht, der Häresie beschuldigt zu werden.

Da er jedoch fest an die Macht des Gebetes glaubte und während des Tages bereits einige Pflichtgebete versäumt hatte, war es ihm ein Bedürfnis, seine verwirrten Bemühungen Augen und Ohren anzuvertrauen, die alles sahen und hörten, und einer Macht, die alle Türen öffnen konnte. Er wählte dazu die Kapelle im Querschiff, aus der Meister Thomas' Sarg an diesem Morgen nach der Totenmesse entfernt worden war. Nachdem er sich bisher angestrengten Bemühungen hingegeben hatte, wie ein Mann, der sich einen Berg hinaufschleppt, hatte er jetzt Zeit, niederzuknien und zu warten, wußte er doch, daß es eine Macht gab, vor welcher der Berg sich neigte. Er betete um Geduld und Demut, dann betete er für Emma, für die arme Seele des Meisters Thomas von Bristol, für das Kind, das Aline und Hugh Beringar geboren werden sollte, für den jungen Philip und die Eltern, die ihn wiedergewonnen hatten, für alle, die Ungerechtigkeit und Unbill erlitten und bisweilen vergaßen, daß sie jenseits der weltlichen Gewalten einen Zufluchtsort hatten.

Dann war es hohe Zeit für ihn, sich von den Knien zu erheben und seiner ersten Pflicht hier nachzukommen, mochten andere Angelegenheiten noch so gewaltsam versuchen, sich in seine Gedanken zu drängen. Seit sechzehn Jahren oblag ihm die Pflege des Kräutergartens und die Herstellung von Arzneien daraus, und auf seine Heilmittel verließ man sich nicht nur innerhalb der Klostermauern, sondern weit darüber hinaus. Und obgleich Bruder Mark der fleißigste und geduldigste Helfer war, den man sich wünschen konnte, wäre es herzlos, ihn mit solch einer Verantwortung allzu lange allein zu lassen. Mit erleichtertem Herzen ging Cadfael zu seiner Werkstatt, nachdem er seine Sorgen auf breitere Schultern abgewälzt hatte, geradeso wie Bruder Mark glücklich sein würde, dies bei der Ankunft seines Lehrers und Beschützers zu tun.

Die starken Düfte des Kräutergartens verbreiteten sich nach so vielen Stunden der Hitze und des Sonnenscheins über das umliegende Land wie eine besondere, den Sinnen, nicht der Seele, zugemessene Segnung. Unter den Dachbalken der Werkstatt raschelten die herabhängenden Büschel getrockneter Blätter und Kräuter und zirpten in den Wogen erwärmter Luft wie Nester von Singvögeln, selbst die tragenden Gerüstbalken der Hütte, mit Öl bestrichen, um dem Austrocknen und Aufplatzen des Holzes vorzubeugen, atmeten warmen Duft.

»Ich habe den Balsam gegen Geschwüre fertig gemacht«, erstattete Bruder Mark pflichtschuldig und im frohen Bewußtsein gut getaner Arbeit seinen Bericht. »Und ich habe alle Mohnkapseln geerntet, die reif waren, aber ich habe sie noch nicht aufgebrochen, um die Samenkörner zu sammeln, weil ich dachte, sie sollten noch einen oder zwei Tage in der Sonne trocknen.«

Cadfael nahm eine der großen Mohnkapseln zwischen Daumen und Zeigfinger, drückte sie und lobte die einsichtige Entscheidung. »Und das Angelikawasser für das Spital?«

»Bruder Edmund schickte vor einer halben Stunde danach. Ich hatte es bereit. Und ich hatte einen Patienten«, sagte Bruder Mark, während er geschäftig die kleinen Tonschalen, die er zum Sortieren von Samenkörnern verwendete, auf ein Regal stellte. »Früher schon, bald nach dem Mittagsmahl. Ein Reitknecht mit einer Schnittwunde am Arm. Er sagte, er hätte sich die Haut an einem Nagel im Stall aufgerissen, als er das Zaumzeug herunternehmen wollte, aber in meinen Augen nahm es sich wie ein Messerschnitt aus. Die Wunde war nicht allzu sauber, also reinigte ich sie und versorgte sie mit etwas von Eurer Gänsekrautsalbe. Ich glaube eher, daß die Stallknechte gestern abend auf der Tenne mit den Würfeln gespielt haben, wobei es zu einem Streit kam, und jemand zog ihm das Messer über den Arm. Freilich würde er das kaum zugeben.« Bruder Mark wischte die Hände aneinander ab und wandte sich mit einem Lächeln um. »Das ist alles. Ein ruhiger Nachmittag, Ihr hättet Euch nicht zu sorgen brauchen.« Beim Anblick von Cadfaels Miene zog er in komischer Verwunderung die Brauen hoch und fragte: »Warum starrt Ihr mich so an? Was gibt es, daß Ihr die Augen so weit aufsperrt?«

Auch den Mund, dachte Cadfael und klappte ihn zu, während er über die Eigentümlichkeit menschlicher Anstrengung nachdachte und über die plötzlichen Belohnungen, die unverdient gewährt wurden. In diesem Fall vielleicht nicht unverdient, da dies Bruder Mark zugefallen war, dessen Bescheidenheit überhaupt keine Forderungen stellte.

»Welcher Arm war verletzt?« fragte er, was Bruder Mark, der sich natürlich nicht denken konnte, warum das von Bedeutung sein sollte, noch mehr verblüffte.

»Der linke. Von hier, dem äußeren Rand des Handgelenks, die Unterseite des Unterarms entlang, beinahe bis zum Ellbogen. Warum?«

»Hatte er seinen Kittel an?«

»Nicht, als ich ihn sah«, antwortete Mark und erlaubte sich ein Lächeln über die Absurdität dieser Befragung. »Aber er hatte ihn über den gesunden Arm gelegt. Ist das wichtig?«

»Mehr als du dir denken kannst! Du sollst es später erfahren, ich scherze nicht mit dir. Von welcher Farbe war der Kittel? Und konntest du den Ärmel sehen, der den verletzten Arm bedecken sollte?«

»Freilich. Ich machte mich erbötig, ihn für ihn zu nähen — ich hatte gerade wenig zu tun. Aber er sagte, er hätte ihn bereits zusammengeheftet, und das hatte er getan, sehr grob, und mit schwarzem Faden. Ich hätte es besser machen können, das Original war ungebleichter Leinenfaden. Die Farbe? Rötlichbraun, ein Kittel, wie die meisten Stallknechte und Reiter sie tragen, aber von gutem Stoff.«

»Kanntest du den Mann? War er keiner von unseren Klosterknechten?«

»Nein, der Knecht eines Gastes«, sagte Bruder Mark, geduldig in seiner Verwunderung. »Nicht ein Wort zu seinem Herrn, sagte er! Es war einer von Ivo Corbières Pferdeknechten, der Ältere, der mürrische Kerl mit dem Bart.«

Gilbert Prestcote höchstselbst hatte sich am Nachmittag zu Fuß und ohne Eskorte auf den Jahrmarktsplatz begeben, um sich mit eigenen Augen des öffentlichen Friedens zu versichern. Auf dem Rückweg zur Stadt betrat er gerade den Klosterhof, um mit Hugh Beringar zu sprechen, als Cadfael in aller Eile mit seiner Neuigkeit aus dem Kräutergarten kam. Nachdem Prestcote und Beringar seinem Bericht gelauscht hatten, sahen sie ihn und einander mit bedenklichen Mienen an.

»Corbière befindet sich gegenwärtig im Gästehaus«, sagte Beringar, »und ich glaube, Aline sagte, er sei schon länger als eine Stunde da. Emma hat sein Herz entflammt, ich glaube kaum, daß er in diesen letzten zwei Tagen Augen und Ohren für etwas anderes hatte. Seine Leute sind sich selbst überlassen und laufen herum, wie es ihnen gefällt, er verlangt nur, daß sie ihre Arbeit tun. Es könnte der Mann sein.«

»Sein Herr hat das Recht, unterrichtet zu werden«, erklärte Prestcote. »Zucht und Ordnung lassen nach, wenn das Land zerrissen ist und jeder sehen kann, wie das Recht verhöhnt und mit Füßen getreten wird. Ich hoffe, es wurde nichts gesagt oder getan, was diesen Kerl warnen könnte? Er hat keine Ursache, die Flucht zu ergreifen? Nun, sicherlich weiß er den Schutz eines Namens wie Corbière zu würdigen.«

»Kein Wort ist gesprochen worden, außer zu Euch«, erwiderte Cadfael. »Und der Mann mag die Wahrheit gesagt haben.«

»Die Stoffasern«, warf Beringar ein, »habe ich hier bei mir. Ein Vergleich sollte anhand dieser Probe möglich sein.«

»Bittet Corbière zu mir«, befahl Prestcote.

Beringar nahm den Botengang auf sich, da Ivo Corbière ein Gast in seinen Räumen war. Während sie in gespanntem Schweigen warteten, kamen zwei von den Waffenknechten des Klosters zum Torhaus herein, ungespannte Langbogen über den Schultern, und zwischen ihnen Turstan Fowler mit seiner Armbrust, alle drei erhitzt, guter Dinge und in bestem Einvernehmen. Am letzten Tag des Jahrmarkts fanden gewöhnlich Wettkämpfe vielerlei Art statt. Es wurde gerungen, in den Uferwiesen der Flußau auf Stückfässer geschossen, Langbogen gegen Armbrust, obwohl der hier gebräuchliche Langbogen in den meisten Fällen der kurze walisische Bogen war, der zur Brust gespannt wurde, nicht zum Ohr. Der sechs Fuß lange Bogen war bekannt, aber eine Seltenheit. Auch gab es Wettrennen und Geschicklichkeitsspiele für Reiter auf dem Turnierplatz der Burg. Dort gab es Ringelstechen und den Rennpfahl, auf dem ein waagerechter Balken mit einer Scheibe an einem und einem Sandsack am anderen Ende ruhte. Während die Reiter vorbeigaloppierten, stießen sie mit der Lanze nach der Scheibe und mußten sich entfernt haben, bevor der Sandsack sie treffen konnte. Handel und Spiel machten gute Gefährten und bescherten den Bier- und Weinschenken, wo die Gewinner sich bald von allem trennten, was sie gewonnen hatten, und die Verlierer ihre Verluste wettmachten, besonders hohe Einnahmen.

Diese drei waren in streitlustiger Freundschaft vereint und scherzten in einem fort. Jeder schien sich seiner Waffe zu rühmen. Sie hatten den Hof noch nicht halb durchquert, als Beringar und Corbière aus dem Gästehaus traten. Letzterer sah seinen Bogenschützen zu den Stallungen hinübergehen und bedeutete ihm mit einer gebieterischen Gebärde zu bleiben.

Seit er an jenem ersten Abend die Gunst seines Herrn verscherzt hatte, war an Turstan Fowlers Diensten nichts mehr auszusetzen gewesen. Angewiesen, sich fernzuhalten, aber in Rufweite zu bleiben, gehorchte er ohne Fragen und fuhr fort, sich mit seinen Rivalen zu unterhalten. Er mußte seine Sache beim Wettschießen gut gemacht haben, denn sie schienen über seine Armbrust zu diskutieren. Um ihnen vorzuführen, daß er beim Nachspannen kaum langsamer war als sie mit ihren Bogen, stemmte er einen Fuß in den metallenen Spannhaken und zog die Sehne an. Der Disput um Geschwindigkeit und Reichweite beider Waffen würde zweifellos andauern, solange sie gebräuchlich blieben. Cadfael hatte zu seiner Zeit beide gebraucht, ebenso wie den östlichen Langbogen, das Schwert und die Lanze des Reiters. Selbst in diesem ernsten Augenblick erübrigte er einen langen Blick für den freundschaftlichen Streit, der einige Dutzend Schritte entfernt stattfand.

Dann ging Ivo Corbière mit Beringar zu Cadfael und Prestcote, offensichtlich bestürzt und erschüttert. Seine freundliche Anmut und seine Zuversicht waren geschwunden. In seinem angespannten Gesicht schauten die dunklen Augen groß und verwundert drein unter den stolz erhobenen Brauen und den blonden Locken. »Ihr wünscht mich zu sprechen, Sir? Freund Beringar hat keine Einzelheiten genannt, aber er sagte, es sei eine ernste und dringende Angelegenheit.«

»Es handelt sich um einen Eurer Männer«, sagte der Grafschaftsbeamte.

Er schüttelte zweifelnd den Kopf und nagte an seiner Unterlippe. »Ich weiß von nichts ... Seit Fowler sich heillos betrank, und von da an hat er sich reuig gezeigt und ist immer in der Nähe geblieben. Und mit seinem Rausch hat er niemandem als sich selbst Schaden zugefügt, der Tölpel. Aber sobald ihre Arbeit getan ist, können die Leute tun und lassen, was ihnen beliebt. Der Jahrmarkt ist für jedermann da. Was ist nicht in Ordnung mit meinen Männern?«

Es blieb Prestcote überlassen, ihn über die Sachlage zu unterrichten. Corbière erbleichte sichtlich unter seiner gesunden Sonnenbräune. »Dann steht mein Knecht unter dem Verdacht der Mordtat, deren Aufdeckung ich — guter Gott, erst heute morgen miterlebte! So mögt Ihr wissen, sein Name ist Ewald, er kommt von einem Rittergut in Cheshire und stammt aus dem Norden, doch hat er niemals zuvor schlechte Charakterzüge gezeigt, wenngleich er ein mürrischer Mensch ist und wenige Freunde hat. Dies trifft mich schwer. Ich brachte ihn hierher.«

»Ihr mögt den Verdacht aufklären«, schlug Prestcote vor.

»Das werde ich tun!« Ivos Mund nahm einen Ausdruck harter Entschlossenheit an. »Um diese Zeit wollte ich ausreiten, mein Pferd hat hier wenig Bewegung gehabt und soll mich morgen nach Hause tragen. Ewald ist der Reitknecht, der das Pferd versorgt. Er sollte um diese Zeit im Stall sein und aufsatteln. Soll ich ihn holen lassen? Er wird meinen Ruf erwarten ... Nein!« unterbrach er sich selbst und zog die Brauen zusammen. »Ich werde ihn nicht holen lassen, ich werde ihn selbst holen. Wenn ich Turstan dorthin schicke, möchtet Ihr argwöhnen, daß ein Knecht zum anderen halten und dieser seinen Gefährten warnen könnte. Es unterliegt keinem Zweifel, daß er unsere Zusammenkunft beobachtet, und er wird dieses Gespräch schwerlich als eine angelegentliche Unterhaltung deuten.«

Damit hatte er sicherlich recht. Turstan Fowler ließ die gespannte Armbrust am gestreckten Arm baumeln und hatte offenbar alles Interesse verloren, seine Rivalen über die Vorzüge der Waffe aufzuklären. Die anderen spürten, daß etwas in der Luft lag, was sie nichts anging, und entfernten sich langsam, wenn auch nicht ohne unauffällige Blicke über die Schultern, bis sie im Meierhof außer Sicht kamen.

Ivo Corbière schritt zu den Stallungen hinüber. Fowler ließ ihn vorbei, zögerte, da er kein Wort von ihm zu hören bekommen hatte, wandte sich dann aber um und eilte ihm nach. Es war offensichtlich, daß er besorgte Fragen stellte. Ein kurzes Stück folgte er Corbière, dann sahen die drei Beobachter seinen Herrn den Kopf wenden und dem Knecht eine kurze Zurechtweisung oder einen Befehl erteilen. Turstan Fowler kehrte ernüchtert um, schlenderte zum Torhaus und blieb dort unschlüssig stehen.

Einige Minuten vergingen, ehe sie helle Hufschläge auf dem Kopfsteinpflaster vor den Stallungen hörten. Dann tänzelte der große dunkle Fuchs, schimmernd wie brüniertes Kupfer und unruhig vor Bewegungsdrang, aus dem Vorhof des Stallgebäudes. Der untersetzte, bärtige Reitknecht führte das Pferd am Zaumzeug, und Ivo Corbière schritt vorneweg.

»Hier ist mein Knecht Ewald«, sagte er knapp und trat zurück — wie Cadfael bemerkte, in die Richtung des offenen Tores. Turstan Fowler schob sich unterdessen näher heran, angelockt von den Vorgängen beim Gästehaus, und sein scharfer Blick glitt forschend von einem Gesicht zum anderen. Ewald stand da, eine Hand am Zaumzeug des Pferdes, und schaute in unbehaglichem Mißtrauen in Prestcotes undurchdringliches Gesicht. Als das Pferd den Kopf hochwarf, hob der Knecht die linke Hand, um das Zaumzeug zu fassen, und tätschelte mit der Rechten beruhigend den schimmernden Hals des Fuchses, ohne seinen Blick jedoch vom Grafschaftsbeamten zu wenden.

»Mein Herr sagt, Euer Gnaden haben mich etwas zu fragen«, sagte er mit langsamer, widerwillig stockender Stimme.

Unter dem linken Arm war der schlecht geflickte Ärmel deutlich zu erkennen, weil der Stoff zwischen den großen Stichen wellig war. Das Ende des Leinenfadens hing lose herab und zitterte in der Sonne und der leichten Brise wie eine tanzende Mücke.

»Zieh Er den Kittel aus«, befahl Prestcote. Und als der Mann in echter oder vorgetäuschter Verwirrung glotzte, fügte der Grafschaftsbeamte hinzu: »Keine Widerrede! Vorwärts!«

Zögernd entledigte sich Ewald seines Kittels, etwas ungeschickt, weil er gleichzeitig das Pferd halten mußte. Diesem war Luft und Auslauf versprochen worden, und es drängte zum Tor hin, weil dort der Weg zu dem hinausführte, was es begehrte. Es hatte sich mit seinem unruhigen Tänzeln bereits halb um die Gruppe bewegt, und nur Cadfael, der stumm abseits stand, war dem Tor ein wenig näher.

»Zieh Er den Ärmel hoch. Den linken.«

Der Mann warf einen wilden Blick umher, dann senkte er den Kopf wie ein Stier, schob das Kinn vor und gehorchte, den rechten Arm durch den Zügel gesteckt, während er das derbe Leinengewebe bis zum Ellbogen zurückstreifte. Bruder Mark hatte die Wunde mit einem Streifen sauberen Leinens verbunden, dessen Reinlichkeit in der Sonne leuchtete.

»Er hat sich verletzt?« fragte Prestcote in ruhigem Grimm.

Jetzt hat er seine Chance, dachte Cadfael, wenn er klug genug ist, seine Geschichte abzuwandeln und geradeheraus zu sagen, daß er in einer Rauferei eine Schnittwunde davongetragen und dem Mönch die Lüge mit dem Nagel nur erzählt hätte, um die Torheit zu vertuschen. Aber nein, der Mann dachte nicht nach. Er hatte seine Geschichte und vertraute darauf, daß sie ihn noch immer dekken könnte. Doch wenn Mark bei der Behandlung der Wunde einen Schnitt von einem Riß unterscheiden konnte, so konnte Gilbert Prestcote dies erst recht.

»Ich blieb im Stall an einem Nagel hängen, gnädiger Herr, als ich das Zaumzeug herunternehmen wollte.«

»Und dabei hat Er sich gleichzeitig den Ärmel durchgerissen? Ein scharfer Nagel, wie? Das ist kräftiger Stoff.« Er wandte sich zu Hugh Beringar. »Ihr habt die Stofffasern?«

Beringar zog aus seinem Beutel ein gefaltetes Stück Pergament und öffnete es vorsichtig, bis die Stoffasern zum Vorschein kamen, die mehr einem getrockneten Grashalm glichen, der in Fibern aufgelöst war und am Rand verrottete. Nur der anhaftende Leinenfaden verriet, was er wirklich war, aber das genügte. Ewald wich unwillkürlich zurück, so heftig, daß das Pferd scheute und einige Schritte in Richtung zum Tor drängte, so daß der Reitknecht sich umwenden und das Tier mit beiden Händen am Zügel halten und beruhigen mußte. Ivo Corbière konnte sich nur durch einen eiligen Sprung vor den tänzelnden Hufen in Sicherheit bringen.

»Geb Er seinen Kittel her!« befahl Prestcote, als der Fuchs wieder beruhigt und, wenn auch widerwillig, zum Stillstand gekommen war.

Der Reitknecht blickte von den winzigen Fasern, die er wiedererkannt hatte, zum unbewegten, aber unnachgiebigen Gesicht des Grafschaftsbeamten auf, zögerte nur einen Augenblick und gehorchte, aber mit unerwarteter Heftigkeit. Er holte aus und schleuderte ihnen den Kittel in die Gesichter, und mit einem Sprung war er im Sattel des Fuchses. Beide Fersen stießen in die schimmernden Flanken, und ein lauter Anfeuerungsruf flog über die aufgestellten Ohren hinweg und ließ das Pferd wie eine geschleuderte Lanze zum Tor davonjagen.

Nur Ivo Corbière war zwischen dem Reiter und seinem Ziel. Der Reitknecht trieb den Fuchs direkt auf ihn zu. Corbière wich mit einem Sprung aus, schnellte sich dann aber mit einem tigerartigen Satz hinauf, um das Pferd am Zaumzeug zu halten. Er bekam es auch zu fassen und wurde einen Augenblick mitgeschleift, bis der Reitknecht den unsicheren Zugriff mit einem bösartigen Fußtritt löste und Corbière aus dem Weg schleuderte, so daß er schwer zu Boden fiel und Prestcote und Beringar vor die Füße rollte, als diese dem Flüchtling nachsetzten. Hinaus zum Tor und nach rechts die Straße entlang galoppierte Ewald, und niemand war beritten und bereit, die Verfolgung aufzunehmen, denn der Grafschaftsbeamte war ohne Eskorte gekommen.

Aber Ivo Corbière war nicht hilflos. Turstan Fowler war herbeigeeilt, um ihm aufzuhelfen, doch winkte Corbière ihn weiter zum Tor hinaus, rappelte sich atemlos auf und rannte hinkend und mit wütendem Gesicht hinterdrein. Die kleine Gruppe stand in der Mitte der Straße und blickte dem davongaloppierenden Reiter nach — unfähig, die Verfolgung aufzunehmen. Er hatte gemordet, und er würde entkommen, denn sobald er Shrewsbury ein paar Meilen hinter sich gelassen hätte, könnte er im Wald untertauchen und wäre dort sicher wie ein Fuchs in seinem Bau.

Mit vor Wut halb erstickter Stimme rief Corbière: »Hol ihn aus dem Sattel!«

Turstan Fowlers Armbrust war noch gespannt und schußbereit, und der Mann war gewohnt, Befehle seines Herrn unverzüglich auszuführen. Im Handumdrehen war der Armbrustbolzen aus seinem Gürtel, eingelegt und abgeschossen. Das Dröhnen von Sehne und Bogen, das vibrierende Schwirren des Bolzens riß Köpfe herum, Passanten duckten sich instinktiv, Frauen kreischten.

Der Flüchtige, tief über den Pferdehals gebeugt, zuckte plötzlich heftig zusammen und bäumte sich im Sattel auf, Kopf und Arme hochgerissen. Einen Augenblick lang, während die Arme wieder herabsanken, hielt er sich gleichsam schwebend, dann fiel er schwerfällig seitwärts und rücklings aus dem Sattel. Der Fuchs, erschrocken und verängstigt, galoppierte wie rasend weiter, scheuchte die verängstigten Käufer und Verkäufer von der Straße. Aber seine Flucht war jetzt ungewiß und verwirrt durch das plötzliche Fehlen des Reiters und seines Kommandos. Das Tier würde nicht mehr weit laufen. Jemand würde ihm in die schleifenden Zügel fallen, es beruhigen und zurückführen.

Was den Reitknecht Ewald betraf, so war er tot, ehe die ersten der entsetzten Markthändler ihn erreichten, tot wahrscheinlich, ehe er am Boden aufgeschlagen war.

4.

»Dieser Schelm war mein eigen«, bekräftigte Corbière energisch, als sie im Wachraum des Torhauses, wo sie den Toten auf den Boden gelegt hatten, beisammenstanden. »Ich besitze die Macht der Halsgerichtsbarkeit über meine Leibeigenen, und dieser hatte sein Leben verwirkt. Ich brauche keine Verteidigung anzutreten, weder für mich selbst noch für meinen Bogenschützen, der nur meinen Befehl ausführte. Wir alle haben gesehen, daß die Verletzung dieses nichtswürdigen Galgenvogels kein Riß von einem Nagel ist, sondern der Schnitt einer Klinge. Und die Fasern, die Ihr von der Dolchklinge des Handschuhmachers genommen habt, passen ohne Frage zu diesem Ärmel. Zweifelt irgend jemand daran, daß dies ein Mörder war?«

Niemand bezweifelte es. Cadfael war auf Beringars Beharren mit ihnen in die Wachstube gegangen und überzeugt, daß dies der Mann sein mußte, den Euan von Shotwick vor seinem Tod gezeichnet hatte. Überdies hatte man einige Waren und Geldbeträge aus Euan von Shotwicks Besitz unter den spärlichen Habseligkeiten gefunden, die Ewald hinterlassen hatte. Seine Sattelrolle enthielt einen Geldbeutel aus feinem Leder, wohlgefüllt mit Silber- und Goldmünzen, und zwei Paar Handschuhe, die für Frauenhände gemacht waren, vielleicht Geschenke für Ehefrau oder Schwester. Dies war zweifellos ein Mörder. Turstan Fowler, der ihn niedergestreckt hatte, hielt sich offensichtlich für nichts dergleichen, ebenso wenig wie einer von Prestcotes Bogenschützen es getan haben würde, hätte er den Befehl zum Schießen erhalten. Fowler hatte die ganze Angelegenheit mit dem Gleichmut eines alten Soldaten hingenommen, als eine Sache, die ihn über seine Pflicht hinaus nichts anging, und er war mit ungeschmälertem Appetit zum Abendessen gegangen.

»Ich brachte ihn hierher«, stieß Ivo Corbière bitter hervor, während er sich Blut von der aufgeschürften Wange wischte. »Meine Ehre ist es, die er beleidigt hat, ebenso wie die Gesetze des Landes. Ich hatte ein Recht, Vergeltung zu üben.«

»Ihr solltet Euch deshalb nicht sorgen, Sir«, sagte Prestcote. »Euer Befehl hat der Grafschaft eine Gerichtsverhandlung und den Henker erspart, was nur zum Besten ist, und ich weiß nicht, ob der Elende diesen Ausweg nicht selbst vorgezogen hätte. Es war ein tüchtiger Schuß, und Ihr habt in dem Schützen einen wertvollen Mann. Ich hatte nicht geglaubt, daß er auf diese Distanz so genau treffen würde.«

Corbière zuckte mit den Schultern. »Ich kenne Fowlers Qualitäten, sonst hätte ich weder mein Pferd noch einen von den vielen Menschen riskiert, die auf dem Markt ihren friedfertigen Geschäften nachgehen. Daß der Schuß nicht nur ein Treffer, sondern auch tödlich sein würde, erwartete ich freilich nicht ...«

»Es gibt nur eine Ursache, dies zu bedauern«, entgegnete Prestcote. »Wenn er Speißgesellen hatte, kann er sie jetzt nicht mehr nennen. Und Ihr, Beringar, meint, daß es wahrscheinlich zwei waren?«

»Ich hoffe, Ihr begnügt Euch mit der Auskunft«, sagte Corbière, »daß weder Turstan Fowler noch mein junger Stallknecht Harald Anteil an Ewalds Verbrechen hatten?«

Beide waren verhört worden, darauf hatte er bestanden. Turstan Fowler war seit seinem Fehltritt ein Muster an Tugend gewesen, und der junge Stallknecht war ein Junge vom Land mit einem frischen, offenen Gesicht. Beide hatten sich mit den anderen Dienern angefreundet und waren wohlgelitten. Ewald hingegen war mürrisch und schweigsam gewesen und hatte sich abseits gehalten, und die Enthüllung seiner Schändlichkeit überraschte seine Gefährten nicht sonderlich.

»Es bleibt noch die Frage der anderen Rechtsbrüche«, erklärte Prestcote. »Was meint Ihr? War es in allen Fällen dieser Mann?«

»Ich kann es nicht anders sehen, als daß Meister Thomas' Tod das Werk nur eines Mannes war«, antwortete Hugh Beringar. »Und ohne Beweise oder triftige Gründe, nur nach dem Gefühl urteilend, glaube ich nicht, daß es dieser Mann war. Was die übrigen Dinge betrifft — ich weiß es nicht! Zwei, behauptete der Wächter des Händlers, aber es ist schwer zu sagen, ob er nicht die Schwierigkeiten vergrößert hat, um seinen eigenen Mangel an Mut oder seine Nachlässigkeit zu entschuldigen — oder ob er seinem gesunden Menschenverstand gehorchte, je nachdem, wie man es ansieht. Sicherlich wird nur einer bei vollem Tageslicht an Bord der Barke gegangen sein, ohne Zweifel forsch und unbekümmert, als ob er dort eine Besorgung zu machen hätte, etwas zu holen oder zu bestellen. Wenn es zwei waren, muß dieser da sicherlich einer von ihnen gewesen sein. Wer der andere war, bleibt im dunkeln.«

Nach dem Komplet ging Cadfael zu Abt Radulfus, um über alles, was geschehen war, zu berichten. Der Grafschaftsbeamte hatte dem Abt bereits einen Höflichkeitsbesuch abgestattet, um ihn in großen Zügen zu informieren. Doch würde Radulfus gleichwohl erwarten, daß sein eigener Beobachter Genaueres mitteilte und andere Gesichtspunkte berücksichtigte, die Ruf und Ansehen eines Benediktinerklosters Rechnung trugen. In einem Orden, der in allen Dingen Mäßigkeit für die Grundlage göttlichen Segens hielt, hatten sich Maßlosigkeiten zugetragen.

Radulfus lauschte dem Vortrag mit diszipliniertem Stillschweigen, und seinem Gesicht war nicht anzumerken, ob er solch summarische Justiz beklagte oder billigte.

»Gewalt kann niemals anders als häßlich sein«, sagte er gedankenvoll, »aber wir leben in einer Welt, die so häßlich und gewalttätig ist, wie sie schön und gut ist. Vor allem zwei Dinge beschäftigen mich, und eines davon mag dir, Bruder, belanglos erscheinen. Dieser Tod, dieses Blutvergießen fand außerhalb unserer Mauern statt. Dafür bin ich dankbar. Du hast sowohl innerhalb wie auch außerhalb klösterlicher Gemeinschaft gelebt, und was akzeptiert und ertragen werden muß, ist drinnen wie draußen das gleiche. Aber vielen hier fehlt dein Wissen, und der Friede, den wir hier als Zuflucht für andere neben uns zu erhalten bestrebt sind, und die Weihe dieses Ortes müssen unversehrt bleiben. Und der zweite Punkt wird dir so wichtig sein wie mir: War dieser Mann schuldig? Ist es gewiß, daß er selbst getötet hatte?«

»Es ist gewiß«, entgegnete Bruder Cadfael, der seine Worte mit Bedacht wählte, »daß er an dem Mord beteiligt war, sehr wahrscheinlich mit mindestens einem anderen Mann.«

»Dann ist Gerechtigkeit geübt worden, so hart es scheinen mag.« Dem Abt entging nicht die Düsternis, in die Cadfaels Schweigen sich hüllte, und er blickte scharf auf. »Du bist nicht zufrieden?«

»Nachdem der Mann an der Mordtat beteiligt war, Ehrwürdiger Vater, bin ich zufrieden, weil ihn die Gerechtigkeit ereilte. Die Beweise sind klar. Aber was ist Gerechtigkeit? Wenn es zwei gab, und einer trägt die ganze Last der Strafe, und der andere geht als freier Mann davon, ist das Gerechtigkeit? Ich bin in meinem Herzen überzeugt, daß es mehr gibt, was noch unbekannt ist.«

»Und morgen werden all diese Leute ihre Sachen pakken und abreisen, werden sich in alle Winde zerstreuen, wo ihre Häuser und Läden stehen. Die Schuldigen und die Unschuldigen in gleicher Weise. Das kann nicht Gottes Wille sein ...« Eine Weile blickte der Abt stumm vor sich hin. »Gleichwohl mag es Gottes Wille sein, daß uns alles weitere aus den Händen genommen werden soll. Setze deine Wache noch bis morgen fort, Bruder. Danach müssen andere andernorts die Bürde auf sich nehmen.«

Bruder Mark saß auf dem Rand seines Bettes, die Ellbogen auf den Knien und den Kopf in den Händen, und grämte sich. Von Kindheit an hatte er ein hartes Leben geführt, Entbehrungen, Brutalität und Schmerzen waren ihm nahe Weggefährten gewesen, bis er zu diesem Zufluchtsort gekommen war, zuerst unwillig, um dann sehr rasch die Vorzüge des klösterlichen Lebens kennen und schätzen zu lernen. Aber der Tod war zu fürchterlich und zu dunkel für ihn, ein Ding des Schreckens und ohne die Möglichkeit der Gnade. Ein mißbrauchtes Leben, schlecht genährt und voller Mühsal, war dennoch Leben, mit einem Himmel und Bäumen und Blumen und Vögeln ringsum, mit Farben und Jahreszeiten und Schönheit. Selbst ein so gelebtes Leben war ein Freund. Der Tod war ein Fremdling.

»Kind, er ist immer mit uns«, sagte Cadfael geduldig an seiner Seite. »Im vergangenen Sommer starben hier in der Stadt fünfundneunzig Menschen, und keiner von ihnen hatte einen Mord begangen. Sie starben, weil sie sich auf die falsche Seite geschlagen hatten. In Kriegszeiten kommt der Tod über schuldlose Frauen und Kinder, selbst im Frieden geschieht es, daß sie unter den Händen schlechter

Menschen sterben. Manch ein alter Mann, der in seinem Leben vielen Gutes getan hat, ist schon brutal und sinnlos erschlagen worden. Laß durch nichts deinen Glauben erschüttern, daß es in der Nachwelt einen Ausgleich geben wird. Was du siehst, ist nur ein Bruchstück von einem vollkommenen Ganzen.«

»Ich weiß«, sagte Bruder Mark durch die Finger — loyal, aber ungetröstet. »Aber ohne Gerichtsurteil niedergemacht zu werden ...«

»So erging es im letzten Jahr vierundneunzig«, erwiderte Cadfael freundlich, »und der fünfundneunzigste wurde ermordet. Justiz, wie wir sie sehen, ist auch nur ein zerbrochener Scherben. Aber es ist unsere Pflicht, zu bewahren, was wir können, und an Bruchstücken zusammenzufügen, was wir finden, und den Rest im Vertrauen auf Gottes Ratschluß hinzunehmen.«

»Und ohne Beichte und Sterbesakramente!« rief Bruder Mark aus.

»Auch sein Opfer mußte dieser Tröstungen entraten. Und Euan von Shotwick hatte weder geraubt noch getötet, oder wenn er es hatte, weiß nur Gott davon. Viele Menschen sind ohne sicheres Geleit durch dieses Tor gegangen, und manch einer unter ihnen wird den Himmel vor jenen erreichen, die mit Absolution und Sterbesakramenten hindurchgeleitet wurden. Könige und Kirchenfürsten mögen finden, daß Schafhirten und leibeigene Knechte ihnen vorgezogen werden, und manche, die behaupten, sie hätten viel Gutes getan, mögen armen und elenden Menschen Platz machen müssen, die Böses getan und es eingesehen und versucht haben, Wiedergutmachung zu leisten.«

Bruder Mark saß da und begann wenigstens zuzuhören. Demütig bekannte er den eigentlichen Kern seines Kummers. »Ich hatte seinen Arm in den Händen, ich sah ihn zusammenzucken, als ich die Wunde reinigte, und ich fühlte seinen Schmerz. Es war nur ein kleiner Schmerz, aber ich fühlte ihn. Ich war froh, ihm zu helfen, es war eine Freude, den Schnitt mit Balsam zu salben und sauber zu verbinden, und zu wissen, daß er Erleichterung spürte. Und nun ist er tot, mit einem Armbrustbolzen durch den Rücken ...« Mit einer kurzen und zornigen Bewegung wischte Bruder Mark sich die Tränen aus den Augen und hob sein anklagendes Gesicht. »Was nützt es, einen Menschen zu verbinden, wenn er wenige Stunden danach sterben muß?«

»Wir sprachen von Seelen«, sagte Cadfael sanft, »nicht von bloßen Leibern. Und wer weiß, ob deine Behandlung mit Salbe und Leinen seine unsterbliche Seele nicht mit besserem Erfolg geheilt hat? Es gibt keinen Pfeil, der die Seele spaltet. Aber es mag einen Balsam für sie geben.«

5.

Die Nase auf der eigenen Fährte, hatte Philip Corviser endlich seinen Freund John Norrey beim Wettschießen am Fluß, wo die Bogenschützen der Stadt ihre Künste zeigten, ausfindig gemacht. Gemeinsam gingen sie auf die Suche nach Edric Fleshers jungem Knecht, den sie im Garten hinter seines Herren Werkstatt fanden. Philips Odyssee am Vorabend des Jahrmarkts hatte mit diesen beiden angefangen, die ihn von Bruder Cadfael übernommen hatten, als die Männer der Stadtwache in die Au herabgeritten waren, um Ruhe und Ordnung wiederherzustellen.

Nach ihrem eigenen Bericht hatten sie ihn unter Vermeidung der Landstraße durch die Obstgärten und die schmalen Wege zwischen den Hecken zum Markt und dem ersten Stand geschleppt, der Getränke verkaufte, damit er wieder zur Besinnung käme. Und sehr undankbar hatten sie ihn gefunden, nachdem der Schock des Schlages auf den Kopf sich gelegt hatte und die Beine nicht mehr so wacklig gewesen waren.

Wütend auf sich selbst, hatte er seine üble Laune an ihnen ausgelassen und sie angeknurrt, daß er sehr wohl in der Lage wäre, auf sich selbst achtzugeben, und daß sie lieber gehen und die anderen standhaften Verfechter warnen sollten, bevor sie von der Stadtwache überrumpelt würden. Denn die Gefährten waren unter den Klostermauern entlanggezogen und hatten Marktstände umgeworfen. Was sie nebst seinen Beschimpfungen hingenommen hatten, in der Erkenntnis, daß sein Kopf mittlerweile mörderisch schmerzen mußte. Sie waren ihm noch eine Weile in vorsichtiger Entfernung gefolgt, als er durch das Jahrmarktsgelände davongetappt war, bis er sie abermals getroffen und weggeschickt hatte. Darauf hatten sie ihn noch eine kleine Weile beobachtet, bevor sie sich achselzuckend abgewandt hatten.

»Du warst wieder auf den Beinen«, sagte John, »und da du nicht wolltest, daß wir etwas für dich täten, hielten wir es für besser, dich deiner Wege gehen zu lassen. Wir wußten, daß du nicht weit kommen würdest, aber wenn wir dir gefolgt wären, hättest du vielleicht aus reiner Widerborstigkeit wer weiß was angerichtet.«

»Da war noch einer, der dir ein bißchen besorgt nachschaute«, erzählte der Metzgerknecht. »Als wir mit dir diesen Stand verließen. Er ging dann in dieselbe Richtung wie du. Könnte sein, daß er dachte, du wärst schon hilflos betrunken und könntest auf dem Heimweg Hilfe brauchen.«

»Das war nett von ihm«, erwiderte Philip und versteifte indigniert seine Haltung, denn er fand ein solches Verhalten übertrieben dienstfertig. »Wann wird das gewesen sein? Noch vor acht?«

»Ich denke schon. Kurz darauf hörte ich vom Kloster her die Glocke zur Komplet läuten. Merkwürdig, wie der Klang durch allen Lärm und Jahrmarktstrubel dringt.«

Die Klosterglocke trug weit. Im Umkreis von einer Wegstunde teilten die Menschen ihre Tagesarbeit nach diesem Läuten ein.

»Wer war es, der mir nachging? Kanntet ihr ihn?«

Sie schauten einander an und hoben gleichzeitig die Schultern. Unter mehreren Tausend Besuchern eines großen Jahrmarkts waren die Einheimischen in der Minderzahl. »Hatte ihn noch nie gesehen«, antwortete der Metzgerknecht. »Keiner aus Shrewsbury. Es kann sein, daß er dir gar nicht gefolgt ist, sondern nur in dieselbe Richtung ging.«

Sie erklärten ihm genau, wo er sie verlassen hatte und wohin er gegangen war. Zielbewußt suchte Philip die bezeichnete Stelle auf, doch in diesem geschäftigen Gewimmel, das sich die Landstraße vor den Klostermauern hinzog und jenseits davon jede freie Fläche erfüllte, konnte er sich nicht orientieren. Er wußte nur, daß er nach den Zeugenaussagen vor neun Uhr stark betrunken und immer noch kräftig zechend in Wat's Taverne gewesen war, wo er seinem Haß und seiner Rachsucht gegen Meister Thomas von Bristol Luft gemacht hatte. Die Zeit dazwischen war schwierig auszufüllen. Vielleicht war er gleich dorthin gegangen und, wie die Aussagen zu bestätigen schienen, bereits betrunken gewesen, bevor die anderen seine Drohungen zur Kenntnis genommen hatten.

Er biß die Zähne zusammen und ging die Landstraße vor den Marktständen entlang, so intensiv mit seiner Suche und der Rückbesinnung beschäftigt, daß er keine Augen und Ohren für etwas anderes hatte und die Neuigkeit überhörte, die auf dem Jahrmarkt überall die Runde machte. Fantasievolle Variationen und beträchtliche Ausschmückungen begleiteten sie, bevor sie den entferntesten Winkel des Pferdemarkts erreichte. Bis dahin war die Neuigkeit mehr als zwei Stunden alt, aber Philip hatte kein Wort davon gehört, so sehr war er auf sein eigenes Problem fixiert. Allenthalben wurden Marktstände abgebaut und gemietete Buden zugesperrt und die Schlüssel den Klosterverwaltern ausgehändigt. Der Handel hatte nahezu aufgehört, doch war der Abend noch nicht vorbei, und nach dem Abschluß der Geschäfte lockten Vergnügungen.

Walter Renolds Schenke befand sich im hintersten Winkel des Pferdemarktes, nicht an der Landstraße nach London, sondern an der ruhigeren Straße, die nach Nordosten führte. Sie lag günstig für die Landbevölkerung, die Waren zum Markt brachte, und zu dieser Stunde war sie gedrängt voll. Es widerstrebte Philip, auch nur einen Krug Bier zu bestellen, solange er seine Nachforschungen betrieb. Aber die Bierschenken lebten vom Ausschank, und wenigstens war er jetzt so nüchtern, daß er sich den Genuß leisten konnte. Der Schankjunge, der ihm seinen Krug brachte, war kaum älter als ein Kind, und Philip erinnerte sich nicht an das kastanienbraune Haar und das sommersprossige Gesicht. Er wartete auf eine Gelegenheit, um mit Wat selbst zu sprechen, wenn es ruhiger würde.

»Ich hörte schon, daß sie dich freigelassen haben«, sagte Wat, die dicken Arme ihm gegenüber auf den Tisch gestützt. »Freut mich, mein Junge. Ich habe dich nie für einen Übeltäter gehalten, und das sagte ich ihnen auch, als sie mich fragten. Wann bist du freigekommen?«

»Gegen Mittag.« Hugh Beringar hatte gesagt, er sollte zu Hause zu Mittag essen, und das hatte er getan, wenn auch zu einer späteren Stunde als gewöhnlich.

»Also kann dir niemand in die Schuhe schieben, was zuletzt geschehen ist. Was für ein Jahrmarkt! Gutes Wetter und gute Geschäfte, und guter Besuch von überallher, sogar gutes Benehmen«, sagte Wat, unter dem Eindruck seiner langjährigen Jahrmarkterfahrungen. »Und doch wurden zwei Händler ermordet, der zweite ein Mann aus dem Norden, der erst heute früh mit gebrochenem Genick in seinem Marktstand gefunden wurde. Du wirst davon gehört haben. Wann hat es je so etwas gegeben! Das sind nicht die Jungen aus Shrewsbury, sagte ich, als sie mich fragten. Solcher Untaten sind die nicht fähig. Da muß man unter den Besuchern aus anderen Gegenden nachforschen. Wir sind anständige Leute hierzulande!«

»Ja, ich weiß davon«, entgegnete Philip. »Aber sie wollten mir nicht diesen Mord in die Schuhe schieben, sondern den ersten, an dem Kaufmann aus Bristol ...« Norden und Süden sind hier zusammengekommen, überlegte er, und für beide ist es fatal ausgegangen. Warum? Beide Opfer waren Fremde aus weitentfernten Gegenden, wo es ebenso lohnend gewesen wäre, Einheimische auszuplündern.

»Diese letztere Sache können sie dir kaum auf die Rechnung setzen«, meinte Wat mit breitem Lächeln, »selbst wenn du früher auf freien Fuß gesetzt worden wärst. Das ist alles vorbei und vergessen. Hast du nicht gehört, was für einen Aufruhr es vor ein paar Stunden drüben auf der Landstraße gegeben hat? Der Mörder war überführt und sollte gerade festgenommen werden, als er auf dem Pferd seines Herrn die Flucht ergriff. Dabei soll er seinen Herrn niedergeritten haben. Aber er kam nicht weit. Mitten auf der Straße traf ihn ein Armbrustbolzen in den Rücken, und er schlug auf den Boden wie ein vom Sturm entwurzelter Baum. Ein Meisterschuß, heißt es. Der Handschuhmacher ist schon gerächt. Und du hast nicht davon gehört?«

»Kein Wort! Das letzte, was ich hörte, war, daß nach einem Mann gesucht wurde, der einen aufgeschnittenen Ärmel und eine Wunde im Arm hat. Wann war dies alles?« Anscheinend hatte Bruder Cadfael den Täter doch noch ohne fremde Hilfe gefunden.

»Kaum eine Stunde vor der Vesper muß es gewesen sein. Ich hörte die Rufe und das Geschrei vor den Klostermauern. Aber es heißt, der Grafschaftsbeamte selbst sei dort gewesen.«

Ungefähr um fünf Uhr nachmittags, vielleicht weniger als eine Stunde, nachdem Philip den Mönch verlassen hatte und in die Stadt gegangen war, um John Norrey zu suchen ... Eine kurze Jagd war das gewesen, und er brauchte nicht länger auf die Ärmel fremder Männer zu achten, die ihm begegneten. »Und es ist sicher, daß sie den richtigen Mann erwischt haben?«

»Absolut! Der Handschuhmacher hatte ihn verletzt, und man sagt, in seinem Gepäck seien Geld und Waren aus dem Marktstand des Handschuhmachers gefunden worden. Ein Pferdeknecht namens Ewald, hörte ich ...«

Also bloß ein Gelegenheitsdieb, der zu weit gegangen war. Nichts, was für Philips eigene Suche von Bedeutung wäre. Er konnte sich wieder und noch eifriger als zuvor auf seine eigenen Nachforschungen konzentrieren. Als eine Bußübung hatte es begonnen, verlor diesen Aspekt aber allmählich. Es stand außer Zweifel, daß er sich lächerlich gemacht hatte, aber der ursprüngliche Impuls, der ihn und andere zum Handeln getrieben hatte, war nicht töricht gewesen, und er brauchte sich seiner nicht zu schämen. Erst als das Vorhaben in Tumult und Aufruhr zusammengebrochen war, hatte er jede Vernunft in den Wind geschlagen und sich wie ein Kind seiner Enttäuschung und hilflosen Wut überlassen.

»Wenn ich nur mit der gleichen Gewißheit in Erfahrung bringen könnte, wer Meister Thomas umgebracht hat! Ich war vorher mit dem Kaufmann aneinandergeraten, und die Art und Weise, wie ich mich dann am Abend benahm, lenkte den Verdacht auf mich. Es ist sehr schön, gegen eine Kaution auf freien Fuß gesetzt zu werden, aber noch hat niemand gesagt, ich sei von der Anklage freigesprochen. Für alles andere werde ich büßen, aber ich will beweisen, daß ich dem Kaufmann nie ein Haar gekrümmt habe. Ich weiß, ich war an dem Abend hier — am Vorabend des Jahrmarkts, erinnert Ihr Euch? Aber um welche Stunde? Ich erinnere mich nicht an den Zeitpunkt. Nach den Aussagen seiner Leute war Meister Thomas von Bristol um Viertel nach neun noch am Leben.«

»Ja, du warst hier, keine Frage!« Wat konnte nicht umhin, in Gelächter auszubrechen. »Es war genug Lärm, und wir hatten alle Hände voll zu tun, aber du verschafftest dir Gehör! Mach dir nichts daraus, mein Junge, wer hat nicht schon mal einen über den Durst getrunken und sich ein bißchen aufgeführt? Es kann nicht später als Viertel nach acht gewesen sein, als du hereinkamst, und da war dir noch nicht viel anzumerken. Ich bezweifle, daß du schon vorher viel getrunken hattest.«

Nur eine Viertelstunde nach der Komplet — dann mußte er geradewegs hierhergegangen sein, nachdem er seine Freunde abgeschüttelt hatte. Nicht geradewegs, vielleicht war das ein ungeeignetes Wort, aber schwankend und vielleicht auch auf Umwegen, obwohl er unterwegs nirgends eingekehrt sein konnte. Vermutlich war er durch das dichteste Jahrmarktstreiben geeilt und hatte eine möglichst weite Entfernung zwischen sich und seine fürsorglichen Freunde gelegt, ehe er eingekehrt war.

»Ich will dir was sagen, Junge«, fuhr der Wirt freundlich fort, »wenn du es langsam hättest angehen lassen, wärst du mit einem leichten Rausch davongekommen. Aber du konntest es nicht erwarten. Ich habe selten einen gesehen, der in so kurzer Zeit soviel in sich hineingeschüttet hat. Kein Wunder, daß dein Magen rebellierte.«

Es war nicht erfreulich, was Philip da zu hören bekam, aber er schluckte es stumm hinunter. Offenbar war er genauso tölpelhaft und einfältig gewesen, wie er befürchtet hatte, und die Zeugenaussage des Bogenschützen über sein Benehmen war keineswegs übertrieben gewesen.

»Und ich schwor blutige Rache an dem Mann, der mich niedergeschlagen hatte? So sagte man mir.«

»Nun, so drastisch würde ich es nicht ausdrücken, aber es ist auch nicht allzuweit von der Wahrheit entfernt. Sagen wir, du bedachtest ihn nicht eben mit liebevollen Worten. Kein Wunder — wir alle konnten die Beule und die Platzwunde sehen, die er dir beigebracht hatte. Arrogant und geldgierig nanntest du ihn und fügtest noch ein paar Beleidigungen hinzu, an die ich mich nicht erinnere. Und immer wieder erzähltest du uns, Hochmut wie der seinige komme vor dem Fall, und für ihn werde es ein unheilvoller Fall sein und er werde ihn bald ereilen. Das muß es gewesen sein, woran die Zeugen dachten, die gegen dich aussagten. Aber ich hörte erst später, daß man Gäste aus meiner Taverne als Zeugen vernommen hatte. Wer waren diese Zeugen?«

»Es war vor allem ein Mann«, antwortete Philip, »und er sagte zuerst aus. Die anderen bestätigten nur seine Aussage. Nicht, daß ich ihm einen Vorwurf daraus machen wollte. Anscheinend sagte er die Wahrheit — tatsächlich ist mir nie in den Sinn gekommen, daß er falsch ausgesagt haben sollte. Ich weiß, daß ich an dem Abend der größte Dummkopf und Tor war.«

»Gott mit dir, mein Lieber, wer einen über den Kopf bekommt, der benimmt sich auch danach, er hat das Recht dazu. Aber wer war dieser eine Zeuge? Wegen der vielen Jahrmarktsbesucher hatte ich die letzten Abende mehr fremde als bekannte Gäste.«

»Es war ein Mann, der in den Diensten eines der Klostergäste steht«, sagte Philip. »Turstan Fowler wurde er genannt. Er sagte, er wäre hier gewesen und hätte getrunken, zuerst Bier, dann Wein und schließlich Schnaps. Offenbar war er am Ende so betrunken wie ich. Sie lasen ihn auf, als er hilflos dalag, und warfen ihn über Nacht in einen Karzer des Klosters. Ein gutaussehender Bursche, aber von schlaffer Haltung und vernachlässigt, als ich ihn in der Verhandlung sah. Ungefähr fünfunddreißig Jahre alt, denke ich, sonnengebräunt, dichtes braunes Haar ...«

Wat lauschte der Beschreibung, dann schüttelte er den Kopf. »Kenne ich nicht, nicht nach deinen Angaben, obwohl ich ein gutes Gedächtnis für Gesichter habe. Als Wirt muß man das haben. Na gut, wenn er ein Fremder war, hatte er keinen Anlaß, falsches Zeugnis zu geben. Ich nehme an, er wiederholte nur, was du sagtest, doch da er dich nicht kannte, nahm er deine Drohungen und dein betrunkenes Schwadronieren für bare Münze.«

»Wie spät war es, als ich ging?« Philip schnitt eine Grimasse bei der Erinnerung an diesen jähen und verzweifelten Abgang, den er mit aufgewühltem Magen und schwindelndem Kopf vollzogen hatte, beide Hände vor die zusammengebissenen Kiefer gepreßt. Taumelnd war er aus der Schenke gestürzt, über die Straße ins Gebüsch getorkelt, wo er sich übergeben hatte, als wollte der Magen selbst aus ihm hervordrängen. Einige Zeit später war er in die ungefähre Richtung der Au durch die Obstgärten weitergewankt und schließlich zitternd und würgend im Gras zusammengebrochen und eingeschlafen. Erst in den frühen Morgenstunden war er wieder zur Besinnung gekommen.

»Nun, etwa eine Stunde nach der Komplet. Es wird ungefähr neun Uhr gewesen sein.«

Thomas von Bristol war erst eine Viertelstunde später von seinem Marktstand zum Fluß aufgebrochen. Und eine unbekannte Person hatte ihm aufgelauert, den Dolch in der Hand. Kein Wunder, daß Philip Corviser den Behörden verdächtig erschienen war, denn er hatte alle Ursache gehabt, den Kaufmann zu hassen und Rachegelüste zu hegen. Und er war ungefähr zur gleichen Zeit verschwunden, nachdem er seinen Gefühlen laut genug, so daß alle es hören konnten, Luft gemacht hatte.

Wat stand auf, um sich der Kundschaft zu widmen, die seine beiden Servierjungen überwältigte, und Philip blieb düster brütend zurück, das Kinn in beide Fäuste gestützt. Auf der Straße vor den Klostermauern mußten die meisten Fackeln mittlerweile erloschen, die meisten Marktstände abgebaut, die Händler zur Abreise bereit sein. Eine weitere laue Sommernacht begann, als wollte der Himmel bis zuletzt Handel und Wandel begünstigen und nach einem verlorenen kriegerischen Sommer und einem Winter voller Ungewißheit seinen Segen in die Klosterkasse und die Beutel der Kaufleute lenken. Und die Stadtmauern standen noch immer mit gähnenden Breschen, die Straßen waren noch immer aufgebrochen und zerfahren!

Die Tür der Schenke stand dem warmen, klaren Zwielicht weit offen, und es herrschte ein reges Kommen und Gehen. Kinder schleppten Krüge und Kannen heran, um Bier für ihre Eltern zu holen, Mägde ließen für ihre Herren Wein abfüllen, Taglöhner des Klosters traten ein, um ihren Feierabenddurst zu löschen. Der St. Peters-Jahrmarkt näherte sich seinem erfolgreichen und allseits befriedigenden Abschluß.

Ein junger Bursche mit frischem Gesicht und in einem feinen Lederwams kam herein, auf den Fersen gefolgt von einem kräftigen, gebräunten Mann, der wenigstens fünfzehn Jahre älter war und die gleiche gute Kleidung trug. Es bedurfte eines langen, staunenden Blickes, bis Philip in dem Neuankömmling Turstan Fowler erkannte, nüchtern, manierlich, wohlgelitten bei seinem Herrn und aller Welt. Noch länger dauerte es, bis der Anblick des Mannes ihm von neuem vergegenwärtigte, wie er selbst in seinem Rausch und danach ausgesehen haben mußte, wenn der Unterschied zur Nüchternheit so gewaltig sein konnte. Der Kleinere der beiden Servierjungen bediente sie. Wat war anderweitig beschäftigt, die Schankstube voll. Das Ende des Jahrmarkts brachte immer viel Arbeit für die Gastwirte mit sich. Noch ein Tag, und der Raum würde um die gleiche Stunde leer und dunkel gähnen.

Philip wußte selbst nicht genau, warum er den Kopf abwandte und die Schulter zwischen sich und Ivo Corbières Knechte schob. Er hatte nichts gegen die beiden, aber er wollte nicht erkannt und bemitleidet oder zu seiner Freilassung beglückwünscht werden — oder in irgendeiner Weise, mitfühlend oder nicht, die öffentliche Aufmerksamkeit auf sich gelenkt sehen. Er zog die Schulter hoch, stützte den Kopf halb abgewandt in die Rechte und war froh, daß die Schankstube voller Menschen war, die zum größten Teil von auswärts kamen.

»An Tagen wie diesem geht es drunter und drüber, aber ohne Jahrmarkt wären wir Schankwirte Hungerleider«, bemerkte Wat, als er zu seinem Platz zurückkehrte und sich mit einem Seufzer auf die Bank sinken ließ. »Es wäre mir lieber, wir könnten diese Tage auf den Rest des Jahres verteilen. Die Füße werden nicht jünger, und die letzten drei Tage habe ich insgesamt kaum eine Stunde geschlafen. Wovon hatten wir gesprochen?«

»Ich versuchte den Mann zu beschreiben, der bei der Verhandlung meine Rachedrohungen wiedergab«, erklärte Philip. »Nun, eben ist er hereingekommen und sitzt dort drüben. Der Ältere der beiden, die beisammensitzen, mit den Lederwämsen.«

Wat ließ seinen scharfen Blick in die angedeutete Richtung wandern und musterte Turstan Fowler mit scheinbarer Gleichgültigkeit. »Das ist der Mann?« Er schaute wieder auf Philip. »An den erinnere ich mich gut. Ich vergesse selten das Gesicht eines Mannes, aber ich konnte deinen Worten nicht entnehmen, daß du ihn meintest.«

»An dem Abend kann er nicht ganz so schmuck ausgesehen haben, da er stockbetrunken gewesen sein muß. Zwei Stunden später zogen sie ihn unter einem Schragen hervor.«

»Und den Rausch will er sich hier geholt haben?« Wats Augen verengten sich.

»So sagte er, wenn ich mich recht besinne.«

»Na, dann laß dir etwas Interessantes erzählen, mein Junge ...« Wat beugte sich vertraulich näher. »Ob du mir glaubst oder nicht, er sah an dem Abend nicht viel anders aus als jetzt. Und ich weiß jetzt, in welcher Weise er mit dir und deinen Angelegenheiten zu tun hatte, denn ich erinnere mich an ein paar Kleinigkeiten, über die ich mir vordem nicht den Kopf zerbrochen hätte. Er war an jenem Abend zweimal hier, das heißt, er war einmal auf der Schwelle und ging wieder, bevor er später noch einmal erschien und hereinkam. Er stand in der Tür und blickte umher — eine gute Weile, nachdem du hereingekommen warst. Natürlich dachte ich mir nichts dabei. Ständig schauen irgendwelche Leute herein, um zu sehen, ob sie irgendwelche Bekannten entdecken können. Mir fiel auf, daß er dich nachdenklich beobachtete, was aber nicht verwunderlich war, weil du mächtig randaliertest und lärmtest. Er schaute abschätzend zu dir hin und ging wieder fort. Und als ich ihn wiedersah, das mochte eine halbe Stunde später gewesen sein, kam er herein und kaufte einen Krug Bier und eine gute Flasche starken Genevers. Er setzte sich, trank ruhig sein Bier und sah sich unter den Gästen um — und wird auch dich von Zeit zu Zeit beäugt haben, was wiederum verständlich ist, denn zu der Zeit wurdest du grünlich im Gesicht und verdächtig still. Aber weißt du, wann er austrank und ging, Philip, mein Junge?

Gleich nachdem du zur Tür hinausgestürzt warst. Und die Flasche hatte er unter dem Arm, ungeöffnet. Der und betrunken? Er war stocknüchtern, als er von hier wegging.«

»Aber er nahm den Wacholderschnaps mit«, wandte Philip ein. »Zwei Stunden später war er sternhagelvoll, es gibt mehrere Zeugen, die das beschwören können. Sie mußten ihn auf einer Planke zur Abtei tragen.«

»Und wieviel vom Wacholderschnaps war noch in der Flasche? Wurde davon gesprochen? Wurde die Flasche überhaupt gefunden?«

»Ich hörte nichts davon«, sagte Philip zweifelnd. »Aber ich war im Kerker und wurde nur zum Verhör herausgeholt. Ich weiß nicht, was von anderen erörtert wurde. Bruder Cadfael war dabei, ich könnte ihn fragen. Aber warum?«

Wat legte ihm in freundlicher Herablassung die Hand auf die Schulter. »Junge, es ist leicht zu sehen, daß du über Wein oder Bier nie hinausgekommen bist, und wenn ich dir einen guten Rat geben darf, dann laß die Finger von dem starken Zeug, das ist was für ausgepichte Mägen. Ich sagte, eine große Flasche, und das bedeutet, daß ein halbes Maß Wacholdergeist in dieser Flasche war! Wenn er diese in zwei Stunden ausgetrunken hätte, nach dem Krug Bier, den er hier konsumiert hatte, dann wäre er nicht stockbetrunken gewesen, sondern tot. Oder wenn er mit dem Leben davongekommen wäre, hätte er weder am nächsten Tag davon erzählen können noch am übernächsten. Dieser Bursche war nüchtern wie der Grafschaftsbeamte persönlich, als er hier hinausging, und warum er draußen die Flasche an den Hals setzen und sich um den Verstand trinken sollte, übersteigt mein Begriffsvermögen. Aber anscheinend sagte er in dem Punkt nicht die Wahrheit. Nun, warum gesteht jemand eine Ausschweifung, die er nie begangen hat, und läßt sich zur Strafe in den Kerker werfen?« fragte Wat. »Na, warum wohl, eh? Ich will es dir sagen, mein Junge — um sich aus einer schlimmeren Geschichte herauszuwinden.«

Der ältere Bierjunge, ein sommersprossiger Bursche, der in der Nachbarschaft geboren und aufgewachsen war, kam mit zwei Händen voll leerer Bierkrüge vorbei und hielt inne, um Wat mit einem Ellbogen in die Rippen zu stoßen und ihm etwas zuzuflüstern.

»Weißt du, wen du da hast, Meister?« Eine Kopfbewegung zu den beiden Gästen in den ledernen Wämsern. »Der Junge ist Stallknecht und der Arbeitskamerad von dem, der vor einer Weile einen Bolzen durch den Rücken bekam, als er auf dem Pferd seines Herrn fliehen wollte. Und der andere — Will Wharton hat es mir gerade erzählt, und er war dabei und sah alles! — der andere ist der Armbrustschütze! Hat seinen Mitknecht vom Pferd geschossen und sitzt hier und trinkt gut gelaunt sein Bier! Der Mann hat einen stärkeren Magen als ich, das ist sicher. ›Schieß ihn vom Pferd!‹ sagt der Herr, und er schießt ihn vom Pferd, scharf und kaltblütig. Unsereiner würde denken, daß seine Hand zu sehr gezittert hätte, um das Ziel zu treffen. Aber nein! Genau zwischen die Schultern und durch bis zur Brust, sagt Will. Und der dort ist der Schütze. Sitzt da und trinkt sein Bier wie jeder Christenmensch.«

Beide starrten ihn mit offenem Mund an, dann wandten sie die Köpfe, um Turstan Fowler zu mustern, der bequem hinter seinem Bierkrug saß, die kräftigen Beine unter dem Tisch von sich gestreckt. Es war Philip nicht einmal der Gedanke gekommen, die Frage zu stellen, in wessen Diensten der tote Übeltäter gestanden hatte, und vielleicht hätte Wat den Namen nicht gewußt, wenn er danach gefragt hätte.

»Das ist der Mann? Bist du sicher?« fragte Philip.

»Will Wharton ist sicher, er war dabei, als es geschah, und er half den Getöteten aufzuheben und fortzuschaffen.«

»Turstan Fowler? Ivo Corbières Falkner und Bogenschütze? Und Corbière befahl ihm zu schießen?«

»Den Namen weiß ich nicht, denn Will wußte ihn auch

nicht. Ein adliger Herr und Ritter, der im Kloster zu Gast wohnt. Ein sehr stattlicher, blonder junger Mann, sagt Will. Man kann solch einem Herrn nicht verdenken, daß er einen gerade überführten Mörder und Dieb, der ihm obendrein das Pferd gestohlen und ihn selbst zu Boden gestoßen hatte, als er ihm in den Zügel gefallen war, zur Strecke bringen läßt, und sei es auf offener Straße. Und wenn der Herr befiehlt, tut der Knecht gut daran, auf der Stelle zu gehorchen. Dennoch ist es bitter, vielleicht Monate und Jahre Seite an Seite mit einem Mann zu arbeiten und dann den Befehl zu hören: ›Schieß ihn tot!‹ Und es tun zu müssen!« Der Servierjunge verdrehte die Augen und ging mit seinen leeren Krügen weiter, während Wat und Philip so tief in grüblerische Gedanken versunken zurückblieben, daß keiner von beiden etwas zu sagen hatte.

Aber konnte dies nicht von Bedeutung für ihn sein? Als Philip die Schenke verließ, blickte er kurz zurück und sah Turstan Fowler und den jungen Stallknecht ruhig beim Bier sitzen und mit einem halben Dutzend anderer nüchterner Gäste plaudern. Sie hatten ihn nicht bemerkt oder zumindest nicht erkannt, und keiner von beiden schien von ernsten oder trüben Gedanken bedrückt zu werden. Immerhin war es seltsam, daß dieser Mann in alle widrigen Episoden verstrickt schien, niemals im Mittelpunkt der Ereignisse, doch immer irgendwo in der Nähe.

Was die Angelegenheit der Flasche Wacholderschnaps betraf, welche Schlüsse sollte man daraus ziehen? Der Mann war, als man ihn aufgelesen hatte, zu betrunken gewesen, um zu sprechen. Niemand hatte sich nach seiner Flasche umgesehen, sie mochte liegengeblieben sein, vielleicht noch halb voll, wenn das Zeug so stark war, wie Wat sagte, und irgendein Bettler oder Herumtreiber mochte sie aufgelesen und sich zu seinem Glück gratuliert haben. Es gab ein Dutzend Möglichkeiten, die Umstände zu erklären. Und doch blieb es seltsam. Warum sagte Fowler, er wäre betrunken gewesen, als er Wat's Schenke verlassen hatte?

In Wahrheit mußte er stocknüchtern gewesen sein. Und warum war er so kurz nach Philips unrühmlichem Abgang aufgebrochen? Es konnte Zufall sein. Eins mußte man Wat immerhin lassen — er war ein guter Beobachter.

Die winzigen Ungereimtheiten staken wie Widerhaken in Philips Bewußtsein. Es war viel zu spät, um an diesem Abend noch irgend jemanden zu stören. Die Komplet war längst zu Ende, die Mönche und ihre Gäste und Diener würden alle in ihren Betten liegen und sich zum Schlafengehen anschicken, ausgenommen vielleicht die paar Laienverwalter, die ihre mit dem Jahrmarkt zusammenhängenden Aufgaben beinahe beendet hatten und den Anlaß möglicherweise mit einem bescheidenen Umtrunk feierten. Überdies würden seine Eltern beunruhigt sein und sich über ihn ärgern, da er sich den ganzen Tag herumgetrieben hatte. Zu Hause erwarteten ihn bittere Vorwürfe und zornige Forderungen, seine Abwesenheit zu erklären. Je länger er noch säumte, desto heftiger würde das Unwetter sein, das sich über seinem Kopf entladen sollte.

Trotzdem ging er zur Landstraße, überquerte sie und suchte das Gebüsch auf, das er an jenem Abend unter viel unerfreulicheren Umständen aufgesucht hatte, und fand noch getrocknete Reste seines Erbrochenen im niedergetrampelten Gras. Dann zurück zum Fluß, abseits der Straße, und dort war die geschützte Mulde, wo er das Schlimmste seiner Ausschweifungen verschlafen hatte, bevor er sich mit steifen Gliedern aufgerappelt hatte und zur Stadt zurückgewankt war. Mond und Sterne verbreiteten Licht genug, so daß er seinen Weg und das niedergedrückte Gras sehen konnte.

Aber nein, dies war nicht die Stelle! Hier gab es eine Wegspur, einen Pfad, und Philip war sicherlich viel tiefer in den Büschen und Bäumen flußabwärts gewesen, um sich vor aller Welt zu verbergen. Dieser Teil der Au glich mit seinen Wiesenstücken, den Baumgruppen, Büschen und Obstbaumpflanzungen sehr dem anderen, aber es war nicht dieselbe Stelle. Immerhin hatte jemand hier gelegen, und nicht gerade ruhig. Allem Anschein nach hatten mehr als ein Paar Füße das Gras zerstampft und den weichen Boden aufgerissen. Ein Liebespaar, das sich einer der traditionellen Vergnügungen des Jahrmarkts hingegeben hatte? Oder ein Zweikampf? Nein, ein Kampf schwerlich, obwohl offenbar irgend etwas hangabwärts zum Fluß gezogen worden war, der silbrig zwischen den Bäumen schimmerte. Philip sah zwischen den ausgebreiteten Wurzeln der Birke, an der er lehnte, einen Flecken bloßer Erde, trocken und hell wie Lehm, und dieser Flecken war bestreut mit Rindenstücken. Das größte dieser Stücke zeigte sich eigentümlich dunkel statt silbrigweiß wie die anderen. Er bückte sich und hob es auf, und als seine Fingerspitzen die schwärzlich verkrustete Oberfläche berührten, schauderte ihn. Wenn er bei Tageslicht suchte, mochte er leicht auf andere derartige Spuren stoßen.

Auf der Suche nach dem Ort seiner eigenen Erniedrigung hatte er etwas ganz anderes gefunden, die Stelle, wo Meister Thomas von Bristol überfallen und getötet worden war. Und hinterher war sein Körper von der steilen Uferböschung in den Fluß geworfen worden.

Nach dem Jahrmarkt

1.

Am nächsten Morgen kam Bruder Cadfael nach der Prime aus der Kirche und bemerkte Philip Corviser auf dem Hof, wo er mit allen Zeichen innerer Unruhe von einem Bein aufs andere trat, als würde der Boden unter seinen Füßen brennen. Und sein Gesichtsausdruck war so grimmig und verkniffen, daß an der Dringlichkeit dessen, was er mitzuteilen hatte, kaum ein Zweifel bestehen konnte. Sowie er Cadfael erblickte, kam er herbeigeeilt und legte ihm die Hand auf den Arm.

»Könnt Ihr mit mir zu Hugh Beringar gehen, Bruder Cadfael? Ihr kennt ihn gut, er wird auf Euch hören, wenn Ihr für mich sprecht. Ich wußte nicht, ob er so früh schon aufsteht, also wartete ich auf Euch. Ich glaube, ich habe die Stelle gefunden, wo Meister Thomas ermordet wurde.«

Bruder Cadfael, der stehenblieb und überrascht zwinkerte, fand diese Eröffnung im ersten Augenblick ganz unerheblich, so jählings drängte sie sich in seine auf friedfertige Dinge gerichteten Gedanken. »Was hast du getan?«

»Es ist wahr, ich schwöre es! Gestern abend war es so spät, daß ich niemanden damit behelligen konnte, und bei Tageslicht bin ich noch nicht dort gewesen ... Aber jemand blutete dort, und jemand wurde zum Wasser hinuntergeschleift.«

Cadfael erholte sich von seiner Verblüffung. »Komm mit. Wir gehen zusammen.« Und gefolgt von Philip, dessen lange Beine mühelos mit ihm Schritt hielten, marschierte er eilig über den Hof zum Gästehaus. »Wenn du recht hast ... Er wird wollen, daß du ihm die Stelle zeigst. Kannst du sie mit Sicherheit wiederfinden?«

»Das kann ich, Ihr werdet es sehen.«

Auf sein Klopfen kam Beringar gähnend heraus, noch nicht vollständig angekleidet, aber wach und schon rasiert. »Sprich leise«, sagte er, den Finger an die Lippen gelegt, und schloß behutsam die Tür zu seinen Räumen hinter sich. »Die Frauen schlafen noch. Nun, was gibt es? Der junge Mann kommt zu früher Stunde, aber ich weise keinen ab, der mich mit Bruder Cadfaels Billigung aufsucht.«

Philip berichtete nun, was notwendig war. Seine persönlichen Probleme zu erklären, schob er für später auf. Jetzt war ihm nur die Wiese am Waldrand wichtig, jenseits der Obstgärten.

»Gestern abend folgte ich meiner eigenen Fährte, verfehlte aber den Weg, den ich zum Fluß genommen hatte. Ein Pfad führte mich zum Rand einer Wiesenlichtung zwischen den Obstgärten und Waldstücken zu einer Stelle — ich kann sie wiederfinden —, wo irgendein schwerer Gegenstand gelegen und das Gras niedergedrückt hatte. Und von dort führte eine Schleifspur zum Fluß hinunter. Das Gras ist zertrampelt, wo er lag, und in der Schleifspur hangabwärts zum Wasser gekämmt. Obwohl seither drei Tage vergangen sind, hat es sich noch nicht wieder aufgerichet. Ich glaube, dort finden sich auch Blutspuren.«

»Der Kaufmann aus Bristol?« fragte Beringar.

»Das denke ich. Das Tageslicht könnte Gewißheit bringen.«

Beringar ging hinein, um sich fertig anzukleiden, leerte hastig sein Morgenbier und schlang den bereits angebrochenen Haferkuchen hinunter. Als er wieder zum Vorschein kam, den Kittel über dem Arm, bürstete er sich noch die schwarzen Haare. »Du hast zu Hause geschlafen, Junge? In der Stadt? Und bist zu mir gekommen, statt zur Burg hinaufzugehen? Nun, das schadet nichts, wir sind dem Schauplatz näher als der Grafschaftsbeamte. Es wird Zeit sparen, und zu dieser frühen Stunde läßt er sich ohnehin ungern stören.«

Er hatte darauf verzichtet, Wehrgehänge und Schwert

anzulegen. Als er sich mit ihnen zum Gehen wandte, griff er in seinen Kittel. »Cadfael, du wirst dein Frühstück versäumen, nimm diese Haferkuchen und trink etwas, solange du kannst.«

»Keine Eskorte?« fragte Cadfael.

»Wozu? Unsere Augen sind alles, was wir hier benötigen, und je weniger Füße an Ort und Stelle im Gras herumstampfen, desto besser. Komm, bevor Aline erwacht, sie hat ein Gehör wie ein Vogel, und ich möchte, daß sie noch ruht. Also, Philip, geh voran! Und führe uns den kürzesten Weg.«

Aline Beringar, der es nichts Neues war, daß ihr Mann eilig und still das Haus verließ, saß mit Emma beim Frühstück, als Ivo Corbière kam und um Einlaß bat. Wie stets auf die Einhaltung der Formen bedacht, fragte er nach Hugh.

»Aber da mein Mann bereits in amtlichen Angelegenheiten unterwegs ist«, meinte Aline erheitert, »und da er Euch sicher sehen möchte, können wir ihn einlassen, nicht wahr? Ich bin überzeugt, daß Herr Corbière nicht abreisen würde, ohne Euch noch einmal seine Aufwartung zu machen. Wahrscheinlich hat er seinen Verstand angestrengt, um eine Möglichkeit zu finden, wie er sicherstellen kann, daß es nicht das letzte Mal sein wird. Gestern abend war er kaum in seiner besten Verfassung — kein Wunder, nach solch einem Schreck und den Prellungen seines Sturzes.«

Emma sagte nichts, aber eine leise Röte überhauchte ihr Gesicht. Sie war mit dem Gefühl aufgestanden, in ein gänzlich neues Leben einzutreten, das mehr von ihren eigenen Entschlüssen bestimmt sein würde, als dies je zuvor der Fall gewesen war. Um diese Stunde mußte Meister Thomas' Barke bereits ein gutes Stück den Severn hinuntergefahren sein, in Richtung Heimat. Sie war der Notwendigkeit enthoben, Roger Dods lästigen Aufmerksamkeiten auszuweichen, und befreit von dem Schuldgefühl, daß sie ihm durch ihre Furcht und ihr Mißtrauen gegenüber seinen Absichten wahrscheinlich bitter unrecht getan hatte. Ihre Habseligkeiten waren ordentlich verpackt in zwei Satteltaschen, die sie auf dem Jahrmarkt gekauft hatte, und sie war reisefertig. Was immer nun aus ihr werden sollte, sie hatte beschlossen, das Kloster heute zu verlassen. Wenn sich keine Reisegesellschaft nach Süden fand, wollte sie mit Aline reisen und bei den Beringars bleiben, bis Hugh geeignete Vorkehrungen für ihre Heimkehr treffen konnte. Für den Fall, daß keine vertrauenswürdige Reisegesellschaft gefunden werden könnte, hatte er ihr sein sicheres Geleit nach Bristol versprochen.

Die Unruhe des Aufbruchs lag über dem Hof vor den Stallungen, und die Hälfte der Räume im Gästehaus stand bereits leer. Zweifellos waren Turstan Fowler und der junge Stallknecht seit geraumer Zeit dabei, Einkäufe und Habe ihres Herrn zusammenzupacken und den dunklen Fuchs zu satteln, der von einem beherzten Botenjungen eingefangen und zum Kloster zurückgebracht worden war, eine Tat, die Corbière großzügig belohnt hatte. Und neben ihren eigenen zottigen Pferden hatten sie ein drittes, das sie am Leitseil führen mußten.

Ein Frösteln überlief Emma, als sie sich an den Reiter des dritten Pferdes erinnerte, an seine Tat und sein Schicksal. Solch ein jäher Tod erschreckte sie. Aber der Mann war ein Mörder gewesen und hatte nicht gezögert, seinen eigenen Herrn niederzureiten, als er sich überführt gesehen hatte. Es war unvernünftig, Ivo für die Geschehnisse verantwortlich zu machen, selbst wenn er seinen Befehl nicht in verständlicher Wut über den Mißbrauch seiner Protektion und den Angriff auf seine Person gegeben hätte. Emma hatte es sogar als rührend empfunden, wie vehement Ivo am Abend zuvor sein Handeln verteidigt und damit die eigenen Zweifel und sogar sein Bedauern verraten hatte. Wortreich hatte sie ihn getröstet und aufgerichtet. Welch eine schrecklich drückende Last mußte es sein, dachte sie, die Macht über Leben und Tod von Mitmenschen zu besitzen, mochten sie auch Leibeigene sein und sich irgendwelchen Verbrechen schuldig gemacht haben.

Wenn Ivo am vergangenen Abend etwas von seiner gewohnten Zuversicht und inneren Ausgeglichenheit hatte vermissen lassen, so hatte er an diesem Morgen beides zurückgewonnen. Er war wie immer makellos gepflegt, und die einfache Reisekleidung gewann durch seine bewundernswerte Gestalt eine selbstverständliche Eleganz. Es war ein schmerzlicher Anblick gewesen, wie er in den Staub geschleudert worden war und sich hinkend und gedemütigt unter den Blicken eines Dutzend oder mehr Augenzeugen aufgerappelt hatte. An diesem Morgen hatte er große Sorgfalt auf sein Äußeres gewendet und trug selbst die heilenden Schürfungen an seiner linken Wange wie eine Zierde. Doch als er eintrat, sah Emma, daß er von seinem Sturz noch hinkte.

»Ich bedaure, Euren Gemahl nicht angetroffen zu haben«, begann er. »Man sagte mir, er wäre bereits ausgegangen. Ich hatte einen Plan, den ich ihm vortragen wollte. Darf ich ihn statt dessen Euch erklären?«

»Ich bin sehr neugierig darauf«, erwiderte Aline lächelnd.

»Emma hat ein Problem, und ich weiß eine Lösung. Ich habe darüber nachgedacht, seit Ihr mir vor zwei Tagen sagtet, Emma, daß Ihr nicht mit der Barke nach Bristol zurückkehren würdet, sondern ein sicheres Geleit nach Süden suchen müßtet. Natürlich habe ich keinerlei Recht, irgendwelche Ansprüche geltend zu machen, doch wenn Euer Freund Beringar Euch meinem Schutz anvertrauen möchte ... Ihr werdet so rasch wie möglich heimkehren müssen, denke ich.«

»So ist es«, bestätigte Emma, während sie ihn in verwunderter Erwartung ansah. »Es gibt so viele Dinge, um die ich mich zu Hause kümmern muß.«

Ivo wandte sich an Aline. »Ich habe eine Schwester in Stanton Cobbold, die entschlossen ist, den Schleier zu nehmen, und der Konvent ihrer Wahl hat geruht, sie aufzunehmen. Das Glück will es, daß sie in ein Benediktinerinnenkloster einzutreten wünscht, und zwar in die Priorei in Minchinbarrow, einige Meilen jenseits von Bristol. Sie wartet auf mich, damit ich sie dorthin begleite, und um die Wahrheit zu sagen, habe ich die Reise schon mehrmals aufgeschoben, um ihr Zeit zu geben, die Meinung zu ändern, doch läßt sie von ihrem Vorhaben nicht ab. Ich bin jetzt überzeugt, daß es ihr fester Wille ist. Nun, wenn Ihr Emma meiner Obhut anvertrauen wollt, was Ihr in guter Zuversicht tun könnt, weil es mir ein Vergnügen sein wird, ihr zu dienen, dann sehe ich kein Hindernis, warum sie und Isabell nicht sehr bequem zusammen reisen sollten. Ich habe genug Bedienstete, um eine sichere Eskorte zu stellen, und natürlich würde ich selbst sie begleiten. Das ist der Plan, den ich Eurem Gemahl vortragen wollte, und ich hoffte, er würde zustimmen. Es ist jammerschade, daß er nicht hier ist ...«

»Es hört sich vortrefflich an«, meinte Aline erfreut, »und ich bin mir gewiß, daß Hugh nur zu gern bereit wäre, Emma Eurer Obhut anzuvertrauen. Aber sollten wir nicht Emma selbst fragen, was sie zu sagen hat?«

Emmas gerötetes Gesicht und ihr strahlendes Lächeln sprachen für sich selbst. »Ich denke — es würde für mich die bestmögliche Lösung sein«, sagte sie ein wenig stokkend, »und ich bin Euch sehr dankbar. Aber ich muß wirklich so bald wie möglich reisen, und Eure Schwester — Ihr sagtet, Ihr wolltet ihr Zeit lassen, damit sie sich über ihre Berufung klar werden könne ...«

Ivo lächelte ein wenig kläglich. »Wie ich sagte, habe ich den Punkt erreicht, wo ich die Hoffnung aufgebe, sie zum Verbleib im weltlichen Leben zu überreden. Fürchtet nicht, daß Ihr Isabell zum Handeln zwingen könntet, denn seit sie Nachricht hat, daß der Konvent sie aufnehmen will, drängt sie mich zur Eile. Und wenn sie sich wirklich dem geistlichen Leben widmen möchte, wer bin ich, sie daran zu hindern? Sie hat alles bereit, es wird ihr ein Vergnügen sein, wenn ich heimkomme und sage, wir können morgen aufbrechen. Wenn Ihr bereit seid, Euch für die wenigen Meilen nach Stanton Cobbold allein mir anzuvertrauen und heute abend unter unserem Dach zu schlafen, so können wir am nächsten Morgen aufbrechen. Wir werden Euch Pferd und Sattel zur Verfügung stellen, wenn Ihr reiten möchtet, oder eine Sänfte für zwei Personen, wenn Ihr beliebt.«

»Oh, ich kann reiten«, entgegnete sie lächelnd. »Es wäre mir eine Freude.«

»Wir würden versuchen, Euch die Reise so angenehm wie möglich zu machen. Wenn«, sagte Ivo und richtete seinen Blick beinahe schüchtern auf Aline, »wenn ich Eure und Eures Gemahls Zustimmung gewinnen kann. Ohne diese würde ich nichts beginnen. Doch da dies eine Reise ist, die ich früher oder später übernehmen muß, und Isabells Devise ›je früher, desto besser‹ lautet, könnte man den Vorteil nutzen und zugleich Emmas Erfordernissen dienen.«

»Sicherlich würde es alles auf die glücklichste Weise lösen«, pflichtete ihm Aline bei. Und es gibt keinen Zweifel daran, dachte Emma, die ihren eigenen teuren Wunsch mit der tugendhaften Überzeugung verbrämte, daß Aline erleichtert und glücklich wäre, wenn Hugh eine Reise erspart bliebe, die ihn mehrere Tage von ihr fernhalten würde. »Emma weiß«, sagte Aline, »daß sie sich nach ihrem Gutdünken entscheiden kann, denn sowohl Ihr als auch wir sind gleichermaßen bereit, ihr zu helfen. Was meine Ansicht betrifft — natürlich stimme ich Eurem Plan zu, und ebenso würde ihn, des bin ich sicher, Hugh befürworten.«

»Ich wünschte, er würde erscheinen«, erwiderte Ivo, »da ich glücklicher wäre, wenn ich seinen Segen hätte. Aber wenn wir die Reise antreten wollen, sollten wir gleich aufbrechen, denke ich. Ich sagte schon, daß Isabell rasch reisefertig sein wird, da sie in den Konvent ohnehin nur wenige persönliche Dinge mitnehmen wird. Doch es mag notwendig sein, daß wir die Länge des Tages nutzen.«

Emma schwankte zwischen ihrem Verlangen und dem Bedauern, abzureisen, ohne von Hugh Beringar in geziemender Dankbarkeit Abschied zu nehmen. Doch war es ein Gewinn für ihn, ein großer Vorteil, der Verantwortung ledig zu sein, die er auf sich genommen hatte, und sie, wie die Dinge lagen, ruhigen Gewissens abgeben zu können. »Aline, Ihr seid mir zum Inbegriff von Güte und Freundlichkeit geworden, und ich verlasse Euch mit Bedauern. Doch ist es in Zeiten wie dieser besser, sich eine zusätzliche Reise zu ersparen, und Euer Gemahl ist um meinetwillen bereits so stark belastet worden. Ihr habt in diesen Tagen so wenig von ihm zu sehen bekommen ... ich würde gern mit Ritter Corbière reisen, wenn Ihr mir Euren Segen geben wollt. Gleichwohl ist es mir verhaßt, die Reise anzutreten, ohne Herrn Beringar geziemend zu danken ...«

»Sorgt Euch nicht um Hugh, liebes Mädchen, er wird sicherlich denken, daß Euer Entschluß, ein so freundliches und günstiges Angebot zu nutzen, weise war. Ich werde ihm alle liebreizenden Dankesbezeigungen ausrichten, die Ihr Euch ausdenken könnt. Ist er einmal fort, so weiß ich nie, wann er zurückkommen wird, und ich fürchte, Ritter Corbière hat recht, wenn er meint, es gelte den Tag zu nutzen. Und sei es nur, damit Isabell Zeit gewinnt, ihre Vorbereitungen zu treffen. Es ist ein großer Schritt, den sie tun möchte.«

»Das sagte ich ihr auch«, erwiderte er, »aber meine Schwester hat die Kühnheit und Freiheit des Geistes, die große Schritte erlaubt. Es wird Euch nichts ausmachen, Emma, die wenigen Meilen, die wir heute zurückzulegen haben, auf dem Sattelkissen hinter mir zu reiten? Daheim werden wir Pferd und Sattel und alles Notwendige für Euch finden.«

»Wahrhaftig!« Aline betrachtete die beiden mit einem feinen Lächeln. »Ich beginne neidisch zu werden!«

Er schickte den jungen Stallknecht, ihre Satteltaschen zu holen, deren leichtes Gewicht zusammen mit den Ballen der Einkäufe, die Corbière auf dem Jahrmarkt getätigt hatte, dem Beipferd aufgeladen wurde. Emmas Umhang, den sie an einem so schönen warmen Tag nicht benötigen würde, fand zusammengelegt einen Platz bei den Satteltaschen. Es war wie der Aufbruch in eine neue Welt, die sonnendurchflutet und einladend, aber beängstigend groß wirkte. Gewiß hatte sie ernste Verpflichtungen, die sie in Bristol erwarteten, und nicht zuletzt einen Fehlschlag zu beichten. Aber bei alledem war ihr zumute, als hätte sie die Vergangenheit bereits abgeschüttelt und könnte sich darüber freuen, da es ihr erlaubte, unbelastet und unbewacht in diese unbekannte Welt einzutreten, wahrhaft ihre eigene Herrin.

Aline küßte sie zärtlich und wünschte ihnen beiden eine glückliche Reise. Emma warf bis zum letzten Moment immer wieder Blicke zum Torhaus, falls Hugh Beringar doch noch erscheinen sollte, aber er kam nicht. Sie mußte Aline ihre Abschiedsbotschaft hinterlassen. Ivo saß zuerst auf, da der Fuchs, wie er sagte, in bockiger Stimmung und geneigt wäre, Streiche zu spielen. Dann wandte er sich um und reichte ihr eine ruhige, fest zugreifende Hand, während Turstan Fowler sie mühelos auf das Sattelkissen hob.

»Selbst mit uns beiden im Sattel«, sagte Ivo lächelnd über die Schulter, »kann dieser Schwerenöter temperamentvoll sein, wenn er ausgeruht ist. Haltet Euch zur Sicherheit an mir fest und umfaßt meinen Gürtel — so, das ist gut!« Er grüßte Aline sehr anmutig und höflich vom Pferd herab. »Ich werde sorgen, daß sie Bristol sicher erreicht, das verspreche ich!«

Er ritt in Hemdsärmeln zum Torhaus hinaus, genauso, wie er hereingeritten war, seine Männer, jetzt nur noch zwei, im Gefolge, und das Tragtier zufrieden unter seiner leichten Last. Emmas Arme reichten mit Leichtigkeit um seine schmale Taille, und sein schlanker, kräftiger Körper fühlte sich durch den feinen Leinenstoff warm und muskulös an. Als sie auf die Landstraße hinauskamen, die sich rasch zu leeren begann, legte er die linke Hand über ihre ineinander verschränkten Hände und drückte sie fest gegen seinen flachen Leib. Und obwohl sie wußte, daß er sich bloß ihres festen Haltes vergewisserte, konnte sie nicht umhin, die Berührung auch als eine Liebkosung zu empfinden.

Sie hatte über Alines romantische Fantasien gelacht, den Kopf geschüttelt und sich geweigert, an eine Verbindung zwischen begütertem Adel und bürgerlichem Handel zu glauben, soweit sie über Geschäfte zum beiderseitigen Gewinn hinausging. Nun war sie nicht so sicher, daß alle Weisheit bei den Skeptikern lag.

Die Mulde, wo der große, schwere Leichnam gelegen hatte, zeigte noch immer die ungefähren Abmessungen von Meister Thomas' Körper, und ringsherum war das Ganze zertrampelt, als wäre jemand, oder vielleicht mehr als einer, mehrere Male um den Toten herumgegangen. Und so mußte es gewesen sein, denn hier hatten sie ihn anläßlich der ersten fruchtlosen Durchsuchung entkleidet und gefilzt. Aus der Mulde heraus und hinab zur steilen Uferböschung führte die Fährte, die der geschleifte Leichnam zurückgelassen hatte, und das Gras, außerhalb des Schattens länger als in der Mulde, lag durchweg in einer Richtung.

Auch gab es keinen Zweifel im Hinblick auf die Blutspuren, so spärlich sie waren. Das Stück Birkenrinde unter dem Baum zeigte eine dünne, schwärzlich getrocknete Kruste. Eine sorgfältige Suche erbrachte zwei oder drei weitere Stellen und eine dünne, verschmierte Spur, die sich hangabwärts durch das Gras zog, wo man den Toten anscheinend auf den Rücken gewälzt hatte, um ihn leichter zum Wasser hinabzuschleifen.

»Hier ist es tief«, sagte Hugh, als sie zusammen auf der Uferböschung standen. »Der Fluß hat das Ufer unterspült, und die Strömung muß ihn aus der Flußschleife hinaus und weiter getragen haben. Ich stelle mir vor, daß die Kleider gleich hinterhergeworfen wurden, die restlichen Sachen werden noch irgendwo im Flußbett sein, wo sie sich verfangen haben. Ein Mann könnte alles getan haben. Wären es zwei gewesen, so hätten sie ihn getragen.«

»Würdest du sagen«, fragte Cadfael, »daß dies ein Pfad

ist, den er vernünftigerweise genommen haben konnte, um zu seiner Barke zu kommen? Er wußte, daß sein Boot ein Stück flußabwärts von der Brücke lag, also mag er auf gut Glück eine Abkürzung gesucht haben und dabei ein wenig zu weit abgekommen sein. Du siehst das Ende des Anlegesteges, wo die Barke festgemacht war. Es ist nur ein kleines Stück stromauf von dieser Stelle. Glaubst du, daß er allein und ahnungslos war, als er überfallen wurde?«

Hugh hatte die Mulde eingehend in Augenschein genommen. Sie war nicht der Schauplatz eines Kampfes gewesen. Nun betrachtete er wieder die Stelle, wo der Körper gefallen und liegengeblieben war, und die Trampelspuren der Füße ringsherum. Wäre es zu einem Kampf gekommen, so hätten sich im Gras Gleitspuren der Füße und kleine Stellen aufgerissenen Erdreichs gefunden.

»Ja. Es gab keinen Widerstand. Jemand kam von rückwärts und stach ihn ohne ein Wort bedenkenlos nieder. Er stürzte vornüber und blieb liegen. Er war auf dem Rückweg, hatte einen Abkürzungspfad gesucht und kam ein wenig flußabwärts von der Stelle heraus, die er angesteuert hatte. Jemand hatte ihn beobachtet und war ihm nachgegangen.«

»In derselben Nacht«, warf Philip ein, »scheint jemand mich beobachtet und mir nachgegangen zu sein.«

Beide wandten die Köpfe und musterten ihn mit wachem Interesse. »Derselbe Jemand?« überlegte Cadfael.

»Ich habe noch nicht berichtet, wie es mir erging. Es fiel mir erst wieder ein, als ich auf diese Stelle stieß und erriet, was hier geschehen sein mußte. Ich hatte mir vorgenommen, genau zu ergründen, was ich an jenem Abend tat, um zu beweisen, daß ich nicht der Mörder bin. Beim Nachdenken erkannte ich, daß derjenige, der diesen Mord beabsichtigte, mich von Anfang an im Auge behalten hatte. Ich kam von diesem Aufruhr am Landungsplatz, mein Kopf blutete, und ich war in der rechten Stimmung, diesem Händler den Hals umzudrehen. So muß ich für den wahren Mörder ein Geschenk des Himmels gewesen sein, da ich besser als sonst jemand geeignet war, den Verdacht auf mich zu lenken. Er brauchte nur dafür zu sorgen, daß ich außer Sicht und von Sinnen war, als der Mord verübt wurde.« Er erzählte ihnen alles, was er festgestellt hatte. Als er fertig war, musterten sie ihn beide nachdenklich.

»Dieser Fowler?« fragte Hugh. »Bist du dessen gewiß, Junge?«

»Walter Renold ist seiner Sache gewiß, und ich halte ihn für einen guten Zeugen. Der Mann war in der Schenke, als wir sprachen, ich zeigte ihn Wat, und er sagte mir, was er an dem betreffenden Abend beobachtet hatte. Fowler schaute herein, sah und hörte, in welchem Zustand ich war, und ging wieder fort, auf ungefähr eine halbe Stunde, meint Wat. Dann kam er zurück, bestellte eine Maß Bier und kaufte dazu eine große Flasche Genever.«

»Und er ging mit der ungeöffneten Flasche«, sagte Bruder Cadfael, »kurz nachdem du dich aus der Schenke hinaus und in die Büsche schlepptest. Keine Ursache, deswegen jetzt zu erröten. Wir alle haben einmal oder zweimal in unserem Leben ähnliche Dummheiten begangen, und viele von uns haben dich darin noch übertroffen. Und als er wieder in Erscheinung trat«, fuhr er fort, zu Hugh Beringar gewandt, »war es zwei Stunden später, und wir entdeckten ihn sternhagelvoll unter einem Stapel von Schragen und Planken vorn bei der Klostermauer.«

»Und Wat schwört, er sei nüchtern wie ein Bischof gewesen, als er die Schenke verließ.«

»Ich würde auf Wats Urteil schwören«, erklärte Philip. »Wenn jemand diese Flasche in zwei Stunden leer tränke, meint er, würde der Betreffende sterben, oder doch beinahe. Und Fowler sagte am nächsten Tag vor Gericht aus, und man soll ihm nicht allzuviel angemerkt haben.«

Beringar schüttelte den Kopf. »Großer Gott, ich beugte mich über ihn, ich zog ihm den Umhang von den Schultern. Der Bursche stank nach Fusel. Sein Atem hätte einen Ochsen umgeworfen. Aber dafür hätte eine halbe Flasche gereicht. Vielleicht trank er sie nicht leer?«

»Oder machte der Fuselgeruch sich etwa erst bemerkbar, als du den Umhang zurückzogst?« fragte Cadfael. »Könnte es so sein, daß dieser Wacholderschnaps für sein Äußeres, nicht sein Inneres gekauft wurde?«

»Eine teure Grille«, entgegnete Hugh, »bedenkt man den Preis solcher Destillate. Freilich billig genug, wenn er sich damit von einem Verdacht reinwaschen konnte, der ihm ein gutes Stück teurer käme. Was sagte ich noch, als wir ihn fanden? Nach seinem Aussehen zu urteilen, müßte er bereits ein paar Stunden da gelegen haben. Und wohin ging er von dem Platz, wo wir ihn fanden? In einen Karzer des Klosters, wo er unter sicherem Verschluß die Nacht verbrachte. Wie konnte er sich einer Tat schuldig gemacht haben, die über einen unerlaubten Rausch hinausging? Kinder und Betrunkene sind die einzigen Unschuldigen auf der Welt! Wenn in jener Nacht eine Mordtat geschah, wer würde nach einem Mann Ausschau halten, der sich von der Zeit, wo Meister Thomas zuletzt lebendig gesehen wurde, bis zu dem Moment, als sein Leichnam nach Shrewsbury gebracht wurde, durch besinnungslose Trunkenheit von allem Geschehen absonderte?«

Cadfaels Überlegungen waren noch weitergegangen, aber er tappte noch im dunkeln. »Ich habe gute Lust, Hugh, noch einmal dort nachzusehen, wo wir den Kerl auflasen, wenn sich die Stelle wiederfinden läßt. Ein ordentlicher Trunkenbold sollte die Flasche neben sich liegen haben. Aber ich erinnere mich an keine Flasche. Wenn wir sie übersehen haben und irgendein Landstreicher sie bei Nacht fand, noch halb oder mehr als halb voll, schön und gut. Aber wenn sie womöglich versteckt wurde — so daß alle Fragen über die Menge des Getrunkenen und seine Folgen für den Trinker sich erübrigten —, würde das die Handlungsweise eines gewöhnlichen Trunkenbolds sein? Er würde nicht so nach Fusel stinkend über den Jahrmarkt gehen, wie er es tat. Seine Taufe muß dort stattgefunden haben, wo wir ihn entdeckten. Und dort sollte auch seine Flasche sein.«

»Und wenn er an jenem Abend weder gewöhnlich noch ein Trunkenbold war, Cadfael, was liest du aus seinem Kommen und Gehen? Er steckte den Kopf in die Taverne, nahm vom Zustand dieses Burschen Notiz, hörte sich seine Drohungen an und ging fort — wohin?«

»Vielleicht bis zu Meister Thomas' Marktstand, um sich zu vergewissern, daß der Händler dort bei seinen Waren war und wahrscheinlich noch eine Weile beschäftigt sein würde? Und dann zurück zur Taverne, um Philip im Auge zu behalten, der einen so willkommenen Sündenbock abgab und so offensichtlich auf dem Wege war, den Abend blind und taub zu beenden. Und hinterher — wenn er ihm weit genug gefolgt wäre, um gewiß zu sein, daß er für die Welt verloren war — zurück zu Meister Thomas und ihm nach, als er zur Barke heimging.«

»Das sind alles Mutmaßungen«, meinte Hugh.

»So ist es. Aber liest man die Geschichte so, ergibt sie einen Sinn.«

»Dann ging er mit seiner Flasche Wacholderschnaps zurück, um ungesehen in einen stillen Winkel zu schlüpfen und der elende Trunkenbold zu werden, den wir fanden. Wie lange würde es dauern, den Mann zu töten, ihn zu durchsuchen und der Kleider zu berauben — vergeblich, wie es scheint — und ihn zum Fluß hinabzuschleifen?«

»Die Zeit mitgerechnet, die er damit verbrachte, ihm ungesehen zu folgen und nach der Tat unbemerkt zum Jahrmarktsplatz zurückzukehren — mehr als eine Stunde von jenen zweien, die zwischen Nüchternheit und Trunkenheit lagen. Nein«, sagte Cadfael düster, »ich glaube nicht, daß er einen Teil dieser Zeit mit Trinken verbracht hat.«

»War er es auch, der an Bord der Barke ging? Aber nein, das konnte er nicht, er war zur Zeugenvernehmung in der Burg. Was den Kaufmann Euan von Shotwick betrifft, so kennen wir seinen Mörder bereits.«

»Wir kennen einen von ihnen«, erwiderte Cadfael. »Kann eine dieser Angelegenheit von den anderen getrennt werden? Ich glaube nicht. Dies ist alles eins.«

»Begreifst du«, fragte Hugh nach angestrengter Überlegung, »was wir damit sagen? Hier sind diese zwei Männer, einer ein überführter Mörder, der andere verdächtig. Und gestern schoß der eine den anderen aus dem Sattel. Kaltblütig, mit einem Meisterschuß ... Bevor wir weiterreden«, fügte Hugh mit einem letzten Blick über die Lichtung hinzu, »wollen wir tun, was du vorgeschlagen hast, und uns noch einmal die Stelle ansehen, wo wir ihn fanden.«

2.

Philip, der nun zuhören und schweigen lernte, folgte ihnen durch die Obstgärten und Hecken der Au zurück zur Landstraße. Keiner der beiden fand an seiner Beharrlichkeit etwas auszusetzen. Er hatte seinen Platz verdient und war auch nicht gewillt, sich heimschicken zu lassen. Alle größeren Boote waren bereits von der Anlegestelle verschwunden. Bald würden die Klosterknechte mit dem Abbau der Planken und Pfosten beginnen und sie bis zum nächsten Jahr in den Lagerhäusern der Abtei verstauen. Entlang der Straße vor dem Kloster wurden Marktstände abgebaut und die Einzelteile zum Abtransport gestapelt, während zwei Ochsenkarren der Abtei vom Pferdemarkt zum Torhaus rollten.

»Es war mehr als auf halbem Weg, erinnere ich mich«, sagte Hugh, »und ein Stück abseits der Straße. Dort gab es wenig Lichter, denn die Marktstände waren für die umliegende Landbevölkerung bestimmt, die nur tagsüber zum Markt hereinkam. Irgendwo auf dieser Strecke.«

Sie hatten Fowler unter gestapelten Schragen und Planen aus Segeltuch gefunden, die dort für den Gebrauch am kommenden Tag gelagert hatten. Diesen Morgen waren auch Stapel von Schragen und Planken zum Abtransport bereitgestellt. Sie untersuchten den gesamten Umkreis der vermuteten Stelle, sie selbst aber war unmöglich genau auszumachen. Einer der Karren hatte ein kleines

Stück entfernt haltgemacht, und zwei Klosterknechte hoben die gestapelten Planken hinauf und stapelten die Schragen zu hohen Stapeln darüber. Cadfael sah zu, wie der Boden allmählich freigemacht wurde.

»Ihr habt allerlei aufgesammelt, wie ich sehe«, bemerkte er mit einer Handbewegung zu diversen Gegenständen, die in einem Winkel des Ochsenkarrens lagen — ein großer Schuh, ein kurzer Kittel, beschmutzt, aber keineswegs alt oder zerlumpt, die Holzpuppe eines Kindes, der ein Arm fehlte, eine grüne Kapuze, ein Trinkhorn.

»Da wird es noch mehr geben, Bruder«, prophezeite einer der Knechte grinsend, »bevor alles abgeräumt ist. Manche Dinge werden von ihren Besitzern abgeholt. Ich denke mir, ein Kind wird an seiner Puppe hängen und wissen wollen, wo sie ist. Und der Kittel ist gute Ware, irgendein junger Herr trank einen Tropfen zuviel und vergaß ihn mitzunehmen, als er weiterging. Der Schuh ist auch so gut wie neu und wie für einen Riesen gemacht, jemand mag ihn vermissen und danach fragen. Ich hoffe, er hat mit einem Schuh nicht allzu weit nach Haus. Aber es war keine laute und pöbelhafte Nacht. Nicht viele Nächte waren so ruhig wie die letzte.« Er schob muskulöse Arme unter einen Stapel von Schragen und hob ihn auf. »Nun, wenigstens die Flasche da werden wir zu Geld machen können.«

Er wies mit dem Kinn zum vorderen Teil des Karrens, dem Cadfael bis dahin keine Aufmerksamkeit geschenkt hatte. An einer dünnen Lederschnur hing eine flachrunde Glasflasche von der Deichsel, groß genug, vier oder fünf Schoppen zu fassen. »Lag auf dem Planendach eines Marktstandes. Eine alte Frau, die Käse verkauft, hatte den Stand, ich kenne sie, sie kommt jedes Jahr, und weil sie heutzutage nicht mehr so flink auf den Beinen ist wie in früheren Zeiten, bauten wir am Abend vor dem Jahrmarkt den Stand für sie auf. Als wir ihn heute früh wieder abbauten, wäre die Flasche unserem Daniel hier um ein Haar auf den Kopf gefallen! Eine teure Glasflasche so fortzuwerfen, als ob sie keinen Wert hätte! Hätte der Käufer sie zu Wat zurückgebracht, er hätte wohl einen Batzen dafür bekommen.«

Sein Armvoll Schragen polterte in den Karren, und er wandte sich um und hob einen Stapel auf.

»Dann stammt sie aus Wats Taverne?« fragte Cadfael mit einem nachdenklichem Blick.

»Sein Zeichen ist in die Lederschnur gebrannt. Wir wissen alle, wohin diese besseren Gefäße gehören. Aber sie bleiben nicht oft für uns liegen.«

»Und wo war der Stand, wo diese zurückgelassen wurde?« erkundigte sich Hugh.

»Keine zehn Schritte rückwärts von der Stelle, wo Ihr steht«, antwortete der Knecht. Sie blickten zurück, um abzumessen, und es paßte. Es war sehr wahrscheinlich die fragliche Flasche. »Als sie kam, um ihre Waren auszulegen, schwur die alte Frau, daß es nach Schnaps stinke«, fuhr der Mann fort. »Sagte, sie habe den Geruch schon in den Röcken, als ob sie im Schnaps gewatet hätte. Aber nach dem ersten Tag vergaß sie es. Sie ist eine halbe Waliserin und hat etwas Wunderliches an sich. Wahrscheinlich hat sie sich die Sache eingebildet.«

Cadfael hätte eher gesagt, daß sie einen guten Geruchssinn haben mußte sowie einige Erfahrung mit destilliertem Alkohol und die Ursache ihres Unbehagens zutreffend eingeschätzt hatte. Irgendwo nahe ihrem Stand, des war er jetzt gewiß, hatte Turstan Fowler einen guten Teil seines Genevers über seine Kleider und ins Gras geschüttet. Kein Wunder, daß der Boden gerochen hatte. Eine Kostprobe war sicherlich auch durch die Kehle gegangen, um den Atem zu parfümieren und den Sinn zu festigen, aber nicht mehr, denn der Sinn war hinreichend gefestigt gewesen, als Fremde sich über seine fleischliche Behausung beugten und an ihrer auffallenden Trunkenheit schnupperten. Lauter Fremde, bis auf einen! Cadfael begann zu sehen, was kaum Erleuchtung genannt werden konnte, denn er schaute in einen Abgrund von Finsternis.

»Der Zufall will es«, sagte er, »daß wir mit Walter Renold Geschäfte haben. Laß mich die Flasche zurückbringen, der Erlös daraus soll euch zufallen.«

»Nimm sie, Bruder«, erwiderte der Knecht bereitwillig und band die Flasche von der Deichsel los. »Sag ihm, Rychart Nyall hätte sie geschickt. Wat kennt mich.«

»Ich nehme an, es war nichts darin, als ihr sie fandet?« fragte Cadfael, als er die Flasche entgegennahm.

»Nicht ein Tropfen, Bruder! Jahrmarktsbesucher mögen die Flasche liegenlassen, aber sie achten darauf, daß nichts drinnen bleibt, bevor sie umfallen.«

Die Planken wurden verstaut, der freigeräumte Boden lag nackt und zertrampelt, die Ochsen zogen den Karren weiter. Ein paar Tage, und die nächsten Sommerschauer würden ausreichen, so daß sich das Gras wieder erholte, neue Halme sprießen ließ und den zerstampften Lehmboden von neuem bedeckte.

»Sie gehörte mir, keine Frage«, sagte Wat, als er die Flasche begutachtete. »Die einzige dieser Art, die mir abgeht. Wer kauft schon soviel Schnaps, selbst wenn Jahrmarkt ist? Wer kann es sich leisten? Und wer zieht den Schnaps einem guten Bier oder Wein vor? Nicht viele! Ich habe Männer gekannt, die rasches Vergessen im Rausch suchten, um jeden Preis, aber selten zur Jahrmarktszeit. Wenn Jahrmarkt ist, werden sie zuerst lustig, selbst die Traurigen und Griesgrämigen werden davon angesteckt. Ich wunderte mich über diesen, schon als er den Schnaps verlangte und den Preis zahlte, aber er war offensichtlich der Diener irgendeines vornehmen Herrn, er hatte seine Befehle. Er hatte Geld, und ich verkaufe Schnaps. Jedenfalls ist das die Flasche, die er füllte, und er war derselbe Mann, den Philip hier kennt.«

Ein bequemer Winkel in Wat's großer, um dieser Zeit leerer Schankstube war so gut wie jeder andere Ort, um sich zusammenzusetzen, zu überlegen und zu versuchen, die gewonnenen Erkenntnisse zusammenzufügen.

»Wat hat es gerade in Worte gefaßt«, begann Cadfael. »Wir hätten es eher sehen müsen. Er war offenkundig der Diener eines Herren, er hatte seine Befehle, er hatte Geld. Eines Herren Gefolgsmann oder leibeigener Knecht, der sich von einem Unbekannten zum Mord anstiften ließ oder der sich auf eigene Faust durch Mord und Diebstahl zu bereichern trachtete, daran konnte ich glauben. Aber zwei? Aus demselben Haushalt? Nein, ich denke nicht! Sie sind ihrem Herrenhaus treu und haben nie einem anderen als einem Herren gedient.«

»Ihr eigener Herr?« flüsterte Philip. Die Ungeheuerlichkeit der Folgerungen verschlug ihm die Rede. »Corbière? Aber er ... Wie ich hörte, versuchte sein Pferdeknecht, ihn niederzureiten. Stieß ihn zu Boden, als er ihn aufhalten wollte. Wie ist das zu erklären? Es ergibt keinen Sinn ...«

»Warte, mein Junge! Fangen wir von vorn an. Sagen wir, daß Fowler an dem Abend, als Meister Thomas starb, den Auftrag hatte, ihn beiseitezuschaffen und an sich zu bringen, was jemand mit aller Macht begehrte. Sein Herr hatte alles ausgeforscht, ihn auf einen Sündenbock hingewiesen, der noch von Nutzen sein konnte, und ihm Geld für den Schnaps gegeben, der ihm nach der Tat als Alibi dienen sollte. Der Mann muß für die Ausführung der Tat Straffreiheit verlangt haben, daher war es wichtig, ihn außerhalb jedes Verdachts zu stellen. Sein Herr hielt sich auf dem laufenden, schloß sich uns an, als wir auszogen, den vermißten Kaufmann zu suchen. Erinnere dich, Hugh, es war Corbière, nicht wir, der seinen betrunkenen Knecht entdeckte. Wir waren vorbeigegangen, und das wäre dem Plan nicht dienlich gewesen. Er mußte gefunden werden, es mußte festgestellt werden, daß er sinnlos betrunken war, hilflos und seit Stunden unfähig zu irgendwelchen überlegten Handlungen, mußte daraufhin für viele weitere Stunden hinter Schloß und Riegel gebracht werden. Zehn Morde hätten in dieser Nacht begangen werden können, und kein Mensch hätte Turstan Fowler auch nur angesehen.«

»Alles umsonst«, sagte Hugh. »Früher oder später mußte er seinem Herrn berichten, daß dieser Mord vergebens ausgeführt wurde. Meister Thomas trug den begehrten Gegenstand nicht bei sich.«

»So ist es. Corbière wird davon erst am nächsten Morgen erfahren haben, als er seinen Mann aus dem Kerker ließ. Darum brachte er Fowler zur Burg, um ein Zeugnis abzulegen, das den Verdacht auf Philip hier lenkte. Und während wir alle pflichtbewußt an der Anhörung teilnahmen, schickte er seinen zweiten Mann aus, die Barke zu durchsuchen. Und wieder vergebens. Ist das soweit einleuchtend?«

»Einleuchtend genug«, meinte Hugh düster. »Das Schlimmste aber kommt noch. Welcher Mann, glaubst du, hat an dem Tag die Arbeit verrichtet?«

»Ich glaube nicht, daß sie den jungen Stallknecht hineinzogen. Zwei erfahrene Männer genügten, um die Sache zu erledigen. Ich glaube, es war der Pferdeknecht Ewald. Diese beiden fungierten als Hände, die alles taten. Aber sie waren nicht der Kopf.«

Hugh nickte. »In derselben Nacht drangen sie in den Marktstand ein und setzten ihre Suche dort fort, aber wieder ohne Erfolg. In der nächsten Nacht brachen sie in den Stand des Handschuhmachers ein und töteten Euan von Shotwick. Auch dort wurde alles durchwühlt, abermals vergeblich. Soweit ist es wahrscheinlich genug. Aber kommen wir zu dem dornigen Geschäft des gestrigen Tages. Wie kann man, Gott befohlen, in dieser Sache einen Sinn finden? Ich stand dabei und beobachtete den Mann, ich sah ihn erbleichen, ich schwöre es! Erschrecken und Zorn und verletzte Ehre, er zeigte alles. Er wollte nicht nach dem Pferdeknecht schicken, weil er befürchtete, ein Mitknecht könnte den Mann warnen. Er ging selbst, um ihn zu holen. Er stellte sich zwischen den Mann und das Tor, er riskierte mit seinem Versuch, den Flüchtenden aufzuhalten, eine Verletzung und Schlimmeres ...«

»Alles das trifft zu«, pflichtete Cadfael ihm bei, »und

doch ist ein Sinn in alledem, wenngleich ein schändlicherer Sinn, als du oder ich uns träumen ließen. Ewald war im Stall, es gab für ihn kein Entkommen, es sei denn, er könnte ausbrechen und zum Tor hinaus. Corbière kam auf Prestcotes Wunsch und wurde über den Sachverhalt unterrichtet. Sein Mann war überführt, kein Leugnen hätte ihm geholfen, und im peinlichen Verhör hätte er alles ausgesagt, was er wußte, und die Schuld auf seinen Herrn abgewälzt. Betrachten wir die Reihenfolge, in der ab diesem Augenblick alles geschah. Fowler war beim Wettschießen gewesen und hatte seine Armbrust bei sich. Corbière machte sich auf, Ewald aus den Stallungen herbeizuholen. Turstan Fowler schloß sich ihm an, ja, und es wurden ein paar Worte gewechselt, die ihn zurückschickten. Aber was für Worte? Die beiden waren zu weit entfernt, als daß wir sie hätten hören können. Auch können wir nicht erraten, was im Stall gesprochen wurde. Wir warteten — du wirst mir zustimmen — mehrere Minuten, bevor sie kamen. Lange genug, daß Corbière dem Knecht erzählen konnte, wie die Dinge standen. Dann forderte er ihn auf, einen kühlen Kopf zu bewahren und ihm Hilfe bei der Flucht zu versprechen. Bring das Pferd, ich werde Sorge tragen, daß nur ich zwischen dir und dem Tor stehen werde, warte den günstigsten Augenblick ab, dann schwing dich aufs Pferd und reite, was du kannst. Warte im sicherern Versteck — zweifellos auf seinem Landsitz —, und du sollst nicht der Verlierer sein. Aber mache deutlich, daß ich keinen Anteil daran habe — greife mich an und mache es richtig, ohne Zimperlichkeit und halbherziges Zögern, ich will schon auf mich achtgeben. Und so machten sie es — die besten Schauspieler, die ich je gesehen habe. Er nahm zwischen Ewald und dem Tor Aufstellung, und gemeinsam nutzten sie die unruhige Lebhaftigkeit des Pferdes, um uns alle abzudrängen. Er tat einen mutigen Sprung und fiel dem anderen in den Zügel, nahm einen schweren Sturz in Kauf, und der Reitknecht war draußen.«

Beide sahen ihn stumm und mit großen Augen an.

»Nur hatte sein Herr sich noch eine List ausgedacht«, fuhr Cadfael fort. »Er hatte niemals die Absicht gehabt, ihn laufen zu lassen. Flucht war ein zu großes Risiko, er könnte doch noch gefaßt werden und den Mund auftun. ›Hol ihn aus dem Sattel!‹ sagte Corbière, und Turstan Fowler tat es. Ohne Bedenken, wie der Herr so's Gescherr. Ein gefährlicher Mund, der beiden zum Verhängnis werden konnte, war ohne großen Aufwand für immer verschlossen.«

Ein bestürztes Schweigen folgte auf seine Worte. Selbst Beringar, dessen Erfahrung und Großzügigkeit des Denkens ihn befähigten, sich — wenn auch mit Abscheu — solche Abgründe von Schlechtigkeit und Verrat vorzustellen, war sprachlos. Philip starrte Bruder Cadfael mit großen, entsetzten Augen an und erhob sich langsam von seinem Platz. Seine Erfahrung war begrenzt, eng und von der Anständigkeit des Handwerkerstandes geprägt. Für ihn war es schwer zu begreifen, daß Menschen Ungeheuer sein konnten.

»Es ist Euch ernst damit! Ihr glaubt es, nicht wahr? Aber dieser Mann — er besucht sie, macht ihr den Hof! Und Ihr sagt, es gebe etwas, was er von ihrem Onkel wollte und nicht bekommen hat, da es weder an seiner Leiche noch in der Barke oder im Marktstand zu finden war. Wo kann er jetzt noch suchen, wenn nicht bei Emma? Und wir halten uns noch hier auf!«

»Emma ist bei meiner Frau«, sagte Hugh Beringar. »Im Gästehaus der Abtei. Was kann ihr dort zustoßen?«

»Was ihr zustoßen kann?« rief Philip leidenschaftlich. »Wenn Ihr mir sagt, daß wir es nicht mit Menschen, sondern mit Teufeln zu tun haben?« Und er machte auf dem Absatz kehrt und rannte zur Schenke hinaus und schnurgerade die Straße entlang, so schnell die langen Beine ihn trugen.

Cadfael und Hugh sahen einander stumm über den Tisch hinweg an, aber nicht länger als einen Augenblick. »Bei Gott«, rief Hugh dann, »wir lernen von den Unschuldigen! Komm mit, wir tun gut daran, ihm nachzueilen. Der Junge hat mich aufgerüttelt!«

Außer Atem langte Philip im Gästehaus an. Seine Brust hob und senkte sich angestrengt, als er schnaufend nach Aline fragte, die bald darauf herauskam — lächelnd, aber allein.

»Philip, was ist geschehen?« Dann glaubte sie zu verstehen und bedauerte den verliebten Jungen, der zu spät gekommen war, um Abschied zu nehmen und an Trost zu empfangen, was ein paar freundliche Worte, die nichts kosteten, ihm spenden konnten. »Ach, Philip, es tut mir leid, aber sie konnten nicht länger warten, es war notwendig, frühzeitig aufzubrechen. Sie hätte mir sicherlich ihre besten Grüße und Wünsche ausgerichtet ...?« Sie verstummte. »Philip, was gibt es? Was hat diese Aufregung zu bedeuten?«

»Fort?« stieß er hart und schrill hervor. »Sie ist fort? Sie konnten nicht warten, sagtet Ihr? Wer ist mit ihr gereist?«

»Sie ging mit Messire Corbière. Er machte sich erbötig, sie nach Bristol zu geleiten, mit seiner Schwester, die dort in einen Konvent eintreten wird. Es schien uns allen eine glückliche Fügung ... Philip! Was habe ich gesagt? Was ist passiert?« Er hatte ein gequältes Stöhnen hilfloser Wut und Angst ausgestoßen und packte sie sogar beim Handgelenk.

»Wohin? Wohin bringt er sie? Jetzt, heute!«

»Zu seinem Landsitz Stanton Cobbold, für diese Nacht — seine Schwester ist dort ...«

Aber er war schon fort, im Augenblick, da sie den Namen genannt hatte, war er wie ein Dämon davongesprungen, und nicht zum Torhaus, sondern über den Hof zu den Stallungen. Die Zeit reichte nicht, um jemanden um Erlaubnis zu bitten oder fremdes Eigentum zu respektieren, von welcher Art die Folgen auch sein mochten. Philip nahm das am besten aussehende Pferd, das er — zu seinem Glück, nicht dem des Eigentümers — gesattelt an einem Haltepflock bereitstehen sah. Bevor Aline, verwirrt und geängstigt, die Tür des Gästehauses erreichte, war Philip schon zum Tor hinaus galoppiert, und ein zorniger Pferdeknecht rannte in hoffnungsloser Verfolgung ihm nach über den Hof.

Da der nächste Weg zu der Landstraße, die südwärts nach Stretton und Stanton Cobbold führte, beim Tor nach links und bei der schmalen Wegspur diesseits der Brücke abermals nach links bog, sahen Bruder Cadfael und Hugh Beringar, als sie die Straße vor dem Tor dahinhasteten, nichts von dem Tumult, der Philips Aufbruch begleitete. Sie gelangten zum Torhaus und auf den großen Klosterhof, ohne irgendwelche beunruhigenden Anzeichen wahrzunehmen. Noch immer reisten Gäste ab, es herrschte die normale Geschäftigkeit des Tages nach dem Jahrmarkt, aber nichts, was sie aufgehalten hatte. Hugh ging schnurstracks auf das Gästehaus zu, und Cadfael, der ihm auf den Fersen folgte, sah sich plötzlich von einer großen Hand an der Schulter und einer vertrauten, dröhnenden Stimme angehalten, die ihn in freundschaftlichem Walisisch anrief.

»Der Mann, den ich suchte! Ich komme, meinen Abschied zu nehmen, Bruder, und Euch für Eure Hilfe und Gesellschaft zu danken. Ein guter Jahrmarkt! Und nun geht es mit einem hübschen Gewinn zum Boot und wieder zurück in die Heimat.«

Rhodri ap Huw zwinkerte fröhlich aus dem Dickicht seines struppigen schwarzen Haupt- und Barthaares.

»Kein guter Jahrmarkt für zwei, die herkamen und auf Gewinn hofften«, erwiderte Cadfael.

Der Waliser zuckte mit den Schultern. »Am Ende läuft alles auf Geld hinaus, Geld oder Macht. Dafür wird gelebt und gestorben. Für was sonst plagen sich die Menschen ab?«

»Für eine Sache vielleicht, hin und wieder. Ihr sagtet selbst, wenn ich mich recht entsinne, daß man nirgendwo leichter als auf einem großen Jahrmarkt jemand treffen könne, den man lieber nicht sehen würde. Nirgendwo sei es so einsam wie mitten auf einem Marktplatz!« Und er fügte freundlich hinzu: »Ich vermute, daß Owain Gwynedd selbst seine Kundschafter hier gehabt haben wird. Freilich würden sie des Englischen mächtig sein müssen«, setzte Cadfael arglos hinzu, »um Gewinn daraus zu ziehen.«

»So ist es. Unnütz, mich einzusetzen. Ich glaube aber wohl, daß Ihr recht habt. Owain benötigt regelmäßig zuverlässige Nachricht, wenn er sein Fürstentum sicher erhalten will und ihm da und dort ein paar Meilen hinzufügen möchte. Nun frage ich mich allerdings, wer von all diesen Händlern, mit denen ich Umgang hatte, seinen Bericht in Owains Ohr erstatten wird?«

»Und welchen Rat er ihm geben wird«, ergänzte Cadfael.

Rhodri strich sich den prachtvollen Vollbart, und wieder zwinkerten seine dunklen Augen. »Ich denke, er wird ihm Nachricht zutragen, daß die Botschaft, die Graf Ranulf aus dem Süden erwartete — wer weiß, vielleicht sogar vom Festland —, niemals überbracht werden wird, und wenn er die Gunst der Stunde nutzen will, sollte er trachten, seine Herrschaft fern von den Grenzen Chesters auszuweiten. Denn der Graf wird keine Risiken eingehen, sondern sich um die Erhaltung seines Besitzes kümmern. Owain wäre besser beraten, sein Glück in Mmaelienydd Elfael zu versuchen und Ranulf in Ruhe zu lassen.«

»Wenn ich es mir recht überlege«, sagte Cadfael sinnend, »würde es eine vorzügliche Tarnung für Owains Kundschafter sein, hierzulande um einen Dolmetsch zu bitten und gesehen zu werden, wie er dessen Hilfe in Anspruch nimmt. In der Gesellschaft des tauben Mannes wird ungehemmter ein Gerede aufkommen.«

»Ein guter Gedanke«, meinte Rhodri lobend. »Jemand sollte ihn Owain vortragen.« Freilich deutete alles darauf hin, daß der Fürst von Gwynedd nicht anderer Leute Verstand benötigte, um seinen eigenen zu unterstützen, sondern selbst von Gott freigebig damit versehen worden war. Cadfael fragte sich, wie viele andere Sprachen dieser einfache Kaufmann beherrschen mochte. Sicherlich Französisch, da er es für seine Zwecke brauchte. Wahrscheinlich ein wenig Flämisch, da er zweifellos Flandern bereist hatte. Es wäre nicht überraschend, wenn er auch etwas Latein verstünde.

»Ihr werdet nächstes Jahr wieder zum St. Peters-Jahrmarkt kommen?«

»Mag sein, Bruder, mag sein, wer weiß? Werdet Ihr wieder für mich dolmetschen, wenn ich es tue?«

»Mit Freuden. Ich bin selbst ein Anhänger Gwynedds. Bringt den Bergen der Heimat meine Grüße. Und eine gute Heimfahrt!«

»Gott mit Euch!« sagte Rhodri mit strahlendem Lächeln, schlug ihm freundschaftlich auf die Schulter und machte sich zum Fluß auf.

Hugh Beringar hatte kaum die Diele betreten, als Aline ihm mit einem Ausruf der Erleichterung, in den sich Verzweiflung mischte, in die Arme flog und sich all ihre Verwirrung und Sorge von der Seele redete.

»O Hugh, ich glaube, ich muß etwas Schreckliches getan haben! Entweder das, oder Philip Corviser ist verrückt geworden. Er war hier und fragte nach Emma, und als ich ihm sagte, sie sei abgereist, stürzte er fort wie ein Wahnsinniger. Und ein Kaufmann aus Worcester ist von den Stallungen herübergekommen und beschuldigt ihn, sein Pferd gestohlen zu haben und damit geflohen zu sein. Was es alles zu bedeuten hat, wage ich nicht zu erraten, aber ich habe Angst ...«

Hugh hielt sie zärtlich umfangen, bestürzt und fürsorglich zugleich. »Emma ist abgereist? Aber sie wollte mit uns gehen. Was hat sie bewogen, ihre Pläne zu ändern?«

»Du weißt, wie er sie mit Aufmerksamkeiten überhäuft ... Heute morgen kam er hierher und fragte nach dir. Er erklärte, er habe eine Schwester, die in das Frauenkloster von Minchinbarrow eintreten wolle, und da er sie dorthin begleiten müsse, und es kaum fünf Meilen von Bristol entfernt sei, könne er Emma genausogut in der Gesellschaft seiner Schwester mitnehmen. Er sagte, sie würden über Nacht in seinem Landsitz schlafen und morgen von dort aufbrechen. Emma war es recht, und ich fand kein Fehl daran, warum sollte ich? Aber die bloße Erwähnung des Names hat Philip wie einen Rasenden davonstürzen lassen ...«

»Corbière?« fragte Hugh, und er faßte sie bei den Schultern und hielt sie auf Armeslänge von sich, um ihr bestürzt ins Gesicht zu sehen.

»Ja! Ja, Ivo, freilich — aber was ist daran verkehrt? Er bringt sie zu seiner Schwester nach Stanton Cobbold — ich fand es ideal, und sie auch, und du warst nicht hier, um ja oder nein zu sagen. Außerdem ist sie ihre eigene Herrin ...«

Gewiß, das Mädchen war eigenwillig und hatte Gefallen an dem Mann gefunden, der das Angebot gemacht hatte, und sicherlich fühlte sie sich geschmeichelt, der Gegenstand seiner Gunstbezeigungen zu sein. Sie würde sich schon um ihrer eigenen Unabhängigkeit willen für den Vorschlag entschieden haben, und Hugh, wäre er dabeigewesen, hätte zu der Zeit nicht genug gewußt oder geargwöhnt haben, um es zu verhindern. Er legte beide Arme tröstend um seine zitternde Frau, drückte die Wange gegen ihr Haar. »Mein Liebes, mein Herz, du konntest nicht anders handeln, als du es tatest, und ich hätte es genauso gemacht. Aber ich muß ihnen nach, keine Fragen jetzt, du wirst später alles erfahren. Wir werden sie zurückbringen — es wird alles gut ausgehen ...«

»Dann ist es wahr?« flüsterte Aline. Ihr Atemhauch flatterte an seiner Kehle. »Ich habe sie tatsächlich in Gefahr gebracht?«

»Du konntest sie nicht zurückhalten. Sie entschied sich selbst. Denk nicht mehr an deine Rolle, du spieltest keine — wie konntest du es wissen? Wo ist Constance? Es ist mir schrecklich, dich in diesem Zustand allein zu lassen, Schatz ...«

Natürlich, sagte sie sich, dachte er wie alle Männer, daß jede ernste Beunruhigung seiner Frau in diesem Zustand womöglich den erhofften Stammhalter schädigen könnte. Das brachte sie zur Besinnung. Sie war nicht die Frau, die, schwanger oder nicht, von ihrem Mann ständige fürsorgliche Aufmerksamkeit erwartete, wenn er anderswo dringender gebraucht wurde. Entschlossen befreite sie sich aus seinen Armen.

»Selbstverständlich mußt du gehen. Ich habe keinen Schaden genommen und werde keinen nehmen. Geh nur, schnell! Sie haben gute drei Stunden Vorsprung, und außerdem, wenn du noch länger wartest, müssen wir um Philip fürchten, der ihnen allein nachgeritten ist. Laß schnell alle Männer der Stadtwache zusammentrommeln, die du aufbringen kannst, und ich werde zusehen, daß ich den Kaufmann beschwichtige, dessen Pferd Philip genommen hat ...« Es war ihm gleichwohl verhaßt, sie allein zu lassen, aber sie nahm seinen Kopf zwischen beide Hände, küßte ihn und drehte ihn um, gerade als Cadfael hereinkam.

»Sie ist mit Corbière fortgeritten«, berichtete Hugh. »Unterwegs zu seinem Landsitz in Shropshire. Der Junge ist ihnen nach, und das muß ich auch. Ich werde Prestcote sofort Nachricht geben, daß er so rasch als irgend möglich eine Wachabteilung hinterherschickt. Du wirst hier sein und auf Aline achtgeben ...«

Aline bezweifelte das, da sie den Funken in Bruder Cadfaels blinzelndem Auge sah. Eilig sagte sie: »Ich brauche niemanden, der mich hätschelt. Geht nur — alle beide!«

»Ich habe Erlaubnis«, sagte Cadfael in einem Versuch, an der Tugend festzuhalten, um seinen Jagdeifer zu tarnen. »Abt Radulfus erteilte mir den Auftrag, dafür zu sorgen, daß die Gäste unter seinem Dach nicht zu Schaden kommen. Und ich werde den Auftrag über sein Dach hinaus ausdehnen und das Versäumte wiedergutmachen. Du hast außer deinem knochigen Apfelschimmel noch ein Ersatzpferd, Hugh. Komm schon! Ein Jahr ist es her, seit wir zusammen geritten sind.«

3.

Der Herrensitz Stanton Cobbold lag gute siebzehn Meilen entfernt von Shrewsbury im Süden der Grafschaft, benachbart dem großen Grundbesitz der Bischöfe von Hereford in dieser Gegend, der neun oder zehn Landgüter umfaßte. Die Straße führte durch die offeneren, sonnigeren Teile des Langen Waldes und schlängelte sich an seinen südlichen Ausläufern durch ein buckliges Hügelland im Westen eines langen, kahlen Höhenrückens, der sich mehrere Meilen hinzog. Da und dort schob sich ein bewaldetes Tal in seine nackte Flanke, und in eines dieser Täler bog Corbière, einer ausgefahrenen Wagenspur folgend. Es war früher Nachmittag, die Sonne stand hoch am Himmel, doch unter den dichtbelaubten Bäumen war es kühl und schattig. Der Fuchs hatte seinen Übermut abgearbeitet und ging friedlich unter seiner doppelten Last dahin. Einmal im Wald, hatten sie für kurze Zeit Rast gemacht, und Ivo hatte Wein und Haferkuchen als Erfrischung auf der Reise zum Vorschein gebracht und Emma jede nur denkbare Aufmerksamkeit erwiesen. Der Tag war schön, die Landschaft ringsum fremd, aber reizvoll und lieblich, und sie fühlte, daß sie sich auf ein angenehmes Abenteuer eingelassen hatte. Mit froher Erwartung sah sie der Ankunft in Stanton Cobbold entgegen. Geschmeichelt von Ivos Ehrerbietung und ungeduldig, seine Schwester kennenzulernen.

Neben dem Weg rauschte ein kleiner Bach munter zu Tal. Der Weg wurde schmaler, die Bäume rückten näher heran.

»Wir sind gleich da«, sagte Ivo über die Schulter. Und wenige Minuten später öffnete sich der ansteigende Talboden vor ihnen zu einer ebenen Lichtung, die mit hölzernen

Palisaden eingezäunt war. Im Hintergrund des Talkessels erhob sich der burgähnliche Herrensitz aus grauem Bruchsteinmauerwerk, auf drei Seiten von dunklen Bäumen umgeben. Ein Junge kam angelaufen, um das Tor zu öffnen, und sie ritten in die Einfriedung. Scheunen und Kuhställe säumten die Einpfählung im Inneren. Das Herrenhaus hatte einen langen, durch Strebepfeiler verstärkten Unterbau mit zwei Toren, die breit genug war, um Reiter und Karren durchzulassen, und darüber ein gleichfalls aus Bruchsteinen gemauertes Obergeschoß, wo der Palas und die Küchen und Vorratsräume lagen. Zur Rechten aber stieß ein Flügel in Holzblockbauweise mit schweren Fensterläden an den Steinbau, und dieser hölzerne Wohnflügel war, aus der Nähe gesehen, höher als der gemauerte Teil, und unter dem steilen Dach schien ein zusätzliches Geschoß zu liegen. Eine steinerne Außentreppe führte zum Palas hinauf.

»Leidlich bescheiden«, sagte Ivo und wandte den Kopf, um ihr über die Schulter zuzulächeln, »aber es hat Raum und ein Willkommen für Euch.«

Er hatte gutes Gesinde. Die Pferdeknechte kamen herbeigelaufen, ehe die Reiter zum Stillstand gekommen waren, im Eingang zum Palas erschien eine Dienerin und eilte die Treppe herab, um sie in Empfang zu nehmen.

Ivo zog seine Füße aus den Steigbügeln, schwang ein Bein gewandt über den geneigten Kopf des Pferdes und sprang hinab. Er winkte Turstan Fowler beiseite und streckte die Arme zu Emma hinauf, um sie selbst herabzuheben. Ihr geringes Gewicht bereitete ihm keine Mühe. Um es zu beweisen, hielt er sie lachend einen langen Augenblick hoch, bevor er sie sanft auf die Beine stellte.

»Kommt, ich werde Euch zu den Wohnräumen führen.« Er winkte die Dienerin mit einer Handbewegung zurück, und sie trat beiseite und folgte ihnen ehrerbietig die Stufen hinauf, ließ sie aber allein weitergehen, als sie den Rittersaal erreichten. Die dicken Mauern strahlten eine spürbare Kühle aus. Der Saal war groß und luftig, die hohe Decke rauchgeschwärzt, aber jetzt im Sommer war der riesige offene Kamin leer und kalt. Die durch Längspfosten geteilten Fenster ließen warme Luft und tröstlichen Sonnenschein herein, aber sie waren schmal und vermochten wenig, die lastende Schwere des Raumes zu mäßigen. »Nicht mein freundlichstes Heim«, sagte Ivo mit einer Grimasse, »aber hier, nahe der walisischen Grenze, hat man zu Verteidigungszwecken gebaut, nicht für die Bequemlichkeit. Kommt mit zu den Wohnräumen. Der hölzerne Flügel entstand später als dies hier, er ist angenehmer als Aufenthalt, doch selbst dort ist es kühl und düster. Sogar an Sommerabenden müssen die Kamine geheizt werden.«

Eine kurze Treppe am Ende des Palas führte auf eine breite Galerie und zwei Türen. »Die Kapelle«, erklärte er und wies auf die linke. »Oben gibt es zwei kleine Schlafzimmer, sehr dunkel, da sie den Berghang und die Bäume nahe vor sich haben. Und nun hier herein, wenn Ihr mich für eine Weile entschuldigen wollt, während ich mich um Euer und mein Gepäck kümmere und zusehe, daß die Pferde versorgt werden. Ich werde bald wieder bei Euch sein.«

Der Wohnraum, in den er sie führte, enthielt einen massigen Tisch, eine geschnitzte Bank, Polsterstühle, Wandbehänge und Teppiche auf dem Boden und war ein Ort von einiger Bequemlichkeit und Vornehmheit, wenn auch ein wenig düster und kalt — hauptsächlich wegen der ragenden Bergflanke und der hohen Bäume, aber auch wegen der schmalen Fenster, die so wenig vom Tag einließen, dessen Sonnenschein nur spärlich durch das mächtige, dichtbelaubte Geäst fiel. Hier gab es keinen Kamin, der einzige Abzug diente den Küchen und dem Rittersaal. Aber die Mitte des Raumes war mit großen Pflastersteinen belegt, die gegen herabfallende Glut schützten, und auf diesem Viereck brannte ein Kohlenbecken, selbst an diesem Sommertag. Holzkohle und Holzscheite glühten, sauber angehäuft, um dem Raum Behaglichkeit ohne Rauch zu geben. Unten nahmen die klafterdicken Mauern den

Sonnenstrahlen jede Wirkung, und hier, obschon nur mit leicht zu erwärmendem Holz konfrontiert, drang die Sonne kaum herein.

Emma ging in den Raum und sah sich neugierig um. Sie hörte Ivo die Tür schließen, aber das war nur ein leises Geräusch in einer großen Stille.

Sie hatte erwartet, daß seine Schwester gleich nach ihrer Ankunft erscheinen und sie begrüßen würde, und fühlte eine leichte Enttäuschung, obwohl sie wußte, daß es unvernünftig war. Er hatte keine Nachricht vorausgeschickt, wie konnte das Mädchen von ihrem Eintreffen gewußt haben? Sie mochte — mit gutem Grund — draußen in der sonnigen Natur umherwandern und die Sommerwärme genießen oder anderweitigen Verpflichtungen nachgehen. Wenn sie dann käme, würde ihre Freude über den heimgekehrten Bruder und eine Besucherin ihres eigenen Geschlechts und ungefähren Alters um so größer sein, und wenn sie obendrein noch erführe, daß ihr Herzenswunsch ohne weitere Verzögerung Erfüllung finden sollte, keine Grenzen finden. Dennoch war ihre Abwesenheit eine Enttäuschung, und daß er es unterlassen hatte, eine Bemerkung darüber zu machen oder sich zu entschuldigen, verwirrte Emma.

Sie begann den Raum zu erkunden, an allem interessiert. Das Stadthaus, in dem sie aufgewachsen war, nahm sich im Vergleich gemütlich und bequem aus, wenn auch nicht weniger dunkel und eingeschlossen, zwar nicht von Bäumen, sondern von den anstoßenden Nachbarhäusern. Sie war sich bewußt, daß sie ein Leben in vergleichsweise beneidenswertem Wohlstand geführt hatte, einem Wohlstand jedoch, der sich auf eine bequeme und gut ausgestattete Wohnung konzentrierte, während dieser Landsitz im Grenzgebiet nur vielleicht ein Zehntel dessen darstellte, was Ivo besaß, ohne Berücksichtigung der zu all diesen Herrensitzen gehörenden Ländereien. Er hatte selbst gesagt, daß dies nicht das schönste und angenehmste seiner Häuser war, doch herrschte es über viele Meilen Land, deren Zahl sie nur erraten konnte, ebenso wie jene der leibeigenen Bauern und unfreien Hintersassen. Es war eine andere Welt. Sie hatte diese Welt aus der Ferne gesehen und war von ihrem Glanz geblendet, aber niemals bis zur Blindheit.

Sie spürte eine plötzliche Überzeugung, daß dies alles nicht für sie bestimmt war, doch ob sie über die Erkenntnis froh oder traurig war, blieb ein Geheimnis. Vielleicht entsprang diese starke Empfindung der Erkenntnis, daß es hier Wissen und Geschmack gab, die jenseits ihrer Erfahrung lagen. Das Kohlenbecken war ein Glanzstück handwerklicher Meisterschaft und gereichte dem Schmied, der es gemacht hatte, zu höchster Ehre. Auf drei durch ornamental geschweifte Klammern verbundenen Beinen ruhte die Glutschale in der Gestalt eines mit Weinlaub bewachsenen Spaliers. Wenn es einen Fehler hatte, dann war es der, daß es etwas zu hoch war, um einen völlig sicheren Stand zu haben. Die Polster der Stühle zeigten Jagdszenen in feiner Stickerei, waren jedoch stellenweise abgenutzt durch häufigen Gebrauch und Reibung und die Berührung mit fettigen Fingern. Auf einem Regal, das unter dem Tisch angebracht war, lagen Bücher, ein Psalter, einige Pergamente mit Musik und eine alte Abhandlung, deren Blätter seltsame Zeichnungen und Diagramme enthielten.

Die Schnitzarbeit der Stühle, des Tisches, und der Bankenden war der Pflanzenwelt nachempfunden. Die Wandbehänge, die alle Wände zwischen den Fenstern und der Tür bedeckten, waren ohne Zweifel alt, kostbar, wundervoll gearbeitet und mußten sich einmal durch prachtvolle Farben, die da und dort in geschützten Falten frisch geblieben waren, ausgezeichnet haben. Aber größtenteils waren sie beinahe bis zur Unkenntlichkeit vom Rauch geschwärzt und da und dort brüchig wie Zunder. Sie strich mit der Hand eine Falte glatt, und der Jagdhund, der mit schnappenden Kiefern und gestreckten Pfoten zwischen ihren Fingern dahinsprang, zerbröckelte in staubige Fasern, die langsam zu Boden sanken. Sie trat bestürzt zurück. Das Gewebe hatte sich unter ihrer Hand wie Asche angefühlt.

Sie wartete, aber niemand kam. Wahrscheinlich war die Wartezeit nicht so lange wie sie vermutete, jedenfalls nicht so lang, wie es ihr vorkam. Aber sie schien sich wie eine Ewigkeit hinzuziehen, ein Jahr ihres Lebens.

Schließlich dachte sie, daß es niemanden kränken konnte, wenn sie die Galerie entlang und in die Kapelle gehen würde. Dann würde sie wenigstens hören, wenn es unten irgendwelche Aktivitäten gäbe. Ivo hatte flämische Wandteppiche für seinen neuen Herrensitz in Cheshire gekauft, und da war es gut möglich, daß er die Ballen, in denen sie verpackt waren, öffnen ließ, um sich des Anblicks ihrer frischen Farben zu erfreuen. Unter solchen Umständen konnte sie ein gewisses Maß an Vernachlässigung vergeben.

Sie drückte auf die Klinke, aber die Tür gab nicht nach. Sie versuchte es nochmals, mit verstärktem Druck, aber die eichene Tür blieb unbeweglich. Kein Zweifel, die Tür war zugesperrt oder von außen verriegelt.

Zuerst war sie ungläubig, sogar erheitert, als ob irgendein alberner Zufall einen Riegel fallen lassen und sie irrtümlich eingeschlossen hätte. Darauf folgte das instinktive Verlangen jeder eingesperrten Kreatur, hinauszukommen — und erst danach kam das Erschrecken, flammte Zorn auf, leitete der Wunsch zu verstehen eine Neueinschätzung der Lage ein. Es war kein Irrtum, nein! Ivos eigene Hand hatte den Schlüssel im Schloß gedreht.

Sie war nicht das Mädchen, das in Raserei verfallen wäre und mit den Fäusten gegen die Tür getrommelt hätte. Was würde das nützen? Emma stand ganz still da, die Klinke in der Hand, während ihr Verstand der Wahrheit auf die Spur zu kommen suchte wie der Jagdhund auf dem Wandteppich dem Hasen. Sie war hier in einem Zimmer im Obergeschoß, das keine andere Tür hatte, und die Fenster waren nicht nur zu schmal, als daß selbst ihr schlanker Körper sich hätte durchzwängen können, sondern hoch über dem Erdboden. Es gab keinen Weg hinaus, bis jemand die Tür aufsperrte.

Sie war arglos und gutgläubig mit ihm gekommen, und er hatte sich zu ihrem Kerkermeister gewandelt. Was wollte er von ihr? Sie wußte um ihre Schönheit, spürte jedoch mit instinktiver Sicherheit, daß er deswegen nicht soviel Mühe auf sich genommen hätte. Es war also nicht ihre Person, und in ihrem Besitz befand sich nur ein Ding, für das jemand bereit gewesen war, das Äußerste zu tun. Todesfälle waren ihm gefolgt, wohin es gebracht worden war. An einem dieser gewaltsamen Todesfälle war ein Diener von ihm beteiligt gewesen, und Ivo selbst hatte summarisch Justiz an ihm geübt. Ein niederträchtiger, gewinnsüchtiger Raubüberfall, ein Diebstahl, der zufällig zum Mord geführt hatte, und das gestohlene Eigentum war zum Beweis gefunden worden! Sie hatte das wie jeder andere akzeptiert. Daran zu zweifeln, wäre gleichbedeutend mit dem Blick in einen Abgrund schwärzester Verworfenheit gewesen, den niemand einem anderen Menschen zutrauen würde. Jetzt aber blickte sie in diese Finsternis. Es war Ivo gewesen, und kein anderer, der sie eingesperrt hatte.

Wenn sie nicht durch die Fenster hinausklettern konnte — der Brief, den sie bei sich trug, ging leicht hindurch, wenngleich mit dem Risiko, daß andere ihn finden würden. Sein Gewicht war leicht, dennoch würde er beim Herabsinken nicht weit von der Wand fortgetragen werden. Trotz dieser Überlegung ging sie von einem Fenster zum anderen und spähte durch die Schlitze hinaus auf das Gras des Berghanges und die Bäume ringsum. Und dort, behaglich am Stamm einer Buche sitzend, die Beine im Gras von sich gestreckt und die Armbrust neben sich, blickte Turstan Fowler müßig zu eben diesen Fenstern herauf. Als er ihr Gesicht zwischen den hölzernen Rahmen sah, grinste er breit. Von ihm war keine Hilfe zu erwarten.

Zitternd wich sie vom Fenster zurück. Dann zog sie die kleine, fest gewickelte Pergamentrolle aus ihrem Verwahrungsort zwischen den Brüsten, wo sie sich befand seit Meister Thomas sie ihr vor der Ankunft in Shrewsbury um den Hals gehängt hatte. Sie maß beinahe die Länge ihrer Hand, war aber dünn wie zwei Finger, und der Faden, an dem sie hing, bestand aus feiner Seide. Diese Rolle benötigte kein sehr großes Versteck. Emma wickelte den Seidenfaden darum und versteckte sie in der aufgesteckten Haarmenge ihrer blauschwarzen Zöpfe, knüpfte das seidene Netzgewebe der Haube wieder darüber und vergewisserte sich, daß die Rolle vollständig eingehüllt und unsichtbar war. Nachdem sie die Haube gerichtet hatte und das Haar wie zuvor geordnet war, stand sie mit ineinandergelegten Händen, um ihr Zittern zu beruhigen, und atmete tief durch, bis ihr Herzklopfen nachließ. Dann nahm sie so Aufstellung, daß das Kohlenbecken zwischen ihr und der Tür lag, blickte wieder auf und fühlte, wie ihr Herz sich schmerzhaft zusammenzog.

Wieder war ihr die Umdrehung des Schlüssels im Schloß entgangen. Er hielt seine Sicherheitsvorkehrungen gut geölt und leichtgängig. Nun stand er selbstbewußt lächelnd in der Türöffnung, trat ein und schloß die Tür hinter sich, ohne den Blick von ihr zu wenden. Sie erkannte an der Bewegung seines Armes und der Schulter, daß er den Schlüssel abgezogen hatte und nun von innen wieder zusperrte. Nicht einmal in seinem eigenen Haus, umgeben von seinem Gesinde, ging er ein Risiko ein. Selbst wenn er es mit einer schwachen Frau zu tun hatte! Es war in einer Weise eine Kompliment, aber eines, auf das sie gern verzichtet hätte.

Da er nicht wissen konnte, ob sie versucht hatte, die Tür zu öffnen, benahm sie sich so, als wäre nichts geschehen, was sie hätte beunruhigen können. Sie begrüßte sein Eintreten mit einem erwartungsvollen Lächeln und öffnete den Mund, um eine harmlose Frage über die Lippen zu zwingen, aber er kam ihr zuvor.

»Wo ist er? Gib ihn freiwillig heraus, und es wird dir nichts geschehen. Ich würde es dir raten.«

Er hatte es nicht eilig und lächelte noch immer. Sie sah jetzt, daß sein Lächeln eine vorsätzliche Politur war, so kalt, glatt und dekorativ wie eine Vergoldung. Mit großen Augen sah sie ihn an, den verwirrten, erstaunten Blick eines Menschen, der sich plötzlich in einer unbekannten Sprache angeredet hört. »Ich verstehe Euch nicht! Was soll ich Euch geben?«

»Liebes Mädchen, du weißt es nur zu gut. Ich will den Brief, den dein Onkel zu Graf Ranulf von Chester bringen sollte, denselben Brief, den er nach vorheriger Übereinkunft auf dem Jahrmarkt Euan von Shotwick hätte aushändigen sollen, dem Vertrauensmann meines edlen Verwandten.« Er war bereit, sanft mit ihr umzugehen, und da Zeit jetzt kein entscheidender Faktor mehr war, fand er die Sache sogar erheiternd und konnte ihr Spiel bewundern, vorausgesetzt, er bekäme schließlich seinen Willen. »Erzähl mir nicht, süßes Kind, du hättest von keinem derartigen Brief gehört. Ich bezweifle, daß du eine so gute Lügnerin abgeben könntest.«

»Wahrhaftig«, sagte sie und schüttelte hilflos den Kopf, »ich verstehe Euch ganz und gar nicht. Ich könnte Euch nichts anderes sagen, weil ich nichts von einem Brief weiß. Wenn mein Onkel einen bei sich trug, wie Ihr behauptet, hat er es mir nicht anvertraut. Glaubt Ihr, ein Kaufmann würde seine junge Nichte wegen wichtiger Angelegenheiten ins Vertrauen ziehen? Ihr kennt ihn schlecht, wenn Ihr das glaubt.«

Corbière trat ein paar Schritte näher, und sie bemerkte, daß von seinem Hinken keine Spur geblieben war. Das Kohlenbecken verbreitete eine gleichmäßige, scharlachrote Glut, deren Widerschein wie der Glanz des Sonnenuntergangs auf den goldblonden Locken seines Haares lag. »Das dachte ich auch«, pflichtete er ihr bei und lachte bei der Erinnerung. »Es kostete mich eine lange Zeit, eine allzu lange Zeit, um zu dir zu gelangen, meine Liebe. Ich würde einer Frau nicht vertraut haben, nein ... Aber Meister Thomas, wie es scheint, hatte andere Vorstellungen.

Und ich gebe gern zu, er hatte es mit einer ungewöhnlichen jungen Frau zu tun. Soweit es der Mühe wert ist, bewundere ich dich. Aber ich werde mich dadurch nicht hindern lassen, zu tun, was ich tun muß, das darfst du mir glauben. Was du hast, ist zu kostbar, als daß es in mir irgendwelche Skrupel wecken könnte, selbst wenn ich zu solchen Schwächen neigte.«

»Aber ich habe keinen Brief! Ich kann Euch nicht geben, was sich nicht in meinem Besitz befindet. Wie kann ich Euch überzeugen?« fragte sie mit einem ersten Aufflammen von Ungeduld und Empörung, obwohl sie im voraus wußte, daß alle Vorspiegelungen umsonst waren. Er wußte Bescheid.

Lächelnd schüttelte er den Kopf. »Der Brief ist nicht in deinem Gepäck. Wir haben sogar die Nähte deiner Satteltaschen aufgeschnitten. Darum ist er hier, an deiner Person. Es gibt keine andere Möglichkeit. Er war nicht an der Person deines Onkels, er war weder in seiner Barke noch in seinem Marktstand. Welche Möglichkeit blieb übrig? Du und Euan von Shotwick, wenn es einem Boten irgendwie gelungen wäre, durch meine Bewachung zu schlüpfen. Du, das wußte ich, würdest ihn bewahren — nur einmal trug ich plötzlich Bedenken und dachte, daß du den Brief zur Sicherheit in den Sarg deines Onkels gesteckt haben könntest, aber das hieß dich überschätzen, mein Liebes, so schlau wie du bist. Und in Euans Besitz gelangte der Brief nicht. Wer blieb dann übrig, wenn nicht du? Nicht seine Knechte — alle von ihnen sind bei weitem zu einfältig und deinem Onkel nur in dem Maße ergeben, wie es sich für Knechte geziemt. Selbst wenn er nicht Anweisung gehabt hätte, auf strikte Geheimhaltung zu achten, wie ich aus sicherer Quelle weiß, würde er nicht einmal dir erzählt haben, was in dem Brief steht.«

Das traf zu. Emma hatte keine Ahnung vom Inhalt des Schreibens. Sie hatte ihn einfach bekommen, damit sie ihn immer bei sich trüge und gut bewachte, denn sie war die offensichtlich Unschuldige, die niemals in den Verdacht geraten würde, jemandes Kurier zu sein. Aber die Bedeutung des ihr anvertrauten Gutes war ihr auf das Eindringlichste nahegelegt worden. Menschenleben, so hatte ihr Onkel gesagt, hingen von seiner sicheren Zustellung ab, oder, sollte dies nicht möglich sein, von seiner sicheren Rückgabe an den Absender. Oder, als letzter Zuflucht, von seiner völligen Zerstörung.

»Ich bin es müde, Euch zu versichern«, sagte sie erregt, »daß Ihr Euch irrt, wenn Ihr annehmt, ich wüßte etwas darüber. Dieses Wissen hat niemals anderswo als in Eurer Einbildung existiert. Ihr, mein Herr, brachtet mich unter dem Vorwand hierher, mir die Gesellschaft Eurer Schwester zu gewähren und uns beide nach Bristol zu geleiten. Habt Ihr die Absicht, Euer Versprechen einzuhalten?«

Er warf den Kopf zurück und lachte laut, und der rote Widerschein tanzte über seine fein geschnittenen Backenknochen. »Du wärest nicht mit mir gekommen, hätte ich keine Frau erwähnt. Wenn du dich jetzt vernünftig benimmst, magst du eines Tages Gelegenheit haben, meine einzige Schwester kennenzulernen. Sie ist mit einem von Graf Ranulfs Rittern verheiratet und hält mich über die Vorgänge an Ranulfs Hof unterrichtet. Aber Gott mit ihr, eine Nonne hätte sie nie abgegeben, selbst wenn sie keine Ehefrau wäre. Aber dich sicher nach Bristol heimschicken — ja, das werde ich tun, wenn du mir gegeben hast, was ich von dir will. Und was ich will, werde ich bekommen!« fügte er in verändertem Ton hinzu, und seine wohlgeformten, lächelnden Lippen strafften und verdünnten sich zu einer Schwertklinge.

Einen Augenblick lang war sie nahe daran, ihm zu gehorchen und aufzugeben, was sie so beharrlich trotz so vieler Schrecken bei sich behalten hatte. Angst war inzwischen zur Realität geworden, aber auch Zorn, der um so heftiger war, als sie ihn mit aller Entschlossenheit zu unterdrücken suchte. Er kam einen Schritt auf sie zu, mit einem Lächeln, das so schmal war wie die lähmende Konzentration einer Katze, die sich anschickt, auf einen Vogel loszuspringen. Aber sie bewegte sich genauso wohlbedacht, um das Kohlenbecken zwischen sich und ihm zu halten. Auch das erheiterte ihn, doch er hatte Geduld.

»Ich verstehe nicht«, sagte sie mit gerunzelter Stirn, als sei sie gerade im Begriff, wirklich neugierig zu werden, »warum Ihr auf einen Brief so großen Wert legen könnt. Glaubt Ihr, ich würde mich weigern, ihn herauszugeben, wenn ich ihn hätte — da ich doch in Eurer Gewalt bin? Aber warum ist es Euch so wichtig? Was kann ein bloßer Brief enthalten?«

»Einfältiges Mädchen, ein Brief kann Leben und Tod bedeuten. Reichtum, Macht, sogar Land, das zu gewinnen oder zu verlieren ist. Weißt du, was dieser Brief wert sein könnte? Dem König Stephen möchte er sein ganzes Königreich wert sein! Mir vielleicht eine Grafschaft. Und manchen anderen ihre Köpfe! Denn ich denke, du mußt bei all deiner Unschuld wissen, daß Robert von Gloucester Pläne hat, die Regentin Maud nach England zu bringen und ihren Thronanspruch zu erkämpfen, und daß er durch seine Mittelsmänner hier versucht hat, Graf Ranulfs Unterstützung für ihre Sache zu gewinnen, sobald sie landen. Mein edler Verwandter hat einen dicken Schädel und Beweise für die Stärke dieser Sache verlangt, bevor er eine Hand hebt oder einen Schritt tut, der ihn verpflichtet. Namen, Zahlen, alle Einzelheiten, wenn ich meinen Ranulf kenne. Sie waren gezwungen, all diese Dinge schriftlich für ihn niederzulegen. Die ganze Geschichte von den Feinden des Königs, die Namen all derer, die ihm jetzt Lippenbekenntnisse erweisen, indes sie den Verrat an ihm vorbereiten. Es könnten bis fünfzig Namen auf der Liste sein, und sie wird, glaube mir, zu nichts geringerem als Ranulfs Ruin dienen. Denn wenn sein Name auch nicht daraufsteht, so hatte er doch den Punkt erreicht, da er in Erwägung zog, ihn hinzuzufügen. Was wird König Stephen nicht alles geben, um diese Nachrichten in seine Hände zu bekommen? Alles schriftlich niedergelegt, es mag sogar das Datum der geplanten Überfahrt angegeben sein, und der Hafen, wo sie zu landen hoffen. All seine Feinde abgeschnitten, ehe sie sich versammeln können, ein Kerker für Maud vorbereitet, bevor sie noch den Fuß auf die Insel setzt. Das, mein Kind, werde ich dem König anbieten, und glaube mir, ich werde meinen Preis dafür bekommen.«

Sie starrte ihn erschrocken an, und trotz der wärmenden Ausstrahlung des Kohlenbeckens zwischen ihnen überlief sie ein Frösteln. Und er war noch nicht einmal ein Parteigänger! Er hatte bereits dreimal getötet oder andere für sich töten lassen, nicht für eine Sache, sondern kalt und methodisch zu seinem eigenen Vorteil und Gewinn. Es kümmerte ihn nicht im geringsten, wer von ihnen die Krone trug, Stephen oder Maud. Hätte er Informationen in die Hände bekommen können, die für Maud von großem Wert wären, und wenn sie in seiner Einschätzung den Kampf um den Thron gewinnen und ihn gut belohnen könnte, so würde er genauso unbekümmert Stephen und alle seine Anhänger verraten haben.

Zum ersten Mal war sie entsetzt. Das Gewicht all dieser gefährdeten Menschenleben lag wie ein gewaltiger Stein auf ihrem Herzen. Sie zweifelte nicht daran, daß seine Einschätzung vom Inhalt des Briefes der Wahrheit sehr nahe kommen mußte, nahe genug, um viele Männer zu vernichten, die derselben Seite anhingen, der ihr Onkel mit Hingabe gedient hatte. Er war ein leidenschaftlicher Parteigänger gewesen, und ihn hatte es das Leben gekostet. Wenn sie jetzt nicht ein Wunder zustandebringen konnte, würde die Nachricht, die sie bei sich trug, noch viele Menschenleben, Blutvergießen, schmerzliche Verluste und Zerstörungen kosten. Und alles zu Ivo Corbières Bereicherung und Machtvorteil! Sie war Meister Thomas aus Familienloyalität gefolgt und hatte ihn unterstützt. Nun bedeutete dies nichts mehr, aber sie verspürte ein verzweifeltes Verlangen, weiteres Morden zu vermeiden, niemanden, auf keiner Seite der streitenden Parteien, seinen Feinden auf der anderen Seite zu verraten. Jedem Flüchtling zu helfen, jeden Verfolgten zu verbergen, den Frauen die Männer und den Kindern die Väter zu erhalten, war bei weitem besser, als entweder für Stephen oder für Maud zu kämpfen und zu töten.

Sie war entschlossen, ihm den Brief nicht zu überlassen. Was es auch kosten mochte, er sollte nicht unversehrt über Leichen seinen Weg zu seiner Grafschaft gehen.

»Ich habe nichts gegen dich«, sagte Corbière. Er war ruhig und entspannt. »Gib mir den Brief, und du sollst Bristol sicher erreichen und nicht die Verliererin sein. Aber glaube nicht, daß ich Skrupel hätte, es dir in aller Härte heimzuzahlen, wenn du mir entgegenarbeitest.«

Sie stand unbewegt und still, die Hände von beiden Seiten mit erhobenen Ellbogen an ihren Kopf gedrückt, als versuchte sie dadurch ihre Angst zu beherrschen. Ihre Fingerspitzen arbeiteten ungesehen unter dem Rand des Netzgewebes ihrer Kappe in die zusammengerollten Zöpfe und fühlten nach der kleinen Pergamentrolle, aber von Angesicht zu Angesicht mit ihr sah er keine Bewegung.

»Komm, du bist nicht so anziehend für mich, daß du befürchten müßtest, ich würde dir Gewalt antun«, sagte er mit einem geringschätzigen Lächeln. »Solltest du dich hingegen widerspenstig zeigen, würde es mich nicht hart ankommen, dich eigenhändig zu entkleiden. Es könnte mir sogar Vergnügen bereiten, vorausgesetzt, die Beschäftigung erweist sich als anregend. Gib den Brief heraus oder nimm in Kauf, daß er dir gewaltsam abgenommen wird. Du solltest mittlerweile wissen, daß ich niemanden dulde, der sich mir in den Weg stellt, keinen Mann und noch viel weniger eine Krämerstochter ohne Bedeutung.«

Ohne Bedeutung! Nein, sie war für ihn niemals von irgendeiner Bedeutung gewesen, nicht einen Augenblick lang, nur ein nützliches Werkzeug in der rücksichtslosen Verfolgung seiner eigenen ehrgeizigen Pläne. Noch immer stand sie wie erstarrt, außer daß sie, als er wieder näher kam, das Lächeln jetzt wölfisch und hungrig, sich Zoll für Zoll seitwärts bewegte, um das Kohlenbecken zwischen sich selbst und ihn zu bringen. Sie stand nahe davor, als könnte ihr nur diese rote Glut Schutz und Trost geben. Und plötzlich riß sie die zusammengesteckten Zöpfe herunter, krallte die Pergamentrolle heraus und riß das seidene Netz in ihrer Hast mit los. Sie wagte nicht, die Rolle einfach in die Glut zu werfen, sie könnte herausrollen oder mit einem geschickten Griff geborgen werden. In einem verzweifelten Ausfall stieß sie die Rolle tief ins Herz der Glut, hielt sie dort einen qualvollen Augenblick lang fest und zog die verbrannten Finger mit einem leisen Aufschrei, in dem sich Schmerz und Triumph mischten, rasch zurück.

Genauso schnell sprang er hinzu, die Rolle wieder herauszuziehen, aber die dünne seidene Haube hatte sofort Feuer gefangen, und ihre kleinen gelben Flammen leckten seine Hand. Und alles, was er von dem kostbaren Brief berührte, ehe er zurückzuckte, war das Wachs des Siegels, das sogleich geschmolzen war und brennend an seinen Fingern haftete, als er sie mit einem Schmerzenslaut und einer Grimasse zurückzog. Sie hörte sich lachen, und konnte nicht glauben, daß sie die Quelle des Geräusches war. Sie hörte seine wütenden Verwünschungen, doch war all sein Bestreben einstweilen auf die Rettung des Briefes gerichtet. Er riß sich den Kittel herunter, wickelte eine Ekke davon um seine Hand und faßte wieder nach der qualmenden, tief in der Glut steckenden Pergamentrolle. Und er würde sie bekommen, angesengt und vielleicht unvollständig, aber ausreichend für seine Zwecke, da die äußere Hülle noch nicht durchgebrannt war. Er durfte sie nicht haben, sie ertrug es nicht! Als er zugriff, bückte sie sich, faßte mit der unversehrten Hand nach dem Bein des Kohlenbeckens und warf es um, so daß ihn die Glut von den Hüften abwärts überschüttete.

Er schrie laut auf und sprang zurück. Glühende Holzkohle flog in alle Richtungen und wurde weithin über den Boden verstreut. Rauch und Gestank verbrannter Wolle verbreiteten sich vom nächsten Teppich, und da und dort züngelten die ersten Flammen, erreichten den zundertrokkenen Saum eines Wandteppichs zwischen zwei Fenstern. Es gab ein seltsames Geräusch wie ein mächtiges Einatmen, und eine feurige Lohe schoß empor, wuchs zu einem Feuerbaum, der auf allen Seiten züngelnde Äste ausbreitete und im Nu den ganzen Raum zwischen den Fenstern einhüllte, um sich in rasender Geschwindigkeit nach beiden Seiten auszubreiten und die staubigen Tapisserien an den benachbarten Wänden zu erreichen. Eine spröde Feuerschale hüllte den Raum ein, bevor Emma ihre entsetzte Erstarrung überwinden konnte. Sie sah die Jäger und Jägerinnen in den Wandbehängen für einen Augenblick zu bebendem zuckenden Leben erwachen, die Hunde springen, die Waldbäume im grellen Licht schimmern, bevor sie sich in Rauch und Asche auflösten. Von einem Dutzend brennender Fragmente, die über den Boden verstreut lagen, dem schwelenden Teppich und den hölzernen Wänden stieg beißender Rauch auf, und die Sicht trübte sich rasch.

Irgendwo in diesem unvermittelt ausgebrochenen Inferno jenseits des umgeworfenen Kohlenbeckens wälzte sich schreiend Ivo Corbière, die Kleider und Haare in Flammen, verstrickt in einen lichterloh brennenden, in Glut zerfallenden Streifen vom Wandbehang. Die Wand hinter ihr war in der Mitte noch unversehrt, doch auch hier drangen die Flammen rasch von beiden Seiten vor.

Ihr Blick fiel auf einen vom Feuer unberührt gebliebenen Schafwollteppich, und sie faßte danach und versuchte ihn zu dem brennenden Mann zu schleifen, aber der Rauch verdichtete sich zusehends, brannte in ihren Augen und zwang sie zu husten, und allenthalben stießen Feuerzungen aus dem Rauch und trieben sie zurück. Sie warf den Teppich in seine Richtung, für den Fall, daß er ihn noch zu fassen bekommen und seine brennenden Kleider in ihm ersticken konnte, doch war ihr dabei schon klar, daß für ihn jede Hilfe zu spät kam. Dichter Rauch erfüllte den Raum, sie hielt sich den weiten Ärmel vor Mund und Nase und wich vor den schrecklichen Schreien zurück, die in ihren Ohren gellten. Und er hatte den Schlüssel bei sich! Es gab keine Hoffnung, ihn jetzt noch zu erreichen und den Schlüssel zu bergen. Der ganze Raum brannte, das ausgetrocknete Holz der Wände, der Fensterrahmen und des Bodens bekam lange, knisternde Sprünge, über die kleine, seltsam bläuliche Flammen hintanzten.

Emma beschirmte ihr Gesicht mit einem Arm, arbeitete sich zur Tür durch und hämmerte gegen die dicken Planken, schrie durch das wütende Brausen der Flammen um Hilfe. Sie glaubte irgendwo im Untergeschoß Rufe zu hören, aber aus der Ferne. Die Wandbehänge zu beiden Seiten der Tür waren bereits zu Asche verbrannt. Aber hier, wo die Hitze des Brandes noch nicht so stark gewesen war, hatte das Holz nicht gleich Feuer gefangen, und so blieb die Tür wenigstens für eine Weile passierbar. Ihre verbrannte Hand hatte sie vergessen und schlug damit so kräftig wie mit der anderen gegen die Tür. All diese anderen Menschenleben waren gewiß nicht mehr gefährdet. Niemand würde jemals den Brief lesen, der Ranulf von Chester nicht erreicht hatte. Selbst dieses furchtbare Leben, das mit ihr in diesen Raum eingeschlossen war, mußte bald ausgehaucht sein, denn seine Geräusche gingen in der Stimme des Feuers beinahe unter. Und dies war eine geschäftige, ganz von sich selbst in Anspruch genommene Stimme, nicht unähnlich dem vielstimmigen Gemurmel, das über dem Marktplatz hing. Aber auch sie hatte ein Leben zu verlieren. Sie war jung, zornig, entschlossen, wollte sich nicht dem scheinbar unabwendbaren Geschick überlassen. Wieder hämmerte sie gegen die Tür und rief. Niemand kam. Sie hörte keine Stimmen, keine hastigen Schritte auf den Stufen zur Galerie, nichts als das Knacken und Brausen des Feuers, das gleichmäßig zu einem dumpfen Brüllen anwuchs, wie von einer tobenden Menge, aber harmonischer, der triumphierende Ausdruck eines einzigen Willens.

Emma bückte sich zum Schlüsselloch und rief hindurch, solange ihr Atem und ihre Kräfte es zuließen. Dann konnte sie weder sehen noch denken, alles ringsum war eine sich verdichtende Schwärze, eine würgende Hand an ihrer Kehle. Aus der gebückten Haltung sank sie auf die Knie, und von den Knien fiel sie vorwärts an die Tür und lag dort, Mund und Nase an den Spalt gedrückt, der einen dünnen Strom reiner Luft einströmen ließ. Nach einer Weile war sie sich keiner Empfindungen mehr bewußt, nicht einmal ihres Atmens.

4.

Nachdem er den Langen Wald verlassen hatte, verirrte sich Philip für kurze Zeit in dem Wirrwarr kleiner Pfade und Wegspuren, die sich durch die Täler des Hügellandes schlängelten, und war gezwungen, sich von dem erstbesten Einheimischen, den er auf einer Rodung traf, den Weg nach Stanton Cobbold weisen zu lassen. Die Gegend kannte er ungefähr, aber nicht den Herrensitz. Der Kätner gab ihm genaue Instruktionen, und als er sich in die Richtung wandte, in die sein Arm zeigte, sah er die erste dünne graue Rauchsäule in die windstille Luft aufsteigen und sich rasch verstärken und dunkler werden.

»Das könnte der Ort sein oder nahebei. Die Wälder sind trocken genug, daß es ein Unglück geben kann. Gebe Gott, daß sie es vom Haus fernhalten können, denn wenn dort ein Funke hineinfliegt ...«

»Wie weit ist es?« verlangte Philip zu wissen.

»Eine Meile und etwas. Am besten wirst du ...« Aber Philip war schon fort, stieß die Hacken in die Flanken seines gestohlenen Pferdes und trieb es zum Galopp an. Immer wieder ging sein Blick zu der anwachsenden, emporquellenden Rauchsäule und vernachlässigte den Weg, so daß das Pferd auf wenig benutzte Pfade abkam, die ihn ein Dutzend Male zu Fall gebracht hätten, wäre das Glück nicht mit ihm gewesen. Mit jeder Minute wurde das Schauspiel bedrohlicher, rote Flammen leckten durch den schwarz brodelnden Rauch aufwärts. Lange bevor er das Herrenhaus erreichte und aus den Bäumen auf den Palisadenzaun zupreschte, konnte er das Knacken und Knistern der flammenden Balken hören, die in der Hitze platzten. Es war das Haus, nicht der Wald.

Das Tor stand offen, und im Inneren rannten aufgeregte Bedienstete verwirrt durcheinander, schleppten an Gerät und Gegenständen aus Halle und Küche, was sie konnten, trieben entsetzt wiehernde Pferde und brüllendes Vieh aus den Stallungen, die dem hölzernen Flügel des Herrenhauses gefährlich nahe waren. Entgeistert starrte Philip auf den Turm aus Rauch und Flammen, der einen Flügel des Hauses einhüllte. Der lange Steinbau von Palas und Torgebäude würde stehenbleiben, wenn auch als ausgebrannte Schale, aber der hölzerne Teil war bereits ein Glutofen. Verstörte Knechte und kreischende Mägde rannten dahin und dorthin und schenkten ihm keine Beachtung. Das Unheil war so jählings über sie gekommen, daß sie halb von Sinnen waren.

Philip riß die Füße aus den Steigbügeln, die zu kurz für seine langen Beine waren, aber die zu verlängern er sich nicht die Zeit genommen hatte, und schwang sich vom Pferd, das er sich selbst überließ. Einer der Stallknechte lief ihm über den Weg, und Philip packte ihn beim Arm und zog ihn herum.

»Wo ist dein Herr? Wo ist das Mädchen, das er heute hierher gebracht hat?« Der Mann war benommen und fand keine Worte. Philip schüttelte ihn wütend. »Das Mädchen — was hat er mit ihr gemacht?«

Der Mann glotzte ihn hilflos an, dann zeigte er in die Rauchsäule. »Sie sind in der Wohnung — mein Herr auch … Dort brach das Feuer aus.«

Philip ließ ihn ohne ein weiteres Wort los und rannte zur Außentreppe. Der Mann heulte ihm nach: »Dummkopf, dort drinnen ist die Hölle los, nichts kann darin leben! Und die Tür ist zugesperrt — er hatte den Schlüssel bei sich … Du wirst in den Tod rennen!«

Nichts von alledem vermochte Philip zu beeindrucken, bis auf die Erwähnung der zugesperrten Tür, die ihn innehalten ließ. Wenn es keinen anderen Zugang gab, würde er durch eine verschlossene Tür eindringen müssen. Wild blickte er zwischen den Stapeln von Wandbehängen und Möbelstücken und Gebrauchsgegenständen umher, die das Dienstpersonal in den Hof hinausgeschleppt hatte, um unter dem Hausrat etwas zu finden, womit er solch eine Barriere durchbrechen könnte. Die Küche war ausgeräumt worden, es gab Fleischmesser und Hackbeile, aber noch besser, dort lag ein Haufen Waffen aus dem Rittersaal. Einer von Corbières Vorfahren hatte, wie es schien, die Streitaxt bevorzugt. Und diese feigen Geschöpfe des Haushalts hatten keinen Versuch unternommen, eine so handliche Waffe zu gebrauchen! Ihr Herr konnte rösten, bevor sie eine verbrannte Hand für ihn riskieren würden.

Philip jagte die steinerne Außentreppe hinauf, drei Stufen auf einmal nehmend, und in die raucherfüllte Höhle des Palas. Die Hitze war hier nicht so stark, dicke Steinwände hielten sie ab, und auch der Boden war über den mächtigen Tragbalken des Erdgeschosses mit Steinplatten belegt. Der schlimmste Feind war der Rauch, der beim ersten Atemzug scharf und giftig in Kehle und Nase biß. Er nahm sich ein paar Augenblicke Zeit, um den Kittel herunterzureißen und ihn um den Kopf zu binden, daß er Nase und Mund bedeckte. Dann tastete er sich an der Wand entlang durch den raucherfüllten Raum zum anderen Ende, von wo die Hitze und der Qualm herandrangen. Er dachte nicht nach, er tat, was er zu tun hatte. Emma war irgendwo in diesem Inferno, und es kam nur darauf an, sie herauszuholen.

Er fand die Stufen zur Galerie, indem er über die erste stolperte, dann sprang er geduckt hinauf, denn es schien, daß die Hauptmasse des Rauches sich unter dem Dach entlangwälzte. Den Umriß der Tür erkannte er an dem Rahmen aus Rauch, der in einem dünnen, gleichmäßigen Strom aus den Ritzen quoll. Die Eichenplanken selbst brannten noch nicht. Er hämmerte und warf sich gegen die Tür und rief, aber von innen kam kein Geräusch als das Tosen und Knistern des Feuers. Er mußte sie einschlagen.

Wie ein Berserker holte er aus und schlug mit der Streitaxt nach dem Schloß. Die Tür war massiv, das Holz hart und glatt, aber weniger scharfe und gefährliche Äxte hatten die Bäume gefällt, aus denen sie gemacht war. Der Rauch brannte ihm in den Augen, Tränen behinderten seine Sicht, befeuchteten aber den Stoff, der Mund und Nase bedeckte. Die Schläge rissen Splitter aus den Planken der Tür, doch das Schloß hielt. Philip arbeitete weiter. Die Axt schlug einen tiefen Spalt über das Schloß, so tief, daß er Mühe hatte, sie herauszuziehen. Wieder und wieder schlug er auf dieselbe Stelle, sah die Splitter fliegen, und plötzlich sprang die Tür mit einem harten, metallischen Kreischen auf, klemmte aber sogleich wieder, als er sie eine Handbreit aufgestoßen hatte. Der obere Teil, als er die Hand durchsteckte, bot keinen Widerstand. Er fühlte im Inneren am Boden entlang und schloß die Finger um einen Zopf seidig weichen Haares. Sie war da, lag im Inneren vor der Tür, und obwohl die Hitze, die ihm entgegenschlug, unerträglich war, hatte sie dort am Boden nur der Rauch erreicht, noch nicht die Flammen.

Das Öffnen der Tür hatte den Zustrom frischer Luft, die die Flammen nährte, mit einem Schlag vervielfacht, und jenseits des dichten Rauches loderte eine derartige Glut auf, daß ihm nur noch Augenblicke blieben, bevor die Feuersbrunst sie beide einschließen würde. Mit aller Macht stemmte er sich gegen die Tür, um Emmas Arm zu fassen und sie beiseite zu ziehen, so daß er die Tür gerade weit genug öffnen könnte, um sie durchzuzerren.

Eine gewaltige Explosion der frisch angefachten Lohe sandte eine Stichflamme durch die Öffnung, die ihm das Haar versengte. Dann hatte er sie über die Schwelle gezogen, hob die weiche, schlaffe Last auf die Schultern und rannte, halb fallend, halb taumelnd die Galerie entlang zur Treppe. Das Feuer begnügte sich damit, nach seinen Fersen zu schnappen. Bis er viel später die Schuhe auszog, bemerkte er nicht einmal, daß die Dielenbretter der Galerie unter seinen Füßen bereits geschwelt hatten.

Keuchend und am Ende seiner Kräfte, erreichte er den Eingang zum Palas und mußte sich mit seiner Last auf die steinernen Stufen setzen, um nicht mit ihr zu fallen. Begierig sog er die von draußen einströmende reine Luft ein und zog sich den angesengten, von Rauch und Ruß beschmutzten Kittel vom Gesicht. Sehvermögen und Gehör waren getrübt, er wußte nicht einmal, daß Hugh Beringar und seine Wache in den Hof galoppiert waren, bis Bruder Cadfael die Treppe heraufeilte, um ihm Emma abzunehmen.

»Guter Junge! Ich habe sie. Komm mit hinunter — stütz dich auf mich, so! Dann suchen wir dir einen sicheren Winkel und sehen zu, was wir für euch beide tun können.«

Philip, so erschöpft, daß er seinen Beinen nicht zutraute ihn zu tragen, fragte mit tonlos heiserer Stimme: »Ist sie …?«

»Sie atmet«, sagte Bruder Cadfael aufmunternd. »Komm und hilf mir, für sie zu sorgen, und mit Gottes Hilfe wird sie durchkommen.«

Emma schlug die Augen auf und sah einen heiteren, blassen Himmel und zwei sorgenvolle Gesichter. Bruder Cadfaels erkannte sie sofort, denn es trug seinen gewohnten, verschmitzt-liebenswürdigen Ausdruck, wenngleich sie sich nicht vorstellen konnte, wie er hierhergekommen war oder wo sie sich überhaupt befand. Das andere Gesicht war ihrem eigenen so nahe, daß sie es verschwommen sah, und es war ein wildes und fremdes Gesicht, rußgeschwärzt von der Stirn bis zum Kinn, überronnen von getrockneten Rinnsalen des Schweißes und der Tränen, das braune Haar auf einer Kopfseite gekräuselt und schwarz versengt. Aber es hatte zwei klare braune Augen, die so aufrichtig schauten wie der freundliche Sommerhimmel und sie mit einem Ausdruck so tiefer Ergebenheit ansahen, daß das Gesicht, so beeinträchtigt es war und so wenig es sich durch Schönheit auszeichnete, das freundlichste und beruhigendste zu sein schien, das sie je gesehen hatte. Das Gesicht, das ihre Augen zuletzt gesehen hatten, bevor es in Flammen und Rauch versunken war, war das Gesicht des Ehrgeizes, der Gier und des mörderischen Eigennutzes in einer gewinnenden Hülle von Schönheit gewesen. Dieses Antlitz war die andere Seite der menschlichen Medaille.

Erst als sie sich ein wenig regte und er seine Haltung veränderte, um es ihr bequemer zu machen, wurde ihr bewußt, daß sie in seinen Armen lag. Allmählich kehrten Gefühl und Erkennen von Zusammenhängen zurück, selbst der Schmerz ließ sich Zeit. Ihr Kopf war an seine Schulter gebettet, ihre Wange ruhte an seinem Kittel. Die Arbeitskleider eines Handwerkers, aus grobem Wollstoff ... Natürlich, er war Schuster. Ein Handwerkersohn ohne Bedeutung! Es ließ sich viel zu seinen Gunsten sagen. Der Gestank von Rauch und Brand hing noch in ihren Kleidern und Haaren, trotz Cadfaels Bemühungen mit einer Schüssel Wasser aus dem Brunnen. Der Handwerkersohn ohne Bedeutung war auf ihrer Fährte in das Herrenhaus eingedrungen und hatte sie lebend herausgeholt. Soviel hatte sie ihm bedeutet. Eine Krämerstochter ...

»Ihr Augen sind offen«, flüsterte Philip aufgeregt. »Sie lächelt.«

Cadfael beugte sich über sie. »Wie sieht es jetzt mit dir aus, Tochter?«

»Ich bin am Leben«, antwortete sie kaum hörbar, aber mit großer Freude.

»So ist es, Gott sei gedankt, und gleich nach Gott unserem Philip hier. Aber lieg still, wir werden einen Umhang suchen, in den wir dich wickeln können, denn du wirst die Kälte fühlen, die nach der Gefahr kommt. Und Schmerzen wird es auch geben, mein armes Kind.« Von den Schmerzen wußte sie schon. »Du hast eine schlimm verbrannte

Hand, und ich habe hier keine Salbe, ich kann nicht mehr tun, als sie vor der Luft schützen, bis wir heimkehren. Laß die Hand ruhig liegen, wenn du kannst, je ruhiger, desto besser. Wie konnte es geschehen, daß du mit Ausnahme der Brandwunden an einer Hand heil und ganz davongekommen bist?«

»Ich steckte sie ins Kohlenbecken«, sagte Emma, der alles wieder einfiel. Sie sah, mit welch erschrockenem Blick Philip diese Nachricht aufnahm, und begriff, was sie gesagt hatte. Und plötzlich erschien ihr am wichtigsten, daß Philip nicht alles wissen sollte, daß seine freimütige Klarheit nicht mißbraucht werden sollte, um der Anwendung von Lügen, Täuschungen und Ausflüchten nachzuforschen, ganz gleich, wie rechtmäßig die Sache sein mochte, der sie dienten. Eines Tages würde sie es vielleicht jemandem erzählen, aber nicht Philip. »Ich fürchtete mich vor ihm«, fuhr sie fort, »und ich warf das Kohlenbecken um. Ich hatte nie die Absicht, solch einen Brand zu legen ...«

Irgendwo seltsam entfernt von dem Winkel des Friedens, wo sie lag, boten Hugh Beringar und die Soldaten der Stadtwache, die ihm von Shrewsbury gefolgt waren, ihre eigenen Kräfte und die der erschöpften und verzweifelten Bediensteten auf, um zu retten, was zu retten war. Sie übergossen die noch durch Funkenflug gefährdeten Nebengebäude mit Wasser, so daß die Tiere untergebracht werden konnten und die Knechte und Mägde wenigstens ein Dach über dem Kopf hatten. Die Feuersbrunst hatte so heftig gewütet, daß sie nach dem Einsturz des Dachstuhles bereits nachließ, doch würde es noch einige Tage dauern, bis die Glut erloschen wäre und man in der Asche nach Ivo Corbières Überresten suchen konnte.

»Heb mich auf«, sagte Emma. »Laß mich sehen!«

Philip richtete sie behutsam auf, bis sie neben ihm im sauberen grünen Gras saß. Sie waren in einem Winkel des äußeren Hofes und hatten den Palisadenzaun im Rücken. Die Scheune und Stallungen dampften in der Spätnachmittagssonne von den Eimern voll Wasser, mit denen man sie überschüttet hatte. In der Nähe der Brandstätte war noch immer eine Eimerkette an der Arbeit, die vom Brunnen ausging. Es blieben genug Dächer, um Pferden, Vieh und Menschen Unterkunft zu geben, bis Besseres für sie gefunden werden konnte. Sie hatten das Küchengerät, die Lagerräume im Erdgeschoß mochten Schaden davongetragen haben, waren aber nicht zerstört. Solange die warme Jahreszeit andauerte, war für Mensch und Tier gesorgt, und man mußte trachten, den gemauerten Teil des Hauses bis zum Winter wieder bewohnbar zu machen. Der ganze Schrecken hatte schließlich nur ein Menschenleben gefordert.

»Er ist tot«, sagte sie, den Blick unverwandt auf die rauchende Ruine gerichtet.

»Es gibt keine andere Möglichkeit«, sagte Cadfael.

»Und der andere?«

»Turstan Fowler? Er ist gefangen. Die Stadtwache hat ihn festgenommen. Ich glaube, er war es«, sagte Cadfael freundlich, »der Euren Onkel tötete.«

Sie hatte erwartet, daß er sich bei der Ankunft Beringars zu einem Pferd würde verholfen und das Weite gesucht haben, doch schließlich hatte er keinen Grund dazu gesehen. Niemand hatte ihn beschuldigt, als er von Shrewsbury abgereist war. Und alle Welt sollte es als gegeben ansehen, daß Emma getreulich nach Bristol geleitet worden war. Warum sollte sie es in Frage stellen? Warum hatte sie es in Frage gestellt? Sie hatte soviel zu lernen, wie sie zu erzählen hatte. Doch dafür war später noch Zeit genug. Jetzt war Zeit für nichts als Leben und Frohlocken und Freude und Dankbarkeit — und vielleicht, allmählich und mit ungeübtem Vergnügen, Liebe. »Was wird aus ihm werden?« fragte sie.

»Er wird sicherlich alles sagen, was er weiß, und die Schuld dem zuschieben, welchem sie zukommt, seinem Herrn.« Cadfael bezweifelte gleichwohl, daß Turstan Fowler dem Galgen entgehen würde, und er konnte sich nicht schlüssig werden, ob er es ihr sagen sollte. Schließlich unterließ er es. Sie war in diesen Augenblicken zutiefst aufgewühlt von Gedanken an Leben und Tod und wünschte angesichts der Größe göttlicher Gnade, wie sie ihr zuteil geworden war, daß auch dem niedrigsten und schlimmsten Bösewicht Gnade erwiesen würde. Und das war gut. Gott verhüte, daß er auch nur ein Wort sagte, das diese Stimmung verderben würde.

»Ist dir kalt?« fragte Philip zärtlich, als er sie in seinem Arm frösteln fühlte.

»Nein«, sagte sie und hob den Kopf ein wenig in der Höhlung seiner Schulter, so daß ihre Stirn an seiner rußigen Wange ruhte. Er fühlte ihre weichen Lippen an seinem Hals, als sie lächelte, und war erfüllt von dem glücklichen Bewußtsein ihres Besitzes, der Gewißheit, daß niemand jemals imstande sein würde, sie ihm zu nehmen.

Hugh Beringar kam mit schleppenden Schritten durch das niedergetrampelte Gras herüber. Selbst seine stets ordentliche und saubere Kleidung war rußfleckig und roch verqualmt.

»Was getan werden kann, ist getan«, sagte er und wischte sich über das Gesicht. »Wir sollten das Mädchen besser nach Shrewsbury zurückbringen, hier gibt es keine Unterkunft. Ich lasse ein paar Wachsoldaten einstweilen hier, aber der geeignete Ort für Euch, mein Fräulein«, fuhr er mit einem etwas müden Lächeln zu Emma gewandt fort, »ist in einem bequemen Bett, nachdem Eure Hand sachkundig versorgt ist. Und ihr solltet nicht grübeln noch Euch vom Fleck rühren, bis Ihr wiederhergestellt seid. Bristol wird auf Euch warten müssen. Wir werden Euch zu Aline ins Kloster bringen, dort werdet Ihr Euch wohl fühlen.«

»Nein«, sagte Philip mit ungewohnter Selbstsicherheit. »Ich bringe Emma zu meiner Mutter nach Shrewsbury.«

»Nun gut, das magst du tun«, stimmte Hugh zu. »Es ist kaum ein Stück weiter entfernt. Aber wir wollen Bruder Cadfael Zeit geben, die Salben und Arzneien zu suchen, die er zur Behandlung braucht, und Aline soll selbst sehen, daß Emma nicht allzu schwer zu Schaden gekommen ist. Und vergiß nicht, Freund, du schuldest Aline etwas dafür, daß sie den Mann besänftigt hat, dem du sein Pferd raubtest, und dir den Rücken freihält, bis du ihm Entschädigung leisten kannst.«

Unter seiner Rußschicht konnte Philip noch immer erröten. »Wahrhaftig, gewiß werde ich wegen Diebstahls wieder in den Kerker geworfen, aber nicht, bevor ich Emma sicher in der Obhut meiner Mutter weiß.«

Hugh lachte und schlug ihm freundschaftlich auf die Schulter. »Nicht, solange ich ein Wörtlein mitzureden habe — es sei denn, du kannst dich nicht enthalten, bei nächster Gelegenheit wieder gegen Recht und Gesetz zu verstoßen. Wir werden den Kaufmann entschädigen, Aline wird ihn bereits bis zur Umgänglichkeit besänftigt haben. Und sein Pferd ist abgerieben und getränkt und gefüttert worden, während du anderweitig beschäftigt warst. Und wir werden es unbeladen zurückführen, so daß dieses Abenteuer ohne Nachteil für das Tier und seinen Besitzer sein wird, dessen Schaden mithin auf den Zeitverlust beschränkt bleiben wird, den er hinnehmen mußte. Es gibt hier Pferde genug, ich werde dir eines aussuchen, das zwei Personen tragen kann.« Er hatte Emma im Auge behalten, während er Wasserträger zu Eimerketten zusammengestellt und die Unterbringung der geretteten Haushaltsgegenstände veranlaßt hatte, und war zu vernünftig, um den Versuch zu machen, sie Philips Armen zu entreißen oder um eine Pferdesänfte für ihren Rücktransport zu schicken. Hier waren zwei so eng zusammengeschlossen, daß nur ein Dummkopf versuchen würde, sie zu trennen, und sei es für ein paar Stunden. Und Hugh Beringar war kein Dummkopf.

Sie hüllten Emma behutsam in eine dem geretteten Bettzeug entliehene wollene Decke, mehr der Bequemlichkeit halber als für die Wärme, obwohl sie noch unter der Kälte leiden mochte, die sich einstellte, nachdem alles ausgestanden war. Sie nahm alles mit heiterer Ruhe auf, wie jemand in einem Traum, obwohl die Schmerzen ihrer Hand sehr heftig sein mußten. Sie schien nichts als einen tiefen inneren Frieden zu empfinden, der alles andere zur Bedeutungslosigkeit verblassen ließ. Philip stieg auf einen kräftigen, breitrückigen, geduldigen Wallach, dann hoben sie Emma, eingehüllt in ihre Decke, zu ihm hinauf. Und sie fand einen Ruheplatz auf seinem Schoß, wie in einer Wiege gehalten von seinen Armen und seiner Schulter, als hätte Gott sie geschaffen, damit sie dort hineinpaßte.

»Und vielleicht hat Er es so gefügt«, sagte Bruder Cadfael, als er an Hugh Beringars Seite hinter ihnen ritt.

»Was gefügt?« fragte Hugh, aufgeschreckt aus sehr verschiedenen Überlegungen, denn zwei Wachsoldaten mit dem gebundenen Turstan Fowler ritten hinter ihnen.

»Er hat alles gelenkt«, sagte Cadfael. »Schließlich ist das Seine Art.«

Auf halber Strecke nach Shrewsbury schlief sie in seinen Armen ein, den Kopf an seiner Brust. Das von Ruß und Rauch stumpf gewordene schwarze Haar fiel ihr in die Stirn, so daß er nur den unteren Teil ihres Gesichts sehen konnte. Aber der Mund war weich und feucht und lächelte, und sie lag mit ihrem ganzen Gewicht in die Wiege seines liebenden Körpers geschmiegt wie in ein Ehebett. In ihrem Traum weilte sie irgendwo, jenseits der Schmerzen ihrer verbrannten Hand. Es war, als hätte sie diese Hand in die Zukunft gestreckt und gefunden, daß es sich lohnte. Die unversehrte linke Hand hielt ihn in ihrem Traum fest.

5.

Die Dunkelheit klarer Sommernächte, die niemals vollkommen ist, zeigte einen verlassenen Pferdemarkt. Nur Pfostenlöcher, eingedrückte Spuren von Schragen und zertrampeltes Gras zeugten von dem regen Leben, das hier drei Tage lang geherrscht hatte. Wieder war für ein Jahr alles vorüber. Die Klosterverwalter hatten die Einnahmen aus Mieten, Zöllen und Gebühren gezählt, ihre Abrechnungen abgeliefert und waren zu Bett gegangen. Auch die Mönche der Abtei, die Novizen, Klosterschüler und Knechte schliefen. Ein schläfriger Pförtner öffnete ihnen das Tor. Und auf eine geheimnisvolle Weise erwachte der große Hof bei den Geräuschen ihrer Ankunft, so gedämpft diese waren, zum Leben. Aline kam zusammen mit dem beraubten Kaufmann vom Gästehaus herbeigeeilt, Bruder Mark stahl sich aus der Klausur herüber, und Abt Radulfus schickte seinen Sekretär mit der Aufforderung an Bruder Cadfael, sich sogleich nach seiner Ankunft zu ihm zu begeben, gleichgültig, zu welcher Stunde.

»Ich ließ ihm mitteilen, was sich angebahnt hatte«, sagte Hugh, »bevor wir aufbrachen. Er mußte es wissen. Nun wird er hören wollen, wie es endete.«

Während Aline Emma und den übermüdeten und schläfrig fügsamen Philip zum Gästehaus brachte, damit sie sich ausruhten und erfrischten, und Bruder Mark die Salbe aus Maulbeerblättern und Frauenmantel aus dem Kräutergarten holte — ein bekanntes Mittel gegen Verbrennungen — und während die Wachsoldaten mit ihrem Gefangenen weiter zur Burg zogen, suchte Bruder Cadfael pflichtschuldig den Abt in dessen Arbeitszimmer auf. Ob Mittag oder Mitternacht, der Abt war stets hellwach. Im Schein der einzigen Kerze musterte er Cadfael prüfend und fragte einfach: »Nun?«

»Es ist gut, Ehrwürdiger Vater. Wir sind mit Fräulein Vernold sicher und ungefährdet heimgekehrt, und der Mörder ihres Onkels ist in den Händen der Grafschaftsbeamten — der Mann namens Turstan Fowler.«

»Es gibt einen weiteren?« fragte Radulfus.

»Es gab einen anderen. Er ist tot. Nicht durch Menschenhand, Ehrwürdiger Vater, keiner von uns hat getötet oder Gewalt geübt. Er ist durch Feuer zu Tode gekommen.«

»Berichte«, sagte der Abt.

Cadfael erzählte ihm die ganze Geschichte, soweit sie ihm bekannt war. Wieviel mehr Emma wußte, war eine Frage von Mutmaßungen.

»Und von welcher Art«, wollte der Abt wissen, »kann diese Nachricht gewesen sein, daß sie einem Menschen, der sich in ihren Besitz setzen wollte, Anlaß zu solchen Verbrechen gab?«

»Das wissen wir nicht, und niemand wird es jetzt erfahren, denn sie ist mit ihm verbrannt. Aber wo es zwei einander bekriegende Parteien in einem Land gibt, können skrupellose Menschen aus der Gegnerschaft Gewinn ziehen, um eines Vorteils willen Verrat üben, Rache an ihren Rivalen nehmen und hoffen, mit den Ländern jener belohnt zu werden, die sie verraten. Von welcher Art die geplante Niedertracht auch war, sie wird jetzt niemals Früchte tragen.«

»Ein besseres Ende, als ich zu fürchten begonnen hatte«, meinte Radulfus mit einem dankbaren Seufzer. »Dann ist jetzt alle Gefahr vorüber, und die Gäste unseres Hauses sind nicht zu Schaden gekommen.« Er grübelte eine kleine Weile. »Dieser junge Mann, der sich so wacker für das Mädchen einsetzte und damit auch uns Gutes tat — du sagtest, er sei der Sohn des Bürgermeisters?«

»So ist es, Ehrwürdiger Vater. Mit Eurer Erlaubnis gehe ich jetzt mit ihnen, um sie nach Haus zu geleiten und ihre Verbrennungen zu behandeln. Sie sind nicht allzu ernst, doch sollten sie ohne Verzug gereinigt und verbunden werden.«

»Geh mit Gottes Segen!« sagte der Abt. »Es kommt mir gelegen, denn ich habe eine Botschaft für den Bürgermeister, die du für mich überbringen magst, wenn du willst. Frage Meister Corviser, mit meinen Empfehlungen, ob er morgen früh nach dem Kapitel hierherkommen kann. Ich habe etwas mit ihm zu besprechen.«

Frau Corviser hatte unzweifelhaft seit Stunden über ihren umherschweifenden Sohn gewettert, einen Herumtreiber und Taugenichts, den man kaum gegen Kaution aus dem Kerker freibekommen hatte, als er schon bis Mitternacht und länger zu neuen Schelmenstreichen anderswo losgezogen war. Wahrscheinlich hatte sie wenigstens ein dutzendmal gesagt, daß sie nichts mehr mit ihm zu schaffen haben wollte, daß es nicht mehr lohnte, für ihn zu beten, und daß sie sich nicht länger um ihn kümmern würde, sollte er auf eigene Faust zum Teufel gehen. Bei alledem gelang es ihrem Mann nicht, sie zum Schlafengehen zu bewegen. Und bei jedem leisesten Geräusch, das ein Schritt an der Tür oder auf der Straße sein mochte, flog sie zum Fenster, um hinauszuspähen, den Mund voller Schimpfworte, aber das Herz voller Hoffnung.

Und dann, als er endlich kam, war er in Begleitung eines Mädchens mit großen dunklen Augen, das er im Arm hielt, mit angesengtem Haar auf einer Seite des Kopfes, dem Geruch von Qualm und Ruß in den Kleidern, gefolgt von einem Mönch aus dem Kloster St. Peter und mit einem Ausdruck entflammter Autorität und Reife in den Zügen, der seinen beschmutzten und mitgenommenen Zustand vergessen machte. Und statt ihn zu schelten oder zu umarmen, nahm sie Philip und das Mädchen bei den Händen und zog sie zusammen hinein, machte sich daran, ihnen zu essen und zu trinken zu geben und sich um ihre Bequemlichkeit zu kümmern, mit nur wenigen praktischen und besorgten Worten. Morgen würde sie Philip schon dazu bringen, die ganze Geschichte zu erzählen. Heute abend war es Cadfael, der sie in knappen Umrissen informierte, als er Emmas Hand und die oberflächlichen Verbrennungen an Philips Stirn und Arm reinigte und verband. Es war besser, nicht zuviel von dem herzumachen, was der Junge getan hatte. Emma würde das später schon zur Genüge tun, und seine Mutter würde es von ihr am meisten schätzen.

Emma selbst sagte beinahe nichts, isoliert in ihrer Erschöpfung, aber ihr Blick wich selten von Philip. Und wenn, so geschah es, um mit Erleichterung und Zufriedenheit das solide, dunkle Mobiliar und die holzverkleideten Wände dieses Bürgerhauses zu betrachten, ein Anblick, der ihr so vertraut war, daß ihr die Aufnahme hier wie eine Heimkehr erschien. Ihr versunkenes kleines Lächeln war beredt. Müttern entgehen solche Blicke nicht. Emma hatte ihr Herz bereits erobert, als sie freundlich zu dem Bett geleitet wurde, das für sie bereitstand, dort von Frau Corviser mit der Fürsorglichkeit einer Glucke zur Ruhe gebettet und mit einem heißen Würzgetränk traktiert wurde. Diesem hatte Bruder Cadfael etwas von seinem Mohnsirup beigefügt, um sicherzugehen, daß sie schlafen und ihre Schmerzen vergessen würde.

»Ein hübsches Ding, das muß ich sagen«, erklärte Frau Corviser, nachdem sie leise ins Zimmer zurückgekehrt war und die Verbindungstür geschlossen hatte. Sie warf einen liebevollen Blick zu ihrem Sohn und sah, daß er auf seinem Stuhl eingeschlafen war. »Und wenn ich bedenke, was er wirklich getan hat, während ich, die ihn besser hätte kennen sollen, ihm alle möglichen Schlechtigkeiten zutraute!«

»Er kennt sich selbst sehr viel besser als noch vor ein paar Tagen«, meinte Cadfael, als er seine Tasche wieder packte. »Ich werde Euch diese Salbe dalassen, Ihr wißt, wie sie angewendet wird. Morgen nachmittag werde ich noch einmal kommen und mir die Hand ansehen. Aber nun will ich mich verabschieden. Ich bekenne, daß ich mehr als reif für mein eigenes Bett bin, und ich zweifle schon jetzt, ob ich morgen die Glocke zur Prime hören werde.«

Im Hof hinter der Werkstatt versorgte Geoffrey Corviser eigenhändig das Pferd aus Stanton Cobbold, dem er neben seinem eigenen einen Platz im Stall frei gemacht hatte. Cadfael richtete ihm die Botschaft des Abtes aus. Der Bürgermeister hob skeptisch die Brauen. »Nun, was kann der Hochwürdigste Herr von mir wollen? Als ich letztes Mal mit der Kappe in der Hand zum Kapitelsaal kam, erhielt ich eine harte Antwort.«

»Gleichwohl«, erwiderte Cadfael und rieb sich gedankenvoll die stumpfe braune Nase, »steckte ich in Euren Schuhen, ich glaube, ich wäre neugierig genug, um hinzugehen.«

Es war kein Wunder, daß Bruder Cadfael, obwohl es ihm gelang, zur Prime aufzustehen, seinen sorgfältig gewählten Platz hinter der Säule des Kapitelsaales für die Dauer der Andacht zu einem Nickerchen nutzte. Tatsächlich schlief er so fest, daß er ausnahmsweise Gefahr lief, laut zu schnarchen. Beim ersten melodischen Hornsignal bekam Bruder Mark es mit der Angst zu tun und weckte ihn mit einem Rippenstoß.

Der Bürgermeister hatte der Einladung des Abtes Folge geleistet und fand sich am Ende der Andacht im Kloster ein. Der Verwalter des Meierhofes hatte gerade gemeldet, daß er anwesend wäre, als Cadfael die Augen aufschlug.

»Wozu kann der Bürgermeister hier sein?« wisperte Mark.

»Was weiß ich? Er wurde aufgefordert, um diese Zeit zu kommen. Still!«

Geoffrey Corviser kam in seinem Sonntagsstaat und erwies dem Abt respektvoll, aber kühl seine Ehrerbietung. Diesmal hatte er keine festgefügte Kohorte im Rücken, und um die Wahrheit zu sagen, maß er dieser Begegnung sehr wenig Bedeutung bei, wenngleich er ein wenig neugierig war. Seine Gedanken waren mit anderen Dingen beschäftigt. Gewiß, die Probleme der Stadt blieben ungelöst und hätten zu jeder anderen Zeit im Vordergrund seiner Sorge gestanden. Aber heute war er unempfindlich gegen die Schwierigkeiten der Gemeinde, weil ihn ein mächtiger Stolz auf seinen rehabilitierten und allseits gelobten Sohn erfüllte.

»Ihr habt mich hergebeten, Hochwürdigster Herr Abt. Ich bin hier.«

»Ich danke Euch für Euer freundliches Entgegenkommen«, erwiderte der Abt. »Vor einigen Tagen, Bürgermeister, vor dem Jahrmarkt, tratet Ihr hier mit einem Ersuchen vor mich hin, dem ich nicht entsprechen konnte.«

Der Bürgermeister sagte nichts und wartete ab.

»Nun ist der Jahrmarkt zu Ende gegangen«, fuhr der Abt fort. »Alle Mieten, Zölle und Gebühren sind eingesammelt und in die Schatzkammer der Abtei gebracht worden, wie es in der Verleihungsurkunde gefordert wird. Pflichtet Ihr mir bei?«

»Es ist rechtens«, sagte Corviser. »Nach den Buchstaben.«

»Gut! Wir sind uns einig. Es ist Recht geschehen, und die Privilegien dieses Hauses blieben erhalten. Dagegen konnte ich durch irgendein vorheriges Zugeständnis nicht verstoßen. Meine Nachfolger hätten mich dieserhalb schuldig gesprochen, und mit gutem Grund. Ihre Rechte, die Rechte des Klosters sind sakrosankt. Nun aber ist den Anforderungen Genüge getan. Und als Abt dieses Klosters ist es an mir zu bestimmen, welcher Gebrauch von den Geldern in unserem Besitz gemacht werden soll. Was ich nicht gewähren konnte, ohne bestehendes Recht und den Buchstaben der Verleihungsurkunde zu verletzen«, fügte Radulfus mit Bedacht hinzu, »kann ich als ein Geschenk dieses Hauses bereitwillig geben. Von den Früchten des diesjährigen Jahrmarktes überlasse ich ein Zehntel der Stadt Shrewsbury für die Wiederherstellung der Mauern und die Instandhaltung der Straßen.«

Der Bürgermeister, im Hochgefühl seiner familiären Zufriedenheit, errötete in überraschter und erfreuter Anerkennung, ein großzügiger Mann, der Großzügigkeit zu würdigen wußte. »Hochwürdigster Herr Abt, ich nehme Euer Zehntel mit Freude und Dankbarkeit an und werde Sorge tragen, daß es nutzbringend verwendet wird. Und ich erkläre hier und jetzt, daß dadurch die Rechte der Abtei in keiner Weise geschmälert oder verändert sind. Der St. Peters-Jahrmarkt ist Euer Jahrmarkt. Ob und wann Eure Nachbarstadt auch Vorteil daraus ziehen sollte, wenn sie in Not ist, das bleibt Eurem Urteil überlassen.«

»Unser Verwalter wird Euch das Geld ausfolgen.« Radulfus erhob sich, um eine zufriedenstellende Begegnung zu beschließen.

6.

Der August blieb weiterhin vom Himmel gesegnet, und alle Hände regten sich freudig, um die Ernte einzubringen. Hugh Beringar und Aline brachen mit ihren Hoffnungen und Erwerbungen nach Maesbury auf. Auch der Kaufmann aus Worcester trat einen Tag verspätet die Heimreise an, für die Verzögerung gut entschädigt durch eine Mietgebühr für die Benutzung seines Pferdes in einem Notfall und im amtlichen Auftrag — und eine feine Geschichte, die er bei passenden Gelegenheiten immer wieder zum besten geben würde. Bürgermeister und Stadtrat von Shrewsbury verabschiedeten eine würdige Dankadresse an das Kloster für sein Geschenk, herzlich genug abgefaßt, um ihrer Anerkennung der Geste angemessen Ausdruck zu verleihen, und schlau genug, um ihre eigenen gerechten Ansprüche für die Zukunft nicht aufs Spiel zu setzen. Der Grafschaftsbeamte gab den Abschluß einer verbrecherischen Affäre zu Protokoll, wie sie ihm von der jungen Frau geschildert wurde, die mit falschen Versprechungen und dem augenscheinlichen Plan fortgelockt worden war, ihr einen Brief zu stehlen, der ihr anvertraut worden, über dessen Inhalt sie jedoch in Unkenntnis gewesen war. Es bestand der Verdacht, daß es sich um den Teil einer Verschwörung gehandelt hatte. Da Fräulein Vernold jedoch niemals über die Bedeutung des ihr anvertrauten Briefes unterrichtet worden und er ohnedies unwiederbringlich durch Feuer verlorengegangen war, wäre eine weitere Verfolgung der Angelegenheit weder notwendig noch möglich. Der Übeltäter war tot, sein Diener, nach eigenem Bekenntnis ein Mörder auf Befehl seines Herrn, erwartete seinen Prozeß und machte geltend, daß er gezwungen worden wäre, dem Befehl seines Herrn zu gehorchen —

als Leibeigener geboren und seinem Herrn preisgegeben. Der Lehnsherr des toten Mannes war benachrichtigt worden. Da es keine leiblichen Erben gab, würde der Graf von Chester das Lehen Stanton Cobbold nach eigenem Ratschluß auf einen anderen übertragen.

Alles atmete auf, wischte sich die Hände ab und ging wieder an die Arbeit.

Am zweiten Tag wanderte Bruder Cadfael zur Stadt hinauf, um Emmas Hand zu behandeln. Der Bürgermeister und sein Sohn arbeiteten zusammen in der Werkstatt, im Einvernehmen miteinander und der Welt. Frau Corviser ging in ihre Küche und ließ den Heilkundigen und seine Patientin allein.

»Ich wollte mit Euch sprechen«, sagte Emma und blickte ernst zu ihm auf, während er den Verband erneuerte. »Es muß einen Menschen geben, der die Wahrheit von mir hört, und es wäre mir am liebsten, wenn Ihr derjenige sein würdet.«

»Ich glaube nicht«, entgegnete Cadfael gleichmütig, »daß Ihr dem Grafschaftsbeamten eine Unwahrheit erzählt habt.«

»Nein, aber ich sagte ihm nicht die ganze Wahrheit. Ich sagte, daß ich weder Kenntnis davon hätte, was in dem Brief stand, noch wüßte, für wen er bestimmt war. Das traf zu, ich hatte selbst keine Kenntnis davon, doch wußte ich, wer ihn meinem Onkel gebracht hatte und daß er dem Handschuhmacher übergeben werden sollte. Aber als Ivo mir den Brief abverlangte und ich Zeit zu gewinnen suchte, indem ich ihn fragte, was an einem Brief so wichtig sein könnte, sagte er mir, was er darin zu finden erwartete. König Stephens Königreich stehe auf dem Spiel, sagte er, und der Gewinn, der dem Mann zufallen werde, der ihm das Mittel in die Hand gebe, seine Feinde zu vernichten, möchte wohl eine ganze Grafschaft ausmachen. Er sagte, die Freunde der Regentin drängten den Grafen von Chester, auf ihre Seite zu treten. Aber er werde sich nicht festlegen, solange er nicht wisse, welche anderen Verbündeten sie für ihre Sache aufbieten könnten, und die Liste dieser Verbündeten sei Inhalt des Briefes, um ihm klarzumachen, daß er gut daran tue, sich auf ihre Seite zu schlagen. Er sagte, es möchten bis zu fünfzig Namen sein, die Namen all jener, die sich insgeheim der Regentin angeschlossen hätten, vielleicht sogar der Tag, an dem Robert von Gloucester sie nach England bringen wolle, und der Hafen, wo sie landen würden. All diese im voraus der Vergeltung des Königs preisgegeben, ihr Leben und ihre Länder verloren, sagte er, und der Graf von Chester, der so weit gegangen war, sich auf diese Verhandlungen einzulassen, mit ihnen zu Boden geschmettert! Wenn er, Corbière, dem König anbieten könne, all diese geheimen Gegner preiszugeben und der Verurteilung auszuliefern, werde er seinen eigenen Preis dafür verlangen und bekommen. Das sagte er mir. Das weiß ich nicht aus eigener Kenntnis, doch bin ich überzeugt, daß es die Wahrheit war.«

Sie befeuchtete die Lippen und fügte hinzu: »Ich kenne König Stephen nicht und kann mir kein Urteil darüber erlauben, was er tun würde, aber ich erinnere mich, was er im vergangenen Sommer hier tat. Ich sah all diese Männer, so aufrichtig in ihrer Untertanentreue wie jene, die es mit dem König halten, in den Kerker geworfen, ihr Leben verwirkt, ihre Familien der Häuser und Ländereien enteignet, manche zur Flucht in die Fremde gezwungen ... Ich sah Tod und Rache und noch mehr Bitternis, sollten die Gezeiten wieder wechseln. Darum tat ich, was ich tat.«

»Ich weiß, was Ihr tatet«, sagte Bruder Cadfael. Er verband den heilenden Beweis dafür.

»Trotz allem bin ich nicht sicher, ob ich recht handelte und aus den rechten Gründen«, beharrte sie ernst. »König Stephen bewahrt wenigstens eine Art Frieden, wo sein Wort gilt. Mein Onkel war ein entschiedener Anhänger der Regentin, aber wenn sie kommt, wenn all jene, die auf ihrer Seite stehen, sich mit ihr in Auflehnung vereinigen, wird es nirgendwo Frieden geben. Wohin ich auch schaue, sehe ich Tote. Aber als ich Ivo gegenüberstand, konnte ich nur daran denken, daß ich ihn daran hindern müsse, durch seinen Verrat und seine Mordtaten zu gewinnen. Und es gab nur eine Möglichkeit, indem ich den Brief zerstörte. Seitdem habe ich mir Gedanken gemacht ... Aber ich denke jetzt, daß ich zu meiner Tat stehen muß. Wenn es Kämpfe und Tote gibt, dann soll es nach Gottes Willen geschehen, nicht nach den Plänen ehrgeiziger und schlechter Menschen. Die Leben, die wir nicht retten können, wollen wir wenigstens nicht zerstören helfen. Glaubt Ihr, daß ich recht handelte? Ich wünschte die Meinung eines anderen zu hören, und es soll Eure sein.«

»Da Ihr schon fragt, was ich denke«, entgegnete Cadfael, »ich denke, mein Kind, daß Ihr, falls Narben an den Fingern dieser Hand bleiben, diese Euer Leben lang tragen müßt wie Juwelen.«

Ihre Lippen öffneten sich in einem überraschten Lächeln. Sie schüttelte den Kopf in beharrlichem Zweifel. »Aber Ihr dürft Philip niemals davon erzählen«, sagte sie mit plötzlicher Dringlichkeit und ergriff seinen Ärmel mit der unversehrten Hand. »Wie ich es ihm niemals sagen werde. Laßt ihn glauben, daß ich so unschuldig sei wie er selbst ...« Sie runzelte die Stirn über das Wort, das nicht ganz auszudrücken schien, was sie gewollt hatte, aber sie konnte keines finden, was ihr geeigneter erschien. Wenn es nicht Unschuld war, was sie meinte — denn wessen war sie schuldig? —, war es Einfachheit, Klarheit, Reinheit? Keiner dieser Begriffe erschien ihr geeignet. Vielleicht würde Bruder Cadfael es nichtsdestoweniger verstehen. »Ich fühlte mich irgendwie beschmutzt«, fügte sie hinzu. »Er sollte sich niemals in eine Intrige verwickeln lassen, das ist nichts für ihn.«

Bruder Cadfael gab ihr sein Versprechen und ging durch die Stadt zurück, tief in Gedanken versunken über die Vielschichtigkeit der Frauen. Sie hatte vollkommen recht. Philip würde trotz seines Vorsprunges von zwei Jahren, seiner Intelligenz und seiner neu erworbenen Reife immer der Jüngere und der Einfachere und — ja, sie hatte doch das richtige Wort getroffen! — der Unschuldigere sein. In Cadfaels Erfahrung sprach das für sehr gute Eheaussichten, weil die Frau sich ihrer Verantwortlichkeit voll bewußt war.

Am 30. September, gerade zwei Monate nach dem St. Peters-Jahrmarkt, landeten die Regentin Maud und ihr Halbbruder Robert von Gloucester nahe Arundel und drangen in die dortige Burg ein. Aber Graf Ranulf von Chester saß vorsichtig in seiner eigenen Pfalz, kümmerte sich um die Angelegenheiten seiner Grafschaft und rührte weder Hand noch Fuß für ihre Sache.